尤金·奥尼尔戏剧伦理思想研究

王占斌

图书在版编目(CIP)数据

尤金·奥尼尔戏剧伦理思想研究 / 王占斌著 . —北京：北京大学出版社，2018.8
（文学论丛）
ISBN 978-7-301-29763-6

Ⅰ. ①尤… Ⅱ. ①王… Ⅲ. ①奥尼尔(O'Neill, Eugene 1888—1953)—戏剧文学评论 Ⅳ. ① I712.073

中国版本图书馆 CIP 数据核字(2018) 第 177970 号

书　　　名	尤金·奥尼尔戏剧伦理思想研究 YOUJIN·AO'NI'ER XIJU LUNLI SIXIANG YANJIU
著作责任者	王占斌　著
责 任 编 辑	刘　爽
标 准 书 号	ISBN 978-7-301-29763-6
出 版 发 行	北京大学出版社
地　　　址	北京市海淀区成府路 205 号　100871
网　　　址	http://www.pup.cn　新浪微博：@北京大学出版社
电 子 信 箱	nkliushuang@hotmail.com
电　　　话	邮购部 010-62752015　发行部 010-62750672 编辑部 010-62759634
印 刷 者	河北滦县鑫华书刊印刷厂
经 销 者	新华书店
	650 毫米 ×980 毫米　16 开本　16.25 印张　300 千字 2018 年 8 月第 1 版　2018 年 8 月第 1 次印刷
定　　　价	49.00 元

未经许可，不得以任何方式复制或抄袭本书之部分或全部内容。
版权所有，侵权必究
举报电话：010-62752024　电子信箱：fd@pup.pku.edu.cn
图书如有印装质量问题，请与出版部联系，电话：010-62756370

序

　　占斌的《尤金·奥尼尔戏剧伦理思想研究》是一部资料翔实、紧扣文本、富于创见、相当扎实的学术专著,是他三十余年兴趣、热爱和心血的结晶。

　　早在1984—1988年的本科学习时期,因为热爱戏剧,占斌加入了外语系英美戏剧社,该社每学期都要排练一部英美戏剧,他就在奥尼尔的几部剧作中担任过一些主角和配角。当时为了演好这些角色,占斌阅读了不少奥尼尔的剧作,从而对奥尼尔及其戏剧作品产生了浓厚的兴趣。

　　参加工作后,占斌利用在高校教学、科研的有利条件,一直关注、收集奥尼尔的中外文资料,并且不仅自己研究奥尼尔及其戏剧,发表研究论文,更指导硕士研究生从事此方面的研究,培养学术接班人。

　　二十来年持之以恒的阅读、研究,使占斌对奥尼尔戏剧的浓厚兴趣升华为热爱。2012年,他在不少前期成果的基础上,以"奥尼尔在中国的译介和影响"为课题,成功申报了天津市教委高校人文社科项目;2015年又以"多维视野中的奥尼尔戏剧",再次成功获批了天津市社科规划项目。在此过程中,他进一步通读了奥尼尔的全部剧本,并系统收集和梳理了国外和国内奥尼尔的研究资料,对奥尼尔其人其作有了相当全面、深入而系统的把握。因而,在做博士论文时,他自然而然地结合自己的热爱,发挥已有的优势,选择了奥尼尔作为研究对象,并根据所掌握的国内外奥尼尔研究的发展趋向和存在的缺陷,找到了研究的切入点——奥尼尔戏剧的伦理思想。论文答辩时,由于其研究扎实、新颖而又紧密结合文本,所有创见都从文本细读中得出,赢得了答辩专家的一致好评。

博士毕业后,占斌根据答辩专家的意见,花了一段时间,对博士论文进行了适当的加工和修改,形成了现在这本专著。在我看来,这本专著有以下两个突出的特点。

一是既有传统性,又有当代性。

所谓传统性,包括两层意思。第一,是指文学的伦理批评在西方源远流长,最早可以追溯到古希腊时期,是典型的传统批评。第二,是指中国也有着历史悠久的文学的伦理批评,而且从古至今都非常重视文学的伦理教化功能,"文以载道""文章合为时而著,歌诗合为事而作""不关风化事,纵好也枉然",就是最明显的证据。

当代性也包含两层意思。第一,是指西方从20世纪60年代以来,不仅出现了女权主义、新历史主义、文化批评等强调伦理道德观念的文学批评理论,而且在美国出现了以韦恩·布斯、詹姆斯·费伦等为代表的伦理批评,他们把文学的伦理批评与叙事理论相结合,刷新了西方传统的伦理批评,体现了西方伦理批评的当代性。第二,是指中国当前以华中师范大学的聂珍钊教授为代表的文学伦理学批评,在借鉴西方当代伦理批评的基础上,整合中国传统伦理批评的优秀资源,进而中西结合,已经形成具有中国特色和较为完整的理论体系,更具当代性。

占斌的专著借鉴了聂珍钊教授的理论,但更多的则是运用西方的伦理批评,因而其突出特点就是既有传统性又有当代性。

人们常说,文学是人学。因为人作为一个社会性和文化性的生物,不仅具有生理、病理方面的特点,更具有宗教、哲学、社会、心理等等多方面的特色,人之所以成为人,更多的是通过社会、哲学、宗教等层面体现出来。哲学、文学、宗教的最高境界是相通的,都体现人的终极关怀,更能展现人的本质问题。但由于人的社会性、现实性、当下性几乎是时时刻刻都需要面对的,因而伦理问题是一个更为迫切的问题,尤其是当前整个世界都面临着拜金主义、利己主义、环境恶化、能源危机等一系列问题所导致的人类困境时,伦理问题更成为一个特别迫切的问题。

中国一向都是一个十分重视伦理道德的国家,而且在这方面有着相当悠久的伦理关怀的文化传统,在某种程度上,中国的哲学尤其是儒家哲学主要体现为伦理学。作为一个中国学者,占斌深受传统文化的影响,对人的伦理问题十分关注,因此专著就选择了从伦理批评的角度研究奥尼尔的戏剧,并且提出了自己不少独到的看法。如国内外研究奥尼尔的专家都习惯地将其剧作分为海洋独幕剧、生活哲理剧和自传型戏剧三种类型,并且普遍认为三种戏剧所用的创作风格和创作内容大相径庭,相互之间没有内容思想上的关联:海洋独幕剧以其海洋生活经历为题材和背景,描写和刻画了海员生活的浪漫、温情和残酷;生活哲理剧是用戏剧探索现代人无所寄托、无所依赖的精神状态;自传型戏剧以自己的家庭生活经历为依据,表现了自我感受和内心世界的冲突。占斌则在本专著中,通过研究发现,在其内容和手法差异的背后,三类戏剧隐含的主题具有紧密的内在联系:海洋剧表现了对自然生态和谐的向往;哲理剧批判了物质追求对人灵魂的侵蚀;自传型戏剧揭露了家庭、婚姻的扭曲和异化。三类戏剧都是以探索人类伦理道德状况为主线,借助戏剧艺术关注人的精神世界,用戏剧诠释人的伦理道德,拯救沉沦的灵魂。这是本专著一个突出的亮点,见人所未见,说人所未说,极富创见,不仅推进了对奥尼尔思想的认识,而且客观地还原了奥尼尔的整个戏剧,再现了奥尼尔伦理思想和戏剧创作的完整图景。因此,既有传统性又有当代性的伦理批评研究方法,眼光独到而又深刻深入地凸显了既有传统色彩更具当代性的奥尼尔思想。

二是既是思想文化研究,更落实到文学本身。

占斌的专著更多的是思想文化研究,认为探索人性的道德秩序和价值取向才是奥尼尔戏剧的目的和归宿,因此主要系统客观地分析奥尼尔伦理意识的形成,尤其是这一伦理思想在其剧作中的表现。全书共六章,前五章在某种程度上属于伦理思想方面的研究——第一章"西方伦理环境与奥尼尔伦理追求",探讨了西方伦理环境对奥尼尔伦理思想形成的影响以及奥尼尔的伦理追求;第二章"奥尼尔的家庭伦理:渴求幸福生活",则通过对《早餐之前》《榆树下的欲望》和《进入黑夜的漫长旅程》三个极具代表性的剧本的论析,展现了家庭的冷漠、沉闷和失衡,剖析了家庭伦理的丧失,批判了物质追求导致家庭伦理的异化,渴望建立和谐幸福和充满爱情与亲情的家庭伦理;第三章"奥尼尔的性别伦理:呼吁尊重女性",通过对《苦役》《鲸油》和《送冰的人来了》等剧本的分析,批判了男权社会对女性权利的践踏,呼唤社会尊重女性,构建健康的性别伦理关系;第四章"奥尼尔的种族伦理:建构和睦的种族关系",则通过对《梦孩子》《琼斯皇》和《上帝的儿女都有翅膀》的解析,探索奥尼尔的种族伦理思想;第五章"奥尼尔的生态伦理:追求和谐的家园",以《天边外》《泉》和《马可百万》为文本,分析奥尼尔的生态伦理思想——表现了人类与自然冲突和失衡的困境,特别是消费社会的物质追求所造成的人类精神生态危机和道德沦丧的问题,抨击了掠夺成性、贪欲无度的违背自然和人性的实用主义价值取向,憧憬和谐快乐的生态环境。

  但这本专著不同于时下不少把文学完全变成文化研究的学术专著之处是,以伦理批评为主,综合运用了性别理论、结构主义理论、后殖民批评等西方当代理论,对奥尼尔的伦理思想进行了独到、深入、系统的研究,并使之与当前中国乃至全球面临的问题或者说人类共同的困境联系起来,既有学术价值,也独具现实意义。而更重要的是,占斌把这种思想研究落实到文学本身,层层深入、逻辑缜密、全面系统地研究了奥尼尔戏剧的伦理思想的成因及其伦理叙事表现。专著从"伦理"这一传统文学母题出发,借用伦理批评追索奥尼尔的伦理道德观。首先,追问奥尼尔是否具有道德忧患和伦理意识。其次,追问奥尼尔伦理思想源于何处?再次,追问奥尼尔伦理思想具体表现在哪些方面。复次,追问奥尼尔超越时代的道德追求和伦理理想是什么。在此基础上,占斌认为奥尼尔强烈的伦理意识影响了他的叙事策略,奥尼尔戏剧的叙事是伦理的叙事。因此,他综合运用了新批评的文本细读理论和伦理叙事学的理论,最后追问奥尼尔的伦理思想是如何叙写的。在第六章中,他花了整整一章的篇幅来研究"奥尼尔戏剧的伦理叙事",认为这种伦理叙事首先表现为解构的叙事,解构了二元对立形而上学的传统思维模式;其次表现为狂欢叙事,是为平民的呐喊;再次,表现为身份叙事,是为边缘"他者"代言;最后表现为悲剧叙事,表达崇高的人类精神。这样,就使思想研究落实到了文学研究的伦理叙事上。

正因为如此,占斌这本专著又一显著特点就是:既是思想文化研究,更落实到文学本身。

占斌作为一个相当成熟的学者,而且十分热爱"说不尽的奥尼尔",我完全有理由热切地希望,他在不久的将来,能有更多的奥尼尔研究著作面世。

曾思艺
2017年2月18日于天津华苑揽旭轩

目 录

绪 论 ……………………………………………………………… 1
  第一节 选题的缘起 ………………………………………… 1
  第二节 国内外研究现状 …………………………………… 8
  第三节 研究路径及基本观点 ……………………………… 39

第一章 西方伦理环境与奥尼尔伦理追求 ………………… 45
  第一节 西方伦理思想的泽溉 ……………………………… 46
  第二节 奥尼尔的伦理美学与道德理想 …………………… 65
  小 结 ………………………………………………………… 79

第二章 奥尼尔的家庭伦理:渴求幸福生活 ………………… 82
  第一节 家庭环境与家庭伦理观 …………………………… 83
  第二节 《早餐之前》:夫妻反目 家破人亡 ……………… 86
  第三节 《榆树下的欲望》:父子成仇 妻离子散 ………… 92
  第四节 《进入黑夜的漫长旅程》:
         责任缺失 家庭破碎 ……………………… 100
  小 结 ………………………………………………………… 109

第三章 奥尼尔的性别伦理:呼吁尊重女性 ……………… 113
  第一节 奥尼尔超越时代的性别伦理意识 ………………… 113
  第二节 《苦役》:爱丽丝逆来顺受 ………………………… 118
  第三节 《鲸油》:肯尼太太精神崩溃 ……………………… 124

第四节 《送冰的人来了》：伊夫琳命丧黄泉 ………………… 132
小 结 …………………………………………………………… 138

第四章 奥尼尔的种族伦理：建构和睦的种族关系 …………… 141
第一节 奥尼尔的特殊身份与种族伦理意识 ………………… 142
第二节 《梦孩子》：重新书写黑人形象 ……………………… 147
第三节 《琼斯皇》：种族悲剧的根源 ………………………… 152
第四节 《上帝的儿女都有翅膀》：吉姆梦想的破灭 ………… 161
小 结 …………………………………………………………… 172

第五章 奥尼尔的生态伦理：追求和谐的家园 ………………… 175
第一节 奥尼尔的生态伦理意识的形成 ……………………… 176
第二节 《天边外》：罗伯特的死亡与回归 …………………… 185
第三节 《泉》：胡安的死亡与超越 …………………………… 192
第四节 《马可百万》：阔阔真的死亡与复活 ………………… 201
小 结 …………………………………………………………… 208

第六章 奥尼尔戏剧的伦理叙事 …………………………………… 211
第一节 叙事伦理与伦理叙事 ………………………………… 211
第二节 解构伦理叙事 ………………………………………… 214
第三节 狂欢伦理叙事 ………………………………………… 217
第四节 身份伦理叙事 ………………………………………… 222
第五节 悲剧伦理叙事 ………………………………………… 225
小 结 …………………………………………………………… 231

结 语 ……………………………………………………………… 233
参考文献 …………………………………………………………… 241
后 记 ……………………………………………………………… 256

绪 论

第一节 选题的缘起

本书作者对奥尼尔的关注始于1984—1988年读大学时期，当时开设英美戏剧课程，老师要求学生阅读一些英文剧本，我课余时间读了不少英语戏剧，其中最打动我的要数尤金·奥尼尔的《天边外》和《进入黑夜的漫长旅程》，我似乎在大学期间就读过无数回，每次读完都要心情沉闷和焦虑好多天，脑海里无法摆脱罗伯特·梅约和埃德蒙的影子和他们死气沉沉的家庭。大学毕业后，有幸进入大学外语系任教，我便在外语系成立了美国戏剧社，我作为编剧和导演，每学期都要排练一部美国剧作家的作品，这样我便有了解读奥尼尔剧作和把奥尼尔作品搬上舞台的机会，这个过程使我更加深入地理解奥尼尔的戏剧，也更加热爱奥尼尔的戏剧。后来，由于读翻译方向的研究生，就暂时停止了与奥尼尔戏剧的交流。过了不惑之年，那股一直深藏在内心深处的冲动最终还是驱使着我由民歌翻译研究转向奥尼尔戏剧研究，我的后半生可能与奥尼尔戏剧难分难舍了。2012年，我申报成功天津市教委高校人文社科项目，开始研究奥尼尔在中国的译介和影响，2015年再次成功申报天津市哲学社科规划项目，从多维角度研究奥尼尔戏剧。项目研究促使我重新悉数细读奥尼尔的剧本，对国外和国内奥尼尔的研究资料进行系统的收集和梳理，这个过程促使我充分掌握国内外奥尼尔研究的现状、奥尼尔研究的发展趋势和目前存在的问题和缺陷，从而确立了自己研究的问题和切入点。奥尼尔是一位具有伟大的人文精神和伦理意识的剧作家，他的戏剧蕴含着深刻的伦理主题和思想内涵，富有强烈的人文关怀，而目前这个方面还鲜有人去挖掘和研究，这正是我为何将奥尼尔戏剧的伦理主题研究作为博士论文选题的原因。

一、问题的提出

尤金·奥尼尔是美国著名的剧作家，诺贝尔文学奖获得者，一生共撰写50部剧本，运用各种戏剧艺术形式表现了人类生存、归宿等生命伦理问题，告别了欧洲移植过来的插科打诨的闹剧和结构精巧的情节剧的时风，改变了美国只有剧场没有戏剧的历史。剧作评论家乔治·J.内森(George Jean Nathan)认为奥尼尔开创了美国严肃戏剧，他开始用戏剧阐释人的生活，"过多地把生活看成戏剧，而伟大的戏剧家则把戏剧看成是生活"①。奥尼尔把熟悉的人和事搬上舞台，把隐藏在人心深处的道德和灵魂赤裸裸地呈现在观众的面前，让观众从中看到自己如剧中人一般丑陋的行径和灵魂，并在观剧的同时进行一次严肃的自我洗礼和心灵的忏悔。奥尼尔的剧作不再是那种取悦人心、供人消磨时间的商业性戏剧，而是引起人们共鸣的、探索人生的严肃戏剧。纵观奥尼尔的剧作，每部作品都在展示生活的不同侧面，剖解人类精神世界的苦闷和哀伤，找寻漂泊不定的人类灵魂。1946年9月20日，《送冰的人来了》举行了公演前的大型记者招待会，奥尼尔在会上曾直言："要是人失去了自己的灵魂，那么得到整个世界又有什么用呢？"②奥尼尔的戏剧内容是严肃的，表现形式是严肃的，关注人类精神问题是严肃的。他各个时期的剧本在剧情的设

---

① Oscar Cargill, *O'Neill and His Plays*, New York: New York University Press, 1970, p.101.

② J.S. Wilson, "Interview with O'Neill", in J.H. Raleigh, ed., *Twentieth Century Interpretations of* The Iceman Cometh, Englewood Cliffs: Prentice-Hall, 1968, p.22.

计上各有侧重,但都是通过剧中人物的不同遭遇来"表达人生的悲剧性、神秘性与戏剧性"①。

国内外学者在研究奥尼尔戏剧时经常会把他的剧作分成各种类别,大多按照时间划分为早期、中期和晚期作品,也有的按照悲剧创作技巧划分为海洋悲剧、实验悲剧和现实主义悲剧,但是基本上没有脱离海洋独幕剧、生活哲理剧和自传型戏剧的成分。学者普遍认为奥尼尔早期的海洋剧以他在海上的生活经历为题材和背景,描写和刻画了海员生活的浪漫、温情和残酷;中期的生活哲理剧是用戏剧来解释某种思想和哲理,从多种不同的视角探索现代人无所寄托、无所依赖的精神状态;晚年的剧作以自己的家庭生活经历为依据,传达了自己的感受、情绪和内心世界的冲突。如此看来,奥尼尔戏剧的三个阶段所表达的内容是不太相同的,是奥尼尔人生不同阶段生活经历的表现,它们之间似乎没有很清晰的思想脉络。汪义群和郭继德等奥尼尔研究专家认为奥尼尔的创作手法是不断变化的,从不固守一种而不变。郭继德教授把奥尼尔的悲剧创作也分为三类,早期创作富有"浓郁的自然主义色彩",中期则大胆地进行戏剧实验,晚期偏向惨淡人生的悲剧描写。② 奥尼尔曾经给乔治·内森回信时说他自己"不会固守任何舒适的壁龛而心满意足"③。奥尼尔的剧作确实没有固守常规而不变,他在三个不同阶段所写的戏剧具有较为明显的创作风格差异。

但是我们在其内容和手法差异的背后,也许能够看到一样共同的东西:三类戏剧在表达的主题上具有紧密的内在联系。奥尼尔的戏剧确实有大海的险恶、无情和神奇以及海员生活的艰险成分,也充满了对物质世界侵蚀人类灵魂的批判,也有作者对和谐家园的向往和对自我身份的认

---

① Arthur and Barbara Gelb, *O'Neill*, New York: Harper and Row Publisher, 1973, pp. 594—595.
② 郭继德:《现代美国戏剧的缔造者尤金·奥尼尔》,《外国文学研究》,2003年第4期。
③ Oscar Cargill, *O'Neill and His Plays*, New York: New York University Press, 1970, p. 101.

同,然而,如果我们将奥尼尔不同阶段不同类型的戏剧放在一起仔细琢磨和分析,就会发现奥尼尔三类戏剧的表层下包含着共性——以探索人类伦理道德状况为主线。奥尼尔借助戏剧艺术关注人的精神世界,洞察人的伦理道德,拯救沉沦的灵魂,探索自我的归宿,含有强烈的人文关怀和人性思考。

奥尼尔曾经说:"旧的上帝死了,而取而代之的新上帝无法弥补旧上帝遗留在人们心里的原始信仰本能。"① 面对那个时代形势,奥尼尔认为,当代作家如果想写出有价值的作品,就必须深入思考,让各个剧本中不同的小主题合在一起"蕴含一个大主题"②。那么,奥尼尔所说的小主题后面是否隐含着他所说的大主题?这个隐含的大主题具体指什么呢?这个大主题是否就是奥尼尔的伦理价值观?抑或是,其形成的根源是什么?作者又是如何通过剧本表现他的伦理观和世界观的?他的三类戏剧是否能够通过隐含的大主题有机地联系在一起?本书的任务就是要对这些问题做出研究和回答。

二、选题的意义

文学的功能不外乎就是给人以启迪,予人以审美,唤醒人们热爱生活,珍爱生命,憧憬未来。文学通过描写百态人生,直接或间接地阐释人类道德形态,书写社会普遍存在的道德矛盾与伦理冲突,是一种形式特别、影响久远的"道德思考形式"③。文学作品用典型的范例,为人类的生存提供了可供参考的伦理和审美价值标准,也为人们的精神生活树起了一面镜子。因此,文学为道德价值提供的生活内容更为丰富和集中,研究文学作品中隐含的伦理哲学或道德价值便可以了解和掌握作者在作品中

---

① Oscar Cargill, *O'Neill and His Plays*, New York: New York University Press, 1970, p. 101.
② Ibid.
③ S. L. Goldberg, *Agents and Lives: Moral Thinking in Literature*, Cambridge: Cambridge University Press, 1993, p. 63.

传达的艺术思想。用黑格尔的精言妙语一言以蔽之,他认为艺术的伟大使命不是记录事物发展所呈现出的一系列经过和变迁,这些外在的变化只是艺术作品内容的一小部分而已,艺术的真正价值在于其"伦理的心灵性的表现",以及在此表现过程中所激发于人的"心情和性情的巨大震撼"①。鉴于此,本书选择尤金·奥尼尔戏剧的伦理思想作为研究课题。本课题的研究具有重要的理论意义和及时的现实意义。

第一,课题研究的理论意义。选择文学伦理学作为研究的视角意味着文学批评传统的回归。21世纪以来,文学批评界新生事物不断涌现,新的批评流派层出不穷,呈现出多元共存、杂语共生的百家争鸣之态势,这是文学批评繁荣和健康发展的表现。但是,仔细观之,原有的文学批评传统流派被边缘化,诸如文学文本批评和文学伦理学批评之类都被视为文学批评领域的小儿科,被后现代等文学思潮遮而蔽之,逐渐被忽视和遗弃,小说的伦理道德价值取向一度沦为边缘化的"他者"。诚然,当前流行的文学创作手法和批评理论视角确实比较新颖,给文学创作和文学批评带来了新气象。然而,众所周知,优秀的文学作品是"既能给我们带来愉悦快感,又能在伦理上给我们带来升华和净化的精神食粮"②。《文心雕龙》开卷首句大胆声明:"文之为德也大矣",以至于"与天地并生",书后又另辟一章专门论述"风骨"。刘勰深受儒家"文以载道"思想的熏陶,毫不含糊地提出了文学的价值首先在于教化人类,即内化人之心灵、外化人之行为。文学作品贯长虹、惊天地、泣鬼神,离不开"风",也不能没有"骨",风骨相辅相成,犹如硬币两面,"风"就是文学的"心","骨"乃文学的"体",前者为文学伦理道德,后者为文学修辞审美。文学作品就是真、善、美的结合体,认识和挖掘文学作品中蕴含的"德"正是文学批评家的职责和任务。从这个角度而言,选择伦理学视角探索尤金·奥尼尔戏剧有重要的方法论意义,可以透视奥尼尔戏剧蕴含的道德价值,同时,也是文学批评

---

① [德]黑格尔:《美学》(第一卷),朱光潜译,北京:商务印书馆,1979年,第275页。
② 王松林:《康拉德小说伦理观研究》,武汉:华中师范大学出版社,2008年,第3页。

传统的回归。

国内外对奥尼尔的研究已经达到登峰造极的水平,哪怕是丝毫的逾越都很困难。但是,研究也并非没有缺憾。我们发现,不管对其戏剧文本的研究,还是对奥尼尔本人的研究,大多成果基于不同的理论视角,有的从社会学的角度,有的从女性主义的角度,有的则从心理分析的角度出发,但都殊途同归,最终都通向奥尼尔戏剧的悲剧色彩和他个人分裂的性格,基本形成研究的定式。这样的研究路径和结论是必然的,其根据是:(1)奥尼尔戏剧基本都是以悲剧告终的;(2)作者本人就认为人生注定是个"永恒的悲剧",是没有快乐和幸福可言的。① 这样一来,研究就先入为主地把悲剧归咎于作者个人的创伤记忆和无奈,并借助戏剧倾诉自我,以解心头之痛。这些研究在一定程度上远离了奥尼尔剧本创作的初衷。奥尼尔久经生活磨难,饱受生活创伤,但他比任何人都热爱生活,向往幸福,憧憬美好的未来。身处19世纪末20世纪初那个动荡不安、人心不古、道德丧失的年代,他挺身承担起救赎人类痛苦心灵的责任,创伤的意识成为他的思源,悲剧的表现形式成为他的手段,用悲剧讽刺和批判践踏伦理道德的可恶行径并揭露其造成的血淋淋的心灵创伤,以此来勾起人们对精神世界的反思,同情伦理道德丧失后惨遭侵蚀的飘荡的灵魂,重新建构家庭、社会、生态、宗教等领域的伦理道德,找回属于人类的美好生活。所以,探索人性的道德秩序和价值取向才是奥尼尔戏剧的目的和归宿,悲剧只是其伦理叙事策略而已,而并非其痛苦的宣泄。正如他谈到《上帝的儿女都有翅膀》时告诉大家:"我在任何作品中从来不提倡任何东西,只提倡对人类实行人道。"② 可见,奥尼尔的戏剧体现的是作者深刻的道德忧患意识和强烈的人文关怀。

第二,课题研究的实践意义。奥尼尔的戏剧就是生活的真实写照,当

---

① Toby Cole & John Gassner, *Playwrights on Playwriting: From Ibsen to Ionesco*, New York: Cooper Square Publishers, 2001, p.236.

② Arthur and Barbara Gelb, *O'Neill*, New York: Harper and Row Publisher, 1973, p.520.

其他作家高呼生活就是舞台的时候,奥尼尔依然坚定地认为:"戏剧就是生活,是对生活实质的反映和对生活本身的阐释。"①奥尼尔的作品呈现的是"人物的灵魂"②,关注的是具有普遍意义的家庭、性别、种族等方面的伦理道德规范,特别就和谐、责任、认同等价值取向通过戏剧进行了完整的诠释。奥尼尔通过戏剧回答了"人们应该如何生活?""怎样的家庭婚姻才是幸福快乐的?"等问题,他借助戏剧让人们去认识和感知这样的生活,努力构建一个美好的家园。华夏儿女自古重视人伦道德,讲究仁义礼智,弘扬牺牲奉献,批判唯利是图,鄙视软弱无能,然而,随着我国经济的发展,中华民族的优秀传统美德遭到了冲击,我国的文学创作,包括戏剧创作都受到了极大的重创,作品本应该关注的伦理道德沦为"他者",文学的人文关怀已经有些缺失,作者和作品中人物的诚信、责任和义务全面塌方。当今,中国文艺界的学者倡导践行社会主义核心价值观,呼唤重建社会美德,批判急功近利的创作现象,树立高尚的伦理价值观。在这样的社会语境下,研究奥尼尔作品的伦理思想,对我国文艺创作领域的伦理道德建设具有重要的意义。

  课题通过对奥尼尔戏剧伦理思想的研究,希望能够对我国的伦理道德和精神文明建设有一定的启发意义。奥尼尔时代西方传统的价值观念被颠覆,现代科技给人们带来的是隔阂、冷漠和痛苦,造成了精神贫乏和人性异化,新的虚无主义、金钱至上的伦理道德成为主流。物质文明并没有带来精神文明,反而带来人与人之间的对立,包括家庭成员的不和、夫妻关系的冷漠、宗教信仰的背弃等,致使人们无所适从,完全陷入迷惘和恐惧之中。这些唤起当前处于经济社会快速发展的国人对精神信仰危机的思考,对家庭、婚姻、社会等领域的伦理道德异化的反思,此乃课题研究的实践价值所在。

---

① Oscar Cargill, *O'Neill and His Plays*, New York: New York University Press, 1970, p.107.

② Arthur and Barbara Gelb, *O'Neill*, New York: Harper and Row Publisher, 1973, p.520.

第二节 国内外研究现状

国内外对奥尼尔的研究一直处于上升的态势,在一些国家"奥学"已经成为一门专门的学问。包括中国在内的许多国家都成立了专门研究奥剧的奥尼尔学会,定期举办国内或国际奥尼尔学术研讨会。依据 ProQuest 期刊论文综合检索、PQDD 国外硕博士论文全文数据库检索和中国知网 CNKI 检索,国外近 30 年把奥尼尔作为研究对象的论文达 2000 多篇,作为博士论文研究的也有 59 篇;截至 2016 年初,国内在比较重要的学术期刊上发表此类文章就达 400 多篇,而且呈现出迅猛发展的科研趋势。

一、国外研究现状

国外对奥尼尔的研究群体庞大,研究成果丰硕,很难穷尽,为了便于系统了解关于奥尼尔的国外研究成果和态势,笔者在此将根据奥尼尔研究的不同特点和取向,做以下简要梳理和分述。

(一)对奥尼尔早期戏剧的零评散论

20 世纪二三十年代,奥尼尔进入其创作的高产期,对奥尼尔及其剧作的批评也在报刊上频频刊出。剧评家约瑟夫·伍德·克鲁奇(Joseph Wood Krutch)在 1932 年编辑出版了《尤金·奥尼尔九剧本》(Introduction to Nine Plays by Eugene O'Neill)一书,在其介绍中,他精辟地论述了奥尼尔剧作的独到之处:奥尼尔的作品与易卜生、萧伯纳的剧作不一样,但与《哈姆雷特》《麦克白》具有同等重要的价值。奥尼尔和莎士比亚一样深刻,都展示了人的欲望和激情,以及人的旺盛的生命力带来的令人恐怖的杀伤性,这就是其悲剧的渊源。[1] 号称美国剧评第一人

---

[1] Joseph Wood Krutch, *Nine Plays by Eugene O'Neill*, New York: Random House, 1932, p.292.

的乔治·吉恩·内森是奥尼尔最好的朋友,他对奥尼尔戏剧的褒奖和评论促进了奥尼尔戏剧的成长和壮大,他与剧作家奥尼尔、肖恩·奥凯西(Sean O'Casey)三人并称为美国"戏剧的三位一体"①。后来内森在门肯主编的《美国信使》(American Mercury)中对奥尼尔高度赞扬,他认为奥尼尔激情奔放、胸怀博大、技艺精湛,这些都是无与伦比的。奥尼尔描写的人物具有"普遍性",是活生生的"整个人类的象征",人物身上体现了时代的伦理价值,具备人性所有的"美德和缺陷"②。另一位知名批评家布鲁克斯·阿特金森(J. Brooks Atkinson)对奥尼尔的评价则有褒有贬,而且非常尖锐。褒奖的是:奥尼尔打破传统模式,使剧院发生了地震,美国戏剧从此由小剧场表演走向与生活密切相关的"严肃的艺术"③。同时,艾金森又毫不留情地批判了奥尼尔剧作《奇异的插曲》,认为看了这个剧本的演出,犹如"夜晚走在遗弃的街道上"④,剧作的失败是因为奥尼尔过于大胆地在舞台上尝试现代技术手段。

这个时期的一些剧评家都是著名的文学家或者知名记者,他们对戏剧有着深刻的认识和理解,对戏剧的批评入木三分、精辟独到,他们在《纽约时报》《新闻周刊》等著名报刊上发表关于作品、演员和舞台表演的文章,当时对观众欣赏戏剧起到了很好的作用,也增进了观众对奥尼尔及其作品的进一步了解。然而,他们的评论还停留在一些散论之上,缺乏系统性和全面性,尚不具有很高的学术价值。

(二) 对奥尼尔戏剧的马克思主义批评

20世纪三四十年代的美国文学创作领域和文学批评领域与政治和意识形态联系紧密,文学批评具有明显的政治色彩,当时左翼文学批评在美国非常盛行,甚至成了文学批评界的主流。剧评家威克多·F. 卡尔文

---

① Seymour Rudin, "Playwright to Critic: Sean O'Casey's Letters to George Jean Nathan," *The Massachusetts Review*, Vol. 5, No. 2 (Winter, 1964).
② 参见艾辛:《奥尼尔研究综述》,《剧本》,1987年第5期。
③ Willian Larsen, "In Memoriam: Eugene O'Neill, 1888—1953", *American Journal of Economics and Sociology*, Vol. 13, No. 2 (Jan., 1954).
④ J. Brooks Atkinson, "Laurel for Strange Interlude", *New York Times*, 13 May 1928.

顿（Victor Francis Calverton）的《美国文学的解脱》（Liberation of American Literature, 1932）与其说是文学研究，倒不如说是社会政治研究，他借用马克思理论分析了文学的起源和意义。他认为文学是社会、阶级和经济的产物，无产阶级文学是一种新型的充满希望的文学。该著作的价值在于其应用了尖锐的、精辟的理论和社会工具分析文学，而该著作的缺陷是，作者只顾在朗费罗、惠特曼、奥尼尔等作家的作品中寻觅所含有的社会、政治、阶级和经济等文学作品的外围元素，而忽略了作品本身的内涵价值。① 另有一位评论家值得一提，他就是格兰维勒·希克斯（Grandville Hicks）。希克斯以其《辉煌的传统：内战后美国文学解读》（The Great Tradition : An Interpretation of American Literature Since the Civil War , 1933）著名，是一名典型的马克思主义批评家，在该文中他更是应用马克思理论对美国文学传统进行全面的考究，是目前最系统的马克思理论视角下的文学批评著作。他认为一位合格的艺术家对社会现实要有敏锐的洞察力，要充分认识文学的革命意义。作者将强烈的革命热情渗透到对奥尼尔剧本和对其他美国文学的批评之中，致使批评的客观性值得怀疑。当时最有影响的剧作家兼剧评家约翰·H.劳森（John Howard Lawson）认为奥尼尔的早期戏剧是进步的，后来的戏剧是"病态"的②，这种病态就是奥尼尔失去无产阶级的血液。劳森在其 1936 年出版的著作《戏剧和电影创作理论与技巧》（Theory and Technique of Playwriting and Screenwriting , 1936）中，通过对剧本《毛猿》进行分析解读，坚称奥尼尔以及其他美国作家最终都没有逃脱为资本主义代言的命运，这不是他们"个人的失败"，而是资本主义社会"大气候"的影响。劳森对奥尼尔晚年大作《送冰的人来了》给予彻底的揭露和批评，在他看来，这部剧的失败是由于奥尼尔没有认识到无产阶级的力量。劳森的批评过分强调作品的社会价值，甚至认为多年来文学研究的失败就是因为把作

---

① Victor Francis Calverton, Liberation of American Literature, New York: Charles Scribner's Sons, 1932, p. 500.
② 龙文佩：《尤金·奥尼尔评论集》，上海：上海译文出版社，1988年，第60页。

品当成"真空"的东西,苦思冥想地去挖掘作品内部的结构、语言、人物和情节,那最终一定是徒劳的。① 剧作家赖斯特·克尔(Lester Cole)与劳森相比,有过之而无不及。他针对劳森在 1954 年 3 月发表在《群众与主流》(*Masses and Mainstream*)的文章《尤金·奥尼尔的悲剧》("The Tragedy of Eugene O'Neill")②,紧跟着在 1954 年 6 月的同一期刊上连发三篇题目为"Two Views on O'Neill"的文章回击劳森,他表面赞扬劳森是"不妥协的"(intransigent)马克思主义批评家,实则认为劳森对奥尼尔的批评矛盾重重。为了证明劳森的矛盾现象,他在自己的文章里引用了劳森文章里的七段话作为佐证。他认为奥尼尔思想腐朽,剧作自然不能为无产阶级呐喊。③ 总而言之,左翼剧评家所做的基本上是文学外部的研究,对文学的社会功能和意识形态功能的认识比较深刻,但他们存在的共同问题是忽略了对文学审美功能的研究和对文学内部的深入探讨。

(三) 对奥尼尔戏剧的综合型研究

1934 年索福斯·K. 温泽尔(Sophus K. Winther)的专著《奥尼尔批评性研究》(*O'Neill: A Critical Study*)出版,著作前后 12 章,通过分析奥尼尔 30 年代之前所发表的重要作品,系统完整地概括了奥尼尔及其作品的社会意义、宗教色彩、伦理道德、创作艺术、现代悲剧等。④ 紧接着 1935 年理查德·D. 斯肯纳(Richard D. Skinner)发表的《尤金·奥尼尔:诗人的探索之路》(*Eugene O'Neill: A Poet's Quest*)是 30 年代研究奥尼尔最深刻的批评性著作,作者高度评价了奥尼尔的戏剧,他认为奥尼尔的戏剧绝不属于"一个剧场",他的剧本用"讽喻"(parable)的手法描写人

---

① John Howard Lawson, *Theory and Technique of Playwriting and Screenwriting*, New York: G. P. Putnam's Sons, 1936, p.158.
② John Howard Lawson, "The Tragedy of Eugene O'Neill", *Masses and Mainstream*, Vol. 7, No. 3 (Mar. 1954).
③ Lester Cole, "Two Views on O'Neill", *Masses and Mainstream*, Vol. 7, No. 6 (Jun. 1954).
④ Sophus K. Winther, *O'Neill: A Critical Study*, New York: Russell and Russell, 1934.

性之伦理道德,反映的是人的内心世界和现实生活。斯肯纳甚至认为奥尼尔的剧作超越了萧伯纳和易卜生的戏剧,萧伯纳的作品就是费边主义者的真实描写,易卜生则是对社会虚伪(false pride)的揭露,他们都没有奥尼尔身上的"诗人天赋"(poet's gift),只有奥尼尔可以脱离特定的时代、特定的事件和人物,直接深入到人性情感和伦理的最深处。① 温泽尔和斯肯纳从不同的角度对奥尼尔进行了探索研究,两位批评家的研究就当时而言,富有开拓性和历史意义,但是整体看来还是不够系统,主要是因为奥尼尔的代表作品创作于1935—1943年之间,所以研究还欠完备。

另一部批评性著作是由约翰·H. 拉雷(John H. Raleigh)撰写的《尤金·奥尼尔的戏剧》(*The Plays of Eugene O'Neill*,1965),不同于多丽丝·亚历山大的单项研究以及科拉克的历时性研究,该书是从历史和形式的视角研究奥尼尔剧作的。多丽丝·亚历山大认为奥尼尔的每一部戏剧都是一个"三百六十度的圆周"的独立世界,每一部剧都是一部历史学文献、伦理学文献、心理学文献和哲学文献,所以奥尼尔的任何一部戏剧都是"宏观宇宙"(macrocosm)世界的另一个"微观世界"(microcosm)②。如果说多丽丝所做的是对奥尼尔剧作的心理深度探析的话,拉雷则是对历史和人性的深刻反思。

20世纪70年代对奥尼尔研究最系统的要数乔丹·Y. 米勒(Jordan Y. Miller)的《尤金·奥尼尔及美国批评家》(*Eugene O'Neill and the American Critic*,1973)。专著最显著的特点是,几乎网罗了所有发表在各种报刊上和其他媒体上的有关奥尼尔剧作的剧评以及公开出版的有关奥尼尔剧作的学术研究成果,使他的研究相比之下更全面、更系统、更可信。③ 该著作让读者饱览了20世纪70年代以前美国剧评家对奥尼尔的

---

① Richard D. Skinner,*Eugene O'Neill:A Poet's Quest*, New York:Longmans Green,1935, pp.53—54.

② John H. Raleigh, *The Plays of Eugene O'Neill*, Carbondale: Southern Illinois University Press,1965, pp. XIV—XV.

③ Jordan Y. Miller,*Eugene O'Neill and the American Critic*, Hamden: Archon Books,1973.

褒贬评价,缺憾的是该书未能将英语国家从事奥尼尔研究的剧评家都涵而概之。鉴于此,理查德·马克斯维尔·伊顿(Richard Maxwell Eaton)和麦迪利恩·史密斯(Madeline Smith)于1988年发表《尤金·奥尼尔:注解文献书目》(Eugene O'Neill: An Annotated Bibliography),并于2001年修订出版了《尤金·奥尼尔:注解国际文献书目1973—1999》(Eugene O'Neill: An Annotated International Bibliography, 1973—1999),他们直言此书是乔丹·米勒的《尤金·奥尼尔及美国批评家》的"升级版"(a work of update),因为该书包含了乔丹·米勒在书中未涉及的和忽略的那些批评家,特别是他们把研究视域扩大到英语国家甚至非英语国家关于奥尼尔的研究。① 这时期关于奥尼尔研究的重要著作还有:《奥尼尔及其剧作》(O'Neill and His Plays,1961)和《奥尼尔研究指南》(An O'Neill Companion,1984),前者由奥斯卡·卡基尔(Oscar Cargill)等三位批评家合撰,书中集合了批评家40年来对奥尼尔及其剧作的批评,其价值体现在一种阶段式的、断代式的研究;该书的缺陷也一目了然:一为整体编辑体制显得杂乱无章,二是剧本选择不够科学。② 而后者则由玛格丽特·L.兰诺德(Margaret L. Ranald)撰写,该书为学习和研究奥尼尔剧作起到引导作用。书中既有对奥尼尔代表剧作的批评,也有对一些普通剧作的评论,同时还对大多戏剧中的人物进行了分析,奥尼尔及其家庭成员也被一一描写和传述。该书的价值在于,适应于不同类型的读者群体,比如专家学者、戏剧爱好者、初入行道者。该书对奥尼尔戏剧从艺术理论到艺术实践的分析对后来学者有极大的参考价值和借鉴意义。③

1972年牛津大学出版社出版的《时代的写照:奥尼尔剧作研究》

---

① Richard M. Eaton & Madeline Smith, *Eugene O'Neill: An Annotated International Bibliography, 1973—1999*. Jefferson: McFarland & Company, 2001.

② Oscar Cargill, N. Bryllion Fagin, William J. Fisher, *O'Neill and His Plays: Four Decades of Criticism*, New York: New York University Press, 1961.

③ Margaret L. Ranald, *An O'Neill Companion*, Westport: Greenwood Press, 1984.

(*Contour in Time*: *The Plays of Eugene O'Neill*)堪称奥尼尔研究的巅峰之作,无论从研究的深度和广度都是前所未及的。该书作者特拉维斯·博加德(Travis Bogard)对奥尼尔各个时期的作品进行了全面剖析,几乎没有遗漏。该书最大的特点是,作者跟踪了戏剧的演出,并对每次出演的情况和观众反应以及专业批评家对戏剧演出的评论做了翔实的论述。① 美国文学评论家佛雷德里克·I.卡朋特(Frederic I. Carpenter)对此书予以高度的评价:历史学家会因其丰富的理论材料崇尚此书,学者会因其运用原创语料青睐此书。此书是迄今为止"最好的批评著作"(This is the best book of criticism about O'Neill yet published),因为其富有"哲学的深度"和精辟透彻的分析。②

(四)对奥尼尔戏剧创作技巧研究

20世纪末,还有一批影响比较大的批评著作,其中包括《心灵戏剧:超自然主义视角下奥尼尔研究》(*A Drama of Soul*: *O'Neill's Studies in Supernaturalistic Technique*, 1969),作者安吉·陶恩维斯特(Egil Tornqvist)对奥尼尔的创作技巧和人物描写做了详细的分析。书中他并没有给出任何判断,他认为分析本身就是一种最佳的引导,要比"审美评价"(aesthetic evaluation)更有效。③ 马蒂·瓦尔基米(Mardi Valgemäe)认为安吉的研究是目前就戏剧形式方面"最新、最满意"的成果。④ 琼·康提亚(Jean Chothia)的《炼词:尤金·奥尼尔戏剧研究》(*Forging a Language*: *A Study of the Plays of Eugene O'Neill*, 1979)则是对奥尼尔戏剧语言和对白研究的成果。皮特·迈森特(Peter Messent)博士认

---

① Travis Bogard, *Contour in Time*: *The Plays of Eugene O'Neill*, Oxford: Oxford University Press, 1972.

② Frederic I. Carpenter, "Review of *Contour in Time*: *The Plays of Eugene O'Neill* by Travis Bogard", *American Literature*, Vol. 45, No. 1 (Mar., 1973).

③ Egil Tornqvist, *A Drama of Soul*: *O'Neill's Studies in Supernaturalistic Technique*, New Harven: Yale University Press, 1969, p. 46.

④ Mardi Valgemäe, "Review of *A Drama of Soul*: *O'Neill's Studies in Supernaturalistic Technique*", *Books Abroad*, Vol. 44, No. 4 (Autumn, 1970).

为康提亚采用了"系统语言学分析"(systematic linguistic analysis)方法研究奥尼尔戏剧的对白,通过研究发现,康提亚的研究完全击碎了一些批评家对奥尼尔"戏剧语言贫乏"等一类不公的批判,她认为奥尼尔的戏剧语言是"多变和复杂"(flexible and complex)的,他在试验一种"戏剧性的语言"(dramatic language)①。对奥尼尔戏剧语言研究的另外两位批评家是迈克尔·曼海姆(Michael Manheim)和多丽丝·亚历山大(Doris Alexander),曼海姆的著作《尤金·奥尼尔的新式家庭语言》(*Eugene O'Neill's New Language of Kinship*,1982)探索了奥尼尔戏剧前后语言的变化,早期的独白和对话主要是体现了真实的人情关系,中期的戏剧则以内心的独白见长,晚期的戏剧又回归了家庭式的语言。曼海姆的研究存在的问题是,他研究的资料并非原创,基本上来源于别的批评家之言。② 多丽丝·亚历山大的力作《尤金·奥尼尔创新批评之路:关键的十载,1924—1934》(*Eugene O'Neill's Creative Struggle: The Decisive Decade, 1924—1934*,1992)则避免了曼海姆研究方法的缺陷,她将自传式的研究和文本分析结合在一起,在研究方法上开辟了新的道路。亚历山大把奥尼尔十年艰难创作的 9 部戏剧分成单独的章节展开分析,但她更侧重于研究创作过程,而不仅仅只是在研究奥尼尔及其剧作。本项研究也不是一点瑕疵没有,亚历山大的研究基本上依据自己的价值判断,显得主观臆断些。③ 但是瑕不掩瑜,亚历山大的研究具有极高的学术价值。总体而言,以上四部专著的侧重点和研究方法虽各不相同,但是它们的研究对象和视角基本一致,即是对奥尼尔戏剧语言和技巧的分析。

(五) 对奥尼尔戏剧的心理学研究

20 世纪下半叶至 21 世纪初一些剧评家开始从心理学角度研究奥尼

---

① Peter Messent, "Review of *Forging a Language: A Study of the Plays of Eugene O'Neill*", *The Review of English Studies*, New Series, Vol. 33, No. 130 (May, 1982).

② Michael Manheim, *Eugene O'Neill's New Language of Kinship*, Syracuse: Syracuse University Press, 1982.

③ Doris Alexander, *Eugene O'Neill's Creative Struggle: The Decisive Decade, 1924—1933*, University Park: Penn State University Press, 1992.

尔的戏剧。这种现象一来是因为弗洛伊德的心理分析研究成果问世，为戏剧文学研究奠定了理论基础，二来是奥尼尔剧作的核心问题就是在探究人生、命运等精神境界的问题。所以在研究奥尼尔剧作中出现从心理学角度研究的群体和大量的研究成果是必然的。1958 年多丽斯·法尔克（Doris V. Falk）通过著作《尤金·奥尼尔及其悲剧性张力》（*Eugene O'Neill and the Tragic Tension*），从心理学和社会学的角度对奥尼尔的晚年力作《进入黑夜的漫长旅程》进行了研究，这可以说是从心理学角度研究奥尼尔剧作的端倪之作。她认为在外物操控的社会里，多数人无可奈何，精神异化，在漫长的等待和绝望中消磨一生。现代人生活的悲剧在于，个体存在失去自我，沦为按照"社会期望值"而生存。① 科特·伊森（Kurt Eisen）的《内在相克之力》（*The Inner Strength of Opposites*，1995）借用小说创作的叙事模式分析了奥尼尔剧中对人物内在心理冲突的设计和表现。吉尔·普菲斯特（Joel Pfister）在《舞台深处：尤金·奥尼尔的心理话语政治》（*Staging Depth：Eugene O'Neill and the Politics of Psychological Discourse*，1995）中尝试打破传统模式，进行一种怀疑式的批评，即透过奥尼尔戏剧句里行间去探索人的心理活动。在《斗争、失败或重生：尤金·奥尼尔的人道视野》（*Struggle, Defeat or Rebirth：Eugene O'Neill's Vision of Humanity*，2005）中，作者提尔里·杜邦斯特（Thierry Dubost）指出奥尼尔剧中的人物普遍心理异化，一直在被"欲望"（desire）困惑和煎熬而不可自拔。② 关于奥尼尔心理研究的成熟之作是约翰·P.迪金斯（John Patrick Diggins）的《尤金·奥尼尔眼中的美国：民主之下的欲望》（*Eugene O'Neill's America：Desire under Democracy*，2007）。迪金斯认为，奥尼尔笔下的人物都在拼命地生活，渴望在繁荣富强的国度实现自己的梦想和精神自由，但是梦想最后总是被

---

① Doris V. Falk, *Eugene O'Neill and the Tragic Tension：An Interpretive Study of the Play*, New Brunswick：Rutgers University Press, 1958, p.196.

② Joel Pfister, *Staging Depth：Eugene O'Neill and the Politics of Psychological Discourse*, Chapel Hill：The University of North Carolina Press, 1995.

欲望摧毁，不断破灭的欲望最终成为美国民主的梦魇。

(六) 对剧作家奥尼尔的研究

1926年巴雷特·H.科拉克(Barrett H. Clark)的《尤金·奥尼尔》(*Eugene O'Neill*)问世，这是第一部关于奥尼尔的评传。科拉克与奥尼尔关系友好，过从甚密，对奥尼尔的身世、生活、家庭，甚至戏剧创作过程等都了然于心，因而他对奥尼尔的评传叙写显得真实，是研究奥尼尔最可靠的参考资料之一。该书的缺陷是，对奥尼尔的研究基本上还是依据其创作年代的顺序进行的，所以史记意义远远大于学术价值。奥尼尔评传研究大作要数亚瑟(Arthur)和芭芭拉·盖尔本(Barbara Gelb)的《奥尼尔》(*O'Neill*, 1962)，盖尔本夫妇通过采访调查和书信往来等形式，获取翔实的资料，在奥尼尔去世九年之际出版了这部惊世之作。剧评家布鲁克斯·阿特金森(Brooks Atkinson)在本书的前言中对这本评传的评价是：学者和读者的"万幸"。① 布鲁斯·因格汉姆·格兰哥(Bruce Ingham Granger)认为，该评传是目前关于奥尼尔研究"信息量最大的传记"(most informative biographer)，既能"愉悦"(exciting)普通读者，又能"满足学者"(scholars find indispensable)需求。该书的不足之处有三：一是疏忽，许多信札并没有收入；二是主观臆测或感性描写不少(Gelbs sometimes go too far)；三是忽视了奥尼尔的多变"复杂的性格"(perplexing personality)。② 盖尔本夫妇于2000年再出奥尼尔新传《奥尼尔：基督山相伴一生》(*O'Neill: Life with Monte Cristo*)，增加了很多鲜为人知的资料，弥补了旧传的缺陷，研究显得更加客观和完善。相比以前的评传，作者自己也认为该新作之所长不仅仅在于资料的扩大、视野的开阔，更重要的是评论更加深刻。38年的沉淀使他们夫妇加深了对世界的看法和人生的理解，他们在前言中也说，这是他们对世界的"领悟能力改变"

---

① Arthur and Barbara Gelb, *O'Neill*, New York: Harper and Row Publisher, 1962, pp. II—IV.
② Bruce Ingham Granger, "Review", *Books Abroad*, Vol. 36, No. 4 (Autumn, 1962).

(changed sensibility)①的结果。

其次,还有一些评传也自成特色,比如:约翰·加森纳(John Gassner)的《尤金·奥尼尔》(*Eugene O'Neill*,1965)以剧作介绍的形式将奥尼尔一生串联起来;而路易斯·谢弗(Louis Sheaffer)的姊妹作《作为儿子与剧作家的尤金·奥尼尔》(*Eugene O'Neill: Son and Playwright*,1968)和《作为儿子与艺术家的尤金·奥尼尔》(*Eugene O'Neill: Son and Artist*,1982)则侧重于奥尼尔的人生观和世界观;佛雷德里克·I.卡朋特的《奥尼尔》(*O'Neill*,1979)影响比较大,后人研究引用比较多,主要是他编著的奥尼尔传记吸取了亚瑟和芭芭拉·盖尔本的《奥尼尔》和多丽丝·亚历山大的《低调的尤金·奥尼尔》(*The Tempering of Eugene O'Neill*,1962)评传中"文献缩水"的教训②,他的评传以事实为根据,让材料说话。弗吉尼亚·弗洛伊德(Virginia Floyd)的《尤金·奥尼尔:不一样的评价》(*Eugene O'Neill: A New Assessment*,1985)富有个性,她把整本传记按时间顺序分成四部分,每部分有前言和结语,即评传式的开头和用来自奥尼尔个人笔记中的话语作总结。评传注重细节,适合各个层次的读者,特别适合作为科研文献,受到学者的青睐。90年代之后,还有一些学者在做评传研究,例如,斯蒂芬·A.布兰克(Stephen A. Black)、特拉维斯·博加德(Travis Bogard)、杰克逊·R.布莱尔(Jackson R. Bryer)等等,但整体而言,评传研究逐渐被其他研究所取代。

(七) 性别理论视角下的奥尼尔研究

奥尼尔一直被很多女性批评家指责为男性话语独裁者,他的作品体现的是一个纯粹的男性世界,女性在剧中经常不是缺席就是失语。盖勒·奥斯丁(Gayle Austin)的《女权主义视角下的戏剧批评》(*Feminist Theory for Dramatic Criticism*,1990)就是一部性别理论研究的代表作。

---

① Arthur and Barbara Gelb, *O'Neill: Life with Monte Cristo*, New York: Applause Theatre Books, 2000, p. XI.

② Frederick I. Carpenter, "Book Reviews", *Wisconsin Studies in Contemporary Literature*, Vol. 3, No. 3 (Autumn, 1962).

作者将《送冰的人来了》作为分析语料,从性别角度证实奥尼尔笔下的世界具有男性中心和男性叙事的特点,主人公希基(Hicky)就是男权文化的代表,剧本就是在为男性杀人犯希基开脱。作者号召女性采取"对抗阅读"(resist reading)的态度,找回失去的自我,告别男性价值中心。① 另一位著名的批评家安·C. 霍尔(Ann C. Hall)的《阿拉斯加的别味风情》(*A Kind of Alaska*,1993)被认为是男性剧作家对女性书写的力作。作者批判了奥尼尔对妇女欲望的描写,不在场的伊夫琳(《送冰的人来了》)似乎离不开男人,剧中她一直渴望希基的归来;玛丽·蒂龙(《进入黑夜的漫长旅途》)则盼望能进入女性自我生活的圈子;乔茜(《月照不幸人》)则奢望被男人爱上。② 但是,霍尔在批评奥尼尔男性叙事的同时,她看到了妇女争取性别权力的曙光,她认为奥尼尔笔下的妇女已经成功砸碎了她们四周的"镜子"和"阿拉斯加"美梦。③ 世纪之交,还有很多学者撰写学术论文深入开展对奥尼尔戏剧的研究,影响比较大的有苏珊妮·伯儿(Suzanne Burr)发表在由路特福特(Rutherford)编辑出版的论文集《美国现代戏剧的女性主义研究读物》(*Feminist Readings of Modern American Drama*)中的"O'Neill's Ghostly Women"④,百特·曼德尔(Better Mandl)发表在著名期刊《尤金·奥尼尔评论》(*Eugene O'Neill's Review*)上的论文《〈奇异的插曲〉中的性别的刻画》("Gender as Design in Stranger Interlude")⑤,卡希尔(Cahill)发表在《尤金·奥尼尔评论》上

---

① Gayle Austin, *Feminist Theory for Dramatic Criticism*, Ann Arbor: University of Michigan Press, 1990, pp. 26—28.

② Ann C. Hall, *A Kind of Alaska: Women in the Plays of O'Neill, Pinter, and Shepard by Ann C. Hall*, Carbondale: Southern Illinois University Press, 1993, pp. 3—150.

③ Michael Vanden Heuvel, "Review: Performing Gender", *Contemporary Literature*, Vol. 35, No. 4(Winter 1994).

④ Suzanne Burr, "O'Neill's Ghostly Women", in June Schlueter, ed., *Feminist Readings of Modern American Drama*, Rutherford: Fairleigh Dickinson University Press, 1989, pp. 25—42.

⑤ Better Mandl, "Gender as Design in *Strange Interlude*", *Eugene O'Neill's Review*, 19, [Spring/fall] 1995.

的《母亲和妓女：在奥尼尔戏剧中走向融合》("Mothers and Whores: The Process of Integration in the Plays of Eugene O'Neill")①，巴洛（Barlow）的"O'Neill's Women"②，以及坦姆森·沃夫（Tamsen Wolff）于2003年发表在《戏剧期刊》(Theater Journal)上的《尤金·奥尼尔与〈奇异的插曲〉中的秘密》("Eugenic O'Neill and the Secrets of Strange Interlude")③等等。奥尼尔剧作的女性主义批评近年虽略有减弱，但是从未停止。

（八）奥尼尔戏剧的后结构主义批评

随着西方后现代哲学的兴起和发展，德里达等后现代哲学思想也不断地被作为文学研究的理论和方法，奥尼尔戏剧的研究也不例外。迈克尔·曼海姆关于奥尼尔戏剧研究的论文开创了奥尼尔戏剧后结构主义研究的先河，他的《〈诗人的气质〉和〈月照不幸人〉的剧情超越》("The Transcendence of Melodrama in *A Touch of the Poet* and *A Moon for the Misbegotten*")对奥尼尔后期发表的两部戏剧中的情节、主题和人物进行了细致的分析，他认为奥尼尔的两部戏剧"超越了传统"的情感剧中二元对立的价值判断，体现了多元的思想。④ 曼海姆的另外两篇论文同样运用后结构主义理论剖析了奥尼尔剧作《送冰的人来了》(*The Iceman Cometh*)⑤和《进入黑夜的漫长旅程》(*Long Day's Journey into Night*)⑥。三篇论文合在一起成为奥尼尔戏剧后现代研究的鼎力之作，

---

① Gloria Cahill, "Mothers and Whores: The Process of Integration in the Plays of Eugene O'Neill", *Eugene O'Neill's Review*, 16, [Spring] 1992.

② Judith E. Barlow, "O'Neill's Women", *The O'Neill's Newsletter*, 6, [Summer/fall], 1992, special section.

③ Tamsen Wolff, "Eugenic O'Neill and the Secrets of *Strange Interlude*", *Theatre Journal*, Vol. 55, No. 2 (May, 2003).

④ Michael Manheim, "The Transcendence of Melodrama in *A Touch of the Poet* and *A Moon for the Misbegotten*", in John Strope, ed., *Critical Approaches to O'Neill*, New York: AMS Press, 1988, pp. 147—159.

⑤ See *Critical Essays on Eugene O'Neill*, ed., James Martine, New York: AMS Press, 1988, pp. 145—158.

⑥ See *Perspectives on O'Neill: New Essays*, ed., Shyamal Bagchee, Victoria, B. C.: University of Victoria, 1988, pp. 33—42.

对超越传统的奥尼尔戏剧进行比较系统的研究。另一位学者约翰·V.安土思(John V. Antush)的论文《尤金·奥尼尔：现代与后现代视角》("Eugene O'Neill: Modern and Post Modern")则不同于曼海姆的视角，他认为奥尼尔的剧作分为现代和后现代两个时期，有时两种文学形式交叉行进、共成一体、相辅相成，如《安娜·克里斯蒂》(*Anna Christie*)和《天边外》(*Beyond the Horizon*)等都是奥尼尔试验新现代悲剧的杰作，运用现代主义的创作手段，但又体现了典型的后现代视野和解构的方法。①

以上是对奥尼尔戏剧国外研究的一个大概梳理，不免存在片面与疏漏现象，但综观国外关于奥尼尔戏剧研究的文献，可以看出对奥尼尔戏剧研究的路径大概是，从外围走向内部，由纵向走向横向，逐渐发展为内外相接、纵横交错的研究取向，研究的视野不断放大，研究的问题不断深入。比如，最初的研究主要关注奥尼尔戏剧的社会意义、意识形态等，后来逐渐发展为对奥尼尔作品的研究，再后来借用女性主义批评、心理分析以及后结构主义等其他学科的先进理论来研究奥尼尔的剧本。显然呈现出由外而内、由单学科向跨学科、跨文化的研究轨迹。关于对奥尼尔戏剧的跨文化横向平行研究，在此必须提上一笔的是 20 世纪 90 年代的比较研究，例如：爱德华·肖尼斯(Edward Shaughnessy)的《奥尼尔在爱尔兰：批判性接受》(*O'Neill in Ireland: The Critical Reception*, 1988)、诺曼德·博林(Normand Berlin)的《奥尼尔的莎士比亚》(*O'Neill's Shakespeare*, 1993)和詹姆斯·罗宾(James Robin)的《尤金·奥尼尔与东方思想》(*Eugene O'Neill and Oriental Thought*, 1982)，这些研究更加确立了奥尼尔在国际上的声誉，丰富了对奥尼尔作品的批评，丰满了奥尼尔形象。

二、国内研究现状

奥尼尔的戏剧在中国广泛传播，其影响之大、研究人群之多仅次于美

---

① John V. Antush, "Eugene O'Neill: Modern and Post Modern", *The Eugene O'Neill's Review*, 13, (Spring)1989.

国本土,而且研究线路也与英美国家有诸多相似之处,例如,中美研究都存在20世纪二三十年代和八九十年代两个研究活跃期。我国这两个时期对奥尼尔的研究显然高于其他时期,主要原因在于处于第一个时期的学者需要拿来和借鉴西方戏剧的理论和形式,而20世纪80年代之后,经济文化快速发展的中国以开放和包容的态度吸纳了西方经典,改善和升级了我国落后的艺术成分。90年代之后,我国学者对奥尼尔的研究由活跃逐渐变得沉稳、深刻和多元,很多学术价值高的论著问世,用"新批评、新理论对奥尼尔剧作进行新的观照、思考和分析,挖掘其作品中的新内涵"①。笔者为了使国内研究奥尼尔的线路更加明晰,以下将按照时间阶段来综述国内奥尼尔研究现状。

(一) 奥尼尔研究的萌芽期

20世纪20年代就有大批学者文人开始撰文向中国读者介绍奥尼尔和他的作品,这其中包括茅盾、张嘉铸、胡逸云、查士铮、余上沅、胡春冰、钱歌川等。茅盾的《美国文坛近状》和胡逸云的《介绍奥尼尔及其著作》尚谈不上是学术批评之文章,前者不足三十字,属于顺便提及奥尼尔而已,后者也不过是对奥尼尔及其作品的简短介绍而已。张嘉铸的《沃尼尔》和查士铮的《剧作家友琴·沃尼尔》只不过是为了迎合奥尼尔访华而编译由美国奥尼尔研究专家巴瑞特· H. 科拉克(Barrett H. Clark)和美国文学评论家威普莱斯(Whipples)教授所撰写的著作。真正称得上有批评价值的文章是余上沅的《今日之美国编剧家阿尼尔》。作者着眼于《毛猿》等5部大作所运用的创作手法和艺术价值进行了精辟的论述,有较高的学术价值。胡春冰的研究最深入,他避免了当时研究普遍存在的大而空泛的毛病,并选择对剧本《奇异的插曲》进行了文本细读和分析。他认为《奇异的插曲》无论在演出安排还是在角色构置上都是一次"革命",代表着戏剧艺术中"旧的精神与形式"的破产,象征着"新的形式与意义"的诞

---

① 张春蕾:《尤金·奥尼尔90年中国形成回眸》,《南京晓庄学院学报》,2013年,第1期。

生。① 他的研究告诉我们,奥尼尔戏剧实际上是借鉴了古希腊的悲剧创作形式,进而吸收和升华为现代美国戏剧。

20世纪20年代奥尼尔在中国学界并没有得到广泛的关注,发表的文章都是浅尝辄止,也没有奥尼尔的剧本被翻译出版,更没有关于奥尼尔研究的专著问世,就连奥尼尔名字的翻译都没有统一。虽然奥尼尔研究还停留在比较初级的阶段,但是,最起码让国内学者意识到研究资料的缺乏是造成研究奥尼尔的瓶颈。在此背景下,30年代文学领域开始了一场轰轰烈烈的译介奥尼尔戏剧的热潮。

在20年代向国人介绍奥尼尔的学者中,洪深的影响不容小觑。洪深曾经作为哈佛大学贝克教授47创作室的一名学生,与奥尼尔同窗,他的剧本《赵阎王》就是把奥尼尔的《琼斯皇》进行改编移植到中国的,并在上海笑舞台演出。洪深将《琼斯皇》中国化的目的有三:一是扩大奥尼尔在中国的影响;二是使中国戏剧现代化;三是传播思想、"改善人生"②。洪深的《赵阎王》开启了改编奥尼尔剧本的先河,后来则有李庆华根据《天边外》改编的《遥望》,马彦祥根据《归途迢迢》改编的《还乡》等。这样的移植型创作手法,虽然不能给中国戏剧舞台带来一场革命,但是其作用也不能低估,至少给中国戏剧界吹来了一股清风。

(二) 奥尼尔研究的活跃期

20世纪30年代,奥尼尔得到中国学界的广泛关注,最重要的原因是莎士比亚、易卜生、萧伯纳、席勒等著名戏剧家的现实主义戏剧在国内译介后,大众开始对西方现实主义戏剧产生了浓厚的兴趣。同时,学界对不断试验表现主义、象征主义和心理分析等创作手法的美国戏剧大师奥尼尔也有极高的期待。在此背景下,30年代译介批判奥尼尔作品的专家云集、学者辈出。

30年代奥尼尔作品翻译进入了一个小高潮。1930年商务印书馆出版了古有成译介的《加勒比斯之月》,书中共收录其七个奥尼尔独幕剧的

---

① 胡春冰:《欧尼尔与〈奇异的插曲〉》,《戏剧》,1929年,第1卷,第5期。
② 参见刘海平、朱栋霖:《中美文化在戏剧中的交流》,南京:南京大学出版社,1988年,第41页。

译作,并且在此书后记中给予奥尼尔高度的评价。1931 年戏剧家洪深与顾仲彝亲自操刀翻译并发表在《文学》上的奥尼尔剧本《琼斯皇》、钱歌川发表在《现代文学评论》上的《卡利浦之月》、1932 年顾仲彝发表在《新月》上的《天边外》、1934 年袁昌英发表在《现代》上的《绳子》、1936 年王实味翻译出版的《奇异的插曲》、1939 年王思曾翻译出版的《红粉飘飘》等等,这些译著的出现使读者享受了一场奥尼尔戏剧的盛宴,戏剧爱好者开始热爱美剧,学者有了分析和研究的语料。但总体来说,30 年代的译本今天读起来还是瑕疵不少,不忠实和篡改的地方比比皆是,这也是为何后来译者和学者重译奥尼尔剧本的原因。

  30 年代奥尼尔戏剧汉译本的出版,使读者可以直接接触第一手语料,有了比较直接的"感性认识"①,学者也可以准确把握奥尼尔的作品内涵,而不用道听途说或牵强附会。这一时期,我国学者对奥尼尔的研究不再是评价式的泛泛而论,诸多批评开始从介绍性走向深入式的细致评析,研究更加具体,更加切中肯綮。比如,袁昌英、顾仲彝和曹泰来等学者对奥尼尔的《琼斯皇》进行了评论,他们的批评细致入微,由表及里。袁氏认为,悲剧《琼斯皇》是非洲"灵魂"的外现②;顾仲彝和曹泰来则认为《琼斯皇》更多关照人类的命运。钱歌川的评论更加专业化,他认为奥尼尔的剧作源于他个人的生活体验,反映下层人群被命运玩弄的痛苦。他认为《天边外》是"写实主义"的代表,但相比较而言《琼斯皇》则是"表现主义手法"的杰作。③ 著名作家、翻译家萧乾对奥尼尔《大神布朗》撰文研究,他指出奥尼尔是在肤浅无知的美国诞生的一朵奇葩,他的作品对生命的悲悯受到了"斯特林堡的影响",剧中"现实和象征"相互交错,"生命和死亡"融合一体,他在用"生命诠释生命"④。黄学勤认为《毛猿》是对现代文明的诅

---

① 卫岭:《奥尼尔的创伤记忆与悲剧创作》,北京:中国人民大学出版社,2008 年,第 15 页。
② 袁昌英:《庄士皇帝与赵阎王》,《独立评论》,1932 年,第 27 号。
③ 参见刘海平、朱栋霖:《中美文化在戏剧中的交流》,南京:南京大学出版社,1988 年,第 99 页。
④ 萧乾:《奥尼尔及其〈白朗大神〉》,《大公报》,1935 年 9 月 2 日版。

咒①;张梦麟指出《奇异的插曲》表现的病态心理源于病态社会②;钱杏村则是一个极端的无产阶级文艺评论家,他认为奥尼尔将美国描写成人间"地狱",并认为奥尼尔的作品缺少光明的结尾。③余上沅对奥尼尔的《悲悼》进行了深入的研究,他认为《悲悼》虽然取材于希腊悲剧,但所表达的思想与希腊悲剧完全不同,希腊悲剧表现的是外部的故事,而《悲悼》像是一面"照妖镜"④,揭示的是人隐秘的内心世界。30年代研究奥尼尔的学者中,除了当时身居美国的余上沅深谙美国文化外,另一位当属柳无忌,他对剧本《无穷的岁月》的批评引起了巨大反响,他反对将文学作品中人物的思想观点等同于作者的思想。⑤ 30年代的终结之作是巩思文的《现代英美戏剧家》,书中对奥尼尔的生平、名剧、贡献以及创作手法和语言应用等都做了全面系统的介绍。

30年代对奥尼尔的译介和研究之大成者要数曹禺。曹禺的艺术发展之路处处可见奥尼尔的痕迹,许多学者注意到,曹禺在悲剧观念上、在对人物的悲剧命运的看法上,甚至一些表现手法上都受到奥尼尔的影响。他的《原野》就有《琼斯皇》中的艺术元素。曹禺与洪深的不同在于,曹禺不是简单的模仿,而是对奥尼尔悲剧精神的吸收和内化,然后运用现代理论和现代话语创作出中国观众能够接受的诸如《雷雨》《日出》等作品。

整体而言,30年代的剧评涉及面比较宽,袁昌英从哲学和伦理学的视角研究奥尼尔;顾仲彝和曹泰来的研究则基于悲剧美学理论;钱歌川从戏剧的艺术角度切入;萧乾用象征主义理论反观奥尼尔作品;黄学勤和张梦麟倾向于研究奥尼尔剧本的社会批判功能;钱杏村使用马克思的无产阶级文艺理论研究奥尼尔;余上沅的研究更接近对奥尼尔剧本的主题研究;柳无忌从宗教观的视角研究奥尼尔;而巩思文的专著是一本文学史

---

① 黄学勤:《戏剧家奥尼路的艺术》,《社会科学》,1937年第10、13期。
② 张梦麟:《〈奇异的插曲〉序》,王实味译《奇异的插曲》,北京:中华书局,1936年。
③ 黄英:《奥尼尔的戏剧》,《青年界》,1932年第1期。参见汪义群:《奥尼尔研究》,上海:上海外语教育出版社,2006年,第303页。
④ 余上沅:《奥尼尔的三部曲》,《新月》,1932年,第四卷,第4期。
⑤ 柳无忌:《二十世纪的灵魂——评欧尼尔新作〈无穷的岁月〉》,《文艺》,1936年第3期。

式的研究，是 30 年代唯一一部研究奥尼尔等美国五位作家的著作，其中大部分篇幅都放在奥尼尔研究上。然而 30 年代真正让奥尼尔走进中国观众心中的学者是曹禺，他的伟大贡献就在于用剧本说剧本，以表演谈表演。20 世纪 30 年代奥尼尔的研究可谓百花齐放、百家争鸣，研究形式多样，研究成果颇丰，研究也有了深度，从 20 年代稚嫩的研究上升到比较高的理论层次。但是，不可否认，当时的研究受到社会环境的影响，学者的主观思想渗透在字里行间，研究中误读和歪曲也不少见。

（三）奥尼尔研究的巅峰期

进入 40 年代，中国陷入战争时期，国内戏剧界无暇顾及奥尼尔这样远离社会政治的剧作家，结果是，整个 40 年代发表关于奥尼尔研究的文章只有 5 篇，由陈纪滢和顾仲彝等人撰写，而译著仅仅 3 部，由荒芜等人翻译。战争的硝烟淹没了中国奥尼尔研究。从 1949 年到 1978 年间，由于紧张的国际政治形势和冷战局势，外国文学研究基本处于封闭的状态，所以当时除了一份《外国文学参考资料》上偶见报道一下奥尼尔遗作出版的消息外，既没有译本问世，也没有评论发表，奥尼尔被排除在中国文学界外。

80 年代，我国的奥尼尔研究迎来了春风。1980 年复旦大学外国文学研究室创办了不定期刊物《外国文学》，并将第一辑作为"奥尼尔研究专辑"，集中刊登奥尼尔研究成果。1981 年，《安娜·克里斯蒂》登上了中国的戏剧舞台，此后奥尼尔的《榆树下的欲望》等一系列剧本开始上演。值得称道的是，奥尼尔走进了研究生的学术研究领域，如今，奥尼尔研究专家刘海平和汪义群等将奥尼尔作为研究课题，使奥尼尔的研究更加系统化，更加学院式。判断一项研究是否有突破，最主要的是其国际国内影响如何。1985 年廖可兑先生在中央戏剧学院创办"奥尼尔研究中心"[①]，1987 年 2 月在北京召开第一届奥尼尔戏剧研讨会，1988 年 6 月在南京召

---

① 廖可兑先生是希腊悲剧和欧洲文艺复兴时期戏剧研究的专家，后来对奥尼尔研究感兴趣，负责成立研究中心，他任该中心主任，去世后由郭继德教授任中心主任。

开国际奥尼尔学术会议,1988年12月在北京召开第二届奥尼尔戏剧研讨会,这些标志着奥尼尔研究已经走入高潮。

80年代,一批奥尼尔研究的著名专家和学者着手译介和重译奥尼尔的剧作,其中包括荒芜、汪义群、刘海平、郭继德、龙文佩、欧阳基、梅绍武、张冲等。比如,荒芜的《天边外》,汪义群的《上帝的儿女都有翅膀》《榆树下的欲望》《无穷的岁月》和《进入黑夜的漫长旅程》,刘海平的《马可百万》和《休伊》,郭继德的《诗人的气质》,龙文佩的《东航卡迪夫》和《送冰的人来了》,梅绍武的《更庄严的大厦》和《月照不幸人》等。这些译本出自学者之手,他们对奥尼尔本人和奥尼尔的作品做过深入研究,所以他们的译作无限接近奥尼尔的本来面目,无论从译介的准确度,还是从舞台的演出功能看,都是30年代的译作不可企及的。这些译本今天都成为奥尼尔剧作翻译的经典不朽之作。

(四) 奥尼尔研究的内涵发展期

20世纪90年代至2015年上半年,奥尼尔研究并不像20世纪80年代那样火热,处于平静、稳健和多元的研究态势。所谓平静、稳健,指的是奥尼尔研究走向成熟,按照学术研究的规律不断前进。所谓多元,是指这个时期很多学者运用新批评、新理论、新观点对奥尼尔的剧本进行新的思考和研究。笔者在CNKI上对关于奥尼尔研究的论文进行检索,仅1990年至2015年的优秀博士论文就有17篇,优秀硕士论文211篇,可见,国内对奥尼尔戏剧的研究在稳健地发展。

近二十五年来,奥尼尔研究在理论和方法上逐渐多元化,在研究深度和维度上取得了重大的成果。主要体现在以下几个方面:

1. 剧本与著作

20世纪90年代以来,奥尼尔研究最明显的现象是,奥尼尔的剧本被新译,英语奥尼尔研究专著被译介,国内奥尼尔专著也相继出版,奥尼尔研究呈现出内涵式的研究取向。1995年《奥尼尔集:1932—1943》问世,书中收集了汪义群、龙文佩、梅绍武等人重译奥尼尔的力作,其中包括八个最有分量的剧本和一部小说。2002年,山东大学郭继德编的《奥尼尔文集》六卷本由人民文学出版社出版,是迄今为止我国收集出版的最完整的集子,可以肯定地说,这本集子已经成为奥尼尔爱好者和研究者的囊中之宝。最为珍贵的是,第六卷中收集了奥尼尔对戏剧和人生的精言散论,为研究奥尼尔及其剧本提供了珍贵的材料。2007年欧阳基等翻译并由人民文学出版社出版的《奥尼尔剧作选》收集了《安娜·克里斯蒂》等六部戏剧。这些戏剧集各有千秋,为研究奥尼尔提供了文献基础。

对国外奥尼尔专著的译介也是近二十多年来奥尼尔研究向纵深发展的标志。近年来,一些关于奥尼尔研究的英语专著被译介过来,常见的包括陈良廷等翻译的《尤金·奥尼尔的剧本》①、郑柏铭翻译的《尤金·奥尼尔和东方思想》②以及上海外语教育出版社引进出版的《剑桥文学指南》等③。这些专著虽不是美国奥尼尔研究的先锋之作,却涵盖了奥尼尔剧作的创作历程、艺术成就、舞台表演以及东方文化对其的影响,为我国文学院的研究者提供了研究资料上的便利。

国内奥尼尔研究的专著和论文集也频频出版,影响比较大的有:廖可兑主编的《尤金·奥尼尔戏剧研究论文集》④以及由其撰写的《尤金·奥尼尔剧作研究》,刘海平、徐锡祥编写的《奥尼尔论戏剧》,郭继德主编的《尤金·奥尼尔戏剧研究论文集》⑤,谢群著的《语言与分裂的自我:尤金·奥尼尔剧作解读》,汪义群撰写的《奥尼尔研究》,郭勤的《依存与超越:尤金·奥尼尔隐秘世界后的广袤天空》,刘德环的《尤金·奥尼尔传》,刘永杰的《性别理论视阈下的尤金·奥尼尔剧作研究》等。其中,由廖可兑和郭继德分别编写的两部同名论文集收集了当时学术会议提交的优秀论文,成为研究奥尼尔的重要参考资料。廖可兑的专著对18部剧本的人

---

① [美]弗吉尼亚·弗洛伊德:《尤金·奥尼尔的剧本:一种新的评价》,陈良廷、鹿金译,上海:上海译文出版社,1993年。
② [美]詹姆斯·罗宾森:《尤金·奥尼尔和东方思想》,郑柏铭译,沈阳:辽宁教育出版社,1997年。
③ [美]迈克尔·曼海姆:《剑桥文学指南:尤金·奥尼尔》,上海:上海外语教育出版社,2000年。
④ 廖可兑:《尤金·奥尼尔戏剧研究论文集》,北京:外语教学与研究出版社,1997年。
⑤ 郭继德:《尤金·奥尼尔戏剧研究论文集》,上海:上海外语教育出版社,2004年。

物、情节、艺术手法、思想意义等进行了剖析,有极高的学术价值。① 刘海平的编著别具特色,主要分析了舞台演出艺术、戏剧批评和剧本梗概等,为戏剧舞台艺术研究提供了参考方法。② 刘德环的专著虽然学术性不算高,但是特色鲜明,反映了一个外国人眼中的奥尼尔的一生。③ 相比于廖可兑、郭继德和刘海平等,汪义群的专著是对奥尼尔最系统、最全面的研究,涵盖了作者生平、创作风格、悲剧渊源和国内外奥尼尔研究流派等。10 年过去了,此书仍然是研究奥尼尔不可替代的参考资料。④ 谢群、郭勤和刘永杰的 3 部著作与前辈的研究方法有所不同。谢群借用现代西方伦理分析和心理分析的理论和方法,解读奥尼尔在不同时期塑造的各异的自我形象⑤;郭勤则试着揭开奥尼尔真实的隐秘世界,批判了研究领域无法脱离自我隐秘世界的传统看法,宣扬奥尼尔创作超越了自传性经历⑥。刘永杰的专著则运用性别理论推翻了传统研究中判定奥尼尔有歧视女性的看法,认为男女两性都是受害者,都是弱势群体,女性不独立和对男性的强烈依赖性,以及男性的懦弱和不可依赖性形成了一对对立的社会矛盾。⑦ 刘永杰运用性别理论研究奥尼尔,无论从理论上还是结论上都是对奥尼尔研究的巨大贡献。

2. 学术论文

纵观我国二十多年来发表的有关奥尼尔研究的论文,较以前具有质的变化,特别是学术论文体现出更加多元和开放的态势,现代西方的新理论和新方法被广泛运用。概括起来,研究奥尼尔的学术论文主要包括以

---

① 廖可兑:《尤金·奥尼尔剧作研究》,北京:中国美术学院出版社,1999 年。
② 刘海平、徐锡祥:《奥尼尔论戏剧》,北京:大众文学出版社,1999 年。
③ 刘德环:《尤金·奥尼尔传》,长春:吉林出版集团,时代文艺出版社,2013 年。
④ 汪义群:《奥尼尔研究》,上海:上海外语教育出版社,2006 年。
⑤ 谢群:《语言与分裂的自我:尤金·奥尼尔剧作解读》,北京:北京大学出版社,2005 年,第 3—27 页。
⑥ 郭勤:《依存与超越:尤金·奥尼尔隐秘世界后的广袤天空》,上海:上海译文出版社,2010 年,第 5—35 页。
⑦ 刘永杰:《性别理论视阈下的尤金·奥尼尔剧作研究》,北京:中国社会科学出版社,2014 年,第 3—4 页。

下几个方面：

(1) 对奥尼尔的悲剧思想研究

奥尼尔认为悲剧才是人生，悲剧的人生才有意义。从1990年开始，无数的学者在奥尼尔的悲剧中探究他的悲剧思想和悲剧诗学。刘砚冰的《论尤金·奥尼尔的现代心理悲剧》认为奥尼尔的悲剧诗学深受古希腊悲剧美学的影响，但是他的悲剧不同于古希腊的悲剧，他认为悲剧是人的"内在品质"，非命运安排。① 王铁铸的《悲剧：奥尼尔的三位一体》认为奥尼尔悲剧思想的本质就是，他把情感作为人生的导航，推崇情感，忽视理性。奥尼尔认为悲剧创作就是"赋予情感"一种表达的方式，给予"情感以生命"的价值，让人在悲惨的情感冲突中观照自我，认识自我。悲剧不是绝望，而是乐观的价值取向，悲剧的深度之美就是其本"真"和对生命的希望。② 杨彦恒的论文《论尤金·奥尼尔剧作的悲剧美学思想》指出，奥尼尔式的悲剧具有强烈的人类精神关怀，剧中的人物虽经受着各种苦痛折磨，但总是不屈不挠，体现了人对幸福生活和美好未来的憧憬，包含丰富的"美学价值"③。杨彦恒与王铁铸的研究殊途同归。论文《论奥尼尔悲剧的终极追寻》是最有影响的一篇，作者武跃速论及奥尼尔对人类灵魂世界的探索，寻找支离破碎的精神世界的超越。奥尼尔的悲剧建构了一个存在意象中的理想家园，在这里可以满足"宗教意义上的精神拯救"和人性意义上的"情感诉求"④。二十多年里，我国文学研究领域还有很多深入研究奥尼尔悲剧诗学的优秀论文，例如郭继德在《对西方现代人生的多角度探索——论奥尼尔的悲剧创作》一文中挖掘了奥尼尔悲剧创作透视下的悲剧人生⑤；孙宜学的《奥尼尔剧作悲剧主题的文化透视》分析了奥

---

① 刘砚冰：《论尤金·奥尼尔的现代心理悲剧》，《河南师范大学学报》，1992年第3期。
② 王铁铸：《悲剧：奥尼尔的三位一体》，《辽宁大学学报》，1993年第3期。
③ 杨彦恒：《论尤金·奥尼尔剧作的悲剧美学思想》，《中山大学学报》，1997年第6期。
④ 武跃速：《论奥尼尔悲剧的终极追寻》，《外国文学研究》，2003年第1期。
⑤ 郭继德：《对西方现代人生的多角度探索——论奥尼尔的悲剧创作》，《文史哲》，1990年第4期。

尼尔悲剧主题中蕴含的深层文化根基①;张岩的《试论尤金·奥尼尔悲剧的美学意蕴》②、张军的《论奥尼尔的悲剧创作意识与美学思想》③、孙振偎的《尤金·奥尼尔悲剧美学观及其审美价值研究》④都从悲剧美学和创作风格角度深入分析了奥尼尔的戏剧。这些论文对奥尼尔的悲剧思想和悲剧诗学进行了多角度的探索。

(2) 女权主义研究

自女权主义文学批评理论于20世纪末进入中国后,不少从事文学批评的研究者开始尝试从女权主义文学批评视角对奥尼尔剧作进行批评分析,许多有分量的论文在著名期刊上发表。著名学者杨永丽、时晓英、刘琛等一致认为奥尼尔是男权话语的代表,传达的是男权社会男性对女性主宰的合理性。杨永丽的《"恶女人"的提示——论〈奥瑞斯提亚〉与〈悲悼〉》认为奥尼尔的剧本纯粹是男性按照自己的需要对女性的书写,忽视了女性的社会地位和身份,女性沦为父权社会的附庸,女人的价值在于男性给予她什么样的"社会角色"以及她"完成的程度"如何。⑤ 时晓英的《极端状况下的女性——奥尼尔女主角的生存状态》通过对三位女性的分析,认为奥尼尔剧中的女性只能从"男性视角去认知"和理解。⑥ 刘琛的《论奥尼尔戏剧中男权中心主义下的女性观》认为奥尼尔剧本中宣传的是男权中心主义,男权中心主义下的女性甘愿付出,甚至对男性社会的恩赐"深受感动"⑦。

还有一些学者则持不同的观点。沈建青、夏雪、刘永杰、卫岭撰写论

---

① 孙宜学:《奥尼尔剧作悲剧主题的文化透视》,《戏剧》,1993年第3期。
② 张岩:《试论尤金·奥尼尔悲剧的美学意蕴》,《山东师范大学学报》,2003年第5期。
③ 张军:《论奥尼尔的悲剧创作意识与美学思想》,《学术交流》,2004年第8期。
④ 孙振偎:《尤金·奥尼尔悲剧美学观及其审美价值研究》,《文艺理论与批评》,2013年第2期。
⑤ 杨永丽:《"恶女人"的提示——论〈奥瑞斯提亚〉与〈悲悼〉》,《外国文学评论》,1990年第1期。
⑥ 时晓英:《极端状况下的女性——奥尼尔女主角的生存状态》,《四川外语学院学报》,2004年第4期。
⑦ 刘琛:《论奥尼尔戏剧中男权中心主义下的女性观》,《吉林大学社会科学学报》,2004年第5期。

文为奥尼尔昭雪申冤。沈建青的《疯癫中的挣扎和抵抗》认为通过对母亲玛丽疯癫状态的描写,剧本突出反映女性在"传统性别角色重压下的无助挣扎和孤独抵抗"[①]。夏雪的《尼娜:男性世界中的囚鸟》通过对《奇异的插曲》中尼娜的心理和行为的分析,认为她看似选择自由,控制了6个男人,实际上是在描写一个事实:尼娜始终以"男人为中心",尼娜无法超越根深蒂固的传统的"男性价值观",不可能逃脱男权社会的"樊笼"[②]。刘永杰、卫岭则认为奥尼尔非但不是男权主义者,相反,他是为失语女性找回自我和身份的勇者。刘永杰在《〈进入黑夜的漫长旅程〉的女性主义解读》直言家庭的悲剧是不可避免的,因为家庭中的女性因不服男性统治而进行的斗争是无奈的选择和"绝望的抵抗"[③]。卫岭的《还原一个真实的奥尼尔——奥尼尔不是男权主义的作家》认为奥尼尔不是一个顽固的男权主义剧作家,他尊重女性、同情女性,对女性命运的悲惨描写,正是他关爱弱势群体,负有伟大"责任感与使命感"的表现。[④] 刘永杰的《女性·欲望·主体——〈奇异的插曲〉的女性欲望叙事》认为《奇异的插曲》中奥尼尔一反男性为叙事中心的传统,将主人公尼娜变成"欲望叙事"的中心,打破了"女性失语"的"男权叙事神话"[⑤],竭力地为女性呐喊助威。

（3）关于奥尼尔戏剧的表现主义手法的研究

奥尼尔擅长用表现主义手法表现人物心灵深处的思想、情感和意念,他先后创作了《琼斯皇》《毛猿》等脍炙人口的纯表现主义戏剧。奥尼尔的表现主义作品深受国内学者的关注,引来国内学者研究的热潮,例如刘明厚、朱伊革、左金梅等都认为奥尼尔的表现主义表现了现代人的异化和疏

---

① 沈建青:《疯癫中的挣扎和抵抗:谈〈长日入夜行〉里的玛丽》,《外国文学研究》,2003年第5期。

② 夏雪:《尼娜:男性世界中的囚鸟——对〈奇异的插曲〉的女性主义解读》,《社会科学论坛》,2015年第2期。

③ 刘永杰:《〈进入黑夜的漫长旅程〉的女性主义解读》,《四川戏剧》,2008年第6期。

④ 卫岭:《还原一个真实的奥尼尔——奥尼尔不是男权主义的作家》,《学术评论》,2011年第3期。

⑤ 刘永杰:《女性·欲望·主体——〈奇异的插曲〉的女性欲望叙事》,《戏剧艺术》,2014年第5期。

离感。刘明厚的《简论奥尼尔的表现主义戏剧》认为奥尼尔表现主义戏剧所表现的是剧中人物寻找归宿的徒劳,揭示了美国现代工业文明造成的孤独、焦虑、迷惘和痛苦,他们完全没有"灵魂"的依托。[①] 朱伊革的《尤金·奥尼尔的表现主义手法》与刘明厚的观点大同小异,他认为奥尼尔戏剧通过语言和超语言的表现主义技巧让观众意识到机器工业化生产正在夺取人的幸福感,代之而来的是人的内心深处的"困惑"、彷徨和无所适从。[②] 左金梅的《尤金·奥尼尔的表现主义艺术》以为,奥尼尔的剧作尝试用西方现代主义惯用的象征主义、内心独白等表现主义手法为观众拨开西方现代工业社会背景下人民的"内心世界"的迷雾,以及机器工业化生产使人处于无处立足、缺少认同感的"悲惨处境"[③]。此外,这个时期一些学者从表现主义艺术和表现主义戏剧的审美出发,对奥尼尔剧中精湛的表现主义手法进行了比较深入的研究和探索;有的学者借助比较文学平行研究和影响研究的方法,专门研究了其表现主义手法对后来作家创作思想的影响,还有一些学者对其表现主义手法达到的戏剧效果做了比较细致的研究。具有代表性的学者包括许诗焱[④]、黄颖[⑤]、周维培[⑥]、段世萍、唐晏[⑦]、姜艳等[⑧]。

(4) 关于奥尼尔戏剧心理学研究

奥尼尔否认自己受弗洛伊德的影响,他从未运用心理分析理论来审

---

① 刘明厚:《简论奥尼尔的表现主义戏剧》,《外国文学评论》,1997年第3期。
② 朱伊革:《尤金·奥尼尔的表现主义手法》,《天津外国语学院学报》,2003年第2期。
③ 左金梅:《尤金·奥尼尔的表现主义艺术》,《中国海洋大学学报》,2004年第4期。
④ 许诗焱:《面向剧场:奥尼尔20世纪20年代戏剧表现手段研究》,《外国文学研究》,2002年第3期。
⑤ 黄颖:《论尤金·奥尼尔塑造女性形象的表现主义手法》,《南京师范大学文学院学报》,2005年第4期。
⑥ 周维培:《表现主义与象征主义的杰作:尤金·奥尼尔的〈琼斯皇〉与〈毛猿〉》,《剧作家》,1998年第1期。
⑦ 段世萍、唐晏:《奥尼尔剧作〈琼斯皇〉的表现主义解读》,《华南师范大学学报》,2006年第4期。
⑧ 姜艳:《简论奥剧〈大神布朗〉中的面具表现主义手法》,《黑龙江社会科学》,2004年第6期。

视生活,只是用情感来体验它。奥尼尔认为"每个戏剧作家都是敏锐的心理分析学家"①,只是作为戏剧家的他用戏剧艺术的形式来诠释人的心理创伤和"俄狄浦斯情结"等现象。虽然奥尼尔不属于心理分析剧作家,但是他的作品中充满了对变革社会中复杂的人物灵魂深处的剖析,对缺少认同、饱受心灵创伤的个体的同情和理解。国内学者文人借助心理分析和创伤理论展开了对《榆树下的欲望》《悲悼》《奇异的插曲》和《进入黑夜的漫长旅程》等四部剧本的解读分析。例如李兵在《奥尼尔与弗洛伊德》中考察了奥尼尔与弗洛伊德在关注人精神世界方面的共同性,认为弗洛伊德"无意识"理论对奥尼尔戏剧写作有明显的影响。② 陈立华的《从〈榆树下的欲望〉看奥尼尔对人性的剖析》借助弗洛伊德的性本能理论对剧本进行研究,认为被压抑的欲望不断积压并最终失控是致使爱碧和伊本走向毁灭的原因,暴露了"人性的缺陷",指出摧毁自我的根源就是人性的欲望。③ 苗佳的《论戏剧〈进入黑夜的漫长旅程〉的心理创伤》利用精神分析理论分析了蒂龙一家四口人因为生活压力而产生的"焦虑"和"创伤"。④ 郭勤的《尤金·奥尼尔与自身心理学——解读奥尼尔剧作中的自恋现象》将奥尼尔的戏剧创作与"自身心理学"理论结合起来,认为奥尼尔本身具有隐性的"自恋"现象,他的剧本也含有"俄狄浦斯型自恋"和"原始型自恋"两种形态。⑤ 另外,还有任增强⑥、李霞⑦、周维培⑧等运用心理分析理论详细分析和解读了奥尼尔剧本,为奥尼尔剧本的心理分析批评作出了

---

① Louis Sheaffer, *O'Neill: Son and Artist*, Boston: Little, Brown and Company, 1973, p.173.
② 李兵:《奥尼尔与弗洛伊德》,《西南民族学院学报》,1996 年第 6 期。
③ 陈立华:《从〈榆树下的欲望〉看奥尼尔对人性的剖析》,《外国文学研究》,2000 年第 2 期。
④ 苗佳:《论戏剧〈进入黑夜的漫长旅程〉的心理创伤》,《上海戏剧》,2015 年第 1 期。
⑤ 郭勤:《尤金·奥尼尔与自身心理学——解读奥尼尔剧作中的自恋现象》,《当代外国文学》,2011 年第 3 期。
⑥ 任增强:《"女性"即"母性":奥尼尔"母性情结"的价值取向》,《译林》,2012 年第 5 期。
⑦ 李霞:《〈琼斯皇〉——荣格集体无意识学说的典型图解》,《名作欣赏》,2007 年第 16 期。
⑧ 周维培:《弗洛伊德理论戏剧化的成功尝试:尤金·奥尼尔的〈奇异的插曲〉》,《剧作家》,1998 年第 2 期。

贡献。要说奥尼尔剧本的心理分析研究仍存在不足之处,那主要体现为:研究基本上偏向于个别性,偏向于一些剧本的一些人物的心理分析,没有从整体上挖掘奥尼尔剧本中人物心理扭曲和性格裂变的现象。

(5) 关于奥尼尔戏剧的其他研究

21世纪以来,奥尼尔戏剧的研究更加趋于多元化,一些学者开始用后现代、后殖民理论解读奥尼尔的剧本,与西方奥尼尔研究呈现同步的状态。例如陶久胜、刘永杰、肖利民、廖敏等就从解构主义、后殖民主义等角度探讨了奥尼尔及剧中人物身份认同的问题。陶久胜、刘立辉的《奥尼尔戏剧的身份主题》从话语实践与身份的动态关系出发研究奥尼尔戏剧的"身份主题",认为戏剧表达了奥尼尔"重构新身份"的社会理想与人文追求。① 廖敏的《奥尼尔剧作中的"他者"》认为奥尼尔本身具有霍米·巴巴所指的"双重身份",还有法侬所说的文化"不确定性"。奥尼尔身份的"多重性与分裂性"造成身份认同焦虑,进而沦为"他者"的形象。② 刘永杰通过《〈悲悼〉主人公莱维妮亚的女性主义审视》一文对男人作为家庭的核心,妇女只是附属品的传统家庭伦理进行了"秩序的颠覆",消解了传统文学中女主人公总是被言说和失语的状态。③ 肖利民的《从边缘视角看奥尼尔与莎士比亚戏剧的深层关联》认为奥尼尔剧中的人物很多属于种族"他者"、女性"他者"和宗教"他者",他们都被边缘化,只能"被言说""被书写"。④

另外,近年逐渐兴起了一股从生态、家庭和社会道德伦理角度研究奥尼尔的苗头,如,刘永杰的《〈悲悼〉中"海岛"意象的生态伦理意蕴》就运用生态伦理的视角对奥尼尔剧中的海岛意象做了分析,认为这个意向宣扬"人与自然"的和谐,回归"失落的人性"。⑤ 张生珍、金莉的《当代美国戏

---

① 陶久胜、刘立辉:《奥尼尔戏剧的身份主题》,《南昌大学学报》,2012年第2期。
② 廖敏:《奥尼尔剧作中的"他者"》,《戏剧文学》,2012年第12期。
③ 刘永杰:《〈悲悼〉主人公莱维妮亚的女性主义审视》,《四川戏剧》,2006年第4期。
④ 肖利民:《从边缘视角看奥尼尔与莎士比亚戏剧的深层关联》,《四川戏剧》,2013年第2期。
⑤ 刘永杰:《〈悲悼〉中"海岛"意象的生态伦理意蕴》,《郑州大学学报》,2014年第3期。

剧中的家庭伦理关系探析》认为商业化冲击下的美国,家庭和婚姻关系非常脆弱,甚至徘徊于"失衡和异化"的边缘,大力倡导以"责任和义务"为基础的伦理关系。① 此外,还有张媛的《从〈榆树下的欲望〉探讨尤金·奥尼尔对女性的关怀》②,刘慧的《生态伦理视阈下杨克的悲剧》③,马永辉、赵国龙的《伦理缺失 道德审判——文学伦理学批评视角下的〈榆树下的欲望〉》④等等,都从不同的视角研究了奥尼尔剧中人物的道德价值和伦理现象。

纵观国内外奥尼尔研究的现状,我们发现研究呈现出基本相似的线路,都是由外而内、由内向外、由表及里、由单向向多元发展的路径,而且随着时间的推移,研究方法越来越成熟,研究队伍越来越庞大,研究成果越来越科学、越来越系统。目前,国内外对奥尼尔及其戏剧的研究呈现出健康、稳定、多元的发展态势。

三、研究的趋势及存在的问题

(一)奥尼尔研究的趋势

近年来国内外学者对奥尼尔的研究兴趣有所转移。9·11事件对美国人民造成了重创,9·11后一段时间美国人民陷入恐慌、焦虑和极度痛苦的状态,美国政府号召市民"勇敢地进剧场看戏"⑤,这股爱国的宣传促进了纽约剧院的兴盛。戏剧演出的研究也呈现出一股强烈的热情,特别是外百老汇代表的一系列攸关美国命运和民族前途的反思型戏剧得到了

---

① 张生珍,金莉:《当代美国戏剧中的家庭伦理关系探析》,《外国文学》,2011年第5期。
② 张媛:《从〈榆树下的欲望〉探讨尤金·奥尼尔对女性的关怀》,《江苏科技大学学报》,2014年第3期。
③ 刘慧:《生态伦理视阈下杨克的悲剧》,《外国文学研究》,2010年第3期。
④ 马永辉,赵国龙:《伦理缺失 道德审判——文学伦理学批评视角下的〈榆树下的欲望〉》,《齐鲁学刊》,2007年第5期。
⑤ 此句是费春放教授于2008年10月18日在上海召开的"第十三届全国美国戏剧研讨会"的主题发言中引用的,原句出自纽约市长Rudolph Giuliani在9·11恐怖袭击事件之后的讲话,他号召市民勇敢地走进剧院,不要让恐怖分子的嚣张气焰得逞,这个讲话明显改变了9·11后剧场冷落的现状。

重视。奥尼尔反映人类精神问题的剧本自然也成了人们关注的重点,奥尼尔普林温斯顿剧院(Provincetown Playhouse)不断上演被重拍的奥尼尔戏剧。专门研究奥尼尔的刊物《尤金·奥尼尔评论》(*The Eugene O'Neill's Review*)定期出版,世界奥尼尔研究最大的组织"尤金·奥尼尔协会"(Eugene O'Neill Society)出版的《尤金·奥尼尔通讯》(*The Eugene O'Neill's Newsletter*)及时地向业界和外界宣传奥尼尔研究的最新成果和有关奥尼尔研究的国际学术活动。整体而言,20世纪90年代以来,国外的奥尼尔研究除了继续传统意义上的研究之外还有三个新的趋向:一是对奥尼尔早期创作事业和对奥尼尔普林温斯顿剧院创业者的研究,改变以往过多关注奥尼尔中晚期戏剧研究的片面现象。这个转向的标志性活动是2011年在美国纽约大学举行的"第八届奥尼尔研究国际会议",会议围绕"波西米亚式的奥尼尔"(O'Neill in Bohemia)的主题展开了全面的讨论。二是以美国为主的学者和批评家开始从后殖民批评角度探讨奥尼尔的戏剧,分析奥尼尔戏剧所蕴含的后殖民话语、"他者"、双重意识、东方主义、底层人和混杂性等,探索奥尼尔及其剧中人物焦虑、彷徨的状态和文化身份认同的问题。这个研究趋势的标志是2012年3月29—31日在马里兰州史蒂文森大学(Stevenson University)举行的第36届比较戏剧年会。三是21世纪逐渐兴起的对奥尼尔戏剧的生态研究,包括奥尼尔对自然的热爱和对自然神秘力量的敬畏,以及对人类精神生态的关怀。生态研究逐渐兴起和发展的标志是2015年3月在巴尔的摩由史蒂文森大学承办的第39届比较戏剧年会。国内方面的研究基本上紧跟国外研究的步伐,学习的多一些,创新的比较少。

(二)奥尼尔研究存在的不足

目前,国内外对奥尼尔的研究从深度到力度都是史上前所未有的,研究呈现各家争鸣、视角独特、观点新颖、方法多元的特点,但是研究并非完美,也存在一些不足,具体如下:

(1)国内外不少学者对奥尼尔戏剧的女性主义批评有失偏颇,给奥尼尔贴上了"厌女"的标签,指责奥尼尔对女性心存偏见;恰恰相反,奥尼尔热爱生活,充满理想,怀有强烈的同情心、责任感和人文情怀。他的视野中,不仅有男性的存在,更有女性的存在。

(2) 当前国内外研究有一个共同的现象:运用各种新兴的文学理论对奥尼尔的戏剧进行分析和解读。此类研究从理论到方法显得非常前卫,但是批评的观点和结论却难免有些牵强附会,出现了理论至上和道德倾空,结果沦为用文本去证实理论的先进性,并没有挖掘剧本中所蕴含的文学伦理价值和社会教育意义,研究不太接地气。

(3) 研究过多地把奥尼尔的戏剧和家庭以及个人生活联系起来,认为奥尼尔的悲剧是个人创伤的宣泄。不可否认,他的悲剧与个人的心理裂变不无关系,但是这样的视角忽略了最重要的因素,即他对悲剧美学的理解和人生伦理的思考,他认为悲剧含有美,悲剧才有价值,人生的意义就在于人是世界上"最令人震惊的悲剧"①。只有悲剧才能唤醒人们的思考,帮助人们反思自己的社会行为,寻找到一种符合道德伦理的归宿。

(4) 国内对奥尼尔的译介可谓取得丰硕成果,欧阳基、荒芜、郭继德、汪义群、刘海平等著名译者和学者都加入了翻译和研究奥尼尔剧本的行列,但是,专门从事奥尼尔剧本翻译研究的学者寥寥无几,目前也只有天津商业大学王占斌教授带领的团队在做。中国大部分学者研究奥尼尔依仗的是翻译文本,如果不将奥尼尔剧本的翻译研究归入奥尼尔戏剧文学研究的话,研究还是缺少了一些根基。

笔者认为,奥尼尔戏剧关注的是事物表象下人类社会最本质的东西,奥尼尔借助戏剧的形式寻找人类赖以依存的精神家园,探索人的道德存在方式和最终伦理归宿。这正是奥尼尔及其戏剧在文学界经久不衰的原由,也是本课题研究的价值所在。

---

① [美]尤金·奥尼尔:《论悲剧》,参见《美国作家论文学》,刘保端等译,北京:三联书店,1984年,第246页。

第三节　研究路径及基本观点

一、视角、内容及基本观点

（一）研究视角

文学的产生和发展都是基于伦理和道德的目的。鉴于此，本书选择"伦理"的视角，结合奥尼尔剧本自身形式特色，借助文本阐释，探究其戏剧所表达的伦理主题、伦理观点、道德理想及其伦理现象产生的历史原由进行详细分析、深入解读，并就其戏剧所表现的家庭伦理、生态伦理、性别伦理、宗教伦理等伦理思想的相互勾连和内在逻辑进行梳理，从而对奥尼尔其人其作所体现的伦理观做一个比较全面的衡量和客观的评价。

（二）研究内容

本书在全面梳理、分析和评价国内外一个世纪以来对奥尼尔研究成果的基础上，研究奥尼尔在其戏剧创作中对伦理道德的追问，挖掘奥尼尔通过悲剧叙事对洗涤人类灵魂、道德理想的诉求。重点以奥尼尔伦理意识的形成、伦理主题在作品中的外化、伦理主题的具体表现和伦理叙事的特点为研究对象。

奥尼尔伦理意识的产生离不开20世纪初的社会环境。19世纪末20世纪初，美国进入发达的工业化阶段，物质财富的聚敛带来了商业主义的泛滥和信仰的断裂，并成为威胁现代人生存的巨大的异己力量，人类深感困惑、迷惘和不知所措。深受个体异化、信仰缺失的社会环境的影响，世纪初的美国文学家们普遍关注"伦理"，关注人与人之间的伦理关系和高尚的道德精神。奥尼尔眷注人类命运，崇尚古希腊悲剧精神，关心埋藏于人类灵魂最深处的痛苦[①]，具有强烈的道德忧患意识，体现了古希腊悲剧哲学基础之上的伦理思想。奥尼尔毕生以宽容的胸怀和伟大的同情心借

---

① 蔡隽：《依存与超越——论尤金·奥尼尔悲剧意识的形成》，《山东文学》，2010年第4期。

助戏剧形式诉说着人类精神世界的荒原和个体生命灵魂的迷失。

奥尼尔的伦理思想外化于他的剧本之中,主要体现在他对家庭、性别、生态、种族和宗教等方面的各种错误的伦理取向的质疑,从而表达了他对高尚道德人伦的追求。奥尼尔向往幸福的家庭,他批判了《榆树下的欲望》中家庭的失衡和异化,揭露了《进入黑夜的漫长旅程》中家庭的痛苦与沉闷,他用舞台演出再现了家庭的道德危机,进而追求和谐的、符合伦理规范的家庭关系。奥尼尔并非男权主义者,相反,他不满《奴役》中罗伊尔斯顿先生的责任缺失,也批驳了《送冰的人来了》中希基对伊夫琳宽容忍耐的漠视,怒批了《诗人的气质》中梅洛迪的虚荣和蛮横,他在呼唤两性平等的伦理价值。奥尼尔痛恨对自然生态的破坏,更憎恨对人类精神生态的摧毁。他揭露了船长基尼无视精神崩溃的妻子却表现出几近疯狂的贪欲和进行罪恶掠夺的丑陋面貌;嘲讽了《马可百万》中马可·波罗的唯利是图和中国姑娘阔阔真公主的宽容和超越,借此奥尼尔表现了追求和谐家园的生态伦理思想。奥尼尔背弃了天主教信仰,但是他的内心深处从未离开上帝。他通过《发电机》中弗埃夫拥抱电器自杀和《无穷的岁月》中的约翰·洛文分裂为二到洛文的最后死亡,暗示了他们最终回到了上帝身边,灵魂与肉体得到融合,表达了奥尼尔关怀人类精神世界的宗教伦理意识。奥尼尔少数族裔的身份使他更加关注种族群体的身份归宿。奥尼尔赞扬《梦孩子》中黑人孩子的亲情和善良,同情《上帝的儿女都有翅膀》中黑人吉姆的爱恋与无助,充分体现了奥尼尔对少数族裔群体,即主流社会的"他者"等边缘人群的关怀,显现了他的种族伦理思想。

奥尼尔是一位具有强烈道德关怀的戏剧家,他在其剧本创作的字里行间都流露出强烈的道德忧患意识。奥尼尔本人的人生经历是形成其道德忧患意识的内在原因。奥尼尔是爱尔兰移民的后裔,他们自身的文化成分被吸收和消解,原有的价值渐趋失落,他们陷入找不到身份认同的痛苦中。正是自身经历的心理焦虑和身份迷茫让奥尼尔产生了道德忧患意识,促使他在戏剧创作中对精神、信仰等道德价值的追寻。导致奥尼尔形成道德忧患意识的还有他的家庭环境和时代变迁的因素。奥尼尔的家庭与他在自传体剧本《进入黑夜的漫长旅程》中所描写的那个充满痛苦与沉闷的蒂龙四口之家如出一辙。冷漠的家庭关系使奥尼尔从小就渴望健康的家庭生活和和谐的家庭伦理关系。20世纪初美国社会对物质的过度追求使人文精神价值走向衰落,这种伦理语境为奥尼尔道德忧患意识的形成提供了土壤。此外,奥尼尔伦理思想的形成也深受中国道家思想的泽溉。道家信奉"天人合一"的伦理价值观,主张人与自然的和谐。① 奥尼尔吸取道学精华,在创作中追求人与超级自然特征的精神世界的统一,解构了西方二元对立的逻各斯形而上学思维。西方的伦理哲学传统也成了奥尼尔思想的源泉,从亚里士多德到康德和黑格尔,从应有的人伦到科学的道德再到精神世界的追求,都对奥尼尔伦理思想的孕育和发展产生了很大影响。

奥尼尔的叙事是伦理的叙事,其戏剧的叙事类型不同于传统的叙事模式,形成了自我叙事最有效的策略,即:解构性伦理叙事、狂欢化伦理叙事、身份伦理叙事和悲剧伦理叙事。奥尼尔颠覆了传统二元对立的思维习惯,消解了种族二元对立、东西方二元对立、物质与精神二元对立、男性与女性的对立、善与恶的对立。奥尼尔把社会对立和冲突归咎于人类思维习惯的对立,所以他希望通过"重写人的意识来消解社会矛盾,减除人类的精神痛苦"②。奥尼尔通过解构式的叙事手段,消解对立的伦理价值,旨在建设一个公平、和谐的富有高尚道德价值的社会。

奥尼尔的戏剧具有普遍的人性关怀,他的戏剧以其别具特色的狂欢化叙事,"表达了平民喧哗的大众文化"③和对底层人的同情和关注。奥尼尔戏剧显现的狂欢意识使他的戏剧叙事富有狂欢色彩,他用狂欢化的叙事"书写底层人的生命价值,消解传统的以精英为中心的叙事模式和审美惯性",④蕴含着巨大的狂欢精神。奥尼尔的创作通过狂欢化的伦理

---

① 王占斌:《尤金·奥尼尔戏剧中蕴含的解构意识》,《北京第二外国语学院学报》,2015年第8期。

② 同上。

③ 王占斌:《边缘世界的狂欢:巴赫金狂欢理论视角下的奥尼尔戏剧解析》,《四川戏剧》,2015年第5期。

④ 同上。

叙事，以艺术的形式揭示了社会阴暗面，也让人们渴望建设一个公平正义的新社会。

奥尼尔戏剧描写的是一群边缘化的"他者"，他的叙事是身份伦理叙事。在剧中，奥尼尔书写的种族"他者"、女性"他者"、底层人等非主流社会群体都是行走于边缘的人，他们徘徊在文明的边缘，没有说话的空间，一直苦于探寻自己的身份认同，饱受重塑其主体身份的艰难以及在获得认同过程所受的精神折磨。奥尼尔旨在告诉我们，"他者"唯一的出路就是要颠覆中心地位，建立多元共存的平等社会。

悲剧伦理叙事就是奥尼尔的创作思想，他认为人只有从悲剧中才能感受到人自身存在和发展的价值，才能体悟到人生的崇高和伟大。他用悲剧的伦理叙事策略和悲剧的叙事伦理技巧展示隐藏在生活背后和人的心灵深处的伦理道德。奥尼尔塑造了一系列社会底层的小人物，基本上是一些被生活遗弃的、令人同情的、没有前途和没有地位的人，但是他们还在不断地为不可能实现的理想而奋斗，他们的生活充满了悲剧色彩。

奥尼尔的剧作情节简单，回归自然；人物普通，回归本真；冲突微弱，回归平淡；语言单调，回归真实。奥尼尔的《加勒比斯之月》和《东航卡迪夫》根本没有故事情节，只是再现了水手们心灵上的空虚和道德上的堕落。奥尼尔追求的是用人物的命运吸引观众，而不是用出人意料的情节夺人眼球，这种叙事体现了他的剧本对真实人生和伦理道德的关照。奥尼尔在戏剧中塑造了底层人物的命运，从这些"肮脏下贱、下流龌龊的生活中搜寻理想化的高尚品质"①。这也体现了奥尼尔对普通人命运的道德关怀。奥尼尔的剧本从不渲染剧烈矛盾冲突，所描写的都是些普通人在普通环境中由于行为和性格差异而产生的痛苦和不幸，反映了他对现实生活的道德反思。奥尼尔追求戏剧语言的百姓化，用普通的语言表达真实的人类感情，体现了他对人类情感的道德追问。

---

① Louis Sheaffer, *O'Neill, Son and Playwright*, Boston: Little, Brown, and Company, 1968, p. 105.

(三) 基本观点

通过研究,作者认为,奥尼尔戏剧表达的主题是多方面的,但整体衡量,他的戏剧贯穿的是"伦理"思想,包含的是"伦理"的主题。他在剧本中描写了由于社会堕落、家庭冷漠、精神荒芜、道德沦丧所产生的各色伦理异化现象,表现了奥尼尔对当时道德失败现象的忧虑。他笔下的人物缺乏信仰、孤独封闭、没有责任心,他们在家庭、婚姻、身份认同等方面由于外界的压力而深陷伦理困境。奥尼尔利用戏剧创作向观众揭示了诸多个人、种族、宗教、社会和伦理价值的问题,激发读者和观众反思社会弊端、道德的沦落和伦理观念的混乱。他的剧本质疑和批驳了错误的伦理价值取向,唤起读者对各种道德的敬畏,提供了富有精神价值的伦理道德指引,启迪了人们对真、善、美的坚守和对道德沦丧的忧虑。奥尼尔对人类精神世界的关怀具有永恒的价值和意义,对建构社会主义核心价值观的道德准则和价值体系具有一定的借鉴作用。

二、写作思路及研究方法

(一) 写作思路

本书以伦理学批评为主要路径研究奥尼尔戏剧蕴含的伦理主题,出于以下两方面的考量。其一,奥尼尔的戏剧作品创作于20世纪上半叶,其间正是美国现代工业飞速发展的时期,工业文明带来了社会物质的富裕和人民生活水平的提高,但是也招致了道德观念的巨变。奥尼尔的戏剧应运而生,他创作的伦理环境和剧本中包含的伦理观念成为读者理解作品价值和意义的前提。其二,戏剧的伦理学批评视野独特、博采众长,以探究戏剧的伦理道德为重心,借鉴心理分析、马克思主义批评、后殖民批评等其他批评理论的研究成果,展开全方位的探讨。

本书从"伦理"这一传统文学母题出发,借用伦理学理论追索隐含于奥尼尔戏剧之中的伦理思想和奥尼尔的伦理道德观。首先,追问奥尼尔是否具有道德忧患和伦理意识;其次,追问奥尼尔伦理思想具体表现在哪些方面;再次,追问奥尼尔伦理思想源于何处;最后,追问奥尼尔超越时代的道德追求和伦理理想是什么。

本书的主体部分分为六章。第一章探讨了西方哲学发展史上关于"伦理"的思辨,追寻文艺理论视阈中伦理批评的演变和发展。接着,论述20世纪二三十年代美国戏剧文学所处的伦理环境以及戏剧的伦理关怀。本章最后论述了身处西方伦理环境的剧作家奥尼尔的悲剧伦理艺术观和理想的道德价值观。第二章至第五章,笔者主要通过文本分析具体化奥尼尔的伦理思想。第二章论证了奥尼尔通过家庭成员的"冷漠""沉闷""失衡"和"异化"的情节,对"物质中心"的家庭伦理提出怀疑和批判,以期建立和谐幸福和充满爱情亲情的家庭伦理;第三章通过展示女性的软弱、无能和男性的粗鲁、残忍,对美国社会的性别伦理提出质疑和抨击,呼唤平等的富有责任感的性别伦理;第四章通过追杀和折磨等情节,斥责黑人被"他者"化的种族伦理道德,呼唤种族和谐团结的文化伦理;第五章借着写物质掠夺和精神贪欲,批判"金钱至上"的实用主义价值取向,憧憬和谐快乐的生态环境和世外家园。第六章通过对奥尼尔全部 49 部剧本的细读,提炼出了奥尼尔的四大伦理叙事策略。开始和结尾分别是绪论和结论,其中绪论主要梳理了国内外研究状况、课题研究意义、研究思路和价值;结论部分概述了奥尼尔对人类道德滑坡的忧患和批判,揭示了奥尼尔的伦理思想和毕生奢望的具有人类情怀的伦理理想。

(二)研究方法

本书基于伦理学批评,并借助性别理论、解构主义理论、后殖民批评和伦理叙事学的研究成果和方法,在认真梳理、分析和综合研究国内外奥尼尔文献资料和对奥尼尔 49 部作品认真研读的基础上,系统地、客观地分析了奥尼尔剧作的伦理内涵。

对文学的伦理学批评属于文学本体研究的回归,改变当下纯理论式的研究和文学唯美至上的研究态势,回归文学的本真和文学的社会功能。本书将从文本解析出发,探究奥尼尔戏剧中蕴含的伦理诉求、伦理实践,以及伦理理想。这一切研究均不能脱离对戏剧叙事的研究,因此在文本阐释的基础上,探索体现奥尼尔伦理价值取向的特殊的伦理叙事模式。

第一章

西方伦理环境与奥尼尔伦理追求

西方文明发展史可以说就是伦理道德发展史，伦理道德的探究可以追溯到最古老的史诗和神话，希腊罗马神话就是一种伦理价值的形象表达，荷马史诗就是对英雄价值取向的歌颂。西方世界从古代到近代，一直延伸到现代，人们从未间断对道德的探索和思考，从亚里士多德到卢梭，从康德到达尔文，他们都在寻找一种理论来解释人们的社会行为，试图建构一种能够指导人们行为的法则体系。纵观西方的伦理发展轨迹，基本上是沿着一条线索延伸出去的，可以简单地概括为：公平、正义、自由、美德、理性、责任等，所以西方伦理发展史就是民主发展史。生活在西方伦理环境中的奥尼尔，深受西方伦理思想的影响，崇尚富有道德和责任的国度。奥尼尔一生都在不断地追求，追求一种理想的和谐，包括人与人的和谐，也包括人与上帝，即人与自己内心世界的和谐。他的作品对人类精神世界投以更多的关照，他通过悲剧创作，引起人们对自然环境、种族问题和人类命运，特别是人与上帝的关系的关注和冷静的思考，启示人们敬畏自然，敬畏生命，敬畏神灵，崇尚美德，承担责任。奥尼尔超越时代的价值观和伦理叙事构成了其独特的悲剧艺术伦理观。

第一节　西方伦理思想的泽溉

伦理学与逻辑学、认识论和形而上学一起,构成了哲学的核心领域。像哲学的其他分支一样,伦理学也有自己的研究对象——人类的道德现象。伦理学关注的是人类的道德价值和正确的行动,有其理论意义,也有其实践价值。

一、伦理与道德

汉语中"伦理"一词来源已久。"伦"指从人从仑,人有辈分、等次之分。孟子说:"察于人伦"(《孟子·离娄下》),告诫人们做人行事要注意长幼之分,上下之别。荀子说:"人伦并处"(《荀子·富国》),提醒人们相处时要以礼相待,人群须"类而相比""等而相序"。① 由此得知,"伦"就是一种秩序或序次,是对社会群体中人与人相互关系的界定。伦理中的"理"字一般理解为:"理,治玉也"(《说文解字》),就是将按照玉本身的纹路来雕琢锻打玉器的意思,引申为调理、精微、道理的意思。② "伦理"二字连用,最早见于战国至秦汉之际的《礼记·乐记》,其中说:"乐者,通伦理者也。"伦理中已经包含着道德理论的意思,这样也可以把"伦理"具体解释为人类生活的秩序及秩序之间的关系,以及人们在处理人伦关系时应该遵循的准则、规范等。伦理是人与人之间客观存在的关系,只有群体之间自觉理解和认同这种人伦关系,才能使伦理关系赖以存在和维持。

西方伦理思想最早可以追溯到古希腊的道德思想和伦理学说。"伦理"一词在英文中的对应词是 ethics,出自希腊文 ethos,表示风俗、习惯、气质、性格等。根据海德格尔的观点,ethos 最早出现在赫拉克利特的著作中,意指人居的场所(habitats)或兽居的场所(haunts)。海德格尔认

---

① 黄建中:《比较伦理学》,济南:山东人民出版社,1998年,第21—22页。
② 王泽应编著:《伦理学》,北京:北京师范大学出版社,2012年,第2页。

为:"这个'场所',让人成为他所在的'是',也就是说,让人来到'其中',使人的'在'得到澄明,因而成了'在场的'。"①亚里士多德在《尼各马科伦理学》一书中提到了 ethos 一词,但他更侧重于它的气质、性格层面的意思。他认为伦理德性产生于风俗习惯的影响和熏陶,因此把"习惯"(ethos)一词的拼写稍作改变,就成了"伦理"(ethike)②。由此,在西方,伦理一词的含义延伸到人类的精神层面,涉及人的德性、人与人之间关系等范畴。

不难看出,中西文化中,"伦理"有很多相似的方面,中国儒家哲学和西方亚里士多德的哲学都重视和强调伦理的自觉性;中国两千年的传统教育中注重道德与行为的同一,即所谓的"知行合一",而西方的伦理传统也视"道德为实践理性"③。然而从伦理的起源和指向看,中国伦理学传统是"道德本体论",而西方伦理传统主流则是形而下的,属于"道德工具主义"④。中国儒学传统认为道德先于世界万物而存在,所以"天下无实于理者"(《论语》三)。道德不为人而立,它的存在完全超越人的利益,是"一切人文价值的最高标准"⑤。而西方的伦理文化历来把人作为第一位,道德乃服务于人的"手段和工具"⑥。当人的利益与道德产生矛盾时,作为工具的道德自然让路。中国伦理文化中,人是道德的工具,而西方伦理传统中道德是人的工具。

本书认为伦理主要还是一种精神层面的东西,包括人的德性和情操以及人与人之间的关系。同时,本书研究奥尼尔的伦理意识是通过其戏剧中人物在社会环境面前的行为表现和价值取向,更多地从道德实践角度去研究蕴含在作品深处的奥尼尔的伦理意识和价值取向。因此,本书

---

① [德]海德格尔:《存在与时间》,1999年12月,转引自王泽应:《伦理学》,北京:北京师范大学出版社,2012年,第3—5页。
② [古希腊]亚里士多德:《尼各马科伦理学》,苗力田译,北京:中国人民大学出版社,2014年,第25页。
③ 朱贻庭、黄伟合:《道德本体论与道德工具论——中西传统伦理文化关于道德本质认识之差异》,《文史哲》,1989年第6期。
④ 同上。
⑤ 同上。
⑥ 同上。

借用西方的"伦理"哲学概念作为研究奥尼尔剧作伦理思想的理论基础。

我们在以上的论述中不断地变换运用"伦理"和"道德"两个词,这里有必要对"伦理"和"道德"稍作区别了。上面提到的"伦理(ethics)"一词来源于古希腊,本义是习俗、风俗或性情。而"道德(morality 或 moral)"则来源于拉丁文,本义也是习俗、风俗或性情。亚里士多德等哲学家在使用这两个词汇时不加区别,而其他一些哲学家,如英国哲学家伯纳德·威廉姆斯(Bernard Williams,1929—2003)认为"伦理"包含的意义更广泛,而"道德"则包含于伦理之中。① 威廉姆斯这样区分伦理道德的原因之一是因为他注意到道德这一概念中包含了责任的含义,而这在古希腊哲学对伦理学的探讨中是不存在的。威廉姆斯的观点不完全正确,因为亚里士多德在《尼各马科伦理学》中明显贯穿了"责任"的含义,他认为"伦理"就是古代城邦里生活的公民应具有的德性和应遵循的责任和义务。这也就导致了西方学术界对"伦理"和"道德"常常不加区别,交换使用。《伦理学百科全书》也明文解释"伦理"和"道德"可互换而用。国内学界一直不加区别使用,有时把这两个概念换着用,有时又合成"伦理道德"使用。其实,名词性的"伦理"(ethics)和"道德"(morality)主要体现的是社会和人伦规范;而形容词性的"伦理的"(ethical)和"道德的"(moral)主要指对人和社会行为的价值判断和评价,名词性和形容词性的两者在亚里士多德那里交集为"至善"或"友善的",没有太多区别。要说有区别就得考虑动词性。"伦理"没有动词特性,而"道德"内涵有"鲜明的动词性"②,也就是康德所说的道德的实践性③。基于上述各种定义,概略而言,"伦理学是一门从社会、群体的角度,研究关于人类秩序、社会公正、人际和谐问题的科学;而道德学或道德哲学是从个体角度,研究社会中的个体如何践行、

---

① Bernard Williams, *Ethics and the Limits of Philosophy*, Cambridge: Harvard University Press, 1985, p. 6.
② 毛豪明:《"伦理"与"道德"辩证》,《安庆师范学院学报》,2008年第4期。
③ 戴兆国:《明理与敬义:康德道德哲学研究》,北京:中国社会科学出版社,2012年,第3—21页。

超越社会伦理并获得自由、幸福的学问"①。可以看出,伦理来源于道德,伦理是道德的外在表现;道德是个人的个体行为,而伦理是社会的集体行为。

本书命名为"尤金·奥尼尔戏剧伦理思想研究",主要研究他在戏剧中体现的家庭、性别、种族、生态等人际和代际和谐问题,具有普遍的社会意义和人类意义。但是,同时又考虑到其名词性和形容词性层面上的重合,笔者在使用时除特别之处,一般不做区别。至于"伦理"的外延意义,本书限定在其客观的伦理价值,即伦理的"实然",主要指亚里士多德所说的人与人之间的权利义务关系以及群体的社会秩序结构,这种伦理关系和秩序经常固化在文化习俗和生活传统之中,已经约定俗成,犹如法律一般规约着人们的行为。② 同时本书的概念还廓定主观伦理德性,即伦理的"应然",指个体存在遵守社会秩序,恪守社会核心价值观规定的伦理准则、道德规约、情感义务等,这种伦理道德是由后天培养而得,或与既定的伦理道德一致,或与其相悖,有时打破,有时又会超越,构筑新的伦理体系。本书采用的"伦理"概念包括主观伦理和客观伦理两个方面。

这里有一点必须强调,对文学的伦理批评会涉及探索文学作品中的道德现象和伦理关系,但目的不是为了抽象出伦理规则来规约人们的日常行为,而是探究隐含于文学作品中的道德思想,从而引起我们对某种道德现象和伦理取向的认识,唤起对"人与'他者'之间的道德关系的反思"③。本书所进行的伦理批评虽然也涉及戏剧的审美,但是主要研究戏剧的"伦理"主题内容,通过剧本分析和阐释探究作品中的伦理内涵。具体步骤是:通过研究剧本的叙事手法,把握作者的创作思想和道德取向,同时,通过分析戏剧中虚构的伦理故事和伦理主题,体验"作品中个体的

---

① 毛豪明:《"伦理"与"道德"辩证》,《安庆师范学院学报》,2008年第4期。
② [古希腊]亚里士多德:《尼各马科伦理学》,苗力田译,北京:中国人民大学出版社,2014年,第5—18页。
③ 参见蔡隽:《大卫·马梅特戏剧伦理思想研究》,博士学位论文,苏州大学文学院,2013年,第75页。

生命感觉和价值信念,从而阐释作者和作品向读者所传达出的个体性的伦理感悟和道德思考"①。总结而言,本书将对剧本中展现的各种道德现象及其形成原因、背景等进行分析,逐步掌握人物的伦理动机及其选择等,归纳出剧本中所涵盖的伦理问题和伦理价值,进而对奥尼尔戏剧做出比较客观的、历史的价值判断,获得剧本中深入的伦理价值意义。

二、西方哲学的伦理追问

(一) 西方哲学的伦理取向

西方伦理思想的发展波澜曲折,异说纷呈,但总体又体现出前后相继的递进性和逻辑的一贯性,也反映了人类认识伦理和实践伦理的不断深入的过程。西方伦理思想滥觞于古希腊,然后通过西欧、北美的演变和发展形成不同的伦理学说。古希腊人崇拜英雄人物、颂扬英雄人物表现出来的人格魅力,宣扬赋有城邦特点的精神生活,构成了具有高度凝聚力和共同信仰的城邦共同体。荷马的史诗《伊利亚特》和《奥德赛》是希腊文化的不朽之作,滋育了希腊人的民族精神。史诗中描绘的英雄形象,作为希腊人的人格典范,决定了他们的道德内容和价值取向。但是随着城邦社会的发展,带有强烈宗教色彩的价值体系满足不了人们对新的精神生活的需求,于是逐渐形成寻求新道德的社会思潮。立足于合理主义精神的自然哲学从这种批判精神中脱颖而出,道德从此开始了从神话向哲学的转变。这样,原来以神话为核心内容解释自然的思考已经不能满足希腊人的精神需求,他们便打破神话,追求理性地思考自然世界,德谟克利特的伦理学说就体现了自然哲学家的道德思考。然而,自然哲学家的道德思考缺少应有的人文关怀,他们的伦理思想只是从自然存在理解人,并没有把人生问题作为研究对象直接进行伦理探索。

古希腊哲学真正开始追求和探索伦理价值的是苏格拉底。他把"善

---

① 参见蔡隽:《大卫·马梅特戏剧伦理思想研究》,博士学位论文,苏州大学文学院,2013年,第76页。

生"作为人和社会存在的最高目标,提出了"德性是知识"的伦理命题,并穷其所能试图为人类的道德行为和价值体系建立客观标准。苏格拉底的伦理思想,明显地体现出城邦公民的特点,即个人与城邦一身同体的关系,个人服从于城邦而存在。苏格拉底的弟子柏拉图对他的伦理思想进行了深化,提出了智慧、勇敢、节制、正义四种德性,体现了理想化的城邦构想。如果说苏格拉底的伦理思想是提倡个人道德行为的自我完善,从而达到全体良好的社会风尚,那么柏拉图的伦理思想,却是立足于改革城邦的政治体制,明确各个阶层的社会分工,通过他律和自律的行为来实现全社会的道德完善。苏格拉底追求的是公民个人的道德,到了柏拉图西方哲学发展成为城邦政治伦理的探讨。在西方哲学史上,对伦理学做出最大贡献的是亚里士多德,他第一次把伦理学从哲学中划分出来,使他成为一门独立的科学,而且集前人伦理思想之大成,撰写了专门的伦理学著作《尼各马科伦理学》《欧台谟伦理学》和《大伦理学》,形成了自己的伦理学体系。其中《尼各马科伦理学》是人类历史上第一部重要的伦理学著作,奠定了亚里士多德作为西方伦理学创始人的地位。亚里士多德认为,伦理学是对于"人的实践的善"的研究[①],所以它不是纯粹思辨的,而是实践理性的研究。人们从实践活动中获得经验,帮助他们在实际行动中做出正确的判断,从而做出正确的选择。

与古希腊人相比,罗马人对抽象的哲学沉思并无太大兴趣,也缺乏连贯协调的伦理学体系,他们关心行动的正当性,比较重视法学和法律体系,因而因袭了自我意识哲学传统。随着城邦奴隶制瓦解,城邦的自由伦理也失去了根基,为城邦而战、忠于城邦的公民美德也成了无源之水,道德哲学不得不退回到自我意识,个人在心灵深处感受到唯有依靠自己方可得到慰藉。罗马时代的伦理思想以不同形式倡导个人价值,高扬个人的独立和心灵自由。

欧洲进入中世纪时期,在主流文化影响下的巴勒斯坦犹太教内部产

[①] 宋希仁:《西方伦理思想史》,北京:中国人民大学出版社,2010年,第51—53页。

生了基督教意识形态,从希腊时期的多神崇拜中衍生出一神崇拜的基督教伦理。基督教伦理追求道德实践上的"爱"的原则,强调个人的道德修行,不同于希腊道德哲学强调的体现城邦责任的公民意识。根据耶稣基督的教导,人是必然需要责任的,但主要是承担对上帝的责任,在此责任之下,人才能使自我得到拯救。基督教伦理认为人的生活与生命并不是终极目的,对他人赋予神的博爱才有真正的价值,才能升华为无私的爱。

文艺复兴把人们的精神和思想从封建统治和神学道德的精神桎梏中解放出来,提出了以人为中心的思想,依循以现世生活为目标的世俗道德要求,大胆提出现世享乐,充分歌颂人的伟大,崇尚人的价值和尊严,提倡个性的自由发展。随着近代科学在16—17世纪的巨大进步和发展,改变了人的道德观念和道德思考方式,尊重理性和自然,反对迷信和盲目信仰。理性主义伦理思想从笛卡尔开始,在斯宾诺莎的伦理学中得到全面系统的发展。笛卡尔认为,人要做出善的行为,成为有道德的人,就必须正确地运用理性来控制感情。斯宾诺莎则按照考察自然事物的方法考察人性问题①,认为人们应该成为情感的主人,要变被动情感为主动情感,在理性的指导下过和谐生活。

近代伦理学的重要特征是以人性为基础研究伦理道德。18世纪大卫·休谟的情感主义道德学一定程度上代表了那个时代的伦理价值。休谟认为理性不是道德善恶的源泉,对道德行为起决定作用的基本倾向不是理性,而是情感、同情。② 亚当·斯密构建了道德情感论的理论体系,提出同感或情感共鸣不仅是道德发生的基础,而且也是道德判断的基础。18世纪哲学研究对伦理的追问在卢梭时期达到高峰。他认为良心比理性更重要,断言良心是"道德的本能"③,自爱是生存基础,个人利益是主要生存手段,自爱只有转化为仁爱、利人,个人才能献身于整体和公益。

近代哲学的伦理学研究大家当有伊曼努尔·康德(Immanuel Kant,

---

① [荷]斯宾诺莎:《伦理学》,北京:商务印书馆,1958年,第92—94页。
② [英]休谟:《人性论》,北京:商务印书馆,1983年,第12—15页。
③ [法]卢梭:《爱弥儿》,李平沤译,北京:商务印书馆,1981年,第416页。

1724—1804)和格奥尔格·威廉·F. 黑格尔(Georg Wilhelm F. Hegel, 1770—1831)。康德的道德形上原理就是道德行为的普遍性法则,包括善良意志、绝对命令、意志自律和社会公正。他认为:"理性的最高使命就是产生善良意志,善良意志就是实践理性。"①只有遵循自律的行为才是道德的行为,就是根据自己的"意志""良心"为追求到的本身的目的而制定的道德原则。康德所追求的"社会公正"就是,个人的意志得以同他人的自由意志"在普遍法则的指引下得以和谐共存"。②黑格尔的法哲学体系认为,法与自由意志相当于肉体与灵魂的关系。黑格尔首次把道德与伦理进行划分,认为道德是"主观意志的法",是主观意志的一种内部规定;而伦理则是一种自由的理念,是客观的。黑格尔的伦理精神体现的是义务和权利共存。伦理的辩证运动表现为"必然性的圆圈"③,其中各个环节包括家庭、市民、社会、国家等都是自觉的权利和义务的伦理实体。

美国移民从欧洲大陆带来了资本和开拓精神,也带来了欧洲传统的古典哲学和伦理价值观念。但是,正如美国学者康马杰所总结的那样,欧洲传统文化在美国已经遭遇了本土化,便于美国人民接受。④美国社会的核心价值是个人主义,重视个人价值、个人权利,同时要求个人尊重他人追求幸福的权利。最具代表性的是拉尔夫·沃尔多·爱默生(Ralph Waldo Emerson, 1803—1882)超验主义的个人主义,倡导人的自主独立精神,从以上帝为中心变为以个人为中心。⑤约翰·杜威(John Dewey, 1859—1952)的新个人主义指出个人与社会之间便是一种互相需要、互相满足、互相促进的关系,个人与社会合二为一。⑥威廉·詹姆斯(William James, 1842—1910)的实用主义开始转向行动和效用,认为真理即有用,

---

① 宋希仁:《西方伦理思想史》,北京:中国人民大学出版社,2010年,第328页。
② 同上书,第336页。
③ [德]黑格尔:《法哲学原理》,北京:商务印书馆,1961年,第260—271页。
④ [美]H. S. 康马杰:《美国精神》,北京:光明日报出版社,1988年,第28—34页。
⑤ 爱默生:《论文集》,1848年,转引自钱满素:《爱默生和中国——对个人主义的反思》,北京:三联书店,1996年,第23页。
⑥ 赵祥麟、王承绪编译:《杜威教育论著选》,上海:华东师大出版社,1981年,第283—288页。

追求真理即追求善的价值,也就具有实际的伦理责任的意味,其中蕴含着道德责任和人生价值的必然性。①

(二) 西方哲学与奥尼尔伦理意识

西方哲学的发展史就是伦理追求史,这块肥沃的土壤为奥尼尔伦理思想的形成提供了充足的养料。然而纵观西方哲学思想的河流,我们发现对奥尼尔伦理意识影响比较大的哲学思想包括古希腊哲学、基督教哲学伦理思想、卢梭的契约论、康德的道德实践、马克思和恩格斯的无产阶级革命思想、叔本华的悲观主义哲学、尼采否定传统道德的革命理念等。这些从奥尼尔的《进入黑夜的漫长旅程》中列出的书单便可看出,埃德蒙(奥尼尔原型)喜欢读的却是一些在当时被认为是离经叛道的东西:马克思、恩格斯、克鲁泡特金的哲学与社会著作。② 具体来说,古希腊哲学的典型特征就是哲学对伦理道德的追求,即哲学的伦理化,此时的哲学也关注人类存在的终极,但更多追求的是现世的幸福。奥尼尔一生都在探索普通人的命运,描写普通人为追求幸福所做的不懈努力和拼死挣扎。奥尼尔剧本《拉撒路笑了》中的拉撒路笑对生活的全部,包括死亡,"他的笑是酒神迪昂尼索斯的欢乐的直接表现"③。从奥尼尔对拉撒路的评价中,我们可以领略永恒生命的古希腊伦理价值。宗教哲学主要关注的是人的来世和归宿,探索的是生命的终极关怀。奥尼尔由于母亲的疾病一度与上帝疏离,但从此也陷入了痛苦负罪的生活之中。他在《无穷的岁月》④中通过约翰·拉文塑造了一个灵魂飘荡,没有归宿的流浪者,宣泄了自己灵魂深处的冲突———一种灵与肉的冲突。奥尼尔认为:"在生活背后总有

---

① [美]威廉·詹姆斯:《实用主义》,1907年,转引自赵修义:《现代西方哲学纲要》,上海:华东师范大学出版社,1986年,第190—193页。

② 参阅《进入黑夜的漫长旅程》第一幕中场景叙述,见《奥尼尔文集》(第5卷),郭继德编,北京:人民文学出版社,2006年,第322—323页。

③ Arthur Hobson Quinn, *A History of the American Drama: From the Civil War to the Present Day*, New York: Appleton, 1936, pp. 252—253.

④ [美]尤金·奥尼尔:《奥尼尔文集》(第4卷),郭继德编,北京:人民文学出版社,2006年,第178—250页。

某种东西,某种精神,某种目的支撑着。"①这种东西就是他放弃了而又苦苦相随的上帝的关怀。卢梭②关心的是人的善恶问题,他认为文明泯灭了人性,破坏人的幸福生活。他的道德哲学思想影响了很多剧作家,剧作家席勒和奥尼尔的身上都有卢梭思想的影子。奥尼尔剧本中随处流露对现代文明的批判,他厌恶现代文明让人肉体失所、精神流离,这与卢梭的伦理价值理念不谋而合。

康德、马克思、恩格斯等西方哲学对奥尼尔道德价值的形成都有或多或少的影响,不再一一赘述,但是笔者在这里不得不提及叔本华和尼采哲学对奥尼尔的绝对影响。叔本华的悲观主义哲学在 19 世纪对欧美思想界产生深刻的影响,他的"唯意志论"助长了世纪末的悲观思潮,这一思想引起奥尼尔的强烈共鸣。叔本华强调世界的非理性和盲目性,人们无法了解世界,无法预测未来,人在自然和社会中是无能为力的。人生不过是一场噩梦,"世界和人生不可能给我们以真正的快乐"③。奥尼尔受叔本华悲观思想的影响,他的剧作《安娜·克里斯蒂》《天边外》和《送冰的人来了》都表现了人在自然和社会中无能为力的状态。尼采哲学之所以对奥尼尔产生巨大的影响,主要原因在于尼采的思想中有一种激烈的、革命的内核,他以反对传统道德的面貌出现,鼓吹人的意志的重要性,否定在人类文明发展历史中统治了几千年的"真、善、美"的伦理价值。他在《道德谱系》和《偶像的黄昏》两书中标榜自己"对一切价值重新估价",他还说:"要成为创造善恶的人,首先必须成为一个破坏的,而且粉碎一切价值的人。"④尼采甚至认为:"普遍承认道德本身的那种道德,即颓废的道德。"⑤尼采这一思想,对于清教主义强势的美国社会的作家、戏剧家有很

---

① Louis Sheaffer, *O'Neill: Son and Playwright*, Boston: Little, Brown, and Company, 1968, p.121.
② [法]卢梭:《论人类不平等的起源和基础》,北京:商务印书馆,1962 年,第 160 页。
③ [德]叔本华:《意志和表象的世界》,1993 年,转引自汪义群:《奥尼尔研究》,上海:上海外语教育出版社,2006 年,第 93 页。
④ 杜任之:《现代西方著名哲学家述评》,北京:三联书店,1990 年,第 8 页。
⑤ 同上书,第 8 页。

大的影响。奥尼尔就是其中之一,他的《榆树下的欲望》就是向旧道德的宣战。在尼采的影响下,奥尼尔也用尼采的思想观点思考人类的命运,形成了否定和蔑视传统的清教的物质主义伦理道德价值观。他说:"我痛恨社会的习俗和传统所统治的生活。"①奥尼尔所痛恨的传统就是没有爱情和责任的传统家庭伦理、女性被男性主宰的传统伦理、种族缺乏平等话语权力的传统伦理和对自然无限掠夺的传统伦理。奥尼尔尤其推崇尼采的《扎拉图斯特拉如是说》(*Thus Spoke Zarathustra*)②,他认为,"没有哪一本书比得上这本书对我的影响"③。奥尼尔深受尼采的人与自然关系哲学思想的影响,他用尼采的人与自然的神秘关系诠释人类社会面临的伦理滑坡,希望从中找出治愈潜藏于美国社会内部的家庭、婚姻、种族、两性和生态伦理危机,建构一个美丽和谐的人类精神家园。

三、西方文学的伦理关怀

20 世纪 70 年代以来应用伦理学的快速发展也促使文学批评家重新审视文学与伦理的关系。文学和伦理的关系问题不是一个简单的伦理学原理在文学中应用的问题,也不是伦理学理论研究附有文学语料的问题,实际上包含了人与人的交往中所体现的责任意识和价值理想。回顾西方文学发展的历史,文学在保持相对独立的同时,从来就没有离开伦理的关怀。

在古希腊,文学与伦理道德的关系十分密切,形成了希腊文学的伦理传统,并在西方文学中传承至今。希腊哲学家、美学家、艺术家对文学的教化功能、净化功能给予了高度的关注。柏拉图基于道德影响的考量,视文学为洪水猛兽,认为诗歌和戏剧的娱乐性会诱惑年轻人学坏,这正说明

---

① Louis Sheaffer, *O'Neill: Son and Playwright*, Boston: Little, Brown, and Company, 1968, p.167.
② [德]尼采:《扎拉图斯特拉如是说》,黄明嘉译,上海:华东师范大学出版社,2009 年,第 30—31 页。
③ Arthur and Barbara Gelb, *O'Neill*, New York: Harper and Row Publisher, 1973, p.121.

了柏拉图对文学社会功能的领悟和判断。亚里士多德不同于老师柏拉图,他通过对悲剧的社会功能的研究,认为文学创作应该发挥其抑恶扬善、净化心灵和陶冶性情的效用。① 古罗马诗人贺拉斯在《诗艺》中提出"寓教于乐"成为后来文学家文学创作的准绳。贺拉斯认为,诗歌仅仅含有美味是不足的,还需要有一种不可抵制的魅力,可以"按作者意愿左右读者的心灵"②,让人们明确法理,颂扬英雄,给人带来劳动之后的欢乐。

　　源自于古希腊罗马的这种带有伦理价值取向的文学创作与批评,在欧洲延绵了一千多年,文学的形式与内容都为宗教普及教义的道德服务,这一切都以基督教的经典《圣经》为基础。《圣经》本来是原始社会的历史、风俗和神话故事的汇集,它用严肃的宗教虔诚和生动的艺术形式记叙了生活景象,宣扬的是宗教伦理和道德思想。所以《圣经》是一部含有丰富的伦理价值的文学作品,影响了整个中世纪一千多年的道德生活,支配了中世纪西方道德观念和伦理思想的发展。中世纪的教会文学服务于主流伦理道德的传播和教诲思想的传递,简言之,就是为宗教的伦理道德服务,而相对应的世俗文学,宣扬的则是世俗的道德价值观。在中世纪宗教道德观念盛行的时期,世俗化的封建文学也不断壮大,其最明显的体现就是骑士文学。骑士文学最典型的特点就是,歌颂骑士的道德荣誉感和责任感,赞扬他们忠君护教、行侠仗义的行为。

　　文艺复兴时期的人文主义思想深刻影响了文学,同文学融为一体。文学家通过创作来表现重大的社会伦理主题,例如,薄伽丘对教会虚伪道德的揭露,莎士比亚在诗中对美、善、真的理想的歌颂等。文艺复兴时期的人文主义文学属于与宗教文学相对的世俗文学,以人为本的伦理观念被普遍认同,成为评价文学的道德标准。文艺复兴时期的文学作品多方位地凸显了其人文主义的历史价值,书写了那个时代的伦理思想和道德规则。

---

① [古希腊]亚里士多德、[古罗马]贺拉斯:《诗学诗艺》,罗念生译,北京:人民文学出版社,1984年,第19页。
② [古罗马]贺拉斯:《诗艺》,杨周翰译,北京:人民文学出版社,1962年,第142页。

在 17 世纪,欧洲的理性主义哲学迅速发展,科学和理性成为时代的主流价值取向。在理性主义思潮的影响下,文学也转而描写理性与情感、责任与爱情的矛盾与冲突。17 世纪法国作家高乃依、拉辛、莫里哀等在他们的作品里,严厉批判了宫廷和上层社会的情欲泛滥和道德堕落,热情歌颂理性的伟大与美好。

情感主义的道德对 18 世纪的欧洲文学产生了广泛而深刻的影响,催生了带有强烈道德色彩的感伤主义文学。卢梭认为情感是人性的基础,自爱和同情是人性的内容,人性的本质是善而非恶。文学的责任就是表现人的善良的道德情感,弘扬正义友善的道德情操,卢梭坚信"在我们的灵魂深处生来就有一种正义和道德的原则",并把这个原则称为"良心"。① 在情感主义道德观的影响下,卢梭的《爱弥儿》、歌德的《少年维特之烦恼》、普希金的《叶普盖尼·奥涅金》等都表现出强烈的情感主义道德倾向。

19 世纪的伦理思想对文学的影响是广泛而深刻的,其主要特征就是伦理道德思想同文学主题的融合。19 世纪的作家与作品都尽可能地描写当时社会存在的种种道德问题,表现时代的道德主题。例如,巴尔扎克在《人间喜剧》中用道德眼光对贵族和资产阶级进行讽刺和批判,狄更斯的小说中对建立在人道主义基础上的道德理想给予歌颂,易卜生在戏剧中宣扬精神乌托邦和实现道德的自我完善。

20 世纪初,伦理意识、价值观念和社会道德等都发生了很大的变化。现代科技破坏了正常的人际关系,给人类带来了隔阂、孤独、冷漠、失望和痛苦,造成了精神贫乏和人性异化,形成道德的虚无主义、怀疑主义和相对主义等。总体而言,非理性主义是 20 世纪西方道德哲学的主要特征,这种非理性的伦理思想极大地影响了 20 世纪文学的发展,并在文学中得到了充分的反映。例如,T. S. 艾略特的《荒原》、詹姆斯·乔伊斯的《尤利西斯》以及萨特的小说和戏剧。当然随着俄国形式主义、英美新批评、后

---

① [法]卢梭:《爱弥儿》,李平沤译,北京:商务印书馆,1996 年,第 414 页。

结构主义等注重形式主义批评的理论盛行一时,对文学的道德追问和批评被暂时边缘化了。但只要经过仔细考量便能发现连最具形式主义研究特色的巴赫金亦具有"狂欢化"的文学特质,可以肯定地说,连俄国的形式主义也不能隔离小说的伦理价值,因为狂欢化就是在探讨一种平民化的现象,关注的是边缘"他者"的生存,这本身就是最大的伦理诉求。

20世纪后期,随着与伦理道德有密切联系的性别、族裔、环境保护等新元素逐渐成为文学批评的重要术语,文学的伦理意义又重新被纳入文学批评的视野。韦恩·布斯(Wayne Booth)认为文学的核心就是伦理道德,艺术与道德之间存在着紧密的联系,小说的道德教化作用无可回避。[①] 著名哲学家玛莎·纳斯鲍姆(Martha Nussbaum)在《善之脆弱》(*The Fragility of Goodness*,1986)谈到,文学的形式更长于表述伦理问题,同高深的哲学等相比,能更细致地演绎伦理的不同层面。文学的伦理通过阅读使文本的伦理意图具体化,伦理的中心转移到读者身上,阅读文学的过程就是一个读者与文本之间不断进行伦理道德共鸣的过程。

进入21世纪后,学术界进入"伦理回归"的探讨,从多角度阐释及界定文学与伦理之间的联系。如,迈克尔·贝尔(Michael Bell)的《感伤派、伦理学和情感文化》(*Sentimentalism, Ethics and the Culture of Feeling*,2000),托德·戴维斯(Todd Davis)的《勾画伦理转向:伦理、文化和文学理论读本》(*Mapping the Ethical Turn: A Reader in Ethics, Culture, and Literary Theory*,2001),约翰·苏的《伦理学与当代小说中的怀旧》(*Ethics and Nostalgia in Contemporary Novel*,2005)等等,研究呈现方兴未艾的态势。

综上所述,文学与伦理似乎从来就没有分开过,只是有时候两者紧密相连、融为一体,有时候又显得有些疏远,文学总是依赖于伦理思想而变得意义深远,伦理依附于文学的叙事得以弘扬。至于文学饱受伦理学关

---

① Wayne Booth, *The Rhetoric of Fiction*, Chicago: The University of Chicago Press, 1983, p. 385.

照的事实,我们已经做了比较翔实的分析。这里我们对二者的疏离略举一例加以说明。有些学者用康德的美学思想和王尔德的文学实践证明文学完全可以离开伦理而存在。康德确实认为文学和道德之间不存在必然的联系,文学就是文学本身,而不是道德说教的工具。① 康德的美学思想在欧洲形成了唯美主义的文学思潮,主张艺术与社会无关,反对艺术为道德、功利服务。王尔德一直被学界公认为这一思想的忠实的倡导者,对王尔德美学思想的定论就是:艺术的本身就是目的,不受道德约束。② 而实际情况是,王尔德的文学实践违背了他的审美思想,他在文学实践中不断地进行道德追问。刘茂生认为,王尔德的戏剧和童话创作就是在揭露社会的道德堕落,甚至还"希望建立一种理想的道德社会,重建新的道德伦理观"③。可见唯美大师王尔德的文学实践也不可能离开伦理的关照。

四、美国戏剧的伦理环境

(一) 戏剧:艺术与伦理的结合体

古希腊哲学家亚里士多德的《诗学》和德国哲学家黑格尔的《美学》应该说是现代戏剧及其理论成型之前最早的关于悲剧的论著。两位哲人一致认为,戏剧乃文学形式的最高级别的体现。亚里士多德指出,悲剧优于诗歌之处就在于,它是一种比较快捷的、能够及时深入读者和观众内心深处的文学形式。④ 黑格尔认为,只有戏剧才能把史诗和抒情融为一体,把外在的客观的事件通过一系列的动作表现出来,这些动作的背后是推动它的情感,这种情感经常表现为精神的或伦理的。⑤ 莎士比亚的表述更直接,他指出戏剧就是一面道德的镜子,反映人和社会善恶的两面性。⑥

---

① 朱光潜:《西方美学简史》(下卷),北京:人民文学出版社,1987年,第360—366页。
② 赵澧、徐京安:《唯美主义》,北京:中国人民大学出版社,1988年,第178—180页。
③ 刘茂生:《王尔德创作的伦理思想研究》,武汉:华中师范大学出版社,2008年,第19页。
④ [古希腊]亚里士多德:《诗学》,陈中梅译注,北京:商务印书馆,2003年,第190—191页。
⑤ [德]黑格尔:《美学》,北京:商务印书馆,1981年,第274页。
⑥ [英]莎士比亚:《莎士比亚全集》,朱生豪译,北京:人民文学出版社,1995年,第346页。

西方的戏剧舞台被认为是一个思考社会和人生的场所,人们在充分享受艺术的同时,也在不断经受某种道德理想和人生价值的撞击、感化和吞噬。追溯西方戏剧发展的历史,我们可以大胆地说,不管是古希腊的悲剧,还是文艺复兴时期的戏剧,都是人类对那个时代意识形态和道德价值的反思和鉴别,对自己命运和人类精神的思考和探索,体现了戏剧人文关怀的本质。如果说曾经的戏剧是社会、人生、道德、信仰的反光镜,那么当今戏剧又如何呢?英国著名剧评家马丁·艾思林认为,现代的英美戏剧本身就是社会问题的舞台化,现代剧作家是社会思想和道德的先锋代表。①

由此可见,戏剧就像诗一样,甚至是一种比诗更为经典的文学形式。戏剧能够有效地把文学的艺术性与伦理性结合在一起。首先,戏剧可以借助多种艺术手段,如独白、旁白、唱白、布景、意象等形式,使其审美虚构可以充分发挥,通过舞台演出在短时间内将社会现实和心理冲突集中地呈现在观众面前。其次,戏剧文学浓缩了社会生活中伦理、道德和信仰的冲突,以及剧作家个人的伦理理想和道德反思,使剧本包含有深刻的伦理内涵和丰富的"道德意蕴"②。戏剧文学的艺术表现形式为实现伦理道德内涵提供了必要的手段,而这些戏剧艺术手法的取舍和运用本身就体现了剧作者和导演的道德观和价值取向;赋予戏剧以伦理意蕴,为戏剧文学的审美平添了几分深度和价值,使审美之间有了思想的根底而不空洞,也使各种审美手段附有思想的灵魂。

(二) 美国戏剧:道德忧患与思考

美国戏剧起步比较晚,没有欧洲戏剧源远流长的历史,也没有东方戏剧的美轮美奂。20世纪之前在美国很难找到优秀的剧作家和剧本,一来是欧洲的戏剧,特别是英美的戏剧像殖民统治一样,也把美国戏剧殖民化了,所上演的戏剧都是英国化了的美国戏剧,美国戏剧没有发展的土壤。

---

① [英]马丁·艾思林:《戏剧剖析》,罗婉华译,北京:中国戏剧出版社,1981年,第66页。
② 孔润年:《论审美中的道德内涵》,《陕西师范大学学报》,2001年第1期。

同时,清教主义泛滥也夺去了戏剧发展的空间。清教徒把戏剧视为邪恶的东西,把剧院指责为龌龊的场所,把演员的职业看成为下流的行当。这样一来,美国戏剧一直不温不火,直到 19 世纪末 20 世纪初才开始蓬勃发展。20 世纪初的美国戏剧发展表现为,剧作家们开始探索自身的特点,寻找适合自己的话语,扎根于美国的土壤,摆脱英国戏剧的控制,向观众奉献了一部部别具特色的美国戏剧,就像美国人初次从马克·吐温的小说中读到了美国格调一样,美国观众也从现代戏剧中品尝到美国特色,美国戏剧从此可以在世界戏剧史上找到自己的一席之地。

现代美国戏剧虽然主题纷杂,形式多样,但总体呈现出一个共同的特征,就是对社会问题和道德价值给予极大的关注。其实,不仅是戏剧领域是这样,小说、诗歌领域也不例外,这说明这个时代造就了具有本时代特色的艺术作品,而这些艺术作品又在一定程度上反映了人们当时的心理状况和社会形态。这就说明,现当代美国戏剧对伦理的关注不是个别文学现象,是时代背景的产物。概而论之,它是以下三种环境的产物。

第一,"美国梦"的破灭。美国梦就像《独立宣言》和自由女神像一样,已经成为镶嵌在美国人身体上的文化符号,指引美国公民奋斗、成功和创造神奇的精神信仰。美国梦鼓吹"自由""平等""人权"的价值取向,崇尚个性解放、赞扬人道主义、肯定个人欲望、鼓励创新创业、激励个人奋斗、消灭等级差别。美国梦宣扬的是一种理想的美国精神,是美国公民信仰的"乌托邦"。美国梦代表的是 20 世纪初一种主流意识形态和价值观,其宗旨更多的是精神层面的诉求。历史学家詹姆斯·亚当斯在其著作《美国史诗》(*The Epic of America*,1933)中谈到美国梦的内涵,他认为,美国梦对精神文明的追求远胜于对物质利益的追求,美国梦体现的是自我发展和自我实现的精神信仰。① 美国梦追求进取精神和自主意识,在美国历史发展的进程中起到了不可磨灭的作用。

---

① James Truslow Adams, *The Epic of America*, New York: Little , Brown and Company, 1933. See Meacham, J. "Keeping the Dream Alive", *Time*, July 2, 2013.

美国梦崇尚个性独立、自我发展有其积极意义,但是无限制的自我扩张使没有克制的欲望被无限放大,也很快给美国带来了灾难。美国人民在独立战争的胜利后坚信美国梦不可战胜,从西部淘金热中创造了自由发挥的神话,从内战的战果中找到了民主和人权的天堂,这些让美国人民充分相信美国梦构建的伟大神话。美国人的自我克制力和自我约束力超出了底线,他们相信美国梦宣扬的个性自由必将铸就辉煌。沉迷于梦中的美国人民处于一种完全的集体无意识的状态,欲望和冲动成为指引人们前进的灯塔。承认"个人冲动的正当性"①带来了社会精神文明的彻底垮塌,各种杀人、抢劫、强奸等暴力犯罪行为已成普遍现象,一些传统的优良道德规范被践踏得体无完肤,人们生活在极度浮躁和不安的社会中。而且,美国梦由亚当斯所说的精神信仰顿时转变为势不可挡的物质崇拜。由于受清教主义的影响,人们将上帝救赎和物质财富积累的数量联系起来,个人的物质占有欲无限膨胀,使得曾经盛满精神信仰的美国梦几乎完全用物质标准来衡量,美国梦变了味,走向了极端,美国的伦理道德滑坡了。美国道德的腐败给美国作家、剧作家当头一棒,他们不能继续歌颂美国梦的甜蜜和温馨了,他们从梦中苏醒了,开始思考美国的存在感和美国人民失望之后的心灵归宿以及美国社会的道德趋向。

第二,20世纪初,美国从自由资本主义进入垄断资本主义的时代。随着生产的大规模发展,科学技术的突飞猛进,机器生产代替了手工作业,日益精细的技术分工,使工人走向片面化和从属化,人变成简单的机器,越来越处于被奴役的境地。现代化的生产关系,已经威胁到人类的生活和生存,成为一股邪恶的异己力量。社会的种种弊端暴露无遗,美国文明完全陷于危机之中而不可自拔,美国人民的信仰发生了断裂。美国政府认为第一次世界大战是解决国内生产和市场危机不可多得的机会,所以拼了命地发战争横财。然而,事与愿违,美国政府陷入了更深的精神危

---

① [美]丹尼·贝尔:《资本主义的文化矛盾》,赵一凡等译,北京:三联书店,1989年,第64—66页。

机。战争使美国青年一代看透了美国人权和爱国主义的虚伪性,他们的"信仰失落了"①,完全变成了"迷惘的一代"(Lost Generation)。同时,随着科学的发展,旧的信仰,即宗教信仰,逐渐失去力量,而被期望很高的科学和物质生产又不能提供一个新的上帝来弥补人们精神的空虚,当人取代上帝走到前台时,人们总是感到不知所措,处于焦虑、迷惘和困惑的无家可归的心态。在这种无所寄托、无所依赖的形势下,寻找自我归宿、探究道德价值、重建信仰便成为哲学家、作家和剧作家等时代精英的首要任务。

第三,全球经济大萧条为现代美国戏剧的快速发展创造了条件。1929年经济大萧条给美国经济带来了重创,给美国梦以狠狠的一击。一战后美国人感到迷惘和失落,但是并没有彻底垮掉,人们还是对美国的物质文明和精神文明报以最后的希望。然而蔓延全球的经济危机把还在做梦的美国人惊醒了,他们的心理状态已经不只是工业化和一战后的彷徨,大萧条几乎使他们走向精神分裂,并且在物质和精神信仰上顿时沦为赤裸裸的"流浪汉",犹如游荡在信仰荒原上的行尸走肉。为了能够活下去,他们还要招回自己飘荡的魂灵。美国人选择了剧院,他们重新走进各种外百老汇和外外百老汇剧院,在非商业性的严肃戏剧中寻觅人生的目标,展开心灵的对话,获得精神的慰藉。曾经不够受人关注的严肃戏剧能够启迪人生、关注生命,给人以道德和精神层面的关怀,成为30年代美国人的知音。

20世纪初的美国是一个个体异化、社会畸形、信仰缺失的时代,生活在这样的社会环境的剧作家,深受其影响,他们有极深的危机意识和忧患意识。他们的忧患意识促使他们反思社会、关注人生,所以这个时期美国剧作家用他们的剧本敏锐地透视社会,关注伦理人生,追求道德精神。例如,奥尼尔就用戏剧探索人类精神世界的荒漠,关注埋在灵魂深处的痛苦,阐释古希腊悲剧精神境界和伦理道德。奥尼尔毕生在用戏剧诠释人

---

① 丹尼·贝尔:《资本主义的文化矛盾》,赵一凡等译,北京:三联书店,1989年,第74页。

生,给人类命运"做出结论"①;阿瑟·米勒(Arthur Miller)一生在探究造成"个人痛苦"的"社会与经济问题"②,他认为戏剧的功能就是要关怀人性,唤起人的社会责任,宣扬良好的道德观念。他的代表作《推销员之死》就是关注家庭伦理关系的悲剧,揭露了美国社会良知的丧失和人类生存环境的残酷无情;田纳西·威廉斯(Tennessee Williams)的戏剧揭露了美国现代物质文明背景下人性的悲凉和情感的枯竭,特别是转型时期个人所面临的心理困境以及到处充斥着冲突的社会现实;爱德华·阿尔比(Edward Albee)则用荒诞的戏剧表达了现代人的孤独,对美国现代道德价值给予批判和否定。

第二节 奥尼尔的伦理美学与道德理想

作为一位以真实反映社会与人生为己任的剧作家,奥尼尔的创作很大程度上受到他生活的时代、社会环境和哲学思潮的影响,同时也不可避免地反映了他的人生哲学和世界观。然而,奥尼尔是一个复杂的灵魂。二三十年代之际,其他美国作家作为"迷惘的一代"仍在战争的泥沼中苦苦挣扎,奥尼尔并没有与他们同流,而是另辟蹊径,避开轰隆隆的现代机器,忽视了硝烟弥漫的两次世界大战,用冷眼透视一切社会动荡和变革给人们带来的心理变化和心灵创伤。奥尼尔的戏剧描写了到处流浪的灵魂,探索漂泊灵魂的归宿,寻找精神世界的救赎。奥尼尔具有强烈的悲剧意识和人文情怀,他的戏剧叙事是伦理悲剧式的叙事,他认为"生活就是一出悲剧"③,他甚至感叹人生"本身就是悲剧,是已经写成和尚未写成的

---

① 路易斯·西弗尔:《美国最优秀的剧作家尤金·奥尼尔》,转载《外国戏剧》,1981年第2期。
② Boris Ford, *The New Pelican Guide to English Literature: American Literature*, London: Penguin Books, 1991, pp. 337—339.
③ Toby Cole & John Gassner, *Playwrights on Playwriting: From Ibsen to Ionesco*, New York: Cooper Square Publishers, 2001, p. 236.

悲剧中最令人震惊的悲剧"①。奥尼尔是以乐观为核心的悲观主义者,他的伦理思想是以批判为指向的。

　　奥尼尔的艺术观总体而言是悲剧伦理美学观。这与西方哲学伦理环境、文学发展的背景和生活的时代有着密切的关系,以上已经做了分析,故不在此赘述。奥尼尔思想活跃,思维敏锐,独行其道,在戏剧创作中大胆尝试和实验各种戏剧表达方式,为现代美国戏剧的发展带来了新鲜的血液。

　　奥尼尔的戏剧创作基本上没有脱离现实主义的基调。现实主义把文学作为分析与研究社会的手段,深刻揭露与批判社会的黑暗,同情下层人民的苦难,关心社会文明进程中人的生存处境问题。奥尼尔不同阶段的作品都表现了对于底层百姓的深切关注,他认为戏剧要给观众一个机会,"让他们看看其他人是怎样生活的呢?"而且应该让大家"好好见识一下社会底层人的生活,领略一下他们的负担、痛苦和低劣的条件"②。奥尼尔的现实主义创作风格受到了康拉德的影响,但他又觉得:

　　　　康拉德跟他作品的人物保持着距离,他是平平安安地坐在船上的操纵室里,从上往下观察他的人物,描写他们的生活。而当我写海上的时候,我喜欢在甲板上跟船员们一起。③

　　奥尼尔力求艺术创作的真实模式,强调客观真实地反映生活,所以他的戏剧采用的是小说文学的叙事手段,在叙事艺术、情节结构和人物描写方面尽力接近生活的真实状况。奥尼尔不同时期的作品都贯穿了现实主义的创作格调,例如《东航卡迪夫》《安娜·克里斯蒂》《诗人的气质》等等。正如巴雷特·科拉克所说:"他剧中的质朴的海员和农民活灵活现",他的描写能力在于"能够通过活生生的人物,立即使你感到剧中的场景是真实

---

①　Arthur and Barbara Gelb, *O'Neill*, New York: Harper and Row Publisher, 1973, pp. 486—487.
②　Ibid., pp. 271—272.
③　Ibid., p. 146.

可信的。"①

需要指出的是，奥尼尔对"现实主义"有着自己独特的理解，他批判当时大部分现实主义剧本反映的"事物的表面"，指出"真正的现实主义作品所反映的是人物的灵魂，它决定一个人物只能是他，而不可能是别人"②。这完全符合现实主义文学对于塑造典型环境与典型性格的要求，而且在人物刻画上更加深刻，深入到人物的灵魂深处，而不是在所谓的人物性格的外部隔靴搔痒。

奥尼尔的自然主义倾向更为突出，这一倾向随着其写作的成熟，在其后期的作品中表现得更为明显。自然主义就是把自然科学的理论搬到文学中来，力图客观地实录生活，忽略典型的人物塑造，淡化情节，体现人物的气质特点和变态心理。正如自然主义作家左拉所言："按照自然的本来面貌来观察自然。"③奥尼尔作品反映的是日常平凡的生活，没有故事情节，没有高潮起落。他的《加勒比斯之月》没有情节，而是真实地反映水手们寻欢作乐、醉生梦死的场景；《东航卡迪夫》也是如此，没有情节结构，无起点终点。后来的《送冰的人来了》《进入黑夜的漫长旅程》等剧也没有紧张的冲突、曲折的情节，一切都平淡无奇。

自然主义文学关注小人物的命运，反映普通人的生活和思想情感。奥尼尔的剧中没有光彩显赫的人物，试图从"肮脏下贱、下流龌龊的生活中搜寻理想化的高尚品质"④。他主张写平凡的、有血有肉的人，反对将人物故意美化或丑化以取得喜剧效果。奥尼尔"热爱作为个人的人，却讨厌任何以从俱乐部到民族为集体的人"⑤。约翰·盖斯纳认为，美国作家

---

① Barrat H. Clark, *O'Neill: The Man and His Play*, New York: Dover Publications, INC., 1947, p.64.
② Ibid., p.520.
③ [法]让·弗莱维勒:《左拉》,王道乾译,1956年,转引自汪义群:《奥尼尔研究》,上海:上海外语教育出版社,2006年,第214页.
④ 复旦大学《外国文学》,1980年第1期,转引自汪义群:《奥尼尔研究》,上海:上海外语教育出版社,2006年,第220页.
⑤ Arthur and Barbara Gelb, *O'Neill*, New York: Harper and Row Publisher, 1973, pp.486—487.

自从德莱塞的《嘉莉妹妹》之后,没有人再关注底层人物的生活,一直到20年代,才由奥尼尔用充满人性的笔调第一次再现了这一主题,他"第一次将普通人带给美国戏剧"①。

奥尼尔对语言的运用,完全符合他作品的自然主义倾向。他反对咬文嚼字、矫饰做作,他喜欢用普通人的语言表达普通人的性格,表达"最真实最本质的人类感情"②。奥尼尔的语言和他所要表现的思想是一致的。《送冰的人来了》《进入黑夜的漫长旅程》和《休伊》中人物不相连贯的、破碎的,有时甚至是无话找话的语言,正是为了表现他们生活的单调、贫乏、毫无生气。奥尼尔曾直言:"我不认为生活在我们这个支离破碎、毫无信心的时代,会有人能够使用高贵的语言。"③左拉谈到戏剧语言时提出:"我希望在剧院里听到日常口语。"④奥尼尔所选择的简单、朴实的语言是为了表达真实的感情,他的艺术追求是伦理的艺术,一切为了表现底层人的悲惨命运。

奥尼尔谙熟表现主义的艺术手法,他常常用打破时空观念或扭曲现实的做法,来剖析人物的内心世界。表现主义20世纪初滥觞于德国,之后传播到欧美各国,影响到欧美各国文学的发展,成为影响最广泛的现代主义文学流派之一。表现主义文学就是从事物的外部现象窥视到事物表面下蕴藏的本质,从作品中人物的语言行为发掘人的灵魂世界。奥尼尔的《琼斯皇》和《毛猿》都是表现主义的杰作,前者主要通过幻觉来揭示主人公的坎坷经历和面临追赶时的恐惧和绝望的情绪,后者把主人公杨克的心理活动表现于外,使思想感知化。《毛猿》整个剧演示的是杨克精神

---

① Gassner John, *Masters of the Drama*, New York: Dover, 1954, p. 649.

② J. S. Wilson, "Interview with O'Neill", in John Henry Raleigh, ed., *Twentieth Century Interpretations of* The Iceman Cometh, Englewood Cliffs: Prentice-Hall, 1968.

③ Louis Sheaffer, *O'Neill: Son and Playwright*, Boston, Little, Brown, and Company, 1968, p. 256.

④ Emile Zola, "Naturalism on the Stage", in Toby Cole & John Gassner, eds., *Playwrights on Playwriting: From Ibsen to Ionesco*, New York: Cooper Square Publishers, 2001, p. 12.

危机产生的过程:从自信到怀疑到失落到绝望。戏剧冲突主要是杨克自身的内心冲突,他与米尔德丽小姐的冲突只是个引子。在第五大道商业街杨克向富人报复一场,就是杨克梦幻心理的具象化。任他如何挑衅,富人们依旧超然冷漠,丝毫没有反应,这就形象地反衬出杨克内心的愤怒、烦躁以及无可奈何。奥尼尔认为面具是"一种最简约的辅助手段,能够外现心理学家所指的潜伏在潜意识里的思想冲突"①,所以奥尼尔在很多剧中使用面具,而且成为奥尼尔最常用的表现主义手段之一,通过面具揭示人物的内在心理冲突,使人物的心理活动能够通过面具具体化、形象化。

奥尼尔深受荣格无意识心理学的影响,他在创作中尝试用精神分析理论分析人物的内心世界和激情,他的《榆树下的欲望》就是利用俄狄浦斯情结展开乱伦主题的;《奇异的插曲》刻画了女主人公对性的欲望与其悲惨的结局;《悲悼》全面剖析了家庭乱伦以及恋母情结,揭示了情欲成了他们生活的主要内容和目的。

奥尼尔被誉为用表现主义、象征主义、现实主义、自然主义和心理分析创作美国戏剧的践行者,以上分析足可以证明。但是笔者经过细读和品尝奥尼尔的剧作,认为奥尼尔还是一个浪漫主义剧作家。这种创作艺术风格在他早期的描写海洋的独幕剧中可以看到,例如《加勒比斯之月》描写了英国海轮上放纵、粗犷的生活,为我们展现了水手们一幅幅真实的海上生活画面。奥尼尔在其表现主义作品里广泛运用象征主义的表现手法,科拉克②认为表现主义戏剧就是把经历过的事情记录下来,但是需要借助灯光、布景和创作者的灵感方可实现。霍华德·劳森接着科拉克的话题说,如果需要灵感发挥的话,就说明表现主义作品需要作者的情感发挥和主观创造性,也就证明了奥尼尔的"表现主义还有浪漫主义的特

---

① Oscar Cargill, *O'Neill and His Plays*, New York: New York University Press, 1970, pp.116—118.

② John Howard Lawson, *Theory and Technique of Playwriting and Screenwriting*, New York: G. P. Putnam's Sons, 1936, p.156.

质"①。奥尼尔虽然是自然主义戏剧的集大成者，但是他在强调机械化地记载生活的同时，认为要对生活"做出富于想象力的解释"，而不是简单忠实地"模仿生活的表面现象"。② 这体现的是奥尼尔创作的主观想象空间：他关注创作的审美和艺术思维。奥尼尔在戏剧中完美地再现了生活，并借助主观想象和生活体验给戏剧注入了思想，使他的戏剧具有浪漫主义的气息。

无论奥尼尔运用何种艺术手法，都是为了实现一个目的，那就是为他的悲剧伦理美学服务。奥尼尔说："每一种方法都具备有利于我达到目标的可取之处，因此，我若能有足够的火力，就把它们都熔化成我自己的手法。"③他的现实主义戏剧通过对底层人的关注，揭示底层人的悲剧人生；自然主义戏剧通过对普通小人物命运的展现，使人们意识到"他者"的悲惨境地；表现主义作品通过对人物内心活动的外化，表现了人失去归属感、找不到出路的迷惘和痛苦；心理分析戏剧通过对人的潜意识和性的分析，从人的欲望激情中挖掘人类悲剧的根源；浪漫主义戏剧塑造了怀有梦想、不断追求不可能实现的理想的悲剧人物。所有手法的作用殊途同归，共同反映现代人深陷自身处境的困惑，以及拼命挣扎着寻找自我归宿的痛苦和焦虑，勾勒出人们在了无希望的大门前来回徘徊的场景。

奥尼尔的戏剧具有深刻的伦理美学价值。伦理与美从来就交融于一体，在上帝那里，真、善、美本来就是绝对的理性的统一。"伦理"与"美"都源于人之本身，都具有一定的现实的目的性，同时又有精神上的超脱性。奥尼尔自始至终都关注人本身，对人的生存状态的关注和对人归宿的追寻，体现了对"真"的重视。奥尼尔的生活言行和戏剧创作都体现了对于

---

① John Howard Lawson, *Theory and Technique of Playwriting and Screenwriting*, New York: G. P. Putnam's Sons, 1936, p. 156.
② Oscar Cargill, *O'Neill and His Plays*, New York: New York University Press, 1970, pp. 120—122.
③ Ibid., pp. 125—126.

"善"的向往。奥尼尔认为"生活是一场混乱,但它是个了不起的反讽,它正大光明,从不偏袒,它的痛苦也很壮丽",在生活中"勇敢者永不言败",因为"命运无法战胜勇敢者的气魄"。① 他在剧本《梦孩子》中把黑人当作一个有血有肉有情感的人来描写,与偏见和传统话语展开了对抗。奥尼尔对于"美"的追求体现在他的悲剧美学上。奥尼尔酷爱希腊悲剧,深受希腊悲剧观的影响,他认为"只有悲剧才是真实,才有意义,才算是美"②。悲剧最大的特点就是传递最崇高的理想,使人"精神振奋,去深刻地理解生活"③,脱离日常琐碎繁杂的生活,追求丰富多彩和高尚的生命。奥尼尔所理解的悲剧有古希腊人所赋予的意义,是一种没有希望的希望,是一种尚未成功的成功。正如他言:"生活中有悲剧,生活才有价值。"④在其悲剧美学的导引下,奥尼尔塑造了一系列社会底层的小人物。他们都是一些被生活遗弃的渺小、可怜、没有前途、没有地位的人,但是他们还在不断地为不可能实现的理想而奋斗。奥尼尔在创作中完全实践了自己的目标:他"奋力在肮脏下贱、下流龌龊的生活中搜寻理想化的高尚品质"⑤,富有深刻的悲剧美学意义。

　　奥尼尔注重戏剧的艺术表达,但他的戏剧并不只是以戏剧艺术取胜的,和王尔德等比较起来,他绝对不是一个唯美主义剧作家。他对于社会问题并不太关心,基本上游离于二三十年代文学思潮之外,他关注社会变迁给人心灵造成的后果,他思考的是在现代社会中精神流浪的人如何能找到归宿,特别是当"旧的上帝死了,而取而代之的新上帝无法弥补旧上

---

① Arthur and Barbara Gelb, *O'Neill*. New York: Harper and Row Publisher, 1973, pp. 260—261.
② Oscar Cargill, *O'Neill and His Plays*, New York: New York University Press, 1970.
③ Arthur and Barbara Gelb, *O'Neill*. New York: Harper and Row Publisher, 1973, pp. 486—487.
④ Ibid., p. 337.
⑤ Louis Sheaffer, *O'Neill, Son and Playwright*, Boston: Little, Brown, and Company, 1968, p. 105.

帝遗留在人们心里的原始信仰本能"①时,何以获得精神的慰藉,以及对生的渴望和对死的无所畏惧。奥尼尔对于归宿问题的思考是伦理道德的思考,是人文关怀和对于人的灵魂的质问。奥尼尔富有强烈的人文关怀和伟大的伦理理想,具体表现如下:

第一,追求理想的爱情。奥尼尔一生有过三次婚姻,他在婚姻方面总是给人一种失败者的印象。他对待婚姻的那种随意、轻率,甚至放荡的态度,常常遭人诟病。然而他对爱情和婚姻的理想主义的憧憬,仍然引起我们的深思。他写过很多表达爱情的诗篇,颂扬纯洁美丽的爱情。例如:

> 我要跪下来向你求婚,
> 爱你直到永久。
> 我用新编温柔的
> 祝词为你祈求。
> 以不同的方式
> 我将把爱情追求,
> ……
> 让我们康乐延误,
> 名誉也不必眷顾我们,
> 倘若我们的爱情天长地久,——
> 就剩你和我。②

奥尼尔像追求艺术完美一样,追求纯洁无瑕的爱情。奥尼尔对爱情、婚姻和美满家庭充满了期待和渴望,他写诗祝贺第三任妻子卡洛塔的生日,体现了他对爱情、婚姻和温暖家庭的向往。例如:

---

① Oscar Cargill, *O'Neill and His Plays*, New York: New York University Press, 1970, p. 115.

② 源自张子清翻译的尤金·奥尼尔的《我们俩的歌谣》中的几句。参见郭继德编:《奥尼尔文集》(第6卷),北京:人民文学出版社,2006年,第109页。

此处
是家
是安宁
是恬谧。

此处
是坐在壁炉旁
对着炉火微笑的
爱,
是记起欢乐时刻微笑的
爱,
是注视对方恬谧眼睛时的爱。①

奥尼尔一生都在寻找家的感觉,期盼与恋人和和美美,享受生活,追求的是简单的快乐和幸福。正如他的诗里描写的那样,他憧憬安宁和谐、用爱浸透的婚姻。他希望那种心有灵犀的爱情,哪怕是炉火边的一个微笑都胜似百年酒香,暖到心底。奥尼尔的朋友贝西·布鲁尔说:"尤金是一个内心充满爱的人。"②奥尼尔感情丰富,但是在现实生活中他并不会很好地处理爱情,往往给他深爱的人造成伤害,他伤害过他曾经深爱的凯斯琳和阿格尼斯。但是,这些恰好从另一侧面正好说明他对理想爱情的期盼和追寻。

第二,追求人与宗教的协调。奥尼尔生于天主教徒的家庭,幼年时皈依上帝的虔诚之心已成为他思想中的一个主导因素。后来,由于为母亲的遭遇而担忧,欲救无力,便向上帝祈祷,但是情况并无改观,他由此开始对上帝产生了怀疑,逐渐失去了信心,直到1903年彻底与上帝决裂。尽

---

① 源自张子清翻译的尤金·奥尼尔的《我们俩的歌谣》中的几句。参见郭继德编:《奥尼尔文集》(第6卷),北京:人民文学出版社,2006年,第170页。
② Crosswell Bowen and Shane O'Neill, *The Curse of the Misbegotten: A Tale of the House of O'Neill*, New York: McGraw-Hill, 1959, p.265.

管宣告与上帝分道扬镳,甚至对宗教公开宣战,但在内心深处,在感情上,他还是不能割断和宗教的关系。他的叛逆行为和对上帝的亵渎,正好说明他没有寄托和归宿的原因,也证明了他心底对上帝的深深眷恋,他从来也没有摆脱过那种"有罪"的感觉。他在《无穷的岁月》中,为了突显主人公拉文的矛盾心理,将他分裂成俩,一个代表肉与世俗的拉文,一个代表追求精神并为之感到痛苦的约翰,最后约翰在十字架前忏悔自己的罪孽,得到了上帝的宽恕,重新投入上帝的怀抱,获得了内心的和谐。这个剧本实际上传达了奥尼尔内心深处的宗教情怀,揭示了奥尼尔"灵魂深处的冲突"①。在《进入黑夜的漫长旅程》的最后一幕中,玛丽痛苦地说:"我非常需要这样的东西,我记得我有这样东西的时候,我从来就不觉得孤单,从来也不害怕。我不能永远失掉它……因为失去它,我就失去了希望。"②剧中玛丽的台词就是作者自己的思想。

对于西方人来说,宗教不仅是一个神学体系,更是一个人一生的精神依赖,失去了上帝的关怀,就会成为一个无家可归的流浪者。这就是为什么我们总能从奥尼尔作品中隐约感受到一种若有所失,内心备受谴责且心存忏悔的心理。读者阅读奥尼尔剧本时总会有一种压抑感,因为他的灵魂无以托付,灵魂与肉体的冲突时时折磨着他。所以,人与宗教的协调统一成为奥尼尔毕生的道德理想,《无穷的岁月》中的贝尔特神父作为上帝的使者,他被塑造成自信、深沉、内心平静的理想人物,这就是奥尼尔追求的人与宗教和谐统一的理想形象,奥尼尔用戏剧诠释自己的最高道德理想和伦理追求。

第三,追求人与自然的和谐。奥尼尔热爱大自然,特别与海洋有不解之缘,形成了奥尼尔特有的海洋情结。海洋在他的众多作品里成为主要的元素或整个戏剧故事情节发生的背景。大海在奥尼尔的世界里不只象征着危险和凶恶,更多地意味着美和自由。他自己创作的诗歌里倾注了

---

① Joseph T. Shipley, *Guide to Great Plays*, Washinton: Public Affairs Press, 1956, p. 274.
② [美]尤金·奥尼尔:《奥尼尔文集》(第5卷),郭继德编,北京:人民文学出版社,2006年,第455页。

对海洋的热爱:"夜晚海湾水面窃窃私语/小河流淌如灰色交响曲"①。大海无疑是自然的一部分,在大海的怀抱里使他能够挣脱丑恶的现实世界,充分释放自我,在自然中找回自己的归属。埃德蒙在《进入黑夜的漫长旅程》中告诉父亲他的那段浪漫的、难忘的海洋经历:

> 我和海洋溶为一体,化为白帆,变成飞溅的浪花,又变成美景和节奏,变成月光,船,和星光隐约的天空!我感到没有过去,也没有将来,只觉得在大自然的怀抱中平安,协调,欣喜若狂,超越了自己渺小的生命,或者说人类的生命,达到了永生的境界!②

奥尼尔受东方道家回归自然的哲学思想的影响,回到了大海便回到了自然的怀抱,人与海洋融为一体,没有时间,忘记了存在,一切变得永恒,这里蕴含着奥尼尔强烈的自然伦理思想。奥尼尔不断地在实践中探索和追求一个宁静淡泊,天人合一的世外仙境。例如,《泉》中的胡安横跨远洋,执着地寻找美丽且天然的"青春泉",剧作者奥尼尔也在苦苦寻觅着一个和自己理想吻合的"乌托邦"社会,在这个理想的环境,人与自然能够和谐统一。奥尼尔通过剧本说明人与自然的和谐是最符合伦理道德的,也是最符合人性的。

奥尼尔通过人与自然关系的描写,来批判人类社会中存在的人与人之间、人与自然之间不和谐的关系。《鲸油》中肯尼船长为了商业利益和个人的虚荣对自然间生物鲸展开残忍的捕杀。商业利益异化了肯尼船长,他失去了人情,变得野蛮成性,他肆意殴打和枪杀船员,把妻子逼疯,在他的眼里只有成群的鲸和满船的鲸油。肯尼破坏了人与人和人与自然的生态和谐。《毛猿》采用象征主义的手法,描写了"人失去了与自然界原

---

① 源自张子清翻译的尤金·奥尼尔的《夜曲》的两句。参见郭继德编:《奥尼尔文集》(第6卷),北京:人民文学出版社,2006年,第170页。
② [美]尤金·奥尼尔:《奥尼尔文集》(第5卷),郭继德编,北京:人民文学出版社,2006年,第436-437页。

有的和谐"①。人在远古的动物时期与动物和睦相处,而如今人在精神上失去了平衡。杨克就是"上不着天,下不着地,而悬在中间,试图调和,结果两面挨打"②。杨克不能进入未来,因此想返回过去,所以他与猩猩握手。杨克与自己命运的斗争就是在寻找自己的归属——回归自然。奥尼尔剧本具有神秘主义色彩,除了富有宗教意义上的神秘色彩、古希腊神不可战胜的神秘色彩和莎士比亚式的鬼魂和幻想的神秘色彩外,他的神秘主义主要来自中国道家哲学的影响,他告诉卡朋特:"老子和庄子的神秘主义使我最感兴趣。"③中国道家哲学的神秘主义主要是一种非理性的、超自然的玄学,属于唯心主义哲学。但是撇开这些,我们也从中国道学的神秘思想里看到对自然的敬畏,含有积极的自然主义伦理和生态主义伦理的元素。奥尼尔的《归途迢迢》《加勒比斯之月》《安娜·克里斯蒂》《马可百万》《泉》《天边外》等含有浓浓的神秘主义格调。《加勒比斯之月》则以"大海的美为背景,它有悲哀,因为大海永恒不变,美中含悲是大海的一个真实基调",它们都充满"灵性",又是"庞然大物"。④ 在奥尼尔的心里,大海有生命,自然世界庞大而不可战胜。《天边外》中的天边以外的世界以及《安娜·克里斯蒂》中的大海都是神秘的自然,它们蕴含着奥尼尔深深的眷意和无尽的希望,因为这里是最理想的人与自然的交汇处。

第四,追求本真的道德态度。奥尼尔是一个真实的人和真实的灵魂,他的创作和行为都是最好的证明。奥尼尔创作的高潮是二三十年代,那个时候司空见惯的戏剧结构就是,在剧本的前三幕树起个假设,制造一个悬念,然后在第四幕把它推翻,完全是迎合观众的口味。奥尼尔对此嗤之以鼻,他讨厌这种"弄虚作假"的做法,他说一个人要了解生活,才有可能

---

① Oscar Cargill, *O'Neill and His Plays*, New York: New York University Press, 1970, pp.110—112.

② Ibid.

③ Ernest G. Griffin, Ed., *Eugene O'Neill: A Collection of Criticism*, New York: McGraw-Hill, 1976, p.42.

④ Barrett H. Clark, *O'Neill: The Man and His Plays*, New York: Dover Publications, INC., 1947, pp.58—59.

"把握住真实面貌背后的真谛,而真谛永远也不会是丑的"①。奥尼尔创作善于引经据典,但是他也反对那些资料堆砌的作品,资料过多会"阻碍我的视野"。他强调"事实就是事实,但真理是超越事实的"②。

奥尼尔在一些散论中批判了一些创作中故弄玄虚的作家。奥尼尔的自然主义风格使他喜欢记载生活的真情,他说生活中充满了戏剧:"自我与他人的冲突,人与自身的抗争,人与命运的博弈",其余的都不重要,而作为剧作家,我"只把生活感受写下来。只有生活本身使我感兴趣,它的原因和理由我是不去问津的"③。奥尼尔的剧本也不在道德问题上夸大其词,他讨厌父亲表演的戏剧里好人有好报、坏人受惩罚的论调,因为生活并非如此。他说我的剧本"不在道德问题上装腔作势",世间无所谓好人或坏人,在作品中做"'好''坏'之分是愚蠢的,它跟琼斯皇的银子弹一样,是令人上当的迷信崇拜物"④。

深入生活,挖掘本真。奥尼尔认为作家与一般观众的区别是,他们"看到的首先是戏,其次才是生活;而我创作首先是生活,然后才把它纳入戏剧的形式中去"⑤。奥尼尔为了追求生活中的本真,他有自己的美学理论观念。首先,他认为作家受生活环境的影响比较大,所以要写美国的事情,就应该"生活在美国,呼吸这里的空气,体验这里的反应,通过在这里生活,把握这里人们的脉搏跳动"⑥。其次,作家不应该太功利,不能为了某个目的专写有利的方面,回避不利的方面。他认为高尔基的《在底层》

---

① Arthur and Barbara Gelb, *O'Neill*, New York: Harper and Row Publisher, 1973, pp. 271−272.
② Jackson R. Bryer, *The Theatre We Worked For—The Letters of Eugene O'Neill to Kenneth Macgowan*, New Harven: Yale University Press, 1982, p. 23.
③ Arthur and Barbara Gelb, *O'Neill*, New York: Harper and Row Publisher, 1973, pp. 486−487.
④ Ibid.
⑤ Louis Sheaffer, *O'Neill, Son and Playwright*, Boston: Little, Brown, and Company, 1968, p. 88.
⑥ Arthur and Barbara Gelb, *O'Neill*, New York: Harper and Row Publisher, 1973, p. 750.

获得如此巨大成功的原因是,剧本"如实反映人们的生活,用生活来说明真理",而不是把"宣传"塞进剧本。① 再次,作为一个优秀的剧作家,应该具有敏锐的眼光,对"时代弊端刨根寻源",不能"在客厅中逢场作戏"②,要有诗的想象,用"诗的想象照亮生活中最卑鄙、最污秽"的地方,在"平庸和粗俗的深处发觉诗情画意"③。最后,追求生活的本来面目,作家并不应该写当下的事情,只有"当现在的生活成了较远的过去,你才有可能描写它"④。作家需要思想沉淀,需要创作的距离感。

第五,追求崇高的悲剧精神。奥尼尔深受古希腊悲剧的影响,对悲剧有深刻的理解,并以毕生的精力去追寻。他认为我们的生活本身毫无意义,是理想赋予生活以意义。因为理想,我们不畏艰险,努力拼搏。奥尼尔认为那些"可以达到的目标根本就不配作为人生理想",追求实现不了的理想是自取失败,但追求者的奋斗本身就是胜利,他是"精神意义上的榜样"⑤。一个人的生活具有足够高的目标,为了达到这个伟大的目标而与自己和外界逆境势力抗争时,生活便显示了奥尼尔所指的精神上的意义。这种精神上的意义就是古希腊人所赋予生活或生命的价值,即悲剧的伟大意义。悲剧对人类精神有着更深的理解,使人能够脱离日常琐碎的生活,使人的生活变得高尚。奥尼尔认为:"悲剧具有崇高的力量,使人们精神振奋,去深刻理解生活"⑥,享受真正的幸福。

奥尼尔剧本中的人物都在与命运较量,不管是《天边外》中的罗伯特,

---

① Oscar Cargill, *O'Neill and His Plays*, New York: New York University Press, 1970, pp.110—112.

② Ibid., p.115.

③ Louis Sheaffer, *O'Neill, Son and Playwright*, Boston: Little, Brown, and Company, 1968, p.159.

④ Arthur and Barbara Gelb, *O'Neill*, New York: Harper and Row Publisher, 1973, p.873.

⑤ Egil Tornqvist, *A Drama of Soul: O'Neill's Studies in Supernaturalistic Technique*, New Harven: Yale University Press, 1969, pp.13—14.

⑥ Arthur and Barbara Gelb, *O'Neill*, New York: Harper and Row Publisher, 1973, pp.486—487.

还是《上帝的儿女都有翅膀》中的吉姆,他们的生活就是在与自己和外界的抗争,他们最终都以失败告终。奥尼尔认为"人要是不在跟命运的斗争中失败,人就成了个平庸愚蠢的动物"。① 奥尼尔是从悲剧的角度理解失败的,他说:"失败只是象征意义上讲的,因为勇敢的人永远是胜利者",所谓的失败,只是"我们从物质意义"②的角度来看的。成功是整体失败链条上的一个小环节,所有远大的理想注定要走向失败,因此,生活中的人应该视"失败为人之生存的必需条件"③。生活如果没有理想,人活着犹如死人,理想实现了,也是死人一个,所以"生活有悲剧,生活才有价值"④。

奥尼尔毕生都在追求悲剧中那种最崇高的精神,他从悲剧中获得了快乐,获得了幸福。他能为悲剧创作而"狂喜",为古希腊悲剧中蕴含的宗教精神而"发狂"⑤。所以从某种意义上说,奥尼尔具有乐观的悲剧伦理道德意识。当有人指责他阴郁、悲观时,他断然拒绝,并强烈回击道:"有两种乐观,一种是肤浅,另一种是高层次上的,常被混为悲观主义。"他认为只有悲剧才是真实和美的,悲剧是人生的意义,生活的希望,生活中"最高尚的永远是最悲的"⑥。

小　结

西方哲学发展的历史就是追寻伦理的历史。哲学研究概括起来包括两个部分,一是探索人类智慧的,属于形而上的研究;一是探索人的行为

---

① Arthur and Barbara Gelb, *O'Neill*, New York: Harper and Row Publisher, 1973, pp. 260—261.
② Egil Tornqvist, *A Drama of Soul: O'Neill's Studies in Supernaturalistic Technique*, New Harven: Yale University Press, 1969, p. 14.
③ Arthur and Barbara Gelb, *O'Neill*, New York: Harper and Row Publisher, 1973, p. 337.
④ Ibid.
⑤ Ibid.
⑥ Oscar Cargill, *O'Neill and His Plays*, New York: New York University Press, 1970, p. 109.

的,属于形而下的研究。前者研究的指向是对人类命运的终极关怀,而后者主要关心现世人生的幸福。对智慧的探索属于纯哲学研究,而对行为研究的那一个分支发展为道德哲学。西方哲学从古希腊至现代,从来没有脱离对人类道德的探索。古希腊的哲学家苏格拉底、柏拉图和亚里士多德探索建构作为城邦公民的责任、权利和义务,规范公民的行为道德。罗马时期,随着城邦制的瓦解,哲学家更多地关心个人行动的正当性,突出个人价值的实现和心灵的自在,由重集体转为重个人的伦理取向。

西方中世纪基督教哲学关心的是人的来世,而后文艺复兴时期的伦理道德将其取而代之,给予现世生活全面的关怀。基督教追求道德实践体含博爱的伦理价值,强调个人效忠神灵,承担对上帝的责任意识。中世纪的神学伦理强调了神性,限制了人性的发展,一直到文艺复兴运动时期,才转变为以人为中心的伦理道德,追求人的现世生活,崇尚人的价值和尊严,脱离了神学道德的束缚。

西方近现代是哲学文化多元发展的时期,归纳起来近代哲学探究的是以人性为基础的伦理道德研究。近代影响较大的哲学家是法国的卢梭和德国的康德和黑格尔,卢梭哲学包含有公众与个人之间的契约伦理关系,康德的哲学思想蕴含的是真理和正义的伦理思想,黑格尔的哲学体现了法与自由意志、义务和权利的伦理道德。美国伦理思想是由西欧的文化和伦理学传统与美国本土乐观进取、创新创业的精神融合而成,该思想重视个人价值,尊重个人权利。

西方哲学对伦理学予以了极大的关怀,西方文学的发展也从来没有离开伦理道德的关照。西方文学总是依赖于伦理思想而得以丰富,伦理依附于文学的叙事得以弘扬。文学与伦理道德的关系可以从文学发展的历史中得到见证。例如,古希腊哲人认为文学创作可以净化人的心灵,文艺复兴时期的世俗文学可以张扬人文主义和以人为本的伦理道德,17世纪的文学转向描写理性与情感的矛盾与冲突,批判了上层社会的道德堕落等。

戏剧文学是最能够把文学和道德融合在一起的文学形式,戏剧通过舞台把文学的艺术性与伦理性合二为一,以其独特的文学形式浓缩了社会生活中伦理、道德、信仰的冲突。戏剧文学的艺术表现形式为实现伦理道德内涵提供了必要的手段,而伦理意蕴又为戏剧文学的审美平添了几分深度和价值。

奥尼尔便是这个时期借用戏剧的艺术形式进行伦理叙事的典范,他的戏剧深入到人类的精神世界,挖掘肉体之下的人类灵魂。奥尼尔用冷眼透视社会变革和动荡在人们心里留下的阴影,用戏剧帮助人们寻找精神世界的救赎。奥尼尔具有强烈的悲剧意识和人文情怀,他的戏剧具有深刻的伦理美学价值和伦理理想。现实中奥尼尔无法寻找到灵魂深处的和谐和自由,他把这些寄托在美好的、具有悲剧色彩的伦理理想之中。他毕生在追求理想的爱情、婚姻,期盼一对恋人其乐融融地享受生活所带来的快乐和幸福;追求人与宗教的协调,期望得到内心的安宁和灵魂的托付;追求人与人之间、人与自然之间的和谐;追求本真的道德态度,探索人生的美善真;追求悲剧中那种最崇高的精神,从悲剧中获得快乐和幸福。

第二章

奥尼尔的家庭伦理：渴求幸福生活

按照亚里士多德的看法，家庭生活也是依靠严格的伦理关系维系的，家庭伦理关系主要是由夫妻关系、父（母）子关系构成的①，其中丈夫与妻子的关系是所有家庭伦理关系的基础，父母与子女的关系是伦理关系的发展。在家庭关系中，父母、子女、兄弟姐妹之间的情感是由血缘所维系的，是发自天性的本能，是"直接的或自然的伦理精神"②。家庭以爱为其基本要素，体现着自然的和谐。家庭之爱是精神对自身的统一感知，这种感知无法从个人身上获得，须得有其他家庭成员对自己的认同，换言之，其他家庭成员让个人找到自我。所以家庭之爱是双向的，也就是说"爱就是伦理性的统一"③。家庭的爱是一种感觉和感情的东西，因而是自然形式的伦理。这种自然的伦理关系一旦不自然或发生扭曲，家庭将失去和谐，生活将不再幸福，社会就会不稳定。奥尼尔笔下的家庭不是异化就是失衡，缺乏家庭本身应有的温情、爱情和亲情，没有父母之爱、手足之情，代之而来的是父母陌路、兄弟相残，家庭成员之间疏远、冷漠、相互迫害，令

---

① ［古希腊］亚里士多德：《尼各马科伦理学》，苗力田译，北京：中国人民大学出版社，2014年，第174—191页。
② 宋希仁：《西方伦理思想史》，北京：中国人民大学出版社，2010年，第370页。
③ ［德］黑格尔：《法哲学原理》，范扬、张企泰译，北京：商务印书馆，1982年，第175页。

人不寒而栗,反映了奥尼尔直面的自我家庭生活经历,也反映了奥尼尔对家庭伦理道德细致入微的观察和对家庭伦理的个人体悟和深刻反思。奥尼尔将其所见和所悟的家庭伦理滑坡用戏剧淋漓尽致地表现出来。

本章首先探讨奥尼尔家庭伦理意识及其生成的原因。奥尼尔的家庭环境对其家庭伦理观的生成有着直接的影响,奥尼尔的家庭主题戏剧体现了他的家庭伦理思想和家庭伦理忧患意识。奥尼尔的家庭剧描写的是名存实亡的婚姻关系、同床异梦的夫妻关系、疏离与异化的父母与子女关系。奥尼尔笔下的家庭雾霾沉沉、危机重重,剧中的人物悲观绝望、苟延残喘。笔者借助伦理学视角,通过文本分析挖掘奥尼尔戏剧中一个个濒临分解的家庭面临的问题及其生成的原因,寻找其中隐藏的家庭伦理道德危机。奥尼尔毕生向往和追求美满的婚姻和幸福的生活,所以他对家庭伦理异化的思考和叙述的目的,就是在探求理想的、温暖的家庭生活,追寻充满快乐和幸福的家园,建构美满和谐的家庭伦理关系。

第一节 家庭环境与家庭伦理观

作家在作品中表现的场景和思想意识,除了和他所处的时代有关,很大程度上和作家个人的经历、遭遇有关。倍倍尔曾经说过,要想了解一个人的思想,就需要了解他的经历,尤其要对其童年和青年时代有所了解。[①] 奥尼尔的家庭意识和对家庭伦理关系认识的形成,也离不开他痛苦的经历。奥尼尔出生在一个演员家庭,从小就和母亲、哥哥一起随父亲的剧团走南闯北,过着颠沛不定的生活。他的童年基本上是在火车和旅店中度过的,记忆中留下的只是脏乱拥挤的车厢和三教九流寄居的旅馆,没有母亲温暖的怀抱和父亲无微不至的呵护,甚至很少有"家"的概念。奥尼尔非常羡慕其他孩子享有一个"固定的、有规律的家"[②],而他却像是

---

① 参见倍倍尔:《我的一生》序言,北京:三联书店,1965年,第2页。
② 参见汪义群:《奥尼尔研究》,上海:上海外语教育出版社,2006年,第104页。

一个"流浪"的孩子。他认为自己永远是这个世界的"陌生人",永远也感受不到家的温馨和快乐,一生注定要与孤独相随,与痛苦相拥,与"死亡相伴"。①

居无定所的生活对于奥尼尔的母亲来说,更是不堪忍受的。奥尼尔的母亲埃拉·昆兰出生在一个富裕的中产阶级的家庭,少年的她进入教会学校学习,接触了自然科学、人文艺术等课程,尤其擅长钢琴演奏,有着很高的文化素养。由于偶遇演员詹姆斯·奥尼尔和对明星的崇拜,他们走到了一起。然而,跟演员结婚完全不同于她曾经梦想的那种浪漫和充满诗意的生活。婚后竟然发现丈夫詹姆斯嗜酒如命,以前她所崇拜的那个风度翩翩、英俊潇洒的青年成了她生活中的酒鬼。她本人并不爱戏剧,对剧团生活也很不习惯,但是婚后的她需要忍辱负重,放弃过去那种舒适安逸的生活,跟着丈夫过上遥遥无期的颠沛飘荡的生活。当时在美国,演员的地位很低,总是遭到世俗人们的轻视,所以结婚以后,原来的女友纷纷和她断绝往来。而她又无法与剧团里那些行为夸张、举止疯癫的男演员交流,随着时间的推移,她被朋友和周围的演员看作另类。热爱交友的她被限制在自己狭小的房间里,似乎整个社交界向她关上了大门。被娇宠长大的她怀有极大的忍耐和克制,开始对环境抱着逆来顺受的态度。奥尼尔的母亲昆兰为了家庭做出了巨大的牺牲,但是,颠沛和孤独,让她对生活慢慢地厌倦了,她选择了逃离,整天将自己封闭在旅馆里,精神长期陷于痛苦的深渊,甚至多次产生轻生的念头。

奥尼尔的父亲詹姆斯·奥尼尔为了逃避贫困从爱尔兰背井离乡移居到美国纽约,承担起养家糊口的责任。由于长期经受家庭生计的困扰,詹姆斯对于贫困的恐惧远远胜于他人,逐渐养成了吝啬和贪婪的性格。他热爱演戏,他的演艺生涯随着不断出演《基督山恩仇记》而蒸蒸日上。事业的成功换来的不是一个固定的房子和温暖的家庭,而是酗酒作乐和更

---

① Sewall Richard, "Eugene O'Neill and the Sense of Tragic", in Richard F. Jr, ed., *Eugene O'Neill's Century: Centennial Views on America's Foremost Tragic Dramatist*, Moorton, Westport: Greenwood Press, 1991, p. 17.

多的漂泊生活。詹姆斯的恐穷心理使他把赚来的钱投资到购置土地上，干起了投机的买卖，结果被骗得地财两空。奥尼尔认为父亲詹姆斯是一个自私自利的人，他的自私贪婪和冷酷无情酿成了家庭的悲剧。

奥尼尔对哥哥杰米·奥尼尔的感情是既恨又爱。他爱杰米是因为他的文学才气和他的诗情画意。杰米幽默豪爽、英俊潇洒、风流倜傥、浪漫温情，是他把尤金带进了文学的殿堂。他恨杰米是因为他的嗜酒成癖、玩世不恭、放荡不羁。杰米由于嫉妒，故意把自己的麻疹传染给弟弟埃德蒙，导致弟弟不治身亡，因此让父母心生芥蒂，开始对他冷漠。杰米开始转移自己的感情，他把自己的爱和对亲情的渴望投到了弟弟尤金的身上，对弟弟给予了父亲般的关怀和爱护。同时，他又嫉妒弟弟得到父母过多的呵护，千方百计抹黑尤金的形象，带尤金去妓院嫖娼、教会尤金酗酒等。哥哥既想把奥尼尔塑造成一个伟大的文学家，完成自己未完成的事业；同时，又想把尤金彻底摧毁，把他变成一个灵魂丑恶的怪物。尤金·奥尼尔面对哥哥的仇恨和兄弟之情的变异，心理上无法承受，以至于一生都为此痛苦不堪。

可以看出，奥尼尔生活在这样一个阴郁惨淡的家庭里，父亲视钱如命、冷漠无情，缺少父亲和长辈的责任和热情；而母亲则是抑郁寡欢、空虚无聊、心灰意冷，俨然一具行尸走肉；哥哥性格分裂，心中的妒忌、仇恨和毁灭的恶魔总是占胜他热情和善良的一面。这样不和谐的家庭和痛苦的遭遇带给奥尼尔的是辛酸的回忆和心灵的创伤。由于没有体验过父爱、母爱和家庭的温暖，奥尼尔的剧作中没有描写过慈祥的"父亲"、伟大的"母亲"和温暖的"家庭"，因为这三个词对于他只是三个普通的符号，没有附着于现实的意义。所以他曾非常失望和无助地嘲讽自己宁愿是"一只海鸥"或"一条鱼"[①]，因为自己连海鸥和鱼都不如，它们都可以有自己温暖的家和归宿，过着幸福的生活，而他面对的却是死水一般的家庭和冷若

---

① Sewall Richard, "Eugene O'Neill and the Sense of Tragic", in Richard F. Jr., ed., *Eugene O'Neill's Century: Centennial Views on America's Foremost Tragic Dramatist*, Moorton, Westport: Greenwood Press, 1991, p.17.

冰霜的家庭关系,他的归宿只能与死亡并肩。正是由于奥尼尔家庭身份的缺失,所以他毕生在探索家庭的温暖和温暖的家庭,追寻幸福和谐的家庭伦理关系。

奥尼尔剧本的背景基本上都没有离开海洋和家庭,家庭伦理主题是奥尼尔剧本中最庞大的主题,海洋主题剧也没有脱离家庭的背景,奥尼尔的49部剧作中约有40部戏剧都或多或少以家庭伦理为背景。奥尼尔除了亲身体验了自我家庭的疏离和失衡外,也目睹了20世纪工业化影响下的美国社会异化和家庭结构转型,他用戏剧形式表达了消费社会导致的夫妻、父子、兄弟姐妹等家庭伦理关系的变化,以及由此产生的一系列社会道德问题。奥尼尔对社会政治问题并不感兴趣,他关注的是社会问题给家庭和社会造成的后果。他通过剖析家庭这个小小的细胞组织,透视整个社会伦理道德的滑坡,体现了他强烈的责任意识、社会意识和道德情怀。下面笔者选择奥尼尔不同时期创作的三个剧本进行分析,分别是:《早餐之前》(Before Breakfast, 1916)、《榆树下的欲望》(Desire Under the Elms, 1924)和《进入黑夜的漫长旅程》(Long Day's Journey into Night, 1941),希望以一斑窥全豹,从星星点点之中捕捉奥尼尔的伦理观,特别是奥尼尔渴望建立以爱情为基础的夫妻伦理关系、以"相互关爱为基础的代际伦理关系"①和以责任为基础的家庭伦理关系,批判了美国20世纪初金钱至上的不健康的家庭道德取向,倡导家庭伦理道德的回归,建构幸福和谐的家庭伦理关系。

第二节 《早餐之前》:夫妻反目 家破人亡

家庭作为社会细胞,是人们赖以生存的最基本单位。家庭生活的和谐与否折射出社会发展的健康与否,家庭生活体现了人类社会道德生活的方方面面。在家庭关系构成中,丈夫与妻子的婚姻关系是各种关系的

---

① 张生珍、金莉:《当代美国戏剧中的家庭伦理关系探析》,《外国文学》,2011年第5期。

基石,其牢固与否会影响家庭的幸福。黑格尔早就说过,在家庭伦理关系中,婚姻伦理关系"是具有法的意义的伦理性的爱"①,是家庭伦理关系的核心。

《早餐之前》是奥尼尔早期比较成功的一个独幕剧,全剧自始至终只有一个人在独白。戏剧的背景是纽约市克里斯托弗大街公寓中的一个小房间,房间有两个窗户对着安全梯,放着几盆花,由于缺乏管理,已经枯槁。卧室地板弄得乱糟糟的,满地都是烟头、烟灰和酒瓶子。从背景的布置,可以反映出这个家比较破败,生活缺少情调,唯一象征生命的几盆花草也无人照料,屋子里无半点生机。主人公罗兰太太中等身材,身体圆胖,相貌平庸,她看上去有点寒碜,穿着不讲式样,衣衫不整,邋里邋遢。她的衣着打扮与萧条的背景都在向观众透露着一个可悲的现实:一家人生活得并不幸福。罗兰太太虽然才20出头,但是整天郁郁不乐的脸让她看上去比实际年龄大很多。

罗兰太太一大早起来就很不高兴,她在那里喋喋不休地辱骂隔壁屋子里的丈夫阿尔弗雷德·罗兰,每天"装成一个正人君子,跟那些从广场上来的艺术家们在酒馆里鬼混"②。罗兰太太并不看好丈夫阿尔弗雷德向往从事文学创作的理想,总是嘲笑他不务正业,"整天闲逛,写些无聊的诗歌和小说,都是些没有人买的货色"③。罗兰太太的话里话外总是有一些瞧不起阿尔弗雷德先生和他的文学创作,其原因是罗兰写诗作文并没有给家里带来些许的经济收入,家里的生活基本上依靠罗兰太太来支撑,快到了入不敷出的地步。当我们读到罗兰太太怒斥丈夫:"如果我迟到的话,就会丢掉工作,就再也无法养活你了。"④作为读者和观众,此时我们会产生两种不同的反应,一是会责备罗兰太太一大早絮絮叨叨、骂骂咧咧

---

① [德]黑格尔:《法哲学原理》,范扬、张企泰译,北京:商务印书馆,1982年,第177页。
② [美]尤金·奥尼尔:《奥尼尔文集》(第1卷),郭继德编,北京:人民文学出版社,2006年,第215页。
③ 同上书,第217—218页。
④ 同上书,第217页。

的行为。观众大概也会认为罗兰太太母老虎般的架势和对丈夫不敬的辱骂,是女人缺少修养的表现,一个没有修养的妻子如何能够理解文人骚客的行为,所以她会无休止地抱怨和责骂。二是读者和观众会偏向罗兰太太一边,同情罗兰太太的处境,讨厌打着创作的幌子整日待在家里游手好闲的阿尔弗雷德先生。阿尔弗雷德是百万富翁罗兰的独生子、哈佛大学毕业生、诗人,随着父亲的去世,他的经济状况每况愈下,甚至债台高筑。阿尔弗雷德并没有想办法去改变这个境况,只是由过去的啃老变为现在的啃妻,罗兰太太既是家庭主妇,又得承担起挣钱养家糊口的重担,所以她的抱怨和絮叨也是人之常情。

根据马克思主义伦理学,在夫妻关系中,男女双方享有平等的社会地位。① 享有平等的人格是夫妻之间道德关系赖以维持的基础,体现了家庭道德的基本要求。夫妻关系应该有更高道德要求,夫妻双方享有"人格的同一化"②。从这个意义上理解罗兰太太一家的状况就比较容易了。首先,维系家庭关系或者说使家庭关系处于稳定和平衡的杠杆就是夫妻在婚姻家庭关系中的位置,这种关系实际上是由"生产关系的性质"③决定的,特别是双方在婚姻家庭生活中所承担的责任、义务和享有的权利决定的。当罗兰太太说:

> 像我这样,还要整天去到一个闷热的房间里干活,真够丢人现眼的。只要你有点男人气,我也就用不着受这份罪。按常理,应当是我睡懒觉,不应当是你。你知道,这一年来,我病得多厉害,可是想吃点什么药,提提精神,你却坚决反对。④

罗兰太太辛勤工作、赚钱养家,从马克思生产关系的性质来看,她在家庭生活中扮演着领导者的角色,那么她应该在家庭的社会生产关系中

---

① 罗国杰:《伦理学》,北京:人民出版社,2014年,第311页。
② 宋希仁:《西方伦理思想史》,北京:中国人民大学出版社,2010年,第370页。
③ 罗国杰:《伦理学》,北京:人民出版社,2014年,第311页。
④ [美]尤金·奥尼尔:《奥尼尔文集》(第1卷),郭继德编,北京:人民文学出版社,2006年,第219页。

就具有话语权,而阿尔弗雷德先生整天写诗创作,也许未来某个时候能够赚到大钱维持家庭生计,但是目前来说他没有经济收入,在家庭关系中自然没有地位和话语权,在夫妻关系中没有平等的人格可言。以此推论,罗兰和阿尔弗雷德的婚姻和家庭生活的根基并不稳定,家庭关系中的一方如果人格缺失,那么家庭人格整体失衡,家庭伦理的大厦摇摇欲坠。

黑格尔认为婚姻的实质是伦理关系,他反对建立在主观爱的感觉之上的偶性观,也反对康德把婚姻看成按照契约而互相利用的民事契约观。他坚持认为,婚姻的本质是伦理的,而非自然的。婚姻的内容是客观内容的爱,而不是主观抽象的爱。所以"婚姻是具有法的意义的伦理性的爱"①。这就上升到婚姻大厦的高层,在这里才能实现双方人格的同一化。所谓同一化,并非不要个性和独立人格,而是说男女双方要从婚姻是两个人基于信任和爱而结成统一体的共同认识出发,发扬共性和优秀的方面,克服对立的方面,从而达到人格同一化。这种同一化就是家庭伦理精神。罗兰太太和阿尔弗雷德的爱情、婚姻和家庭道德的基层出了问题,高层就自然摇摇欲坠了。他们婚姻中两个人缺少应有的夫妻信任,例如,罗兰太太一大早起来就不停地搜查挂在衣帽架上丈夫的衣服口袋,怀疑丈夫与海伦或其他女性有不正当的男女关系,以便抓到把柄。罗兰夫妇的人格不是同一化,而是两极化,罗兰不愿意放弃自己的创作,不能为了生活适当地变得世俗化一些,而罗兰太太为生计所逼也不可能高雅化一些,他们都向自己的单个的取向发展,致使家庭伦理越来越走向异化,结果矛盾愈演愈烈,最后发展到阿尔弗雷德的自杀和家庭的毁灭。

《早餐之前》整剧以罗兰太太一个人的独白进行,阿尔弗雷德一直处于失语的状态。任妻子罗兰太太在那里絮叨和辱骂,阿尔弗雷德沉默不语,所以罗兰太太的抱怨难以上升到轰轰烈烈的家庭战斗。全剧的背景都安排在罗兰太太的家里,没有做任何变化,全剧除了罗兰太太的唠叨还是唠叨,全剧的故事就发生在早餐前一会儿,一切都显得格外沉闷和乏

---

① [德]黑格尔:《法哲学原理》,范扬、张企泰译,北京:商务印书馆,1982年,第370页。

味。其实罗兰太太的家庭就是这么沉闷和无趣的。我们知道在家庭生活中如果一个人总是发牢骚表现自己的不满,说明这个家庭出了问题,双方人格两极化发展。阿尔弗雷德对于妻子的辱骂从不还嘴,有两个原因。一是他已经习惯了这种不停的唠叨和责骂;二是他就是家庭的"他者",他是不在场的。不管是习惯了妻子的唠叨还是沦为家庭的"他者",阿尔弗雷德已经厌倦了这种生活,似乎对妻子的行为视而不见、听而不闻,他已经对妻子没有了爱情,但是又没有办法摆脱,只能装聋作哑,任其絮叨罢了。罗兰太太对丈夫的文学创作瞧不起,并且采取嘲讽、侮辱的方式,以此刺激丈夫走向现实。这根本就是一个母亲在管教一个啃老的儿子,而不是夫妻之间的吵嘴。这也说明罗兰太太对阿尔弗雷德已经没有夫妻感情,剩下的像是一种母子之间的亲情。虽然罗兰太太也一样厌倦这个不幸福的婚姻,但是她宁愿烂在死水一滩的婚姻里也不愿意离婚,更不想为海伦腾出空位,让海伦"占了便宜",与阿尔弗雷德结婚,她说:

> 她知道你结婚了吗?她肯定知道。你所有的朋友都知道,你的婚姻不美满。我知道,她们同情你;但是,她们对我这方面的情况一无所知……指望我跟你离婚,让她来跟你结婚吗?我为你受了这么多罪,她还以为我是个糊涂虫,会干那种蠢事,是吗?我想,不会吧!你别指望我跟你离婚,你心里很明白。①

可以说,这桩婚姻已经危机四伏、千疮百孔了,这样的婚姻是不道德的婚姻,即使没有海伦或其他女人,也已经是不堪一击了。阿尔弗雷德的冷暴力和罗兰夫人的喋喋不休说明他们都已经忍耐到婚姻的极限,即将走到尽头。这也许正是奥尼尔创作的初衷,他就是要表现一个单调的、死气沉沉的家庭,通过突出家庭气氛的沉闷和家庭弥漫的绝望,让读者感受到阿尔弗雷德婚姻面临的危机,没有了爱情,失去了人格同一性,丧失了作为婚姻伦理关系的基础。作为双方摆脱危机的最好办法就是走出家庭

---

① [美]尤金·奥尼尔:《奥尼尔文集》(第 2 卷),郭继德编,北京:人民文学出版社,2006年,第 220 页。

的阴影,追寻新的幸福生活。阿尔弗雷德暗恋着海伦,他们有共同语言和共同爱好,但是罗兰太太不会让他们走到一起。绝望的阿尔弗雷德选择了割喉自杀。从某种意义上说,阿尔弗雷德结束自己的生命,也算找到了挣脱婚姻伦理危机走向自由的出路,只是这个结果显得有些凄惨。

阅读《早餐之前》常常会产生两种情绪:一种是过于同情处于婚姻"他者"的阿尔弗雷德;另一种是同情罗兰太太的处境。还可能会有第三种、第四种情绪,但是不管哪一种情绪,我们都应该把罗兰太太和阿尔弗雷德置于家庭环境之中,从家庭伦理关系中去看他们应该扮演的角色和承担的责任与义务。奥尼尔对家庭伦理道德进行了深入的观察、体验和思考,然后通过《早餐之前》进行形象的表达,让我们在观剧的同时,思考家庭问题,反思家庭成员的伦理责任和义务。《早餐之前》是悲剧结尾,悲剧的根源是夫妻双方共同造成的。阿尔弗雷德没有家庭责任感,以创作、写诗为借口,整天与所谓圈子里的文人墨客谈诗说画,不顾眼下举步维艰的家庭生计。阿尔弗雷德在家庭伦理关系中属于不道德的一方。罗兰太太虽说承担起养家的义务,但是对于丈夫阿尔弗雷德的事业没有丝毫的理解、关注和支持,而且,对自己的丈夫没有丝毫的信任,担心丈夫与海伦和其他女性有暧昧来往。罗兰太太虽然在家庭中奉献得多一些,但是也属于家庭伦理关系中不道德的一方。特别是婚姻走向危机时,她依然发誓要阻止阿尔弗雷德与海伦结合,导致丈夫的自杀,这更加突显其不道德的行为。

奥尼尔的家庭伦理和婚姻伦理意识可以追溯到他自己的婚姻经历。奥尼尔的一生,有过三次婚姻,多次恋爱,但他并不善于经营爱情和婚姻,他个人对待婚姻比较随意、轻率和任性,可他又偏偏对爱情和婚姻有种"理想主义的憧憬"[①],现实生活与理想爱情的差别经常使他在不幸的婚姻面前痛苦挣扎。第一次与凯瑟琳婚姻的失败是因为奥尼尔完全没有准备,婚后几个星期就撇下凯瑟琳加入淘金探险队远走洪都拉斯了。他与

---

① 参见汪义群:《奥尼尔研究》,上海:上海外语教育出版社,2006年,第38页。

第二任妻子阿格尼斯有过浪漫和柔情，但是快乐很快就被婚姻中的问题和矛盾驱散了。奥尼尔的内心确实充溢着爱，但是他心底澎湃的感情也为他"开辟了一个痛苦的世界"①。他一方面爱着阿格尼斯和孩子们，可同时又爱上了女演员卡洛塔，感情方面的任性给他的家庭、婚姻和周围的人带来了痛苦。奥尼尔的婚姻和家庭生活总是出现问题，概括而言，笔者认为主要是由三个原因造成的：一是他的情感太丰富和情感太滥用，给自己和爱的人都造成了伤害；二是奥尼尔的家庭责任感并不强，他把戏剧当做生活，完全生活在戏剧里；三是他在婚姻中的依赖性，他所追求的"不是一个妻子"，而是"一个母亲的形象，一个能干、强壮的女人"②。这三个原因足以造成他一生都在家庭和婚姻面前痛苦挣扎，但对读者和观众而言是幸事，因为这使奥尼尔从个人经历出发对家庭和婚姻问题进行深刻的反思，追问家庭问题出在何处，帮助人们从伦理道德维度认识家庭和婚姻的存在，走出家庭伦理危机，重建基于道德和责任的婚姻和家庭，寻找幸福美满的夫妻生活和和谐和睦的家庭。

第三节 《榆树下的欲望》：父子成仇 妻离子散

《榆树下的欲望》是奥尼尔中期创作的一部震撼人心的现代悲剧。故事发生在1850年美国东北部新英格兰的一个农场。农场主伊弗雷姆·凯勃特已七十有六，但他身体健壮，器宇轩昂，他响应上帝的旨意，又要娶第三任妻子了。剧本故事的冲突就是以迎接年轻貌美、丰满性感的新娘爱碧回家展开的。凯勃特的第一任妻子留下了两个儿子：彼得和西蒙，他们厌倦了日复一日、年复一年的农场的艰苦生活，受够了父亲凯勃特的奴役，决定离开农场去西部加利福尼亚淘金谋生。凯勃特的第二任妻子也

---

① Crosswell Bowen and Shane O'Neill, *The Curse of the Misbegotten: A Tale of the House of O'Neill*, New York: McGraw-Hill, 1959, p.265.

② 参见 Louis Sheaffer, *O'Neill: Son and Playwright*, Boston: Little, Brown, and Company, 1968, p.308.

留下了一个儿子伊本,他已 25 岁,魁梧高大、英俊帅气,但总是愤愤不平的样子。他不愿意离开农场,他决不允许别人,特别是后母爱碧,争夺他继承农庄的权利。

《榆树下的欲望》中的老凯勃特是一个典型的清教徒,他只知道辛勤劳动和积累财富,他的心中只有上帝,对上帝言听计从,却唯独没有感悟上帝赋予人类的爱。妻子、儿女等家庭成员在他眼里都只是劳动力而已,任他自由支配和使用。西蒙的母亲勤勤恳恳地为田庄付出 20 年,而伊本的母亲在田庄任劳任怨了 16 年,最终都由于繁重劳动,积劳成疾而死去。但是凯勃特对他们的感情又是如何呢?从凯勃特与爱碧的对话中可以窥探到他对已故两任妻子的感情:

> 这么多日子我一直是孤独的。我有过一个老婆,她生了西蒙和彼得。她是个好女人,干活从不怕苦。我们共同生活了 20 年,她在农庄干活,可根本不懂为什么这样做,她不懂我的心。我一直是孤独的。后来,她死了,打那以后有一段时间我暂时不孤独了……结果我娶了第二个老婆,她就是伊本的妈……她也不懂我的心,和她生活如入地狱,我感到更孤独。过了 16 年,她死了。①

从凯勃特向爱碧的叙述中,我们感到凯勃特与自己日夜劳作、辛辛苦苦创业的前两任妻子在一起,依然孤独,更可怕的是,与第二任妻子一起生活如入地狱一样的痛苦,原因是,他认为她们根本不懂他的所作所为,她们根本不知道农庄意味着什么。凯勃特认为除了他之外,其他人只是把农场当做谋生的手段,他们根本不理解上帝的意思。凯勃特认为自己是上帝的忠实信徒,一切都按上帝的旨意行事,其他人,包括他妻子、儿子在他面前可有可无,他们都是上帝放在他面前的物件,就像放一块石头或者一头牛一样,他们可以有,也可以立即消失,只有上帝才可以与人交流思想,才能给人生活带来快乐。他说:

---

① [美]尤金·奥尼尔:《奥尼尔文集》(第 2 卷),郭继德编,北京:人民文学出版社,2006 年,第 594—595 页。

> 我原可以成为一个富人的——可是我心里有个东西在拦着我——上帝的声音在说:"这儿对你毫无价值。你还是回家去吧!"我害怕这声音,于是就回家了……上帝是严厉的,不是那么好说话的!……我遵循上帝的旨意,就像他的仆人一样。这可不容易啊!这很辛苦,是上帝让我这么辛苦的。①

凯勃特认为自己随时随地都能够得到神的召唤和指引,他在这块石头遍地的土地上开垦出良田,完全是上帝一手指挥的,包括他娶妻生子也是上帝的旨意,不容置疑。根据清教徒凯勃特的上帝决定论,他的妻子、儿子在农庄起早贪黑地劳动,不是他逼的,而是上帝要她们这样干的,因为上帝是非常严厉的。所以当西蒙的母亲劳累之后问自己为什么要这样干的时候,凯勃特当然认为她们不可理喻,听不懂上帝的召唤。这样就不难理解老凯勃特为什么与家人一起仍感孤独,对他而言,家人全是"异教徒",是上帝要惩罚的对象,与他们一起生活就像与魔鬼为伴。老凯勃特找不到知音,没有共同语言,所以感到孤独难忍。他认为农场里的猪、牛、羊和土地都是上帝安放在这里的,它们可以与他交心。每当他与爱碧一起时,总觉得屋子里缺少温暖,凉气袭人,他便不自觉地去楼下的饲养场与动物去沟通和交流了,因为"它们懂我的话,它们懂得这个田庄,它们会给我带来安宁"②。

综上分析,可以看出凯勃特是个地地道道的清教徒,他信仰上帝,敬畏神灵,坚持勤俭持家,信奉艰苦创业,谨慎做人,严谨行事。那么,这样一个虔诚的清教徒的家庭生活应该是幸福的,他的行为应该是符合伦理道德的,根本不应该出现妻子不忠、儿子不孝,甚至母子乱伦的可耻现象。然而,老凯勃特把清教思想推向了极端,他在家庭中用残酷的清规戒律约束和管制每个人,从精神上和身体上剥夺了前两任妻子和三个儿子的权

---

① [美]尤金·奥尼尔:《奥尼尔文集》(第 2 卷),郭继德编,北京:人民文学出版社,2006年,第 595 页。
② 同上书,第 596 页。

利,他们只能为他当牛作马、服服帖帖地干活,所得到的不过一日三餐而已,还美其名曰,他在执行神灵的旨意。他不容任何人挑战他的权威,哪怕是产生疑问都不行,因为这是对神灵和神灵使者凯勃特的挑战。这样就不难理解当西蒙的妈妈怀疑自己每天为何这样干的时候,凯勃特很不高兴了,她在挑战神的使者,她就是一个不受上帝欢迎的魔鬼,与她生活在一起让他倍感孤独;当第二任妻子没有亲自站出来抗议娘家人与凯勃特争夺田产,凯勃特又不高兴了,他骂妻子软弱无能,甚至觉得跟她生活在一起是一种梦魇,恨不得她早点离开人世。在凯勃特的心里,妻子、儿子都是帮他春种秋收、割草养牛的雇佣工人而已,是上帝送到他眼前帮助他完成重建农庄的劳工,他怎样对待他们都是尊重上帝的指令。在田庄里,庄家、牲畜,甚至石头都比妻儿重要,因为这些东西都能听懂和领会凯勃特的心思。

清教徒的家庭观念真是如此吗?清教主义重视亲情、父子和夫妻的伦理关系,强调丈夫和父亲在家庭中至高无上的权威,他们可以用上帝赐予他们的权力管理好妻子和儿女,这点基本上吻合凯勃特的行为。但是清教主义同时又强调丈夫和父亲要把这种权力当做责任,要用神赐予的"爱和智慧做头"[①],营造一种和谐的环境,让妻和子真心爱你,并不是由于惧怕你而服从你。凯勃特自认为是忠实的清教徒,但他的行为却是大相径庭。凯勃特用父权压迫全家,而非以爱感动他们使他们甘愿为田庄奉献。所以从这点而言,凯勃特是一个虚伪的清教徒,或者说是清教徒的极端分子。

父母同子女的关系是家庭生命的延续,家庭生活重要的是丈夫与妻子共同抚育子女,和谐生活,这种生活产生最为自然的一种友爱。亚里士多德在《尼各马科伦理学》中谈到三种友爱:家室的、伙伴的和其他的(公民的、主客的,等等),他认为最后一类友爱是同法律与契约的关系相联系

---

① 参见《清教徒生活规范》,www.doc88.com/p-903965696105.html。

的,前面两种是私人的友爱。① 父母与子女总是相互友爱,在这种相互的感情关系中,始终存在着父母方面的"单方面优惠的恩惠"②。这种恩惠是人生所受恩惠中最大的恩惠。父母是生命的给予者,他们不仅生养、哺育了子女,而且是子女的教师。中国传统伦理所倡导的与亚里士多德的伦理学不谋而合。中国传统伦理也强调抚养和教育子女的问题,认为这是每一个父母都必须承担的法律义务和道德责任。履行这一应尽的道德义务,其关键在于"爱"和"教"两个字。培养孩子首先要在生活上关照他们,使他们能够健康发育。在子女的教育过程中,父母以身作则,树立一个好的家庭榜样。父母是子女最早的也是最长久的教师。父母教育子女,不仅要讲道理,最重要的是以实际行动教育、感染和影响子女,身教重于言教。

老凯勃特完全没有给予下一代友爱和责任,与亚里士多德所言背道而驰。凯勃特的两任妻子为他生了三个儿子,他理应对他们投以全部的关爱和教育的责任,但是,对于怀有极端清教思想的凯勃特来说,儿子只是他生命的延续,是上帝赐予他的礼物,自然就是他的个人财产,个人财产就可以任意支配,可以肆意妄为,所以他每天让他们起早贪黑,干着非常繁重的农活,多年来为自己积累了大量的财富,而换来的却是彼得和西蒙驼背弯腰,未老先衰。例如:

西蒙:得给牲口喂水。

彼得:还得种树。

西蒙:还得耕地。

彼得:还得晒甘草。

西蒙:还得往田里撒肥。

彼得:还得锄草。

---

① [古希腊]亚里士多德:《尼各马科伦理学》,苗力田译,北京:中国人民大学出版社,2014年,第166页。

② [英]罗斯:《亚里士多德》,1997年,转引自宋希仁:《西方伦理思想史》,北京:中国人民大学出版社,2010年,第77页。

西蒙:还得修树枝。

彼得:还要挤奶。

伊本:还得造围墙——石头上堆石头,不停地垒着石墙——一直到咱们的心也像石头一样冷了,硬了,墙越垒越高,咱们也被围在里面出不去了。①

从兄弟三人的对话中可以看出他们在田庄每天要承担极其繁重的劳动,他们心怀怨言,所以在父亲凯勃特不在家的时候一起抱怨,以宣泄自己对凯勃特的不满。由于常年累月干农活,西蒙和彼得灰头土脸、身体佝偻,脚上穿的是沾满泥巴的笨重的厚底靴,走起路来磕磕绊绊,繁重的劳动磨去了三十多岁青年人应有的活力和朝气。父亲凯勃特教会他们的只有养猪、喂牛等农活,从未想过为儿子将来过上好的生活开辟一条路,更谈不上关注他们未来的前途。这也不符合清教徒的道德标准。因为清教思想认为,子女是神所赐,神热爱自己的创造物,神让生身父母替代他精心养育和呵护他的孩子。清教徒信奉上帝,就必须热爱神赐给自己的孩子,教育他们诚实守信,遵纪守法,友善虔诚,多做有利于公益的事业。凯勃特虽然没有撇下三个儿子任其自由发展,似乎也给予他们"教育和关心",给他们指了一条"光明道路",却只是学会做苦力,而且永远在他的庄园做苦力。可见,凯勃特的价值观是与清教思想相悖的,与传统道德是相悖的,与西方伦理价值是相悖的。

凯勃特违背了为父的道德伦理,他把家庭变成了人间地狱,给前两任妻子和三个儿子造成了身体和精神上的伤害,两任妻子被活活累死,儿子也失去了自己的青春和身体,三十来岁没有家室就累弯了腰。两任妻子以死亡的方式找到了自己的归宿,三个儿子也要开始寻求属于自己的生活,一场父子之间的复仇开始了,凯勃特必然要饱尝自己酿成的后果。当彼得和西蒙再也不能忍受父亲的残酷统治,他们奋起反抗,再也不想为凯

---

① [美]尤金·奥尼尔:《奥尼尔文集》(第2卷),郭继德编,北京:人民文学出版社,2006年,第564页。

勃特的庄园做苦力了,决定离开这个让他们忍受了三十多年的农庄,去加利福尼亚淘金。临行前兄弟二人一吐多年的积怨,咒骂父亲凯勃特快点"上西天""这头他妈的老驴"①。当凯勃特带着新娶的爱碧回到自家家院的时候,即将离家去加州淘金的西蒙和彼得为父亲和新来的后母爱碧举行了一场不堪入目的"欢迎"仪式:

西蒙:……你在地狱的哪个角落把她挖出来的?
彼得:哈! 你最好把她跟别的母猪放在一个猪圈里!
……
西蒙:我们自由了,就像印第安人一样! 当心咱们剥了你的皮!
彼得:还要烧你牛棚,杀你的牲口!
西蒙:还要搞你的新娶的老婆! 好哇!
……
彼得:老守财奴! 再见了!
西蒙:老吸血鬼! 再见了!②

凯勃特气急败坏,怒发冲冠,但又无可奈何,多年的权威形成了习惯,使他不可能去挽留他们,儿子离家出走本身并没有给他带来一点哀伤和痛苦,也没有产生任何内疚感,更没有反思自己作为父亲的责任和义务的缺失,他唯一觉得可惜的是少了两个强壮的劳动力。面对两个儿子的不孝言语,作为父亲的凯勃特以牙还牙,用"我诅咒你们"和"我会用链子把你们锁在疯人院子里"③等难以入耳的话咒骂即将离开农庄前往加利福尼亚的亲生骨肉。老凯勃特与儿子之间的仇恨已经到了不可调和的地步,家庭完全陷入伦理危机之中。

整个剧中,伊本一直沉默寡言,他在思考一个方案,心里盘算着如何

---

① [美]尤金·奥尼尔:《奥尼尔文集》(第 2 卷),郭继德编,北京:人民文学出版社,2006年,第 568 页。
② 同上书,第 580 页。
③ 同上。

与父亲凯勃特争夺财产,抢回他认为属于死去母亲的田庄。伊本认为是父亲凯勃特害死了他的母亲,他说:"不是他逼着我妈做牛做马地干,把她虐待死的吗?"①他向即将离开的西蒙和彼得发誓要与老凯勃特算账,把他送进坟墓。伊本恨透了父亲凯勃特,于是千方百计地报复他。他找本村的敏妮去发泄性欲,因为敏妮是父亲的情妇,如此足以摧毁父亲的权威和尊严。当爱碧娶进家门后,伊本更加怀恨父亲,因为娶了风骚的爱碧,使他又多了一个争夺母亲田庄的敌人,他设法开始从爱碧身上找到报复凯勃特的端口。

然而令观众意想不到的是,爱碧不仅想继承农场这笔财产,也想寻找一个属于自己的家。而凯勃特年迈不能生育,爱碧只能施展自己的女性魅力,勾引伊本与其发生关系。爱碧最终占有了伊本,为其生了儿子。爱碧的假戏却成了真情,她爱上了潇洒英俊的伊本,所以当伊本怀疑她的真情时,她亲手杀死了自己的孩子来证明自己对伊本的真情。他们虽然因为杀人被送进监狱大牢,甚至可能会被绞死。但这却是伊本无意之中对凯勃特最大的报复——家庭乱伦、幼子被杀使凯勃特无颜见人,生不如死。

凯勃特的夫妻关系、家庭关系延伸并祸及到三个儿子的价值观。家庭中夫妻之间的言行直接影响到子女的行为,上一代逆天的伦理价值观必然在下一代身上尝到苦果。亚里士多德认为,如果父亲像对待奴隶那样对待儿子,这种关系就失去了任何德性而蜕变为君主制式。奴隶没有尊严和地位,奴隶是主人的私有工具或财产,一个人对于属于自己的财产,可以保留也可以随意抛弃,根本谈不上同它有道德伦理关系。②凯勃特把妻子和儿子完全当做个人的财产,与家庭奴仆没有区别,他们父子之间没有亲情,父子犹如仇敌。凯勃特作为父亲,其责任的缺失、残酷的家庭压迫以及无良的行为道德一手造成了这个家庭悲剧,凯勃特最后只

---

① [美]尤金·奥尼尔:《奥尼尔文集》(第 2 卷),郭继德编,北京:人民文学出版社,2006年,第 562 页。
② 参见宋希仁:《西方伦理思想史》,北京:中国人民大学出版社,2010 年,第 78 页。

能落得个老年孤独、独守庄园、父子成仇、妻离子散。

第四节 《进入黑夜的漫长旅程》：责任缺失 家庭破碎

《进入黑暗的漫长旅程》是奥尼尔后期以自己家庭为素材的一出自传体戏剧。全剧分为四幕，故事的背景发生在蒂龙家的一天。剧本写的只是一个普通美国家庭平凡的一天，不过是吃饭、聊天和习惯性的往事回忆。全剧中没有发生激烈的动作，没有曲折离奇的情节，没有缠绵悱恻的情感，没有紧张的戏剧冲突，一切都平淡无奇，完全就是一个家庭成员之间应该有的故事。然而就在这极其平淡、没有惊心动魄事件发生的日常生活中，埋藏着暴力、冲突、失望和痛苦，一场悲剧在家庭的雾霾中生成和发展。奥尼尔的悲剧不像古希腊悲剧所表现的那么大起大落，《进入黑暗的漫长旅程》一直在缓慢、沉闷和压抑的气氛中进行，在观众心理上产生的不是情绪激昂和跌宕起伏，而是被大雾笼罩的无法喘气的窒息感和死亡感。

剧中的主人公詹姆斯·蒂龙是美国物质主义的受害者，是美国梦的牺牲品。詹姆斯的父母亲是爱尔兰移民，在美国受到种族歧视，缺乏身份认同感，过着生活艰辛、精神荒芜的日子。十岁的詹姆斯就承担起养家糊口的重担，他每天在工厂劳动 12 个小时，一周只赚五角钱。这样的经历使他养成了热爱劳动、勤俭持家的优秀品质，但是也在他的内心留下了恐穷的后遗症，他一直担心有一天全家会沦落到贫民院，因此他一门心思赚钱，以致葬送了自己的艺术生涯，失去了精神上的美好追求。他对金钱的追求由最初的需要，到后来的迷恋，再到后来发展为葛朗台式的吝啬。小时候，詹姆斯的家"住在贫民区破破烂烂的屋子，还因付不起房租两次被赶了出来……母亲仅有的几件家具被扔到街上"①。所以詹姆斯从幼年

---

① [美]尤金·奥尼尔：《奥尼尔文集》（第 5 卷），郭继德编，北京：人民文学出版社，2006 年，第 431 页。

起就知道了金钱对全家意味着什么。后来演出《基督山恩仇记》赢得票房,获得巨大成功,使他"一个戏剧季下来就净赚三万五到四万块钱,不费吹灰之力!"①詹姆斯个人资本也在不断积累中增长,但詹姆斯一家并没有过上比较富足的生活,相反,他变得视钱如命。如果说勤俭节约是人生美德的话,那么詹姆斯确实具有厉行节约的优秀品质,为家庭的和谐和幸福奠定了基础。可是,情况并非如此,詹姆斯的吝啬发展到了极致,他由于惜钱,甚至忘掉了自己的责任和义务,他的钱迷心态造成了家庭伦理的危机,引起了家庭关系的恶化,终究酿成了一场家庭悲剧。

詹姆斯的吝啬和失责给妻子玛丽带来了无可挽回的痛苦,也给家庭的悲剧种下了苦果。母亲玛丽本是一个受过良好教育、情趣高雅的小姐,她对未来充满幻想,对婚姻家庭心怀憧憬,可是婚后的生活完全不同于她理想的那样。整日的孤独和压抑把她从以前那个美丽、漂亮、害羞、活泼、"身体健美的就像一朵含苞待放的鲜花"②的姑娘变成了一个抑郁寡欢、消极颓唐的女人。她一直向往能有一个像样的家可以长久地住下来,她总是向孩子们诉说:"你父亲有钱一再买地产,但是一辈子却没有钱给我置一个家。"③玛丽非常需要一个温暖的家,因为剧团各地演出时总住在下等旅馆,那里"老是孤孤单单、冷冷清清,就像一家专供人只歇一晚就离开的地方。要是在自己的家里是绝不会孤单冷静的"④。由于到处演出、漂泊,缺少亲朋好友,詹姆斯又厌恶礼尚往来,从来不愿意看到"家里有朋友串门"⑤。玛丽孤独度日,寂寞难熬,而丈夫詹姆斯只顾演出赚钱,在金钱面前他会忘记一切,包括他妻子的存在。正如玛丽所言,他为家庭的其他事情不担心,就是"害怕没有钱,没有财产,害怕自己到了老年受穷"⑥。

---

① [美]尤金·奥尼尔:《奥尼尔文集》(第 5 卷),郭继德编,北京:人民文学出版社,2006年,第 433 页。
② 同上书,第 423 页。
③ 同上书,第 370 页。
④ 同上书,第 370 页。
⑤ 同上书,第 349 页。
⑥ 同上书,第 392 页。

詹姆斯对于妻子没有责任感,违背了西方的爱情、婚姻和家庭至上的伦理道德。古有荷马史诗中的阿喀琉斯为了女奴愤然放弃战斗,今有波士顿火箭队中的麦迪听到妻子分娩决然离开正在与爵士队的比赛现场,这些都是西方社会对个人主义伦理的高度颂扬。黑格尔①认为婚姻的基础是爱情,但是爱是有客观内容的爱,而不是主观抽象的爱,爱最终能在婚姻家庭关系中体现,家庭成为爱情实体性的目的和归属。黑格尔肯定了爱情中的责任和义务,肯定了婚姻的伦理性。詹姆斯只是享受了夫妻之间自然的爱情,而忽视了伦理的爱情,他连妻子最简单的要求都不愿满足,只是一味地满足个人的物质欲望。他的道德取向不是卢梭强调的"自爱"和"利己"②,而是纯粹的自私自利,因为"自爱"和"利己"不光是指纯粹的爱本人,而是在一种契约下一个个体在爱护自己的时候,也将对周围投去关爱,比如热爱自己的家庭、热爱自己的群体等。詹姆斯自私是因为他活在"绝对的自我"的空间里,并没有超出个人的那个狭隘、自私的笼子,他的自私不会上升到理性关照下的道德情感,只会变本加厉。

在妻子生小儿子埃德蒙时出现产后病痛,詹姆斯由于吝啬钱财,请了一个江湖医生为玛丽治疗,庸医注射过量的吗啡来为她止痛,使她染上了毒瘾,毁掉了玛丽的身体和精神。詹姆斯的吝啬使玛丽从此判若两人,由一个美丽的天使变成了一个幽灵。玛丽由生产前的孤独状态恶化为生产后的痛苦和绝望。我们从玛丽在吸食毒品后恍惚之间流露的潜意识可以看出她的内心痛苦:

> 埃德蒙出生以前,我的身体多么健壮。你该记得,詹姆斯。我浑身没有一点病痛。即使跟着你一季又一季地东奔西跑,一个星期又一个星期地每到一处只演一场戏,坐的是没有卧铺车厢的火车,住的是污秽旅馆里肮脏的房间,吃的是不三不四的东西,还在旅馆生孩

---

① [德]黑格尔:《法哲学原理》,范扬、张企泰译,北京:商务印书馆,1982年,第175页。
② [法]卢梭:《爱弥儿》(上卷),李平沤译,北京:商务印书馆,1981年,289页。

子,我却还是那么健壮。①

然而等玛丽已经染上毒瘾,詹姆斯并没有对自己因为自私和守财奴行为所导致的后果进行弥补,他仍然抱怨和责备妻子,却并没有想一些有效的办法帮助妻子戒毒,任毒瘾不断发展到不可控的地步。儿子埃德蒙对于父亲的自私自利和不负责任实在忍无可忍,便指责父亲:

> 在您发现她吸吗啡已经上瘾之后,为什么不立即送她去治疗呢,趁她还来得及戒掉?您才不那样做呢,那样做就得花钱啊!我敢打赌您告诉过她的,只要意志坚强一点就可戒掉!②

詹姆斯的意识里只有金钱,他认为家庭只要有钱就可以过上幸福生活,在他的理念里,金钱是维系家庭和睦的一切。詹姆斯的恐穷心理左右着他的家庭伦理,恐穷心理使他把金钱看得比生命还要重要,他可以舍命但不舍钱。他的恐穷心理发展到了极端状态,以致他的家庭道德取向变得畸形。在玛丽的身上体现得尤为如此。詹姆斯并没有从精神上帮助玛丽走出阴影勇敢地站起来生活,他犹如旁观者听之任之,无视妻子的存在。埃德蒙看到母亲痛苦不堪的样子,咒骂父亲詹姆斯:

> 那是因为您从来就没有做过任何事情帮助她戒掉毒瘾!……一个戏剧季接着另一个戏剧季地您把她拖着到处跑,一个地方只演出一个晚上第二天就得上路,没有任何人可以跟她聊天,一夜又一夜地在肮脏的旅馆里等着您回来,等着您在酒吧间关门后喝的醉醺醺地回来!天哪,难怪她不想戒毒。他妈的,我一想到这个事情,就恨你入骨!③

詹姆斯对自己妻子的吝啬、自私和漠不关心与西方家庭伦理中最重

---

① [美]尤金·奥尼尔:《奥尼尔文集》(第5卷),郭继德编,北京:人民文学出版社,2006年,第381页。
② 同上书,第425页。
③ 同上。

要的婚姻伦理道德背道而驰,那么他是否尽到了父亲的责任呢?根据亚里士多德的家庭伦理观,父母同子女的关系似乎是家庭生命的延续。家庭生活的重要方面是丈夫与妻子抚育子女的共同生活,这种生活产生着最为自然的一种友爱。父母是子女的监护人和人生老师。那么詹姆斯作为父亲在扶养子女方面做得如何呢?詹姆斯从小就带着詹米四处奔波,甚至小儿子埃德蒙就出生在下等旅馆里,孩子们没有固定的家,没有家的概念,他们尝到的就是日复一日的"流浪"。每当詹米和埃德蒙有点身体不舒服时,詹姆斯没有带他们去看医生,他的办法就是给孩子"喂一茶匙威士忌"①,使他们安静下来,不至于影响他的休息。等到埃德蒙被确诊为肺痨病的时候,对于即将面临死亡的儿子,詹姆斯舍不得花他兜里的钱,硬要把儿子送到一家公办的慈善机构"山城疗养院",这件事情惹怒一贯温顺的埃德蒙,他实在压抑不住心头之火,指责父亲詹姆斯:

> 可是大慈大悲的老天爷啊,您今天这种做法未免太过头了吧!简直使我想要恶心了!并不是因为您待我怎么坏。他妈的,我倒不在乎!……可是您得想想,为了您儿子患痨病住院的问题,您居然现了原形,在全城人的面前显露了这样一个臭气熏天的老守财奴的面目。②

如果说詹姆斯对儿子没有尽到养育责任,那么他对儿子的教育就更缺乏道德责任感。詹米和埃德蒙都聪明过人、才华出众,两人酷爱文学艺术,但是他们一直处于痛苦和幻想之中,生活很不幸福。这是父亲詹姆斯的责任缺失造成的。父母不仅要教育子女诚实守信、履职尽责,更重要的是教育他们具有独立的人格和成为自由的个体。也就是说,子女经教养,建立自由的人格,被承认为独立的成年人。他们有能力拥有自己的财产和组成自己的家庭,成为另一个具有伦理实体的家庭。而詹姆斯的两个

---

① [美]尤金·奥尼尔:《奥尼尔文集》(第5卷),郭继德编,北京:人民文学出版社,2006年,第400页。
② 同上书,第429页。

儿子都是缺乏行动、耽于幻想的人物。埃德蒙找不到归属,只求长醉不醒;詹米玩世不恭,整日花天酒地,对一切冷嘲热讽毫无行动。他们没有赚钱生活的能力,仍然依靠父母过日子,始终龟缩在家庭的一隅,不敢面对世界。这是因为詹姆斯没有培养他们形成独立的人格。

詹姆斯的失责和自私造成了妻子的痛苦和儿子不健全的人格,也同时给自己带来了痛苦和烦恼。詹姆斯是家庭危机的始作俑者,由于他的家庭伦理责任的缺失,本应该幸福的家庭陷入深深的雾霾之中。但是,我们回过头来反思一下其他家庭成员是否也应该负有一定的责任呢?家庭成员自发形成一个共同体,每一个人都是维护这个共同体不可缺少的元素,詹姆斯的妻子、儿子是否也将这个共同体推向了泥潭?难道玛丽、詹米和埃德蒙为家庭陷入伦理困境就不应该承担任何责任吗?

玛丽由于丈夫詹姆斯的自私和吝啬染上了毒瘾,詹姆斯当然负有不可推卸的责任。但是,玛丽也不能以此为借口,从此一蹶不振,丧失了生活的希望,放弃了在家庭中应该承担的责任。玛丽的失责首先表现在她不能面对现实,一直活在过去,用美好的梦幻支撑着她的生活。吸食吗啡正好能够让她暂时逃避现实,回到虚幻美妙的虚拟世界,她会想到过去美好的事情,包括曾经在修道院的生活,她说:"那时候,我有两个梦想。去当修女,那是最美的一个梦想,还有一个梦想,就是成为一个钢琴家,在音乐会上大显身手。"①

玛丽生活在回忆里,她在家庭里没有找到自己的位置,从来也没有归属感,她把理想的家庭王国当做现实的存在,她忘不了少女时代自己是爸爸的掌上明珠和修道院音乐老师的宠儿。正如她言,她的父亲把她"惯坏了",给她支付了"特殊的学习费用",打算送她去欧洲学习,结婚前给她定做最名贵的婚纱;修道院的伊丽莎白修女和她的音乐老师也夸赞她是"前前后后学生中最有天才的一个"②。这些美好的过去是她每天服用吗啡

---

① [美]尤金·奥尼尔:《奥尼尔文集》(第5卷),郭继德编,北京:人民文学出版社,2006年,第394页。
② 同上。

后的自我回忆和向别人叙说的故事。根据弗洛伊德对梦的解析,"潜意识"的故事是被压抑的没有实现的过去的现实,这些无法实现的只能寄托于今天的梦境。① 玛丽就是在半醒半睡的梦境中度日,她的神志处于意识和潜意识的交界处,每天沉浸在一种白日梦游的精神幽灵状态下。从她的梦语可以看出,她与詹姆斯的婚姻是情窦初开的少女对舞台明星偶像的痴迷。而实际上,她想永远陪伴在圣母的身旁,所以当儿子埃德蒙用哀求的手去拉着玛丽时,刚吸完毒的玛丽脱口而出:"不要拖住我。那是不对的,因为我希望去当修女。"②这是玛丽潜意识的流露,也是她最真实的心理反应。可以明显看出,玛丽一直都没有做好作为妻子和母亲的准备,她应该得到同情,但她不负责任的行为也理应受到谴责。从家庭伦理的角度看,她的行为和态度是违背道德伦理的。

由于她对婚姻的无知和对一个新家庭责任的缺失,她采取排斥和躲避家庭责任的态度,毒品正好成为她逃避的工具和依赖。常理而言,她应该为家庭着想主动设法戒掉毒品,而事实相反,她总是找借口为自己开脱。本来她从疗养院回来后,身体有所好转,全家充满了快乐和温馨。然而,听到埃德蒙不断咳嗽和医生初步诊断为肺痨的结果,她的意志很快被击垮了。她再次开始吸毒,似乎是受不了宝贝儿子得了肺痨的严重打击,而实际上是一种逃避,通过毒品麻醉自己,离开现实环境,躲到个人的梦幻中去。如果是一个有责任感的母亲,其首要任务是为儿子寻找治疗的途径。她的反应却是匪夷所思,又躲在房间里吸食毒品,沉浸在吗啡带来的腾云驾雾的幻觉之中:

> 我们千万要记住,不要去理解我们所不能理解的事,也不要硬去弥补我们所不能弥补的事情——那些命中注定的、我们不能理解的、无法说明的事情。③

---

① [奥]西格蒙德·弗洛伊德:《梦的解析》,丹宁译,北京:国际文化出版公司,2002年。
② [美]尤金·奥尼尔:《奥尼尔文集》(第5卷),郭继德编,北京:人民文学出版社,2006年,第456页。
③ 同上书,第380页。

玛丽把一切都归于命运,她根本没有准备戒掉毒品,而且她认为这是上帝的安排,谁也无法摆脱命运的定数,所以玛丽认为,导致她开始吸毒到再次吸毒,都不是偶然的事情,一切都是注定的。言外之意,她认为即使她想戒掉,恐怕命运之神也会找其他原因让她再次陷入。玛丽把自己的家庭失责归于外界无形的力量,好让自己的逃避显得心安理得。

玛丽的不负责任还表现在,她总是把责任推在别人的身上。她把尤金的夭折归于丈夫硬要她去剧团陪他,使孩子传染上天花而死;把自己的孤独归咎于丈夫没有给她营造交际的环境,让她没有朋友和邻居可交往。儿子的夭折确实与她陪伴丈夫有关系,但是最重要的是她未尽到母亲呵护孩子的责任;交际环境是靠自己营造的,但她贵族小姐的性格使她不屑与周围的普通人交往。例如,女仆凯斯琳问她有没有登台演过戏时,她的回答让人震惊:"你那个脑子里怎么会出来这个怪念头?我是在很有体面的家庭里长大成人的,而且在中西部最好的修道院接受过教育。"①言外之意,登台演戏在她看来属于下三流的事情。

这个回答足以说明玛丽根本不屑于和演员以及下层的老百姓交往,她自己也承认"跟他们合不来"②。她的贵族小姐脾性使她放不下自己的身份,总是置别人于千里之外,却又抱怨自己孤独。丈夫詹姆斯指责妻子:"你就要责怪所有的人,只是不责怪自己。"③玛丽不敢面对现实,把自己装在套子里,她为自己筑起了一座高高的围墙,"躲在里面隐藏自己"④。这正是玛丽可怜而又可恨的一面,善良的背后隐藏的是恶,即,缺乏家庭里作为妻子和母亲的责任感。

由于家庭环境的影响,詹米和埃德蒙在现实生活中消极沮丧,悲观厌世,整日借酒消愁,逃避责任。詹米把自己逛妓院、进酒吧等醉生梦死的

---

① [美]尤金·奥尼尔:《奥尼尔文集》(第5卷),郭继德编,北京:人民文学出版社,2006年,第392页。
② 同上。
③ 同上。
④ 这是儿子埃德蒙看到母亲吸毒之后恍惚的样子时,发出的痛苦而又无奈的呼唤。参见郭继德编:《奥尼尔文集》(第5卷),北京:人民文学出版社,2006年,第423页。

不道德行为归咎于母亲的堕落。他说:"当初我怀着多大的希望,要是她真的能戒毒,可能我也会重新做人。"①这只是詹米一直用的假设和托词。他爱护弟弟,但是他自私的心底就像魔鬼一般,总是战胜他善良的一面。他嫉妒父母亲对弟弟的疼爱,故意带领弟弟学会酗酒和嫖娼,要把弟弟变成一个没有希望的魔鬼,来慰藉自己的嫉妒心理。他甚至希望弟弟病死,这样可以独占家产。他说:"我是有意害你,想把你变成一个流氓。"②詹米不希望埃德蒙取得成功,因为他认为埃德蒙成功,相形之下更显得他窝囊,所以老是盼望弟弟失败、堕落,甚至死亡。他恨自己,所以要在别人身上报复,求得心理平衡。他酒后不无廉耻地告诉埃德蒙:

> 一个人已经麻木不仁,所以他才不得不把他心爱的东西弄死。事实应该是这样的。我死去的那个部分希望你的病治不好,也许甚至还高兴看到妈妈又吸上了吗啡!这种人想找陪死鬼,他不愿做家里唯一的死尸。③

詹米缺少自由独立的人格,对母亲过于依赖,甚至表现出一股强烈的恋母情结,这虽然与缺少父爱分不开,但更多的是与其软弱无能和缺少独立性有着直接的关系。他与父亲争夺对母亲的爱,对父亲恶语相加,把父亲看成想象中的情敌,特别是当父母亲对小儿子埃德蒙疼爱有加时,他也把弟弟看成是另一个假想的情敌。詹米的自私和缺乏家庭责任感是由于他的性格变态导致的,而性格的变异又是由其家庭伦理关系的扭曲造成的,个人与家庭是相互作用的整体。

埃德蒙深受哥哥詹米的影响,家庭责任感严重缺失。埃德蒙活在幻想中,总希望自由自在地在大海上漂流,无拘无束,与自然融为一体。但每逢遇到坎坷,便陷入到"迷雾中……不知往何处去"④。跟詹米一样,埃

---

① [美]尤金·奥尼尔:《奥尼尔文集》(第 5 卷),郭继德编,北京:人民文学出版社,2006年,第 445 页。
② 同上书,第 448 页。
③ 同上书,第 440 页。
④ 同上书,第 437 页。

德蒙更是一个没有独立人格的小男孩,在残酷的现实面前束手无策,只是借酒浇愁。他已经过了独立的年龄,但不能独立生活,靠父母的支持和供养维生,缺乏"伦理生活的基础"①。埃德蒙和詹米都不属于拥有完整伦理的人,没有家庭和社会责任感。所以在要承担的责任和义务面前,他们便会退避三舍。例如,埃德蒙在家庭危机面前,不是承担起一份责任,而是懦弱无力,想到的就是以死逃避。他喟然长叹自己的可怜处境以博得别人的同情,是个连海鸥和鱼都不如的存在:

> 我生为人,真是一个大错。要是生而为一只海鸥或是一条鱼,我会一帆风顺得多。作为一个人,我总是一个生活不惯的陌生人,一个自己并不真正需要,也不真正为别人所需要的人,一个永远无所皈依的人,心里总是存在一点儿想死的念头。②

至此,我们分析了全家四口人的价值取向和伦理德性,他们都有善良的人性,但是又都有很强的自私性,这种自私的伦理取向最终毁掉了这个家庭,毁掉了本应该享有的幸福生活。奥尼尔告诉我们,幸福的家庭是在爱的基础上诞生的,是父母和子女用爱营造的,但是光有爱的基础是不够的,要把爱变为一种责任,每个人都是家庭伦理的个体,家庭成员需要用责任和义务维护家庭的存在和发展,这种责任和义务就是家庭伦理关系的磨合剂,是建构幸福家庭必需的基石。奥尼尔在揭示詹姆斯一家责任缺失的同时,暗中向观众表现的是自己一生的伦理理想,也就是对和谐家庭的深切渴望和不断追求。

小　结

奥尼尔一直生活在阴云密布、雾霭重重的家庭环境中。父亲一代由

---

① [德]黑格尔:《法哲学原理》,范扬、张企泰译,北京:商务印书馆,1982年,第176页。
② [美]尤金·奥尼尔:《奥尼尔文集》(第5卷),郭继德编,北京:人民文学出版社,2006年,第437页。

于饱受贫困的折磨,养成视钱如命的生活态度;母亲抑郁寡欢、空虚无聊、心灰意冷,对生活没有兴趣;哥哥性格分裂,心中充满了妒忌、仇恨,毁灭一切的魔鬼心理总是战胜他热情和善良的一面;奥尼尔个人的婚姻和爱情也是三起三落,屡屡出现问题。这些遭遇带给奥尼尔的是痛苦的回忆和心灵的创伤,深深刺痛了奥尼尔的家庭情感意识,给他心灵留下深深的印痕。他对没有温暖的家庭失望了,但在失望的同时,又充满了期待,他渴望有一个充满温情和亲情的家庭。

奥尼尔深陷没有家庭归属感的痛苦之中,他从未体会过父疼母爱的感觉。在他的剧作中没有描写过慈祥的"父爱"、伟大的"母爱"和温暖的"家庭"。奥尼尔笔下的家庭不是沉闷压抑、冷若冰霜,就是死水一滩,他认为自己的归宿只能"与死亡并肩"①。正是由于奥尼尔家庭身份的缺失,所以他对幸福家庭的期盼和渴望程度也是一般人难以想象的。他毕生都在用戏剧探索家庭的温暖和温暖的家庭,追逐理想的、和谐的家园,期望看到父母相知相爱、父子呵护备至和兄弟感情深厚,家庭和睦融融的伦理关系。

家庭是由夫妻、子女和兄弟之间的感情纽带联系在一起的,因而家庭幸福不仅表现在物质生活上,更重要的是体现在以爱情为标志的精神生活上。从伦理学角度而言,爱情是婚姻家庭的调节阀,是家庭道德调解等领域的基本道德范畴。爱情是人们认识两性之间道德关系的一个重要阶段,是人们认识和掌握夫妻之间道德关系极其重要的纽结。奥尼尔剧作中的家庭成员之间缺少牢固的爱情和亲情的维系,每个成员都活在自我的笼子里,致使家庭变成了冰冷的库房,里面储藏的物体没有联系,也没有生命,只是上面贴有标签的存在而已。

奥尼尔剧本中的家庭与现实的美国家庭一样,夫妻关系冷漠、父子关系异化、兄弟之情淡薄。《早餐之前》中的罗兰太太没完没了地抱怨丈夫

---

① [美]尤金·奥尼尔:《奥尼尔文集》(第 5 卷),郭继德编,北京:人民文学出版社,2006年,第 437 页。

阿尔弗雷德,恨丈夫无能,怨自己嫁错了人。剧中夫妻之间没有一句语言上的交流,相互已经厌倦到无话可说、无情可表,就像一个屋檐下同租一间房屋的两个陌生人,视而不见,见而不理。父子之间的亲情是人生本能的爱情,是生命得以延续的最为自然的一种友爱。然而,《榆树下的欲望》中的老凯勃特认为儿子是上帝赐予他的,把儿子完全视为个人财产,私自占有,任意支配,逼迫俩儿子承担着田间繁重的农活,过着奴隶不如的生活,为其积累和创造财富。《早餐之前》中的阿尔弗雷德以创作为由逃避养家糊口的责任,其妻罗兰太太以过于世俗的眼光鄙视丈夫的酸文假醋;《榆树下的欲望》中的清教徒老凯勃特残忍无道,不顾父子亲情。最后的结果是罗兰太太一家在早餐之前家破人亡,凯勃特一家妻离子散。对于缺乏伦理道德的家庭,悲剧是它们的必然归宿。

奥尼尔对家庭的憧憬促使他更多地思考家庭伦理关系的问题。如果说奥尼尔在《早餐之前》和《榆树下的欲望》中还在探索家庭伦理危机的现象,那么在以自己家庭为素材的一出自传体戏剧《进入黑夜的漫长旅程》中,奥尼尔找到了家庭伦理危机的根源。詹姆斯对于妻子责任的缺失违背了西方的爱情、婚姻和家庭伦理中的责任和义务,忽视了爱情是伦理的爱情,家庭是伦理的家庭,他活在绝对自我的世界里,并没有越出个人自私的笼子,他的自私不会上升到理性关照下的道德情感,只会变本加厉。詹姆斯的失责和自私造成了妻子的痛苦和儿子不健全的人格,导致了家庭的变异和家庭关系的疏离。

詹姆斯家人的道德行为就是美国社会家庭伦理的写照。父亲詹姆斯金钱至上、自私失责,母亲玛丽以毒瘾为借口,逃避自己应该承担的家庭责任和义务;父母的失责使詹米和埃德蒙在生活中消极颓唐,悲观厌世,整日借酒消愁,逃避责任。詹米不尊重父亲詹姆斯,暗恋母亲玛丽,憎恨弟弟埃德蒙。詹米没有尽到儿子的责任、兄长的责任。埃德蒙生活在幻想之中,梦想在自由自在的大海漂流,在家庭危机面前显得无能和无奈。詹姆斯一家人都不是伦理的个体,他们家庭道德意识缺失,伦理关系变异。

奥尼尔告诉我们,幸福的家庭必须建构在伦理的爱情基础之上。幸福的家庭是伦理的家庭,每个家庭成员都是伦理的人,家庭是父母和子女用爱创造的,也需要用责任和义务哺育和浇灌,才能使家庭长久和谐,家庭幸福永葆青春。奥尼尔目睹了 20 世纪工业化影响下的美国社会异化和家庭结构转型,他用戏剧形式表达了消费社会导致的家庭夫妻、父子等伦理关系的变化,以及由此产生的一系列社会道德问题,特别是这些道德问题给家庭和家庭成员带来的伤害和痛苦。奥尼尔解构了同时代美国作家的宏大叙事,他通过对家庭这个小小的细胞组织的碎片描写,透视了整个社会伦理的滑坡,体现了他强烈的责任意识和道德情怀。奥尼尔认为只有建立在"以责任、义务和相互关爱为基础的代际伦理关系"[①]和以责任为基础的家庭伦理关系上,才能建立幸福和谐的家庭关系。

---

① 张生珍、金莉:《当代美国戏剧中的家庭伦理关系探析》,《外国文学》,2011 年第 5 期。

第三章

奥尼尔的性别伦理：呼吁尊重女性

20世纪60年代，随着妇女解放运动风起云涌，女权主义文学批评展露峥嵘，也正是从那一时刻起，尤金·奥尼尔戏剧也逐渐进入女权主义批评家批评的视野。在女权主义批评家看来，奥尼尔像许多男性作家一样，为读者展示了一个以男性为主要人物的世界。奥尼尔被指责歧视女性，被贴上了"厌女"的标签。盖尔·奥斯丁（Gayle Austin）和安·霍尔（Ann C. Hall）等女权主义批评家强烈批判了奥尼尔的男权中心思想，揭露其戏剧语言是男权话语的集中体现。而近年刘永杰等少数学者发表论著开始为奥尼尔平反，他们认为奥尼尔是同情女性的，甚至是一位亲女性剧作家。耐人寻味的是，为什么解读同一作家的学者得出几乎相反的价值判断呢？带着这个问题，我们有必要先考察一下奥尼尔的性别伦理观，从伦理学角度了解他对两性的看法。

第一节 奥尼尔超越时代的性别伦理意识

社会性别是20世纪70年代女性主义运动中提出的概念，80年代早期被学界广泛接受，目前已成为众多女性主义理论流派中的一个核心概念。社会性别和社会性别理论是伴随着全球经久不息的女性主义运动发展产生的，继承并发展了女性主运动的精髓,并实现自身的超越。社会性别既是一个新的领域,又是一种新的研究方法,它提供给我们看待问题的维度。社会性别这一概念最早主要是指男女两性间的社会或者文化关系。① 随着女性主义运动的发展,这一概念的内涵和外延意义进一步延展,它把社会中的男女两性区别对待,是一套权力关系的象征体系。社会性别理论关注的是女性这一性别由于文化和历史的因素受男性压迫的历史,旨在研究社会中男女不平等的文化和心理根源,致力于创造一个男女两性平等的和谐社会。

尤金·奥尼尔一生经历坎坷,独特的生活环境和人生经历使他对女性,尤其是对男性和女性之间的关系有着深刻的理解。他的三次婚姻经历加深了他对女性的认识和两性问题的反思;身体脆弱以及些许的恋母情结使奥尼尔渴望得到女性的关怀和呵护,亦增进了他对两性自然关系和社会关系的重新认识。除此之外,他易受伤的心灵、受折磨的精神、神经质似的不安全感、坚强与软弱皆有的矛盾性格,以及强烈的死亡情结都影响着他对生活中两性的认识和定位。奥尼尔同情和关怀女性,他用戏剧说明女性的悲剧是家庭、社会和人类的悲剧,只有尊重女性的两性伦理才能建构和谐的社会。奥尼尔对性别伦理的认识具有超越时代的高度,一个世纪后的今天仍然具有很强的现实意义。奥尼尔并没有在任何场合专门谈到社会性别问题,他用戏剧创作把自己对性别的看法进行了活灵活现的诠释。

奥尼尔剧中的故事大多是表达了平凡男女之间的爱情恩怨、生活曲直和家庭矛盾,他通过舞台诉说了女性的真实生活状况,给予女性人物同情的叙写,把女性的社会、家庭遭遇和悲惨的命运如实地呈现在观众面前。奥尼尔不是政治家,也不是伦理学家或者女权主义者,他并没有像女权主义者那样直截了当地分析和批判这些久存的社会问题,也没有像政治家那样以尖锐的文笔和辛辣的言语向这样的社会形态狂轰滥炸。奥尼

---

① Judith L. Newton, Mary P. Ryan, and Judith R. Walkowitz, ed. *Sex and Class in Women's History*, London: Routledge, 1983.

尔是一个富有伦理思想的作家,他冷眼地观察、冷峻地思考、冷静地写作,他透过光怪陆离的表象和男女之间的恩恩怨怨,用严肃戏剧的表达方式,借助舞台背景把一幕幕悲剧故事完整地展现给观众,把造成这些诸多不幸的人类文化、心理和精神之源暴露于阳光之下,给现代人以生活的启迪,给阅读和观赏悲剧的读者以痛苦之后的伦理性思考。

奥尼尔剧作中女性人物多以他生活中熟知的女性为原型,符合现实主义创作路线。因此,他笔下的女性人物都是真实可信的,她们都能在生活中对号入座。奥尼尔剧中的女性基本上是母亲、妓女、家庭主妇等,他们恪守男权中心主义社会对女性的要求和期望,她们"心甘情愿"地做起了家庭主妇,成为丈夫的依附者,"全心全意"为丈夫和家人做好后勤服务工作。这反映了当时美国社会的家庭结构状况,基本上是母亲和妻子在家里的付出,丈夫打拼事业,争取社会资源和提高社会地位。男性获得的资源越多,社会地位越高,话语权也就越强,而女性却正好相反,她们由于不工作,在家庭和社会上逐渐失去了话语权,她们沦为家庭的"他者",社会的"他者"。

奥尼尔具有强烈的性别伦理意识,他要通过悲剧与真实的人物使得观众能够更加深切地体会到男权中心主义社会给她们编造的痛苦无助的处境。随着男性地位的提高和收入的增加,丈夫获得家庭至高无上的地位,而这些反过来却成为丈夫进一步控制家庭女性的资本。波伏瓦认为:"女人不仅取悦男人的社会虚荣心;她也使他感到更隐秘的骄傲;他沉醉于对她的控制。"[①]男性把女性已经沦为"第二性",而大部分女性却全然不知,女性处于集体无意识之中。女性长期以来逐渐认为男女有别,这种差别是与生俱来的,是自然现象,不容改变的。波伏瓦在其《第二性》中指出,性别既不是生物学意义上的,也不是自然形成的,而是后天习得的结果。她总结说:"一个女人不是天生的,而是后天变成的。"[②]对于每个人而言,既是生物的存在,又是社会的存在,表面上人们从生物学的角度强

---

① [法]西蒙娜·德·波伏瓦:《第二性》,郑克鲁译,上海:上海译文出版社,2011年,第245页。
② 同上书,第257页。

调两性之间的差别,而实际上人们在社会关系中重新建构了两性的特质。女性在历史的发展中常常被主流文化看成是身体,女性的价值被贬低为男人的性对象和生孩子的工具。女性的身体变成了物品和商品,莫名其妙地和女性自身分离了,甚至连女性自己都不整体看待自己,而以身体某些部位拿来夸耀和引以为傲。这些赋予女性的特质一代一代传递,成为一种文化基因,从一出生就牢牢固置在女性身上,女性在无意识中被剥夺了权力和自我,但是她们对此非常认同,完全出于潜意识的认同。

不光是女性对自己的"第二性"处于集体无意识中,我们回顾一下西方伦理发展史就可以发现人们对两性之间的伦理道德关系的认识也有一个渐进的过程。[1] 亚里士多德在《政治论》中为妇女声援,但他同时又认为妇女只不过是不完善的人。基督教的道德观念充满着神秘主义色彩和反对女权的精神。这种道德观念不断地咒骂女性,从而贬低女性作为人的本质。圣经借上帝之口将女人视为祸水,给女人十月怀胎和生儿育女的苦楚,让女人永远成为丈夫的附属物。卢梭也歌颂和夸大传统的男性权力,断言妇女最高的道德品质,就应该是贤惠、温顺和体贴,认为妇女永远应该属于男性。黑格尔也认为两性有差异,男性是主动的一方,女性是被动的一方。女性"相比于男性发展并不健全"[2]。显然,西方社会的道德体系对妇女的偏见根深蒂固,从哲学或道德价值领域形成了女性特质的应然化、社会化、标准化和格式化,人们已经相信这个男性世界编造的谎言。

从以上的历史梳理可知,女性很久之前就被贴上了"第二性"的标签,因为女人从头到尾都不在场,是男性在定义她们和建构她们的身份。与女性相关的术语都是由男性界定和命名的,社会对女性的要求也往往是从男性的视角出发,是男性站在居高临下的位置对女性进行审视,并根据自身性别的需要对女性提出诸多这样或那样的要求,并美其名曰"女性气

---

[1] 罗国杰:《伦理学》,北京:人民出版社,2014年,第285页。
[2] 西蒙娜·德·波伏瓦:《第二性》,郑克鲁译,上海:上海译文出版社,2011年,第33页。

质"或"女性美德"。男性对社会价值有更大的评判权和裁判权,在社会机构中霸占了更多的发言权,女性失去给自己命名、解释自身经历和表述自身的权力,就连自身的存在也不得不依赖男性才能实现。男性会巧妙地把一个性别对另一个性别带有利己意图的要求变成社会文化甚至是潜意识的一部分。于是乎,就是女性自己也不知不觉地通过男性的视角观察和认识自身。这就为男性压迫女性和女性沦为"第二性"埋下了伏笔。女性们有时不经意间意识到她们正在遭受不幸或不公平待遇,却没有发现给她们造成痛苦的原因。《早餐之前》中的罗兰太太的抱怨,就是一种对不公平待遇的初步认识,《进入黑夜的漫长旅程》中的母亲玛丽的回忆就是一种恍惚间的觉醒,然而,男权社会强大的话语很快使她们的低声细语变得完全失语。

一直到60年代之后,随着女性主义的发展,妇女意识到自己的"他者"地位,她们奋起反抗,解构传统二元对立的思维模式,颠覆父权和夫权价值体系,女性和男性要享有同等的话语权,从此妇女们逐渐走向了前台。但是在奥尼尔生活的时代,女性的权力还只是一个"美丽的词汇",也许只能是"茶余饭后的谈资"①,或者作为奢侈的理想罢了。奥尼尔是一位严肃的戏剧作家,他用严肃的戏剧形式把生活中女性的命运和遭遇展现在读者和观众面前。他相信,戏剧让大家在为母亲玛丽、安娜和克里斯蒂等女性悲剧流泪的同时,更应该触动人们的心灵,让人们不自觉地对造成这种悲剧的原因进行反思,因为那些女性就在你身边,可能是你的母亲、你的妻子、你的妹妹,你绝不会无动于衷、漠不关心。奥尼尔特殊的遭遇使他对女性怀着强烈的同情心,用饱含深情的文字,以戏剧的形式再现了现代社会中这些遭遇不幸、被苦难折磨的女性的真实生活,将她们由于社会文化原因而沦为"第二性"的真实处境搬上了戏剧舞台。奥尼尔让我们通过艺术欣赏的形式,透过舞台上这些女性无助的故事,引导我们去质

---

① 王占斌:《女性的悲剧之源——〈性别理论视阈下尤金·奥尼尔剧作研究〉评介》,《天津外国语大学学报》,2016年第2期。

疑和思索那些早已内化于我们潜在意识的所谓事实，批判社会中男女不公的现实，拨动我们早已麻木不仁的神经，让我们不得不静下心来仔细地审视自己，尤其是男女两性伦理关系的问题。奥尼尔的两性伦理意识是一种健康的、开放的、解构的伦理意识，明显超越了他生活的时代，奥尼尔超越时代的作品呈现出普遍的社会意义。

奥尼尔的良性伦理观在其戏剧作品中得到了很好的诠释。以下笔者将选择《苦役》《鲸油》和《送冰的人来了》等三部戏剧分析阐释奥尼尔的性别伦理意识。《苦役》中的爱丽丝为了丈夫永远逆来顺受、委曲求全；《鲸油》中的肯尼太太忍气吞声，只落得精神失常；《送冰的人来了》中的伊夫琳试图以爱和宽容感化丈夫，到头来却被丈夫枪杀身亡。奥尼尔清楚地告诉我们，依赖男性建设美丽家园和幸福生活对女性是个遥远而美丽的童话。奥尼尔戏剧中的女性都没有采取暴力的形式，没有打碎婚姻，摧毁家庭，奥尼尔通过戏剧暗示观众：女性只有通过找回失去的自我，重新建构自己的身份，证明自己的存在，才可能赢得男性世界的认同。对于家庭和婚姻比较失败的奥尼尔，通过反思自我、审视社会，探索问题的症结所在。他用戏剧阐释了这些共同要面对的问题，唤起全人类对男女不平等问题的关注，并从意识形态领域为女性的解放找出一条可行的出路，从而建构一个理想的性别伦理社会。

第二节 《苦役》：爱丽丝逆来顺受

《苦役》(Servitude, 1914)是奥尼尔早期创作的一部三幕剧，剧情简单，人物较少，剧中的故事主要通过三人的对话而不断发展。该剧的主人公是一位名声大作的剧作家兼小说家大卫·罗伊尔斯顿，他在众多粉丝的追捧中，变得有些自命不凡、自以为是，总是表现出一副了不起的样子。尽管罗伊尔斯顿的妻子爱丽丝·罗伊尔斯顿忠诚、能干、相夫教子，是个贤妻良母型的妇女，但罗伊尔斯顿看着爱丽丝并不如其心意。剧中的第二位女主人公埃色尔·弗雷泽太太与爱丽丝不同，她追求女性自由，具有

第三章 奥尼尔的性别伦理:呼吁尊重女性

强烈的女权主义意识,是罗伊尔斯顿的忠实粉丝。为了践行罗伊尔斯顿先生的女性思想,他的这位追随者,家庭殷实的埃色尔·弗雷泽太太因为受罗伊尔斯顿剧本和小说中描写的女权主义思想的影响,她对事业成功、忠贞不贰的丈夫产生了不满,毅然决定离开家门独立生活,享受属于自己的自由快乐的世界。外面现实世界的残酷无情是弗雷泽太太出走之前万万没有想到的,她似乎有些承受不住这种艰难的生活,所以一个雨夜她决定登门拜访崇拜已久的罗伊尔斯顿先生,希望从这位崇拜的偶像身上找到帮助,解决她面临的问题,并能为她指明生活的道路。

满怀希望的弗雷泽太太在雨夜造访了自己从未谋面的生活导师、精神领袖罗伊尔斯顿先生,他们谈论了生活和创作,但是一席谈话之后,她发现这位倡导女权主义的作家竟然是个口是心非、言不由衷、虚伪自私的男人,他剥夺了妻子的自由,心安理得地享受着妻子给自己所做的一切。对他而言,个人的工作和事业就是一切,而家庭生活和夫妻关系则是第二位的。他告诉来访的弗雷泽太太,家庭和妻子对其他人是"人世间最重要的"①,但对于他而言则纯属次要,他还理直气壮地宣称,工作是男人的全部,家庭、妻子都要服务于男人。

一个号称替女性说话的知识分子和作家,竟然说出来与其平时公开宣扬的思想完全背道而驰的言论,说明罗伊尔斯顿是一个典型的以自我为中心的男人,一个言行不一的伪君子。当弗雷泽太太担心自己留宿罗伊尔斯顿家里会带来爱丽丝的误解时,罗伊尔斯顿回答得如此轻松,他说:"我相信不用十分钟她就会把这事忘得一干二净,(不屑地)只晓得肉店——给她送肉来。"②他对每天为他做饭和整理家务的妻子除了瞧不起,言谈举止中还流露出了鄙视和侮辱的态度,平时作品里满嘴女权思想的罗伊尔斯顿先生的内心世界是那么卑鄙,他的伪善和蛮横在弗雷泽太太面前暴露无遗。他在剧本里和小说里鼓吹女性应该走出家庭的围城,

---

① [美]尤金·奥尼尔:《奥尼尔文集》(第1卷),郭继德编,北京:人民文学出版社,2006年,第170页。

② 同上。

追求自由的个性和独立的生活,而实际上他希望的妻子却是俯首帖耳、言听计从的女性。具有讽刺意义的是,崇拜他的弗雷泽太太确实是一个真正的女权思想的践行者,虽然她有一个很出色的丈夫,殷实幸福的家庭,但她为了自由,愤然离家去实现自己的理想。

罗伊尔斯顿先生具有两面性,他留给人的外在印象是一个心胸开阔、宽容大度、脱离世俗观念的绅士,然而他心灵深处却驻扎着伪善、狭隘和凶狠顽固。他一边高呼给女人自由平等的权利,一边又让女人唯他是从。其实,奥尼尔表现的是男权社会男性为自己构筑起来的宝塔,男性在为自己建构宝塔的同时也为自己建构服务的女仆。这些来自于奥尼尔本人的生活经历和对生活细致入微的观察,奥尼尔本人在与第二个妻子生活时就表现出男权的一面,他与当时已经小有名气的作家妻子阿格尼斯在戏剧创作上产生意见分歧,但他要求妻子服从他本人的戏剧创作事业!奥尼尔的婚姻生活总是给自己和对方带来痛苦,奥尼尔为此深感内疚和自责①,这些痛苦回忆和反思让奥尼尔对女性投以更多的同情和更大的关怀。罗伊尔斯顿按理说也没有越出西方传统道德的底线,他对工作和家庭关系的看法完全是从男权中心主义观点出发的,符合沿袭几百年的传统性别分工和性别伦理。但是,奥尼尔就是要在舞台上掀开罗伊尔斯顿先生的华丽外衣,露出藏在里面的污垢,在戏剧叙事的过程中颠覆西方传统形而上学思想中违背人性的性别伦理。奥尼尔如实地把罗伊尔斯顿的语言和行为满盘满碗地呈现给观众,刺激观众感官和心灵,使男性观众在厌恨罗伊尔斯顿的同时,对存在于自己身上的男权中心主义现象进行自省。

男权社会里,女人永远是普通的"家庭主妇",是"第二性"的,她们身份高低不同,但区别的依据并非是自己的生产关系,而是其丈夫或者父亲的职业和社会地位。在《苦役》中,爱丽丝·罗伊尔斯顿就是如此,她的身

---

① Louis Sheaffer, *O'Neill, Son and Playwright*, Boston: Little, Brown, and Company, 1968, p. 145.

份完全是靠丈夫来书写。爱丽丝在丈夫和家庭经济状况不好的情况下，为了缓解丈夫的经济压力，使丈夫能够将全部精力放在自己喜欢的戏剧创作上，她替人打字，担负起维持家庭生计的重要角色。即便如此，爱丽丝在罗伊尔斯顿眼里也只是个买菜做饭的家庭主妇，爱丽丝的身份已经被丈夫牢牢地定位在那个坐标点上。

爱丽丝除了在外边工作，还负责所有的家务活，一直无怨无悔地照顾着自己的丈夫，从中获得极大的满足。然而随着罗伊尔斯顿成为一名有名气的作家，他开始讨厌爱丽丝在工作时接近他、打扰他。他待在家里的机会越来越少，应酬越来越多，结交了很多女性作家，一块议论风发、高谈阔论。爱丽丝感到丈夫"开始有点儿鄙视"自己了[①]，她说："他近来变得越来越不关心我和孩子们了，这使我担心他仅只把我当做一个管家。"[②] 爱丽丝苦心经营这个家，因为她爱罗伊尔斯顿，她不想让丈夫操心和担心家里的琐事。然而，让爱丽丝感到痛苦的是，丈夫并没有意识到她的努力，甚至没有认同过她的存在，把一切都看成是理所当然的事情。其实在男权社会里，女性被遗忘本身就是名正言顺、理所当然的事情，只是男性社会心照不宣，女性集体无意识罢了。在罗伊尔斯顿的意识里，妻子爱丽丝和其他女性一样就是男性的奴仆，就应该服服帖帖地伺候男性。罗伊尔斯顿深深刺伤了妻子爱丽丝的心，但是爱丽丝并没有责怪丈夫，相反，她总是谴责自己是因为哪个地方做得不合适而造成如此的局面。这就是为何男权中心社会能够稳定地、牢固地矗立在那里，因为女性还没有意识去向主人问罪，只是在自我身上寻找问题，在女性的视阈里爱就是苦役，而且只是女性的苦役。追求自由女性生活的弗雷泽太太为爱丽丝的委屈抱打不平，她和爱丽丝的对话可以让我们更清楚地看到女性是"为了男人

[①] [美]尤金·奥尼尔：《奥尼尔文集》（第1卷），郭继德编，北京：人民文学出版社，2006年，第184页。
[②] 同上。

而存在"①的血淋淋的现实:

> 弗雷泽太太:你为什么从来不维护你自己的利益,争取你作为一个人的权利?你为什么从来不对他说,把你的感觉告诉他?你眼看他溜走了,竟然不想法把他拉回来。
>
> 罗伊尔斯顿太太:我一直全心全意地爱他,爱他,爱他胜过你和任何爱着他的女人。如果这股力量还不足以留住他,那我就留不住他了。
>
> 弗雷泽太太:你这样该多么不幸!
>
> 罗伊尔斯顿太太:(轻蔑地)不幸?你是这么想的吗?你知道的太少了!我一直很快活,因为我替他操持家务;我快活,因为我清楚自己为他的成名出了力;我快活,因为我能守护在他身边。②

爱丽丝认为"爱即苦役",她对爱的奉献与其说是伟大的,倒不如说是男权中心主义社会"揉捏和塑造"③的结果。④ 处于集体无意识的女人在忍受家庭和婚姻苦役的同时也在体验着所谓的幸福。爱丽丝的幸福指数非常低,忍气吞声、逆来顺受都是无所谓的,只要能够和罗伊尔斯顿生活在一起,侍候着他,她就满足了,甚至感到无比的幸福。当爱丽丝、弗雷泽太太和罗伊尔斯顿三人出现在一起时,罗伊尔斯顿由于自尊受到了一点创伤,他便暴露出自己的男权本性,他气愤地说:"我不愿意和一个坏心眼的密探妻子住在一起。"⑤而且竟然厚颜无耻地告诉弗雷泽太太:"可您的光临真是搅乱了原有的宁静——暴露出深藏的龌龊。"⑥罗伊尔斯顿先生

---

① [法]西蒙娜·德·波伏瓦:《第二性》,郑克鲁译,上海:上海译文出版社,2011年,第196页。
② [美]尤金·奥尼尔:《奥尼尔文集》(第1卷),郭继德编,北京:人民文学出版社,2006年,第185页。
③ [法]西蒙娜·德·波伏瓦:《第二性》,郑克鲁译,上海:上海译文出版社,2011年,第245页。
④ [美]尤金·奥尼尔:《奥尼尔文集》(第1卷),郭继德编,北京:人民文学出版社,2006年,第186页。
⑤ 同上书,第190页。
⑥ 同上书,第191页。

所指的"宁静"只是作为"奴隶"的爱丽丝默默充当奴隶从不做声,更无怨言。他还把多年为自己操持家务,帮自己写作打字,与自己同甘共苦的妻子侮辱为"坏心眼""龌龊"之流,奥尼尔通过这些犀利的台词让女性看清楚她们的牺牲是否值得,让女性认识到男性和男权社会是极其残忍和缺乏伦理道德的。

奥尼尔没有就此停步,他让观众和读者对男性失望的同时哀女性之不争却又只能无奈叹息。本来非常占理的罗伊尔斯顿太太可以大吵大闹,也可以大声指责丈夫,可是她就像犯了错误的孩子,一直在躲闪和退却。而被揭穿本性的罗伊尔斯顿先生却愤愤不平,好像蒙受了多大的冤屈,准备离家而去。罗伊尔斯顿的狭隘、自私、蛮横的样子得到了淋漓尽致的展现。正如弗雷泽太太骂他是"一位双手沾满别人为他牺牲的鲜血的利己主义者"①。奥尼尔的剧情叙事达到了让读者和观众对男性失望和不屑的目的。而这时候,罗伊尔斯顿太太的回答也让观众同情的同时彻底无奈了:

(畏缩着躲开他,好像他打了她似的)别这样,别这样,大卫!请不要这样。你在要我的命。我爱你,你千万不要走。这是你的家。没有理由呆在这里的是我。我给你(抽泣着向左边的门走去)自由……如果我不能相信,请宽恕我!(乞求地把双手伸向他)请宽恕我!(他冷酷地背转身去。)②

爱丽丝,一个柔弱的女子,已经被男性社会彻底地"奴化"了,她不会反抗,她的处理方式就是退却或放弃。她是女性的代表,她们身上有着传统的女性美德:爱丽丝勤劳持家,相夫教子;顺从、体贴,以全身心为男性付出为己任;信奉"爱即苦役",并以此为乐,毫无怨言。像爱丽丝一样的女性何其多,在她们的视野里,男性构成了她们生活的全部内容,社会习

---

① [美]尤金·奥尼尔:《奥尼尔文集》(第1卷),郭继德编,北京:人民文学出版社,2006年,第194页。

② 同上书,第190页。

俗的强大压力使她们只能逆来顺受。观众看到这里也许会为爱丽丝失望，甚至会怒其不争，但是冷静思考片刻，你就会发现不是一个爱丽丝，而是千千万万个爱丽丝，更有千千万万个罗伊尔斯顿。奥尼尔要我们看见的是一棵大树背后的森林，要改变的是一种造成两性关系变异的社会伦理，要消解的是二元对立的性别伦理关系。

奥尼尔通过对爱丽丝一家人的描写，让我们同情妇女，给妇女以更多的关注，并希望女性能够尽早觉醒，自己去寻找自己的身份，自己去争取自己的独立存在，只有这样，才能够解构男权中心地位，女性才能够由集体无意识变成集体有意识。女性不应该对男性抱有太大的希望，罗伊尔斯顿式的男性已经习惯于享受男权社会带来的利益，作为既得利益者，他们不会主动退出中心地位。弗雷泽太太的一系列对白，就是对以罗伊尔斯顿为代表的男权社会的猛烈抨击，也是奥尼尔特意让观众看到的一线希望。

第三节 《鲸油》：肯尼太太精神崩溃

《鲸油》(*Ile*,1917)是一出独幕剧。剧本主人公肯尼是一艘英格兰捕鲸船的船长，由于海员无法忍受北极的严寒和船上的艰苦生活，他们准备集体暴动，想以此办法逼着船长放弃继续北上捕鲸，要求调转船头朝南方回家的方向开。而船长的妻子肯尼太太由于极端孤独，再加上不适应残酷恶劣的海上捕鲸生活，她的精神濒临崩溃。她哀求丈夫为了他们的爱情放弃北上捕鲸，尽快返回日夜思念的家乡。肯尼船长几乎被可怜的妻子说服了，准备驶向归途。此时海面上鲸群出现，肯尼船长如获至宝，变得兴高采烈，他改变返航的决定，不顾妻子的恳求和全船海员的反对，坚定驶向北方，直到完成预期的捕捞任务为止。肯尼太太绝望了，而且由于过度绝望她最后的防线坍塌了，精神垮台了，她被活活地逼疯了。

像爱丽丝·罗伊尔斯顿和弗雷泽太太一样，肯尼太太美丽动人，除了美丽的容貌，安妮·肯尼还有两样男人喜欢的内在美：率真之美和柔弱之美,略带东方女性的气质,她"苗条、美丽、娇小……穿着一身整洁的黑色衣裙。安妮的两眼哭红了,脸色苍白而且有了褶皱。她带着受惊的眼神走进房舱,站着一动不动,仿佛被一种无名的恐惧固定在那儿,两只手神经质地不断合拢又松开"①。安妮幼稚、脆弱,她不愿忍受一个人在家的孤独生活,便跟随丈夫的捕鲸船一起出海。除了她,这里没有女人,船上单调乏味的生活和捕杀鲸鱼时的残忍场景使她不堪忍受,她几次劝说以自我为中心的丈夫返航无果,结果可怜的安妮精神彻底崩溃了。

肯尼太太曾经把丈夫看作是一个伟大的英雄和传奇式的人物,甚至把丈夫幻想成敢于冒险、无所不能的北欧海盗,丈夫身上的蛮力和捕鲸的技巧令她感到骄傲。在肯尼太太的心里,肯尼就是希腊神话中的阿喀琉斯或奥德修斯,具有男性的英雄气概和保卫城邦、保护家眷的英勇无畏的精神。然而,这次随船远航让她有机会看清自己丈夫的本性。他没有阿喀琉斯和奥德修斯英勇尚武、舍生取义的战友之爱、城邦之爱和家眷之爱,他有的只是蛮力、自私和虚荣,捕杀鲸鱼的疯狂野性和满足自我英雄形象的虚伪。为了男人的虚荣心,他的捕鲸船在北冰洋的冰面上一年动弹不得,但他并不返航,只是怕丢了男人的面子,他拿全体船员和妻子的生命作为他满足虚荣心的赌注。这一点,我们可以从肯尼太太试图劝说丈夫放弃冒险行动尽快返航这段对话中有所了解:

> 肯尼太太:你害怕别的船长讥笑你,因为你的船没有装满。你需要的是保住你的名声,即使你需要殴打水手、饿死水手,甚至逼得我发了疯,你也要这么干。
>
> 肯尼:(顽固地咬紧牙关)不是那样,安妮。那帮船长绝不敢当面讥笑我。他们有谁说三道四也没什么了不起——可是——(他犹豫着,煞费脑筋想表达出他的意思)你知道——自从我第一次当船长出海以来——我总是干得不错的——而且——不装满似乎不太好——

---

① [美]尤金·奥尼尔:《奥尼尔文集》(第1卷),郭继德编,北京:人民文学出版社,2006年,第250页。

不知怎的。我一向是霍姆港第一号捕鲸船长,而且——你还不明白我的意思吗?安妮?①

很明显,肯尼船长和《苦役》中的罗伊尔斯顿先生一样都是自我为中心的男性。后者可以坦然地享受着妻子的无私奉献而无动于衷,肯尼船长更是有过之而无不及,他满脑子想的就是找到鲸油,满载而归,为了满足男人的虚荣心和面子,不顾妻子的安危死活。不管是作为作家的罗伊尔斯顿还是作为船长的肯尼,他们都是男权中心文化的既得利益者,只不过罗伊尔斯顿是男权文化中知识分子的代表,而肯尼则是男权社会中商人阶层的代表,他们都把女人当做自己的个人财产来使用。肯尼"把女人完全归入了东西的行列",而用自己"征服和拥有的东西装饰自己的尊严"②。肯尼先生不只是为了钱,他的冒险就是要证明自己的男性特质,显示自己的优越性,维护男权中心主义的地位。波伏瓦认为男人总是用一些男性的表征把女人排除在外,所以会发生"战士为了提高他所属的群体和部落的威信,要拿自己的生命当赌注……男人不是因为献出生命,而是因为冒生命危险,才高出于动物之上;因此,在人类中,优越性不是给予生育的女性,而是给予杀生的男性"③。肯尼船长不是为了生计、不是为了国家,他为了自己的主人身份而已,所以肯尼船长所"憧憬的是一种荒唐的、自我为主的形象"④。

女人的顺从和能力的"欠缺"使他们不得不依附于男性,无论男人走到哪里,她们就追随到哪里。其实,这是男人们为女人巧妙布置的陷阱,这些女人却全然不知,相反,她们还对自己对婚姻的忠诚倍感满意,认为这就是爱,真正的爱。因为他们一直被塑造,按照男人社会的要求把女人

---

① [美]尤金·奥尼尔:《奥尼尔文集》(第1卷),郭继德编,北京:人民文学出版社,2006年,第258页。

② [法]西蒙娜·德·波伏瓦:《第二性》,郑克鲁译,上海:上海译文出版社,2011年,第109页。

③ 同上书,第90页。

④ Doris V. Falk, *Eugene O'Neill and Tragic Tension*, New Brunswick, New Jersey: Rutgers University Press, Second Printing, 1959, p. 23.

从里到外培养成一个顺从、体贴、示弱的性别,女人自己也认为这是一种美德,女性自己也会将这种特质发展壮大,这样就确保了女性"第二性"的地位,也确保了男性的尊严。安妮就是这一类人的典型代表。她对丈夫的依赖近乎奴性,似乎永远离不开丈夫肯尼先生,比《苦役》中的罗伊尔斯顿先生的妻子爱丽丝还要有过之而无不及。例如:

> 是我要跟你在一块的,戴维,你不了解吗?我不愿意孤零零地一个人呆在家里。自从我们结婚以来,我一直这样等了六年了!提心吊胆的——别的什么事心里也放不下——也不能回学校去教书,就因为做了戴维·肯尼的妻子。我过去一直梦想着那伟大、宽广、光荣的海洋上航行。我想要在那危险而又生气勃勃的大海的生活里待在你的身旁。我要看看人人称赞的你这位英雄在霍姆港湾之外的事业。①

肯尼太太在没有肯尼的日子里过着"提心吊胆"、度日如年的生活,她甚至由于孤独和忐忑放弃了自己热爱的教书职业,她对肯尼船长的依赖近乎到了不能自拔的地步。人们会责备安妮太娇气,但是这种情况是谁造成的?当然是罗伊尔斯顿和肯尼船长等这些男性,这些所谓的正人君子们一手"塑造"的②,他们把爱丽丝和安妮这样的女性塑造成他们所希望的温柔、娇嫩的类型,然后他们可以自由掠夺、任意宰割、随意抛弃。这种爱情和婚姻是一种占有,是男性对女性身体和精神的占有,但在爱情和婚姻的麻醉剂的作用下,女性被"迷奸"了。女性对婚姻给予很高的希望,因为婚姻对她们来说可能是改变现状、提高地位的唯一途径。在男权社会里,女性从小就被灌输了这样的思想,要"乐于承担迎合他人需要的责任",而且要在婚姻和家庭中为男性"牺牲自己的利益"③。她们往往都寄

---

① [美]尤金·奥尼尔:《奥尼尔文集》(第1卷),郭继德编,北京:人民文学出版社,2006年,第256—257页。

② [法]西蒙娜·德·波伏瓦:《第二性》,郑克鲁译,上海:上海译文出版社,2011年,第245页。

③ Carol Gilligan, *In a Different Voice*, Cambridge: Harvard University Press, 1982.

希望于爱情或者婚姻,对丈夫关爱有加,将满足丈夫和家人的需要看得高于一切,并希望以此求得快乐和未来生活的保障。相对于男性来说,这些女性人物很多都没有固定的职业,她们的活动范围就是自己的家庭。对她们来说,爱情和婚姻就是他们人生奋斗的目标,个人事业仿佛在她们的考虑范围之外;她们往往身上具有很多优点,温柔、腼腆、顺从、乐于奉献。正如朱莉·米歇尔(Juliet Mitchell)所言:"男性进入阶级主宰的历史机构,但是女性都是由和这些机构的关系所界定的。在我们人类社会中,这种关系被限定在家庭关系之中——女性在她们所生活的家庭中被创造出来了。"① 关于这种爱情和婚姻,美国女权主义者阿特金森(Atkinson)一针见血地指出:"爱是受害者对强奸犯的反应。"② 女性必须从恋爱和家庭的神话中洞悉到自己在被迫向非理性或自我毁灭迈进的现实。

在《鲸油》中,男权发展到了极限,肯尼先生对妻子不仅使用男权社会的潜规则进行塑造或创造妻子,在他的字典里女性就是"自然"③中的树木、土地和资源,任他随意开采、利用和占有,也可以在用尽或不需要时随时扔掉。在肯尼船长和罗伊尔斯顿先生的眼里,安妮和爱丽丝与所有的自然物体一样,她们像鲸鱼、像飞鸟、像土地,男性可以随意杀死鲸鱼,可以滥用土地,这是男人的"天赋人权"。当精神即将垮掉的妻子安妮近乎哀求地劝说丈夫肯尼开船回家时,肯尼船长一次次残忍拒绝,从他的言语中可以评判出女性在这些男性心理的比重:

  1. 肯尼:你别忘了,安妮,这次出海不是我硬要你跟着来的。
  2. 肯尼:"捕鲸可不是女士们的茶会,"我对你说过,"你顶好留在家里,在家里一切女人的享受,你应有尽有"。可是你却一心要来。

---

 ① Juliet Mitchell, *Psychoanalysis and Feminism: A Radical Reassessment of Freudian Psychoanalysis*, trans. by Jacqueline Rose, London: The Macmillan Press Ltd., 1982, p. 405.
 ② Ti-Grace Atkinson, "Rebellion", *The Sunday Times Magazine*, September, 1969.
 ③ [法]西蒙娜·德·波伏瓦:《第二性》,郑克鲁译,上海:上海译文出版社,2011年,第204页。

3. 我办不到！安妮！

4. 女人们不能完全理解我的理由。

5. 我不能，安妮——暂时办不到。你不明白我的意思。我必须弄到鲸油。①

剧本中的肯尼船长号称霍姆港的大英雄，是一个千人崇拜、万人仰慕的男子汉，但奥尼尔给我们展示的却是一个斤斤计较、心胸狭隘、自私自利、野蛮成性的凡夫俗子。肯尼先生的一句"你顶好留在家里"暴露了他赤裸裸的男权中心主义，他认为妻子应该待在家里担任家庭主妇，不应该抛头露面，参与男人的事情。他把女性和男性的社会活动的范围定位得很清楚，女人主内，男人主外。从家庭伦理关系看，肯尼船长对妻子恳求的一句回答"我办不到"证明肯尼缺少丈夫应有的责任意识；从婚姻伦理关系看，他把鲸油看得比妻子的生命还重要，说明他对妻子没有爱情；从人道主义看，他以自我为中心，对其他的存在视而不见，对不服从他的意志的海员使用粗暴行为强迫其执行，对海洋生物乱杀滥捕，其野蛮行径令人发指。最没有人之伦理的行为是，肯尼船长对精神濒临崩溃的妻子没有安慰也罢，他竟然还将责任全部推到妻子身上：这是你愿意来的，又"不是我硬要你跟着来的"②，所以你今天精神崩溃也是咎由自取。肯尼船长的言行不用说缺乏丈夫责任感，可以说连最基本的人道都没有，是一个没有人性的畜生。他的残忍无道到了令人发指的地步，我们从以下肯尼太太在精神失常前最后的哀嚎中可以看出肯尼船长残暴狠毒：

肯尼太太：(野性地)那么，这一次为了我的缘故，为了上帝的缘故，做这件事吧！——把我送回家！这种生活——野兽般的行为，冰冷、恐怖的生活——正在吞噬着我的生命。我快发疯了。我感觉到

---

① [美]尤金·奥尼尔：《奥尼尔文集》(第1卷)，郭继德编，北京：人民文学出版社，2006年，第256—258页。

② 同上。

了空气里的威胁。我听到了这寂静在威胁着我——这凄凄惶惶的日子,过了一天又一天,天天都一个样。我受不了啦!(哭泣)我快发疯了,我知道我一定会发疯的。戴维,如果你真像你说的那样爱我,就送我回家吧。我害怕。为了上帝的慈爱,送我回家吧!①

妻子的苦苦哀求抵不上一声"冰原上出现了一条海水的通道"②的"喜讯",肯尼船长心里所想的就是成群的鲸鱼,装满船只的鲸油,满载鲸油回到纽约的风光。妻子的哀求与商业利益和男性的荣光相比,显得微不足道了。在肯尼船长的价值理念中,女人是属于"第二性"的,而鲸油却象征着他男子汉的英勇气概,是男性的表征,失去了鲸油就意味着失去了男性的特质,也就没有了男性的身份地位,所以,男权中心主义世界的统治地位和侵略心理始终主宰着肯尼船长的决策和行为。他即使偶尔有一点调头回家的念头,也仅仅是一种等待,或者是一种拖延而已,因为他的潜意识里根本不会放弃。从他的回答中我们可以看出他的心思:

(严厉地)女人,你插手男人的事儿,叫男人心慈手软,你这样做是不对的。你不能了解我的感情。我必须证明我是一个会使你感到自豪的丈夫那样的人。我要搞到鲸油,我告诉你。③

很多读者读到这里,观众看到这幕,都会认为他们夫妻之所以走到今天这样的地步,是因为肯尼船长和安妮之间没有爱情,如果有爱的话,肯尼就会放弃一切去拯救快要精神垮塌的妻子。前面刚分析过,肯尼确实不够爱自己的妻子。但是,回过头来思考,肯尼船长爱与不爱自己的妻子,都会选择北上捕鲸,因为妻子是女性,是女性就得被"第二性"化,就得成为性别社会的"他者"。肯尼船长也好,其他船长也罢,或者所有男性都一样,他们做出这样的抉择是感性的也是理性的,是所有男性对女性世界集体无意识的定位。奥尼尔

---

① [美]尤金·奥尼尔:《奥尼尔文集》(第1卷),郭继德编,北京:人民文学出版社,2006年,第261页。
② 同上。
③ 同上书,第262页。

只是想在舞台上给我们展现女性的生活悲剧,他并不想得出什么结论,让观众做出价值判断。难道奥尼尔生活的年代就没有爱情吗？回答当然是有。但是笔者前面谈过,在一个男权话语霸权的语境下,爱情和婚姻变了味,成了有性无爱、有爱无情、有婚无姻,因为女性被爱情迷奸、被婚姻绑架,她们没有自我,只有身体,身体与自我分离,她们的价值被贬为男人的性对象和生孩子的工具,女性留给男性社会的只有身体,没有身份。

剧本的结尾催人泪下,让人肝肠寸断,久久不能释怀,安妮"半闭着眼睛坐着,她的身躯随着赞美诗的旋律左右轻轻摇晃着。她的手指越来越快,她杂乱无章地、乐音不和谐地继续弹奏着"①。美丽的安妮彻底疯了,曾经对婚姻、对丈夫怀着无数个浪漫梦想的安妮倒下了,这不是偶然的,这是她的必然归宿,这也是男权社会女性的悲哀。奥尼尔不是在勾起我们对肯尼船长代表的男性世界残忍心肠的憎恨,他指出的是那个时代的普遍现象,生活中不仅有成千上万个肯尼船长,几乎所有的男性都应该扪心自问,都应该受到良心的谴责。

一些文学评论家认为,奥尼尔的写作与个人生活有互文性,其实任何作家的写作都或多或少地与自己生活互文。笔者认为,这种重合不是与个人经历的重合,而是生活就是如此。奥尼尔本来就认为戏剧就是生活的真实体现,舞台上演的故事如果说与生活互文了,那是生活现实的再现。比如曼海姆(Michael Manheim)认为肯尼夫妻的故事就是奥尼尔父亲詹姆斯·奥尼尔的经历,他带着妻儿颠沛流离于美国各地,渴望找到演出的机会,能够赚到第一桶金,他的狂热程度甚至比肯尼船长更执着、更疯狂。② 他们酿成的后果是一样的,肯尼船长的残酷造成的危害是妻子疯了,而詹姆斯的妻子由于孤独、彷徨,最终以毒品为伴。这只是肯尼船长的经历反映了生活现实而已,经历与现实发生了偶然的互文。不管是

---

① [美]尤金·奥尼尔:《奥尼尔文集》(第1卷),郭继德编,北京:人民文学出版社,2006年,第263页。
② Michael Manheim, *O'Neill's New Language of Kinship*, New York: Syracuse University Press, 1982, p.16.

《鲸油》中的安妮,还是《进入黑夜的漫长旅程》中的玛丽,以及奥尼尔剧中其他许许多多的妇女,她们都是由可爱的、天真的、美丽的、浪漫的少女一步步沦落为精神失常的祥林嫂,或没有灵魂的行尸走肉,或面目狰狞的魔鬼,这就是男性社会最"成功的创造",他们也要因此承担自己酿成的后果。正如刘永杰所言,男性们在"享受女性给他们带来的特权和幸福时,却搬起石头砸了自己的脚"①。

奥尼尔刻画的这些女性形象,都不是凭空杜撰的,而是在"记忆的角落苦苦搜寻那些他熟知的人,然后把这些人和他们的故事转化为动人的语言和一个个鲜活的舞台形象"②。奥尼尔心中怀有一种复杂的爱,对母亲的爱,对曾经和他有过感情纠葛的几个女人的爱,这些爱让他难以释怀。他对这种爱感触至深,甚至是刻骨铭心,这就是为什么他的女性人物栩栩如生、触人心弦的缘由。他呈现给读者的是女性生存状况的真实写照,也是我们所处的男权社会性别伦理的折射。他希望肯尼太太的创伤能引发我们对女性的关怀和对性别伦理关系的思考。

第四节 《送冰的人来了》:伊夫琳命丧黄泉

《送冰的人来了》(*The Iceman Cometh*,1946)是奥尼尔后期的得意之作,自认为是一生中所写的"最好的作品之一"③。故事发生在纽约的霍普酒店(Hope's),这家酒店毫无生机、死气沉沉。有十几个人长期寄居在酒店里,包括哈佛法学院的毕业生、妓女、退伍军人、赌场老板、退休警官、无政府主义刊物编辑等。他们都是生活的不如意者,在原来的工作中都因为犯了错误而被开除或被解雇,所以他们选择寄居在这里避风挡

---

① 刘永杰:《性别理论视阈下的尤金·奥尼尔剧作研究》,北京:中国社会科学出版社,2014年,第37页。

② 同上书,第212页。

③ Gerald Weales, "Eugene O'Neill: *The Iceman Cometh*", in Hening Cohen, ed., *Landmarks of American Writing*, New York:Basic Books, 1969,p.354.

雨、消磨余生。他们每天的主要任务就是酗酒、做"白日梦"、回忆自己过去的辉煌。他们不敢面对现实,借着酒精的麻醉,沉浸在吹嘘各自昨日风光的自我满足中,幻想着东山再起再轰轰烈烈干一番。然而他们的梦想只是梦想,说说而已,从不会付诸实际,没有人愿意打破酒店死寂的气氛。他们把这里看成是"人生的最后一个落脚点",寄居在这里他们觉得很安全,谁也"不用担心下一步该怎么走,因为他们已经山穷水尽,无路可走了",在这里他们用"对过去和将来的善良幻想来维持一点面子"①。

故事开始于1912年夏天的一个早晨。第二天将是酒店老板霍普的生日。大家都在等待一个名叫"希基"的商品推销员的到来。因为希基的来临意味一顿免费的威士忌酒,也意味着快乐时光,大家可以喝个酩酊大醉,笑个死去活来。希基出生在一个比较富裕的家庭,但他自幼不爱读书,喜欢到处逛荡。他最大的爱好就是去弹子房和逛妓院,在弹子房可以抽烟喝酒,在妓院可以和窑姐说笑逗乐,躲开家庭和学校的管制,过上自由自在的生活。希基在小镇上名誉扫地,没人看得起他,除了作为发小和朋友的伊夫琳认为希基是个有出息的小伙子。她容忍希基的一切,后来不顾家人的反对,竟然与希基结为伉俪,开始家庭生活。

伊夫琳在剧中从头至尾没有露面,关于她的情况都是由希基叙述的。从希基口中得知,伊夫琳是一个美丽、善良、宽容的女性,她与罗伊尔斯顿夫人和肯尼太太一样对丈夫百依百顺,任劳任怨。当希基在镇上臭名远扬、遭人唾弃时,她作为小时候的玩伴却没有抛弃朋友,而且开始喜欢希基,容忍他的所有恶习,希望自己的感情能够感化他,使希基改邪归正;婚后,她更是想通过幸福的生活把他从悬崖边上拉回来,使他成为一个行走正道、做事认真、品德高尚的人。单从这些方面,我们就可以读出这位女性对希基的爱比母爱更伟大,她一直用自己女性的宽大胸怀尝试拯救希基游荡的灵魂。罗伊尔斯顿太太对丈夫言听计从,但当她感觉到丈夫爱

---

① [美]尤金·奥尼尔:《奥尼尔文集》(第5卷),郭继德编,北京:人民文学出版社,2006年,第164页。

上别人时，她还会选择主动离开，希望以这种方式给予丈夫空间和幸福。而伊夫琳比罗洛伊尔斯顿太太还要宽容和无私一百倍，因为对伊夫琳而言，她要誓死相守，终身相伴。她告诉希基，只要希基活着，"让她照料，让她原谅"①，她就觉得知足了。希基告诉大家他的妻子是如此的无私和伟大：她"在世时一无所求，只想使我幸福"②。伊夫琳身为大家闺秀，谙熟男权社会的妇道，她对丈夫顺从、包容，对丈夫的生活关爱有加。

按理来说，这样的妻子正是希基想要的，因为她完全符合男权社会对女性的规约，是男性社会梦寐以求的，她的气质、行为和理想就是为男性而创造出来的。然而，伊夫琳的结局比肯尼太太更惨，肯尼太太精神失常了，而伊夫琳却被丈夫希基夺去了生命。希基并非出于仇恨杀了伊夫琳，他杀死妻子的动机竟然如此简单：

> 她从来不说一句怨言，从来没有把我痛骂一通……她是天底下最温柔的女人，而且又那么爱我，可是我却这样负心。想着想着我就越发痛恨自己。我实在痛苦极了，只要在镜子里照见自己，我就要咒骂自己是个可恶的混蛋……可我心里痛苦啊，每天晚上都把脸贴在她膝上，嚎啕大哭着求她原谅。当然，她总会安慰我，劝我说："别难过，特迪，我相信你以后不会那样了。"天啊，我虽非常爱她，但是我开始痛恨她那种幻想了！我开始担心自己快要发疯了，因为有时候我不能原谅她那么原谅我。我甚至发觉过自己痛恨她，因为她使我如此痛恨自己。一个人不可能无止境地责备自己的良心，无止境地让人家宽恕、同情，总有个极限啊！③

希基的妻子就是一面镜子，反射出希基的卑鄙和下流，而男性虚伪和自私的本性促使他必须砸碎这面镜子，挽回男性所谓的自尊和面子，使其

---

① ［美］尤金·奥尼尔：《奥尼尔文集》（第5卷），郭继德编，北京：人民文学出版社，2006年，第282页。
② 同上书，第249页。
③ 同上书，第305—306页。

男性的真实面目不至于暴露在光天化日之下。丹尼斯·朗(Dennis H. Wrong)不无讽刺地说:"男人,这个能言善辩的物种,常常用如簧的巧舌去掩盖内心的绝望与阴暗。"①希基正是在用他推销员的演说能力掩饰其内心世界的道德污秽。伍尔夫②在《一间自己的屋子》里一语道破天机,她说女人就是一面能把男人的影子放大几倍的照妖镜。希基邪恶的嘴脸全部被映照出来了,他那披着男性社会赋予他的虚伪外衣被毫不留情地撕掉,只剩下貌似强大的外表后软弱无能的可怜相赤裸裸地暴露在阳光之下。他怎么能够允许这样呢,他的权威受到了挑战,他看到自己没有伊夫琳的胸怀、没有伊夫琳的大爱、没有伊夫琳纯洁,那么伊夫琳的存在就等于是在时刻提醒他生活于女性的保护之下的现实,所以希基陷入了痛苦境地,他清楚地知道他必须摆脱这种威胁:

> 我让她受了那么多罪,我发觉只有一个办法可能弥补我的过错,使她摆脱我,使我再也不能让她受罪,她再也用不着原谅我!我早就想自杀了,可是我知道这不是个办法。我自杀等于要她的命啊。想到我会这样对待她,她要伤心死的。她会因此责备自己。逃走吧,那也不是办法。如果我一走了之,她会抬不起头来,要悲痛死的。她会以为我不爱她了……可事实上只有一个解决办法。我只有杀死她。③

希基大言不惭,他说自己早就想自杀谢罪了,其实,他内心世界相当脆弱,他根本没有准备改掉自己肮脏的习惯,何谈自杀了结呢?然而男性社会赋予男性绝对的话语权,他们可以杀死对方的同时冠冕堂皇地说为对方考虑,帮助对方解除痛苦,这就是男权中心社会虚伪的一面。不过希

---

① Dennis H. Wrong, "The Oversocialized Conception of Man in Modern Sociology", *American Sociological Review*, 1961, 26.
② [英]弗吉尼亚·伍尔夫:《一间自己的屋子》,王还译,北京:三联书店,1962年,第42—43页。
③ [美]尤金·奥尼尔:《奥尼尔文集》(第5卷),郭继德编,北京:人民文学出版社,2006年,第295页。

基的话从男权社会的语境看,也有一定的道理。如果希基自杀了,那么伊夫琳确实会抬不起头,不只是因为悲痛,而是因为男权社会会群起而攻之。伊夫琳何以抵挡来自男性群体的口诛笔伐、狠批猛斗呢?在男权社会,女性没有选择,她们也只能嫁鸡随鸡,嫁狗随狗。希基的行为不仅体现的是罗伊尔斯顿先生的语言暴力、肯尼船长的精神暴力,他直接对结发妻子伊夫琳采取了私刑,这已经是一种残酷的身体暴力,与奴隶社会奴隶主对奴隶实行家刑没有两样,男权中心主义文化语境下的妇女就是没有权力的奴隶。

在男权中心主义的文化语境下,女性只有身体没有身份,她们是不在场的,但是她们又是社会关系中存在的实体,需要被认识和被表征,男性就"踊跃地"承担起了书写女性的任务,手握权力的男性"不就女人的本身来解释女人"①,而是以自己为主相对而论来书写女人,将女人定义成男性自己所期望的某种特性,比如,温柔、美丽、善良等等,女人逐渐接受并潜移默化地内化了这些男权社会的价值体系,她们以为这一切都是与生俱来的、自然而然的。这样一来,这种身份牢牢地刻在女人的肉体和精神上,而且显得逻辑化、合理化、制度化。男性将女性建构成一个"他者",以突出他们的权威性、充实感和安全感,而沦为男权中心的"他者"的女性是失语的,只能默默地被言说。伊夫琳在全剧中完全成了希基书写的对象,希基把妻子伊夫琳书写成一个典型的贤妻良母型的女性,美丽大方,善良宽容,恪守妇道。希基经常在别的男人面前赞扬她的宽容、贤惠、高尚,他以妻子为骄傲。通过夸赞妻子,希基实际上在建构自己的身份,无非是以她作为标尺来抬高自己的地位。最后希基一枪击毙了伊夫琳就已经证明了男性中心话语的绝对霸权。

在男权文化语境下,女性像罗伊尔斯顿夫人、肯尼太太及伊夫琳等都被美化成善良宽容、美丽温柔的天使。众多女性在异性的赞扬声中确实感

---

① [法]西蒙娜·德·波伏瓦:《第二性》,郑克鲁译,上海:上海译文出版社,2011年,第8页。

到无比的满足,甚至觉得女性已经成为家庭和社会的主人。这正是男性社会默认的一种欺骗女性的伎俩,他们在定义女性的时候,以温柔的语言形式掩盖其比较刺激的话语,使女性的权力在愉悦中被迷奸。但是,我们略加留意便可以发现,她们都是希基等男性对女性的评价,女性被描写、被解释,女性根本就不在场,是男性对女性的一种欲望的表现,有时就是一种"意淫"。伊夫琳的美丽和温柔不需要希基的花言巧语来解释,她就是她,一个独立的自我存在。可是,她是失语的群体,她已经被规定必须由其丈夫来书写她和建构她,因为这是男权社会男性神圣不可侵犯的个人特权。

在男权制社会,男性虚伪的一面促使他们必须以美丽的语言书写女性,并以此构建男性高高在上的身份地位,伊夫琳等女性就是这样被希基等男性公开和秘密书写的;男性软弱的一面又迫使他们必须主宰女性,甚至不排除各种暴力手段从而掩饰自己的脆弱和不堪一击。罗伊尔斯顿先生的丑闻被揭发后便采取离家出走的家庭暴力手段;肯尼船长对即将精神崩溃的妻子怒而不理;希基更是走向暴力的极端,他用手枪击毙了爱他的妻子。这都是男性为了掩饰自己内心世界软弱而又要貌似强大所采取的手段,有时也是一种自卑的宣泄方式。他们"既把女性看成美丽温柔的天使又将之视为恶魔",说明了女性在男权中心主义文化语境中的"双重角色",也折射了"男人对女人的矛盾态度:她既给男人带来满足感,又会使之产生厌恶感"①。伊夫琳给希基带来了很大的男性的自足感,在希基眼里,伊夫琳就是他的一块推销自我的招牌,他屡屡用妻子"温柔、爱怜、慈悲、宽容"②的美德为自己鸣锣开道。但是,伊夫琳又给他带来很大的麻烦,使他的罪恶感与日俱增,所以他开始厌恶伊夫琳,当他举枪对准伊夫琳时,口里还下意识地骂道:"你这个该死的臭货!"③这充分反映了男

---

① 杜予景:《一个不在场的他者叙事——〈丽姬娅〉的现代阐释》,《北京第二外国语学院学报》,2011年第4期。
② [美]尤金·奥尼尔:《奥尼尔文集》(第5卷),郭继德编,北京:人民文学出版社,2006年,第305页。
③ 同上书,第307页。

权中心社会中男人对女人的矛盾心理。

如果说前面提到的罗伊尔斯顿夫人和肯尼太太是部分失语的话,那么《送冰的人来了》中的伊夫琳则完全不在场,她的外表形象、性格特点、内心世界以及行为活动等都是通过希基叙述的,希基完全按照传统的男性幻象中的完美女性来对妻子伊夫琳加以建构,他完全沉醉于对她的书写和控制,不仅是在性爱意义上的,而且是在精神上和智力意义上"塑造"了一个"他者"。女性的不在场正好使得男性可以对女性任意发挥、肆意书写,把自己的软弱、无能、恶习和罪恶在定义女性的过程中隐藏起来或淡化掉,使一些男性在现实生活中难于被认同的身份在此合理化。奥尼尔剧作中的这些女性俨然生活在一张男人编织的网里,没有言说的空间,她们的命运凸显了社会的冷漠与残酷。伊夫琳的悲剧不是个体,是女性群体的悲剧,作为弱势群体的女性期待改变处于话语中心地位的男性只能是美丽的性别神话。传统的二元对立的性别伦理关系就像法律法规一样牢固地存在于社会生活的各个角落,奥尼尔以超前的洞察力发现了这种现象,并用戏剧的形式进行表达和诠释,以便得到观众对处于边缘女性群体的关注和关怀,建构一个享有平等性别伦理关系的和谐幸福的人类家园。

小　　结

奥尼尔没能像其他孩子一样体验到母爱的温暖和母亲的呵护,为此抱憾终生,也由此对母爱怀有极度的渴望,对女性会有特别的期待,希望从女友、妻子或其他女性身上获得母爱般的关怀。奥尼尔的女性情结为他带来了更多接触异性和了解异性的机会,使他对女性的心理变化、生活情况和人生遭遇要比其他作家更熟悉些。这样的环境和经历造就了他超越时代的性别伦理意识。

奥尼尔借助戏剧诠释他的性别伦理意识,他剧中的故事多是表达现代社会中平凡女性的苦难和不幸,但他不像20世纪六七十年代的一些西方女性作家那样暴跳如雷、怒不可遏。奥尼尔心平气和、不急不躁,他用悲剧的伦理叙事形式,把包含伦理道德问题的性别歧视搬上舞台,让全社会的人开始对女性的生活和命运予以关注,从道德伦理角度思考两性不公平问题存在的真正根源。用悲剧的形式去表达性别伦理问题,给现代人以生活的启迪,给阅读和观赏悲剧的读者和观众以痛苦之后的伦理思考。

奥尼尔具有强烈的性别伦理意识,他通过戏剧表演艺术揭示了男权中心主义社会中女性的悲剧,女性在漠然不知之中沦为"第二性",成为男性社会的附属物。奥尼尔通过这些无助的女性的故事,揭开男女不公的社会事实,让我们不得不静下心来仔细地审视男女两性伦理关系的问题。奥尼尔以一种同情的、敏锐的、冷静的态度和超然的异性视角再现了女性在男权社会的边缘姿态,超越了时代性而呈现出普遍的社会性别伦理意义,折射出奥尼尔的性别伦理道德取向。

本章通过对剧本中的男女主人公对话的解剖,了解他们的生活态度和伦理价值,从而把握隐藏在剧本中的奥尼尔的性别伦理意识和伦理叙事。奥尼尔笔下的爱丽丝、安妮和伊夫琳美丽大方、胸怀宽容、无私大度、担当能干,再不是传统性别伦理里那种小肚鸡肠、心胸狭隘的女性形象,这样就解构了男权社会对女性的定义和书写,同时也解构了传统宏大叙事下男权社会对男性的自我定义。在奥尼尔笔下,男权社会赋予男性的自尊和荣耀濒临破产,男权社会的男性中心话语权威轰然倒塌。奥尼尔在剧本中表现出强烈的超越时代的性别伦理意识,他不但不是普遍认为的"厌女"作家,相反他是典型的"怜女"型男作家。[1] 奥斯丁强烈地批判了《送冰的人来了》和其他剧作表达的思想,她说:"我不相信他笔下的'女人'是女人,我不喜欢他让她们说的话。"[2]并因此断言奥尼尔剧本中男人对女性抱有仇恨心理,男人把女人视为奴仆。笔者认为奥斯丁的激进言辞其实正说明了奥尼尔对性别社会中女性的关怀。不管是肯尼太太还是

---

[1] 王占斌:《女性的悲剧之源——〈性别理论视阈下尤金·奥尼尔剧作研究〉评介》,《天津外国语大学学报》,2016年第2期。

[2] Gayle Austin, *Feminist Theory for Dramatic Criticism*, Ann Arbor: University of Michigan Press. 1990, p.30.

伊夫琳,她们确实不像我们理论概念意义上的女人,但是事实就是事实,女人已经沦为男人的奴仆,成为男权中心社会下,男性群体共同建构的"第二性"这一特殊群体,她们不但不像女人,其实除了其生物性特征外,她们已经不是女人,他们被书写、被定义、被边缘化。如果奥尼尔把他们美化,把女人还原成女人,也许女权主义者是满意了,但是这等于是在帮助男性建构女性的"第二性"身份,为男权中心文化的巩固和发展做了鼓吹和宣传。

其实奥尼尔剧中的男性的言语有时会很温柔。在男权文化语境下,男性虚伪的一面促使他们有时以美丽的语言书写女性以抬高男性自己的身份地位,所以罗伊尔斯顿夫人爱丽丝、肯尼太太及伊夫琳等都被美化成秀丽典雅、美丽温柔的天使。其实,这正是男性社会默认的一种欺骗女性的伎俩,他们在定义女性"他者"的时候,以温柔的语言形式掩盖比较刺激的话语,使女性在愉悦中被迷奸。

奥尼尔刻画的这些女性形象,都不是凭空杜撰的,而是记忆中那些他熟悉的人,然后把这些人和他们的故事转化为鲜活的舞台形象。[①] 爱丽丝为了丈夫和家庭逆来顺受,肯尼太太在丈夫面前低眉顺眼,伊夫琳对丈夫希基无限度的忍让,这些都是奥尼尔在自己家人和周围朋友那里亲身感受和经历的。奥尼尔的戏剧创作是现实主义的创作,他就是在激活那些沉睡的心灵,告诉人们依赖男性建设男女平等的家园对女性是个美丽的神话故事。奥尼尔没有给女性指出斗争的目标和方式,这不是他戏剧创作的初衷,他意在通过在意识领域解决两性存在的问题,呼吁女性重建自己的身份。奥尼尔通过反思自己的婚姻家庭,审视西方社会的性别矛盾,探索性别问题的症结所在,并用戏剧诠释我们共同面对的问题,唤起全人类对男女不平等问题的关注,号召全社会尊重女性,构建健康的性别婚姻伦理关系。

---

① 刘永杰:《性别理论视阈下的尤金·奥尼尔剧作研究》,北京:中国社会科学出版社,2014年,第212页。

第四章

奥尼尔的种族伦理:建构和睦的种族关系

对小说中黑人人物的调查研究滥觞于20世纪早期,20年代有威廉姆·布莱特惠特(William Stanley Braithwaite)、30年代有斯特灵·布朗(Sterling Brown),他们研究欧美小说文学中黑人的形象塑造,其目的是谴责文学中以种族或性别为划分标准建构起来的一些享有共同特征的群体,批判文学对黑人形象的模式化(stereotypical)描写[①],改变小说对黑人和有色人种有意无意中带有偏见的叙事方式。然而,鲜有学者探究现代戏剧中关于种族问题的描写,这并不意味着戏剧中没有涉及种族问题的描写。剧作家尤金·奥尼尔的戏剧对少数族裔群体给予积极的关注。奥尼尔脱离了模式化的叙事模式,在其戏剧中真实地叙写了少数族群体的外表形象和心理状态,诠释了他对黑人和其他少数族裔以及种族问题的理解,再现了白人主流文化中少数族裔的身份认同困境,揭示了处于种族边缘人群的痛苦、焦虑、彷徨和无所适从之感。

---

① Cigdem Usekes, *Racial Encounters in the American Theatre: Whiteness and Eugene O'Neill, Blackness and August Wilson*, Dissertation, University of North Dakota, 1999, pp. 1—2.

第一节 奥尼尔的特殊身份与种族伦理意识

少数民族(ethnic minority)是指在多民族国家中人数最多的民族以外的民族或种族。但在文化批评中,我们经常将"少数族"(minoritarian)①与"少数民族"加以区别。少数族并非人口数量上绝对少,而是指某个社会中处于边缘的群体,他们容易受到主流多数族势力的侵害。因此说起少数族就常常使人联想到低级的社会地位或边缘化的利益,原因是当他们要表达自己的观点或维护自己的利益时缺少必要的权力,所以种族的少数族裔常常要面对不平等或者变相的诋毁。少数族在目前的居住地或者宗主国中心受到歧视与压迫,在社会生活、政治生活、经济生活和文化生等方面被全面边缘化,引起有良知的知识分子,尤其是少数族知识分子的忧虑与不安,激起像萨义德、斯皮瓦克和霍米·巴巴这些敏锐而正直的后殖民主义批评大师的思考。

后殖民主义批评主要关注战后新独立的前殖民地国家少数族裔的状况。20世纪中期,民族国家内部的少数族在摆脱西方列强的帝国主义殖民统治之后,并没有真正像原来设想的那样获得民主自由,他们成为失语的弱势族群。另一部分少数族也是后殖民学者关注的对象,这些人是由于殖民主义扩张带来的流动人口,他们由前殖民地向宗主国大量迁徙,或者通过其他合法的形式大量移入帝国主义大国。美国历史上作为多民族和移民的国家,社会底层人、黑人团体等少数族裔备受主流文化和主导社会的压制和歧视,他们在很多方面缺少必要的社会资源和文化资源,处处感受到被剥削、受压迫和被边缘化的痛苦。

尤金·奥尼尔是爱尔兰移民后裔,同时又是白人作家,具有双重身份的他注定对少数族裔的身份问题比同时代其他作家更敏感些。奥尼尔在

---

① Andrew Edgar, et al. eds., *Cultural Theory: The Key Concepts*, London and New York: Routledge, 2002, p. 240.

他的很多剧作中都表达了对少数族的同情和哀伤,在他看来,爱尔兰移民和非裔黑人一样面临身份的缺失,在种族主义的话语圈,他们都深陷文化身份认同的困惑。《梦孩子》中的阿布、《渴》中的西印度群岛黑人混血水手、《加勒比斯之月》中的西印度群岛黑女人、《琼斯皇》中的非裔黑人琼斯、《送冰的人来了》中的黑人乔·莫特等都生活在一种极度身份恐慌的状态中。正如肖内西(Edward L. Shaughnessy)在其论文中所言:"奥尼尔剧中的黑人处于憎恨、恐惧的心态,他们同时也备受怀疑和怜悯。"①肖内西的评价可谓准确精辟,对奥尼尔笔下的黑人由于身份荒原而表现出的一系列心理裂变概括得淋漓尽致。曼海姆认为黑人乔·莫特就是"美国白人体制强迫形成的"族裔群体中的代表,他"极度孤立、充满愤慨",但是又"脆弱不堪一击"。②奥尼尔通过塑造这些黑人"他者",对少数族身份的困境给予同情和关注;同时这种伦理叙事也消解了西方二元对立的思维哲学,有助于在意识形态领域改变种族对立的状态,建构多元和谐的种族生态环境。

在殖民的历史中,白人就是通过将有色人种建构成一个"他者",来建立起白人作为"自我"的身份认同,形成一套完整的殖民主义话语系统。澳大利亚文化学者克里斯·巴克(Chris Barker)认为:"种族主义就是一种对权力的屈从,所以有色人种在社会结构体系中处于从属地位。"③美国少数族裔现象的形成就是在对白人主流文化的权力屈从中逐步建构的。纵观人类历史,种族主义的形成、种族的划分和种族的歧视最终都源于知识的编码、权力的较量和话语的建构。尽管法国理论家德舍尔多

---

① Edward L. Shaughnessy, "O'Neill's African and Irish-Americans: stereotypes or 'faithful realism'?", in Michael Manheim, ed., *The Cambridge Companion to Eugene O'Neill*, Shanghai: Shanghai Foreign Language Education Press, 2005, p. 149.

② Ibid, pp. 149—150.

③ Chris Barker, *Cultural Studies: Theory and Practice*, London: Sage Publications Ltd., 2011.

(Michel De Certeau)①并不赞成话语权力编码的绝对性,反对福柯所谓的"他者"只有被书写的权力理论,但他也没有肯定地说边缘群体最终会书写他人。

奥尼尔的戏剧就描写了被编码、被定义的少数族裔,比如非裔美国黑人,爱尔兰移民的后裔等。奥尼尔描写的黑人表面上看不是一种完全的屈从,具有德舍尔多所说的反抗和不屈服的精神,他们在努力斗争以获得白人的身份认同。黑人琼斯杀死白人,欺骗黑人,成为西印度群岛一小岛上的部落皇帝,享有至高无上的权力;黑人吉姆拼命地学习,渴望拿到白人社会认可的代表身份的律师资格证书;黑人乔·莫特梦想有一天重回赌场做大老板,享受只有白人才享有的身份特权。然而,不幸的是他们依然得不到身份的认同,因为他们"拥有双重主体"②,流浪于两种文化之间。阿本一直梦想与白人有同等的话语权,但这永远是一个白日梦,等待他的只有终身囚禁或者残酷的极刑;琼斯被土著黑人推翻;吉姆最终没有获得律师资格证书,也失去了爱情;乔·莫特还在霍普酒店做着妄想成为赌场老板的白日梦,招来的却只是白人的侮辱和责骂。琼斯、吉姆、乔·莫特等都是双重性格的人,他们的内心充满了焦虑、矛盾、爱恨交织和无所适从的情感,他们无法摆脱白人"固置"在他们身上的"原型",但又感觉自己是走出边缘的群体,似乎进入了白人主流文化社会,他们处于集体无意识,同时也处于个体无意识,他们设法使自己的个性"白人化",因此成为戴着面具的黑人。这种矛盾分歧使得他们处于游离态,在两种文化之间徘徊,不能被任何一种承认或接纳,成为两种文化的流浪者。

其实白人并非只将有色人种建构成种族"他者",处于话语中心的白人也同样把爱尔兰移民后裔的白人人种书写成种族的"他者"。爱尔兰移民后裔生活的物质环境和精神空间不比非裔黑人好多少,他们也被美国主流社会文化排除在边缘地带,被叫做"黑爱尔兰人"(Black Irish)。作

---

① Michel De Certeau, *Discussions on the Other* (*Theory and History of Literature*), trans. by Brian Massumi, Minneapolis: University of Minisota Press, 1986, pp.1—9.
② 陶久胜、刘立辉:《奥尼尔戏剧的身份问题》,《南昌大学学报》,2012年第2期。

第四章 奥尼尔的种族伦理:建构和睦的种族关系

为少数族的爱尔兰移民后裔被美国主流文化定义成"懒惰、无能、酒鬼、野蛮、残暴"①的群体,地位远远比不上美国黑人。奥尼尔时代美国的爱尔兰移民后裔是很难找到工作的,很多店铺标着"拒雇爱尔兰人",所以爱尔兰移民后裔的男性只能做其他种族都不愿做的最危险、最脏的体力活,女人只能给人家做长工。他们居住的贫民窟和大棚屋连饱受种族歧视的黑人所居住的木板房都比不过。作为移民后裔的奥尼尔对此深有感触,他在《进入黑夜的漫长旅程》中借用詹姆斯·蒂龙之口描写了爱尔兰人的生活处境:

> 他妈的,我们那种穷苦境况才不是小说里的浪漫故事啊!我们所谓的家是住在贫民区破破烂烂的房子,还因付不起房租两次被赶了出来。我母亲仅有的几件家具被扔在街上……我在一家机器工厂里一天干十二小时活。学造锉子。工厂在牲口棚一样的地方,又破又脏,下起雨来屋顶上漏水,夏天像烤火一样,冬天又没有炉子,手都冻僵了,光线只是从两个又小又脏的窗户透射进来,所以在天阴的时候我坐着把腰弯起来使眼睛几乎碰到锉子才看得见!你还谈什么干活!而且你想想我拿多少工钱?一星期五角钱。②

爱尔兰移民比黑人唯一有利的方面就是,他们有着和美国人一样的白皮肤和流利的英语,所以他们中的一部分人可以加入美国梦的建设,也获得了成功,自认为成为主流社会的主体成分,比如《进入黑夜的漫长旅程》中的詹姆斯·蒂龙、《诗人的气质》中的梅洛迪等,都属于在美国的上等爱尔兰裔人。然而,事实并非如此,当明星詹姆斯·蒂龙向石油大亨哈克鞠躬以示尊敬时,对方都懒得瞧他一眼,因为在哈克眼里詹姆斯是个来自爱尔兰的庄稼汉;梅洛迪自认为自己是个绅士,富有诗人的气质,但在

---

① [美]托马斯·索维尔:《美国种族简史》,沈宗美译,北京:中信出版社,2015年,第30—32页。
② [美]尤金·奥尼尔:《奥尼尔文集》(第5卷),郭继德编,北京:人民文学出版社,2006年,第305页。

富商哈福德的眼里他就是爱尔兰的乡巴佬而已,甚至想用三千元钱驱赶他到西部去。其实,连他们自己都处处掩饰自己的爱尔兰口音,表面看来有些"虚伪可笑"①,其实反映的是一种自我身份缺失而导致的自卑心态,他们彻底成为美国主流文化的"他者",也沦为爱尔兰文化的"他者"。同时,也从侧面反映了爱尔兰族裔在美国遭受的种族歧视和非人待遇,他们为了生存努力地在自己的身上镶嵌主流文化的符号,以便获得身份认同。然而事实证明,无论他们获得多少财富,他们还是徘徊在主流社会的边缘,永远是行走在边缘的"他者"。

奥尼尔并非是一个民族主义者,他不关心政治,从来也不是为了挑起民族情绪而创作,他甚至憎恨那些充满"民族情绪"②的行为,所以他说撰写《上帝的儿女都有翅膀》的真正目的是表明"两个种族的共同悲剧","黑人问题不是剧本的关键,并不是只有黑人问题才会带来偏见"。所以,"吉姆·哈里斯完全可以是一个在旧金山的日本人,也可以是在土耳其的美国人,或者是个犹太人"③。在奥尼尔看来,种族偏见、社会偏见、宗教偏见已经是美国社会的普遍问题,吉姆只是一个代表人物而已,我们会发现诸多的黑人吉姆、黄人吉姆、犹太人吉姆、爱尔兰人吉姆等。奥尼尔的特殊种族身份使他对种族问题非常关注,他的剧本告诉我们,政治手段解决不了美国的族裔问题,种族问题的根源是伦理问题,要通过构建良好的种族伦理去解决。奥尼尔将自己的种族伦理观在戏剧中做了清晰的阐释,他认为少数族裔在主流文化中获得认同的第一步应该是获得自我民族的认同,重建自我民族的形象,弘扬自我民族的历史文化传统。

本章选择《梦孩子》《琼斯皇》和《上帝的儿女都有翅膀》三部剧进行细读分析,从黑人和白人的对立矛盾管窥少数族与主流文化之间的冲突,特

---

① 康建兵:《尤金·奥尼尔戏剧中的爱尔兰情结》,《中南大学学报》(社会科学版),2011年第5期。
② [美]尤金·奥尼尔:《奥尼尔文集》(第6卷),郭继德编,北京:人民文学出版社,2006年,第331页。
③ Arthur and Barbara Gelb, *O'Neill*, New York: Harper and Row Publisher, 1973, pp. 535−536.

别是少数族裔身份认同的困惑和出路。奥尼尔戏剧中表现的种族问题是种族伦理问题,特别是主流文化对少数族裔的文化编码和歪曲定义,致使少数族裔处于身份荒原的境地。奥尼尔对少数族的身份问题非常关注,对种族伦理问题深感忧患,他通过戏剧对少数族的重新描写去颠覆以往对少数族的歪曲性定义,还原真实的少数族裔的民族心理和民族形象,消解"西方作为'自我'的认同"①,解构种族之间的曾经被建构的对立状态,希望种族之间取得更多的同情与理解,建构平等、多元、和谐的民族关系。

第二节 《梦孩子》:重新书写黑人形象

《梦孩子》(The Dreamy Kid,1918)主要表现了黑人孩子阿布被追捕的故事。故事的主人公阿布因为杀了一个白人而被警察追捕,而此时他家里患病的祖母正奄奄一息地躺在病床上。他冒着生命危险,不顾女友的劝告前来看望临终的祖母。《梦孩子》是奥尼尔早期创作的涉及黑人的三部剧本之一,另两部剧本是《渴》和《加勒比斯之月》。但《梦孩子》在创作上有了明显的突破,脱离了传统的欧美文学中对黑人的模式化的人物塑造。奥尼尔在《渴》和《加勒比斯之月》中依然含有明显的模式化的特点,例如,《渴》中的西印度群岛的混血水手照例被描写成,长着"圆不溜秋的,动物般的眼睛"(round,animal eyes)②,唱着黑人民歌来驱赶成群的鲨鱼。这些从外表到行为的描写都是我们在描写黑人小说和电影里常见的,基本上没有脱离小说中大众化的描写格式,这是因为奥尼尔在最初刻画黑人的作品里对黑人的描写还基本上囿于以前文学小说里的模式化的笔法。这也正说明奥尼尔种族伦理意识的形成是一个渐进的过程,或者也可以说是他对种族问题的认识经历了一个不断深入的过程。在《梦孩

---

① 翟晶:《边缘世界:霍米巴巴后殖民理论研究》,北京:文化艺术出版社,2013年,第25页。

② Eugene O'Neill, *Complete Plays*, Ed. Travis Bogard, Vol 1, New York: Library of America, 1988, p.45.

子》之前,奥尼尔对种族的认识还比较肤浅,基本上没有脱离欧美文学中白人作家对黑人的看法。有着爱尔兰少数族裔家庭背景的奥尼尔亲历了爱尔兰少数族裔以及其他少数族裔面临身份认同的困惑,随着他对种族问题认识的加深,他对少数族裔面临的身份危机逐渐有了从感性到理性的认识和理解。所以梦孩子阿布再也不是《渴》中的西印度混血水手和《加勒比斯之月》中的西印度黑人妇女,他是一个纯粹的非洲裔美国黑人,生活在美国白人主流话语霸权环境中的美国黑孩子,他不迷信自然,也不敬畏和轻易屈服于白人,他像我们所有人一样正常。路易斯·谢弗认为《梦孩子》是奥尼尔描写黑人的一大突破,与其说在艺术水准上的突破,还不如说是在种族伦理上的超越,因为奥尼尔在"美国史上第一次将黑人不是作为令人发笑的滑稽人物或情节剧的定性人物来描写,而是作为一个人,一个既好又坏、既强悍又软弱的人来表现"①。路易斯·谢弗的评价是准确的,梦孩子是一个有感情、有血有肉的、丰满的艺术角色。

  在主流文化的背景下少数族身上被牢牢地固置上一系列贬义的词汇,什么嗜血成性、缺少感情、没有责任意识,等等。长此以往,白人中心文化就是这样想当然地认识和理解黑人和其他少数族的。随着时间的推移那些冠以他们的特质,就会被一代一代地传播并逐渐被接受,少数族裔也会习惯这种附着在他们身上的表征,他们会变得集体无意识以致欣然地接受,白人文化中心也会产生集体无意识,对黑人形成习惯性认知:少数族都是劣等人种。奥尼尔的特殊种族身份使他对少数族裔的边缘身份倍加关注,他借助梦孩子阿布的行为颠覆白人文化中心对少数族的歪曲性书写。阿布在剧中被描写成是"一个英俊的黑人青年,体态匀称,皮肤是棕褐色"②。黑人在作家奥尼尔的笔下第一次翻身了,剧中的阿布高大潇洒、桀骜不驯、自信十足、目光有神、穿着别致,俨然一个帅气的男子汉,颠覆了西方观众大脑中多年积淀而成的黑人形象。阿布的出现颠覆了以

---

  ① 转引自汪义群:《奥尼尔研究》,上海:上海外语教育出版社,2006年,第130页。
  ② [美]尤金·奥尼尔:《奥尼尔文集》(第1卷),郭继德编,北京:人民文学出版社,2006年,第424页。

前文学作品中的黑人形象,也突破了自己在《渴》中对西印度群岛上那个混血水手的外貌描写。阿布的帅气英俊消解了白人文化历史上固化了的对黑人形象的用词习惯和叙事模式。

奥尼尔以前的作家大多都把黑人写成血腥的畜生、森林野人、邪恶的杀人犯等,只有1852年斯托夫人撰写的描写美国黑奴制度的小说《汤姆叔叔的小屋》歌颂了黑奴反抗白人奴隶主的精神,第一次把黑人汤姆叔叔写成身体强壮、乐于助人、做事认真的男人①,但是等到改写成剧本搬上舞台和银幕时,汤姆叔叔又被模式化地书写成:驯服的、温顺的、忠于主子的、没有思想的、完全依赖主人生活的黑奴。其实,前后两种截然相反的书写都是对黑人模式化的定义,汤姆叔叔就是汤姆叔叔,他也是一个有血有肉有灵魂的人,他可以快乐,也可以愤怒,他不是一个固定不移的雕塑。这样的描写是在以白人文化为中心的意识形态和价值取向的双重作用下白人作家对黑人的歪曲叙事。奥尼尔以前的作家、剧作家、制片人和导演等都是拥有绝对话语权且属于白人主流文化的主体,他们所面对的读者和观众也是中产阶级群体,所以他们把少数族黑人建构成主体的"另类"或"他者",要么是社会渣滓,要么是驯服的奴隶,再要么是一个老实巴交的大叔,都是白人相对于白人自己而建构的。白人把他们书写为另类或低等动物,然后又施以同情、可怜和宽恕,这样衬托之下白人就显得属于更高人一等的优秀人类,造成了典型的二元文化,即,"他者"与主流文化形成冲突和对抗的局面。

我们可以从奥尼尔对阿布的刻画看出他的民族情怀。他对白人文化中心的批判是基于沉默的人道主义的立场,他没有像后来的福克纳那样大声疾呼:"人类各种种族都必须平等而且是无条件平等,不论那个种族是什么肤色。"②作为福克纳前辈的奥尼尔,以沉默的态度,静静地在那里书写少数族裔的生活,他不愿意上升到种族主义的框架谈论,因为"挑起

---

① [美]斯托夫人:《汤姆叔叔的小屋》,李自修译,北京:中央编译出版社,2010年。
② [美]威廉·福克纳:《福克纳随笔》,詹姆斯·梅里韦瑟编,李文俊译,上海:上海译文出版社,2008年,第97页。

民族情绪"①的事情不是他的愿望。奥尼尔关注的是伦理道德的层面,而不仅仅是血统问题或民族问题。他同情黑人阿布,把他描写成一个"社会受害者"②,他认为阿布是被逼所为,他的行为完全是出于自卫反击。这样的描写改变了以往文学作品中对黑人行为的态度,奥尼尔从人伦道德角度而非法律角度对阿布事件进行了审判,解构中心文化对黑人一贯的篡改性叙事。剧中当西莉·安问梦孩子到底犯了什么事情时,梦孩子告诉她自己杀了一个白人,但是他完全是出于自我防护,那个白人在挑衅他、威胁他。奥尼尔描写的重点并不在这个杀人案件的本身,而在于揭示中心文化主体与边缘群体的伦理关系,从人道主义角度审视民族之间的冲突。剧中的阿布是边缘的"他者",族群的弱势地位和面临的生命危险使他不得不先下手。例如:

> 我用枪崩了他,用枪崩了他!……不管怎么说,这不是我的错,是他自找的。我跟他没啥过不去的。然而,他却放风说,他要找我算账,为了保住我的命,我不得不先下手了。我打死他是活该,你相信我吧。③

阿布是生活在白人文化中心的"另类",他并没有挑战白人中心文化,他知道黑人挑战主体文化意味着什么,他也清楚黑人一旦得罪了白人就要招来杀身之祸,但为了保住自己的性命,他被迫杀死了那个要他命的白人。张剑在研究列维纳斯的"他者"的他异性时指出,主体自我在面临"他者"时,"也会感到某种威胁,产生对'他者'进行收编、控制的行动"④,竭力对"他者"采取压制使其殖民化,有时为达到驯服的目的还会付诸暴力方式。阿布就是被驯服的对象,但白人主体在对作为"他者"的阿布进行

---

① [美]尤金·奥尼尔:《奥尼尔文集》(第 6 卷),郭继德编,北京:人民文学出版社,2006年,第 331 页。
② 汪义群:《奥尼尔研究》,上海:上海外语教育出版社,2006 年,第 130 页。
③ [美]尤金·奥尼尔:《奥尼尔文集》(第 1 卷),郭继德编,北京:人民文学出版社,2006年,第 424 页。
④ 张剑:《西方文论关键词:他者》,《外国文学》,2011 年第 1 期。

"招安"和"殖民化"的过程中,受到了来自阿布的威胁,白人主体扬言要找机会干掉阿布,消灭潜在的威胁。白人中心文化在对"他者""殖民化"的过程中,"他者"会逐渐变得"边缘化、属下化,失去话语权,产生自卑感"。① 但是,自卑感到了极限的"他者"就会产生性格变异,甚至心理裂变,以一种疯狂的暴力形式报复主体。阿布就是种族"他者"的典型事例,他的行为就是心理裂变的宣泄。奥尼尔认为阿布也是受害者,所以他的叙事是一种同情和关怀的伦理叙事,因为奥尼尔似乎更理解阿布的疯狂,因而剧中的阿布并没有对被杀的白人——那个疯狂行为背后的始作俑者——感到内疚和自责,相反,他告诉西莉·安那个白人咎由自取、死有余辜。这种描写一改过去那种对黑人杀死白人后心里极度紧张和内疚的模式化的写作。作者似乎有意让观众也产生同样的感觉,即,处于底层黑人的反抗属于不得不出手的自卫还击,应属于人之常情。奥尼尔的叙事模式就是对传统模式化叙事的解构。

张剑认为:"自我的建构依赖于对'他者'的否定。"②作为主体的白人要将自我建构为优秀的种族就得另外建构一个劣等的种族"他者",使自我和"他者"具有明显的修辞上的差异,白人自我可以成功地、稳定地显示其主体的优越性。鉴于此,黑人一贯被白人作家暴力地书写成不可信赖和毫无责任感的种族,这样的种族只能被管理、被控制、被训导、被教育,让他们"首先要配称得上"③做主流文化的"他者",否则就会对社会造成危害。奥尼尔笔下的阿布又如何呢?当病床上的桑德斯奶奶奄奄一息时,他不顾朋友的劝阻来到奶奶的床前:

> 我绝不从这逃走,来抓我吧?所有的伙计都劝我别冒这个险。说穿了,我是冒着生命危险来的。当时,我一听说是年迈的奶奶病危,想见我一面,我便自言自语地说:"梦孩子,你不管冒多大的风险

---

① 张剑:《西方文论关键词:他者》,《外国文学》,2011年第1期。
② 同上。
③ [美]威廉·福克纳:《福克纳随笔》,詹姆斯·梅里韦瑟编,李文俊译,上海:上海译文出版社,2008年,第113页。

也要实现老奶奶的意愿——否则,在今后的一生中再也别想交好运了。"我便高高兴兴地来了,不是吗?不管怎么说,世上没有人可以说梦孩子不是高高兴兴地来的。①

阿布杀了白人必然遭到警察的追捕,但是他能够冒着被抓的危险回来看望病入膏肓的桑德斯奶奶,这难道不能证明他的责任感吗?奥尼尔在剧中描写了阿布冒死回来与奶奶告别,这需要足够的勇气。阿布也清楚自己这样做就等于自投罗网,可是,他内心的善良和亲情驱使他来看望躺在病榻上的奶奶。这体现的是一种责任和承诺,一种对亲情的责任和对生命的承诺。阿布一再强调自己是"高高兴兴地来",这正是奥尼尔有意向观众示意,阿布不是被逼而来,没有任何人逼他,他听到奶奶病危的第一反应就是,即使被抓被杀也挡不住他来看奶奶的决心,推翻了白人话语中心一直以来对黑人没有责任感的定义。阿布的归来就推翻了白人中心文化宣扬的只有白人才有的责任感的体现,黑人阿布不但有责任,而且具有强烈的道德责任意识。他告诉奶奶:"为了你,我就是上刀山下火海也心甘情愿。"②眼看着外面的便衣警察一步步逼近阿布,女朋友艾琳劝他尽快从后院溜走,否则会立即被抓去坐牢或判处死刑,然而,阿布此时看着弥留之际的奶奶,告诉女友艾琳:"我不能溜之大吉——让奶奶独自留在这儿。"③奥尼尔通过阿布寥寥数句的对白,粉碎了固置在黑人身上的符号,消解了主体文化曾经对客体文化的歪曲构建,重写了黑人形象。

第三节 《琼斯皇》:种族悲剧的根源

如果说《渴》开启了奥尼尔对黑人少数族的探索,那么《梦孩子》将焦点集中在黑人的生活和黑人发出的声音上,非裔美国黑人站在舞台前成

---

① [美]尤金·奥尼尔:《奥尼尔文集》(第1卷),郭继德编,北京:人民文学出版社,2006年,第426页。
② 同上书,第428页。
③ 同上书,第431页。

为全剧情节的叙述者,这是一个革命性的转折,黑人虽然边缘化,但是总算走到了前台。《琼斯皇》(The Emperor Jones,1920)在《梦孩子》的基础上,塑造了一个霸气十足、骄矜蛮横的非裔美国黑人布鲁特斯·琼斯,迎来了美国戏剧发展的新阶段和创新期。《琼斯皇》自从问世就遭遇了来自不同方面的褒贬是非,欧美评论家对剧本大加褒奖,而非裔美国学者却仇视这个剧本。① 截然不同的理解和反应是由奥尼尔创作表现出的复杂的视野和剧中主人公的多面性导致的。

布鲁特斯·琼斯因杀人罪被判入狱,监禁期间由于难以忍受狱卒的折磨用铁锹杀死了一个白人狱卒,后来越狱潜逃至西印度的一座小岛上,为一个有些伦敦佬气派的商人斯密泽斯打工,随着时间的推移,他用从白人统治者那儿学到的狡猾手段,欺骗当地善良无知的土著,自立为皇,建立起独裁政权,并利用当地人的愚昧,把自己包装成刀枪不入的大神。有一次,一个试图暗杀他的土著人行刺未遂,他便乘机大肆渲染,说只有银子弹才能把他置于死地。琼斯的一系列所为就是在建构自己的身份,他想从种族的"他者"一跃而成为种族的自我。

剧中富有创新的元素是黑人琼斯具有双重身份:殖民者和受殖民者,在美国他被殖民,在西印度小岛上成为殖民者。奥尼尔向我们展示了琼斯如何成功地在自己身上建构殖民统治者的身份。琼斯对自我身份的成功建构倍感欣慰:"不出两年工夫就从偷渡的人做到皇帝,这很说明问题!"②在美国饱受白人的欺压,琼斯从统治者身上学会了权力游戏的规则,然后用在小岛土著黑人的身上。费朗茨·法农(Frantz Fanon)和阿尔伯特·梅米(Albert Memmi)认为,殖民群体由于长期忍受帝国主义者赋予他们劣等民族的伤害,就会通过认同中心文化的优秀特质寻找自尊,经常表现为"种族群体借以模仿压迫者的行为和方式

---

① Cigdem Usekes, *Racial Encounters and in the American Theatre*: *Whiteness and Eugene*, *Blackness and August Wilson*, Dissertation, University of North Dakota, 1999, p.49.
② [美]尤金·奥尼尔:《奥尼尔文集》(第2卷),郭继德编,北京:人民文学出版社,2006年,第166页。

来消除自己身上的种族特征"①。琼斯不到两年工夫就建构了自己新的身份特质,目的就是要快速擦除自己身上的黑人符号。

那些被定义成的"劣等种族"开始并不愿意接受他们被书写成"下等人群",他们认为自己与"优秀的种族"生活在同样的环境中,享有同样的生活信条和价值取向,他们甚至认为自己已经全面地接受了定义他们身份的主流文化中心的价值体系,与主流文化没有区别的外部标识。这样导致的是一种种族"疏离"(alienation)现象,官方文献美其名曰"同化"(assimilation)现象。布鲁特斯·琼斯的心理和行为非常符合法农的同化理论所表现的现象。琼斯吸纳了殖民者的价值观和统治策略,扮演了殖民的角色;同时,他剥削和奴役了自己的族群,必然要与自己的非裔黑人种族产生疏离。琼斯通过白人惯用的强加税收和使用其他各种伎俩搜刮土著黑人的财物,"压榨干了"②土著人的血汗。皮特·赛兹(Peter Saiz)指出,琼斯的悲剧"在于他认同白人的统治方式,并用这种方式统治自己的种群。琼斯完全有潜力成为一个黑人解放领袖,但最后却沦为奴役者"③。琼斯为钱出卖了灵魂,他没有为自己和同类脱离殖民统治获得自由而斗争,相反,他又奴役了岛上那些无辜的土著黑人。

为了成功地制服岛上的土著黑人,琼斯效仿了白人推行殖民化过程中的潜规则。琼斯主动与白人中心文化接触、模仿和融合,潜移默化地吸纳和内化"白色文化"的元素,这种模仿和接纳的过程本身就是对"黑色文化"④的玷污、污蔑和破坏,他不可能去尊重自己统治的土著黑人,他以白

---

① Frantz Fanon, *Toward the African Revolution*, trans. Haakon Chevalier, New York: Grove, 1968, p.38.

② [美]尤金·奥尼尔:《奥尼尔文集》(第2卷),郭继德编,北京:人民文学出版社,2006年,第167页。

③ Peter Saiz, "The Colonial Story in *Emperor Jones*", *The Eugene O'Neill Review*, 17. 1-2 (Spring-Fall 1993).

④ 本书用"白色文化"指被殖民文化话语所定义的白人中心优秀文化,"黑人文化"指被殖民者话语定义为非裔黑人群体所代表的落后的、野蛮的文化现象。

人的话语把自己的同类贬低为"傻黑鬼""贱人""臭垃圾"①等来彰显自己与他们的不同,建构自己优秀种族的身份认同。琼斯的大脑里摄入了大量欧美文化中殖民者的种族伦理价值观,他对西印度小岛上的黑人进行殖民化的理念就是西方白人对非洲殖民化理念的翻版。法农认为:

> 对于殖民者而言,广袤的大陆可见的是野蛮人,到处充斥着迷信和狂热的迹象,这里注定被人类轻视,被上帝诅咒,这里就是食人族区域。②

琼斯的内心深处坚定不移地认为西印度岛屿上的土著人就是低贱的、劣等的、未开化的种族,他们理所应当地受虐待、被奴役,他借此话语洗白自己非裔黑人劣等民族的身份。阿尔伯特·梅米在其著作《殖民者与受殖民者》(*The Colonizer and Colonized*, 1965)清楚地解释了白人殖民者心照不宣的秘密:

> 殖民者总是拒绝承认受殖民者的存在与他们息息相关……虽然他们意识到殖民者和受殖民者之间处于一种不公正的关系系统中,但他们一定会千方百计免除自己的责任。他们从来不忘在公共场合表现自己高尚品德,总是以一种英雄传奇的和崇高救世的面目出现,与此同时,他们的白人特权和荣耀感随着对殖民地人民的贬低而不断攀升,他们因此会变本加厉地恶化受殖民者的身份,用最黑的颜色词书写他们。③

琼斯为了生存以及实现其对小岛土著人殖民化,他把自己与自己统治的对象截然区分开来。如此便不难理解剧中琼斯努力淡化他对土著黑

---

① [美]尤金·奥尼尔:《奥尼尔文集》(第2卷),郭继德编,北京:人民文学出版社,2006年,第165—169页。
② Frantz Fanon, *The Wretched of the Earth*, Trans. by Constance Farrington, New York: Grove, 1968, p.211.
③ Albert Memmi, *The Colonizer and Colonized*, New York: Orion, 1965, p.54.

人潜在的认同感,而强调差异的行为。他告诉斯密泽斯:"斗大字不识一个的黑鬼岂可能抓获伟大的布鲁克斯·琼斯?"①琼斯认为自己文明的本性和高智商的头脑都使自己称得上与白人一样优秀。他说自己有思想有教养,"不像这儿的黑鬼那样无知"②。琼斯心里确信他有权力有资格殖民这些土著愚民,因为他就是享有文明和智慧的"白人化"的殖民者,他已经把自己认同为白色文化和白色文明的一分子。奥尼尔戏剧表现形式的独特性在此显而易见,他选择的主人公是一个地地道道的非裔美国黑人,而不是白人殖民者;让琼斯充分展示自己,给他足够的话语时空;使琼斯在皇帝和黑奴两种身份间不断转换;使非洲的森林和鼓声等元素不断转换。所有这些表现主义的手段都是为其伦理叙事做铺垫的。黑人琼斯即使当上皇帝也是黑人,他不可能彻底摆脱非裔文化的身份认同;他控制了话语权也是暂时的,是白人文化暂时留下的作为娱乐的空间;永久的是,他将一直承受两种文化认同的折磨,陷入极度的恐慌和紧张的状态。奥尼尔独特的叙事手段揭示了种族伦理的本质,黑人琼斯歧视同种族的心理导致他向自认为已经融入的白人中心文化趋同而疏离非裔黑人祖先文化,因此也为自己埋下了悲剧的种子。

琼斯身上体现了奥尼尔对殖民化和资本主义的强烈批判。埃德温·恩格尔(Edwin Engel)认为琼斯就是"美国白人物质主义的化身"③。在剧中,琼斯指责斯密泽斯:

> 我不是皇帝吗?法不上皇帝……世上有你那种小偷小摸,也有这样的大搂大抢。小偷小摸早晚得让你锒铛入狱。大搂大抢他们就封你当皇上,等你一咽气,他们还会把你放在名人堂里。要是我在火车卧车厢里干了十年,从那些白人的高谈阔论学到了什么,这就是我

---

① [美]尤金·奥尼尔:《奥尼尔文集》(第2卷),郭继德编,北京:人民文学出版社,2006年,第173页。
② 同上书,第183页。
③ Edwin Engel A., *The Haunted Heroes of Eugene O'Neill*, Cambridge, Mass.: Harvard UP, 1953, p.50.

学到的东西。一旦我得到机会运用它,两年之内我就当上皇上。①

琼斯对斯密泽斯的讽刺性建议充分显示他已经具有或超越白人的特质,这些都是他从美国上层社会的白人商人身上学来的,他也乐于接受白人所谓的优秀元素。这是奥尼尔对白人殖民者种族伦理的反拨。琼斯对斯密泽斯的说话语气很不满,而且告诫他在自己面前不能放肆:"告诉你,礼貌点,白人!"②托马斯·帕雷(Thomas Pawley)认为琼斯对斯密泽斯的轻蔑完全是琼斯被美国中产阶级价值取向同化的结果,在此价值取向下斯密泽斯不过是"社会渣滓"(trash)而已。③

在第一幕的结尾,琼斯得知土著黑人要造反推翻自己的统治,他选择离开自己的皇宫逃到安全的地方。他的征途从表面上看是岛屿的对岸,而实际上是心理的彼岸:琼斯的下意识在寻找种族自我和身份归宿。虽然琼斯没有否认他的黑色文化基因,但是他用白人的方法成功地窃取物质财富,征服土著黑人。他丢失了黑人的自然身份,戴上了代表着白人的奸诈的、邪恶的和富有侵略欲的白面具。生活在面具之下的琼斯困于意识和潜意识的矛盾之中,意识中的土皇帝身份和潜意识下的黑奴渊源折磨着他的精神。剧中奥尼尔用一系列象征手法表现了琼斯被夹在黑皮肤和白面具两种身份之间的紧张状态,映射出琼斯面具下孤独和痛苦的内心世界。

琼斯为了其目的,他抛弃了刻在自己身上的黑人文化符号,用白人的价值面具包装了自身。然而在逃离的途中,他的潜意识把他拉回到了赤裸裸的"本我"状态。主要表现在两个方面:一是在逃亡途中,他一次次脱掉了身上的衣服,先是扔掉帽子,接着是外套,再接着扔掉了上衣和鞋子,最后全身上下剩下的只有一块"已经破的不成样子"的、比"一块布强不了

---

① [美]尤金·奥尼尔:《奥尼尔文集》(第 2 卷),郭继德编,北京:人民文学出版社,2006年,第 167 页。
② 同上书,第 166 页。
③ Thomas D. Pawley,"The Black World of Eugene O'Neill", in Haiping Liu and Lowell Swortzell, eds. *Eugene O'Neill in China*, New York: Greenwood, 1992, p.144.

多少"①的裤子。琼斯近乎赤裸的身体,像极了非洲土著部落里的居民。奥尼尔通过琼斯将衣服一件件剥落的细节,表现琼斯本我的回归。二是琼斯脑海里不断出现的幻觉。例如,琼斯回到了"黑奴拍卖场"(auction block)②,白人种植园主把黑奴当作牲口一样讨价还价,他自己身强体壮,成了种植园主交易的头主;琼斯回到了中途航道(Middle Passage)③,他和无数的黑人坐在同一条贩奴船上,大家裸着身体,面面相觑,随着波涛摇晃中,发出痛苦又凄凉的号啕;琼斯又看到了那个全身赤裸、身体涂成红色的"刚果巫医"(Congo witch-doctor)④在他面前的祭坛上踏着古怪腾跃的步子,他被吓瘫了;他最后撞上的是巫医从河里呼唤而至的鳄鱼神(Crocodile God)⑤,琼斯被鳄鱼神闪着绿光的眼睛逼得惊慌失措,吓得声嘶力竭。奥尼尔借助对幻觉细致入微的描述,表达了琼斯潜意识的一系列反应,琼斯永远无法摆脱祖先遗传给他的黑人文化基因和黑人身份认同。

作者奥尼尔对种族问题的理解非常深刻,他并不像我们普通读者和观众想象的那样,只要把琼斯驱赶到原始的森林找到自己的归宿便足矣。他要通过琼斯刻画一个真实的具有殖民者和受殖民者双重身份的丰满的人物形象。琼斯逃到黑暗的森林后,他潜意识的黑人身份找到归宿,但那只是潜意识的暂时认同罢了。他的意识和潜意识在不断地斗争中,他的意识里依然认同于他给自己建构起来的白人文化身份,所以他的意识不停地在对抗着潜意识的活动。他不喜欢象征着黑人家园的森林,他感到"森林筑成一面黑糊糊的暗墙,树叶沙沙声,夜晚森林使人毛骨悚然"⑥。琼斯虽然提前为撤离做了很好的准备,但是他在黑色的森林里迷路了。

---

① [美]尤金·奥尼尔:《奥尼尔文集》(第 2 卷),郭继德编,北京:人民文学出版社,2006 年,第 187 页。
② 同上书,第 186 页。
③ 同上书,第 187—188 页。
④ 同上书,第 189 页。
⑤ 同上书,第 189—190 页。
⑥ 同上书,第 177 页。

被白人文化同化的琼斯,他的价值理念已经植入了白人的理智、个性和独立思考的特征,失去了黑人非理性的、梦幻式的和迷信的身份特质,所以正如加布瑞利·普勒(Gabriele Poole)所言,琼斯走不出森林是因为他已经不具备对抗外族文化传统的武器了,因为"森林的黑色世界是无序的,并非按照琼斯所熟悉的理性规则勾画出来的和写在纸上的"①。被白人文化同化了的琼斯自然无法理解和对付非理性的东西,说明他已经与黑人文化身份彻底疏离了。

琼斯的心理追索以流产告终。卢比·康恩(Ruby Cohn)认为本剧是"布鲁特斯·琼斯从假构的白人文化的表到本真黑人文化的根的旅程"②,但是这次旅程以最后的死亡宣告失败。直到他被自己统治的土著杀死的那一刻,琼斯依然没有正确的自我认识和身份认同,这也是奥尼尔通过琼斯的悲剧所要表现的种族伦理思想,即,没有身份认同的民族或族裔群体必将沦为无家可归的流浪者。例如:在第七幕,奥尼尔在剧景中写道:

> 他好像顺从内心某种朦胧的冲动,虔诚地在祭坛前慢慢跪下来。接着,他好像半清醒过来,不太理解自己在干什么,因为他挺直身子,恐惧地向四周望去。③

虽然琼斯在森林里有所悔悟,似乎听到神对他的呼唤,他一时间沉浸和投入在非洲巫医的节庆狂舞之中,这种舞蹈已经"渗入了他的体内,成为他自己的精神"④。但是因为惧怕自己成为鳄鱼神的祭品,他本能的求生意识战胜了潜意识里刚刚获得的那一丝身份的回归,他用银子弹打死了非洲世世代代崇拜的鳄鱼神,鳄鱼神的死亡消灭了他回归心灵家园的

---

① Gabriele Poole, "Blasted Niggers: *The Emperor Jones* and the Modernism's Encounter with Africa", *The Eugene O'Neill Review*, 1994, 17.1—2 (Spring-Fall).
② Ruby Cohn, *Dialogue in American Drama*, Bloomington: Indiana UP, 1971, p.13.
③ [美]尤金·奥尼尔:《奥尼尔文集》(第2卷),郭继德编,北京:人民文学出版社,2006年,第188页。
④ 同上书,第189页。

希望。琼斯无法认同代表非裔黑人历史和文化的元素,每次在他对原文化稍有一点儿感觉的时候,他心里代表着西方暴力侵略和西方物质文明的枪弹便把他们和自己分离。剧作最后琼斯无法应对自己的过去,他不知自己的真实归属在哪里,他甚至不知自己是谁,琼斯完全成为一个精神和肉体都无家可归的人。

琼斯的悲剧既是因为他是被白人迫害的黑人,也是因为他到死都没有认识自我,同时也使他成了奴役和压迫其民族的白人社会经济体制的傀儡。他希望转变自己的悲惨命运,于是便与白人同化,奴役和折磨西印度岛上的同族,致使自己与同类的距离越来越远。其实,他自认为认同他的白人中心文化并没有真正地认同他,自称为他的朋友和后来作为部下的白人斯密泽斯在岛上的土著人准备革命的时候表现得兴高采烈:"这个死黑子!我想看看他怎么死。"①他不仅是骂骂咧咧,最后他也加入了追捕琼斯的黑人队伍。那么他统治的土著黑人如何呢?他们开始由于被琼斯欺骗而崇拜他,后来又因忍受不了残酷的压迫,想推翻他,最后他们杀死了他。这就说明,黑人也把他作为异类。这样一来,他成为自己认同的白人文化的"他者",也成为黑人文化的"他者","他者"的"他者"。

奥尼尔作为美籍爱尔兰人,对于民族问题认识深刻,他非常同情黑人琼斯的命运和悲惨结局,同时,他也想通过琼斯的悲剧告诫少数族裔,千万不要忘记了自己的民族文化和身份认同,要改变种族"他者"的命运不能通过与主流文化中心同化或"模拟"他们的文化行为来获得话语权力和身份认同,这样最后只能导致完全失去自我。奥尼尔通过琼斯给少数族的另一个教训是:任何疏离自己民族或种族文化的人和行为只能走向失败和灭亡,少数族需要摘下假面具,露出真皮肤,对自己种族的文化历史充满自信,要与自己的种族并肩作战,摧毁殖民话语中心为体现本族人高人一等的姿态而建构种族"他者"的伎俩,重新书写平等和谐的种族关系。

---

① [美]尤金·奥尼尔:《奥尼尔文集》(第 2 卷),郭继德编,北京:人民文学出版社,2006年,第 164 页。

第四节 《上帝的儿女都有翅膀》：吉姆梦想的破灭

《上帝的儿女都有翅膀》(All God's Chillun Got Wings, 1923)的上演在美国观众中引起极大的反响：舞台上一个黑人竟敢亲吻白人妇女的手,这种越过雷池的行为纯属挑战上帝的耐心。美国学者弗吉尼亚·弗洛伊德(Virginia Floyd)描述了当时对奥尼尔和他的《上帝的儿女都有翅膀》的抵制情绪："一战后第二个'三K党'①成立了,到20年代中期在美国从南到北蔓延开来。在戏剧的排练阶段,这个党和其它种族群体的四五百万人威胁要借助暴力阻止这部剧的制作。"②针对种族分子的恶意挑衅,奥尼尔公开表达了自己的看法来淡化剧中的种族元素："至于剧本本身,任何读过的人,只要有头脑,都知道它从来就不是一个关于'种族问题'的剧本。它的旨意只在于反映一些个人的特殊生活。它基本上是写两个主要人物,以及他们为取得幸福所做的努力。"③尽管作者由于种种原因不得不回避剧本是关于种族问题的戏剧,但剧本确确实实就是一出反映种族问题的作品。作品聚焦于一位美国黑人男子想通过与白人女子结合和成为一名律师两条途径来寻求实现自己成为美国白人社会一分子的梦想。

就像前面章节中提到的,正如女性是男性根据自己的需要构建起来的,那么种族的优劣也不是与生俱来的,是白人中心文化为了拥有自我的永久的话语霸权对少数族进行定义的。少数族必须被建构成种族"他者"才能证明白人种族自我优秀特质的存在和永恒。剧本开始的第一幕第一场奥尼尔就安排一群孩子出场,他们在一块玩耍嬉戏,没有性别差异和种

---

① 三K源于希腊文Ku Klux Klan的首字母缩写。三K党是美国历史上奉行白人至上主义运动和基督教恐怖主义的民间团体,也是美国种族主义代表性组织。

② Virginia Floyd, The Plays of Eugene O'Neill: New Assessment, New York: Ungar, 1985, p.257.

③ Arthur and Barbara Gelb, O'Neill, New York: Harper and Row Publisher, 1973, pp.549—551. 参见尤金·奥尼尔:《奥尼尔文集》(第6卷),郭继德编,北京:人民文学出版社,2006年,第331页。

族分歧。奥尼尔用幼小孩子的种族观念为全剧的发展做了铺垫,与他们长大成人后的种族思想形成鲜明对比,从而显示种族伦理观念是受社会影响而形成的,是被建构起来的,非自然生物性的产物。我们从孩子的对白中可以看出,成人社会里种族歧视的种子早就播进了孩子们幼小的思维里。白人孩子称呼吉姆为"黑鬼""黑乌鸦""巧克力""雪茄烟"等。① 这些绰号没有太多的恶意,只是建立在孩子所看到的肤色差异而给予的形象称谓而已,但是潜移默化地受大人对种族的看法,他们的言语中或多或少地已经包含有一种建构种族"他者"的话语雏形,这些简单的意识会随着他们年龄的增长而逐步显现并复杂化。

汪义群等很多学者认为年幼的孩子们之间是"天真无邪"②的,没有受到成人社会里种族歧视的影响,他们之间没有隔阂,他们之间是"纯洁的友谊"③关系。持这种观点的根据就是,白人女孩艾拉和黑孩子吉姆之间亲密无间、两小无猜,相互向对方倾吐了自然纯洁的爱情。笔者不赞同这样的看法。尽管艾拉告诉吉姆:"我喜欢做黑人。那咱俩交换一下吧。我愿意做黑人。(拍手)天哪,假使咱们能交换一下,真是太有意思了!"④从表面上看,艾拉确实没有任何种族歧视的概念,她甚至认为黑皮肤更美。但是,细读台词便可以看出一些端倪:

  吉姆:只要有我在身边,你永远也用不着害怕,脂粉脸。
  艾拉:别叫我这个名字,吉姆——好嘛!
  吉姆(后悔地)我没有坏意。我原来不知道你不喜欢这个名字。

---

 ① [美]尤金·奥尼尔:《奥尼尔文集》(第 2 卷),郭继德编,北京:人民文学出版社,2006 年,第 514 页。
 ② 汪义群:《奥尼尔研究》,上海:上海外语教育出版社,2006 年,第 150 页。
 ③ 杜学霞:《〈上帝的儿女都有翅膀〉的后殖民主义思考》,《韶关学院学报》,2010 年第 4 期。
 ④ [美]尤金·奥尼尔:《奥尼尔文集》(第 2 卷),郭继德编,北京:人民文学出版社,2006 年,第 515 页。

艾拉：是的——我最不喜欢让人叫我这个了。①

　　这时我们会发现，艾拉想成为黑人是因为不喜欢大家叫她的绰号"脂粉脸"（Painty Face），这是一种孩子式的躲避。根据心理学，绰号是孩子之间的一种语言攻击，它与愤怒、骂人、咬人等行为一样，经常构成孩子之间的挑衅行为。② 艾拉遭到其他孩子叫她绰号的人身攻击，因为英语 painty face 指的是化妆非常浓重的，看上去有点脏乎乎的样子。美丽的白人女孩艾拉自然不喜欢这个绰号了，可是又没有办法阻止他们，所以当吉姆谈到她的绰号时，她说："我讨厌它！但愿我能像你一样黑。"③ 如果此时是一个黄孩子帮助她，她也会说：但愿我能像你一样黄。所以孩子的心里已经有了种族"他者"的概念，只是还没有付诸行为，因为他们种族歧视的意识还不够强，同时他们也没有能力付诸行为罢了。

　　童年的吉姆就偏爱白人文化，他对白人女孩艾拉的爱怜就是钟爱白人文化的表现。苏珊·塔克（Susan Tuck）注意到，吉姆从小就患有一种"恋白癖"（White Envy），他对艾拉钟爱的深层原因是因为艾拉的脸色"白里透红"④，在他看来这是美丽和纯洁的象征。黑孩子吉姆为了变白，不惜忍受痛苦喝白粉子水："艾拉，你知道吗？打替你背书包上学和放学以来，我每天喝三次白粉子水。一个叫汤姆的理发师告诉我，只要喝够一定的次数，我就会变白。我看起来白了一些了吗？"⑤ 随着剧情的发展，吉姆对艾拉和她身上包含的白色元素的笃爱更加强烈。

　　梅米和法农的理论可以很好地解释吉姆恋白癖的病因。因为自我和

---

① ［美］尤金·奥尼尔：《奥尼尔文集》（第 2 卷），郭继德编，北京：人民文学出版社，2006年，第 515 页。
② 参见《儿童心理学科普：儿童的攻击行为》，www.minifashion.cn.
③ ［美］尤金·奥尼尔：《奥尼尔文集》（第 2 卷），郭继德编，北京：人民文学出版社，2006年，第 515 页。
④ Susan Tuck, "White Dreams, Black Nightmares: *All God's Chillun Got Wings and Light in August*", *The Eugene O'Neill Newsletter*, 12. 1 (Spring 1988).
⑤ ［美］尤金·奥尼尔：《奥尼尔文集》（第 2 卷），郭继德编，北京：人民文学出版社，2006年，第 515 页。

自我文化都被殖民者踩在脚下,受殖民者起初通过排斥自我和自我文化来抵制殖民活动,以此来建构殖民者之于受殖民者的优越和权威。梅米说:"受殖民者的第一夙愿就是获得自我缺乏的那些表现在崇高的殖民者身上的优秀特质。"①根据梅米的理论,被压迫的族群意识到只有背弃自己的文化身份,才可以生存。所以"受殖民者首先改变自我生存条件的尝试就是改变自我的肤色……白人殖民者从来也没有身体缺陷的痛苦,而且享有人权,拥有财产,名利双收"②。吉姆从小就看到了白人中心文化享有的无数的优越性,他向往这样的存在,致使自己患上了恋白癖。然而在盲目追求白人文化身份认同的过程中,受殖民者到头来失去了自我,处于身份认同的危机之中。吉姆·哈里斯就是其中的代表,他疏离自我文化身份和种族身份认同,千方百计地用白人的文化元素塑造自己。

吉姆的恋白癖决定了他寻求满足的方式。第一种办法就是用心去赢得艾拉的爱情。根据梅米,种族之间的结合是同化的最"极端的表达方式"③。法农也指出黑人男子与白人妇女的爱是洗白黑人身份的途径之一,他用美丽的语言描述了婚姻结合如何能够洗白黑人男子的身份:

> 你爱我会发现我值得你爱,就像你在爱恋一位白人男子。
> 我就是白人男子……我与白人文化结合,与白人美女结合,和白色的一切结合。
> 当我的不安的手抚摸你的白色的乳房的时候,我的双手抓住了白人的文明和尊严,把他们变成我的。④

吉姆恋白癖的第二种表现形式就是他能够走进白人认为有身份的职业,能在白人社会飞黄腾达。他一直刻苦努力学习,希望中学毕业后考取

---

① Albert Memmi, *The Colonizer and Colonized*, New York: Orion, 1965, p. 120.
② Ibid.
③ Ibid., p. 121.
④ Frantz Fanon, *Black Skin, White Masks*, trans. by Charles Lam Markmann, New York: Grove, 1967, p. 63.

第四章 奥尼尔的种族伦理:建构和睦的种族关系　　165

律师证书成为一名受人尊敬的律师。在《时代的写照:奥尼尔剧作研究》一书中,奥尼尔研究专家特拉维斯·博加德指出:"通过律师考试对吉姆而言就是获得了擦除黑人种族特征的通行证。"①

吉姆通过以上两条途径剥去种族特征的梦想永远也实现不了,吉姆的悲剧是注定的。首先,吉姆对黑人身份的厌恶如此强烈,他想通过与艾拉的婚姻使自己彻底去除黑人的种族符号,并能得到白人社会的文化身份认同。九年之后的艾拉再也不是一个友好的白人姑娘,她怀有强烈的种族优越感,对儿时挚友吉姆的一句问好都还以尖刻的辱骂:"在我这个圈子里,我有许多朋友。(恼火地)你让我讨厌!你滚吧!"②戏剧从第一幕到第二幕悄然过渡的线索就是艾拉不断种族化(racialization)的发展过程。同时,我们也可以看出种族化的本质是后天逐渐形成的,非自然存在的。

吉姆后来得到了艾拉所谓的爱情,他的黑皮肤似乎可以彻底洗白了。在他们结合之前,艾拉与白人混混米基鬼混在一起,后遭到米基抛弃,艾拉几乎走投无路,就要被矮子卖做妓女时,唯一能帮助她的就是处于种族边缘的吉姆。艾拉认为吉姆才是"世界上独一无二的白人(whitest white),心地善良的白人"③,比那些白皮肤黑心肠的混混好多了。她因此接受了吉姆的爱情。艾拉的应诺让吉姆诚惶诚恐,他日思夜想转换身份的梦想成真了。他要以实际行动证明艾拉对他的判断是准确的:他是最白的白人,最善良的白人。读者稍作思考就可以发现,艾拉对吉姆的价值判断是建立在黑白概念的认知之上的,"黑"代表着野蛮和邪恶,"白"代表着纯洁和善良。尽管艾拉重新评价了吉姆,但是她的评价没有脱掉肤色的隐喻内涵。

---

① Travis Bogard, *Contour in Time: The Plays of Eugene O'Neill*, New York: Oxford University Press,1972,p.196.

② [美]尤金·奥尼尔:《奥尼尔文集》(第2卷),郭继德编,北京:人民文学出版社,2006年,第522页。

③ 同上书,第527页。

吉姆和艾拉的婚姻并不浪漫,婚姻基础也不牢固,艾拉的"我爱你比对世界上的任何一个人都爱得深"足以打动了吉姆黑色皮肤下自卑的心灵:"这就足够了,我还没敢想那么多。"①吉姆对艾拉的应允受宠若惊,他认为白人艾拉的允诺对黑人男孩而言是世界上最奢侈的礼物,吉姆认为只要自己能够得到艾拉就是几辈子修来的福,至于拥有优秀种族血统的艾拉是否爱他或对他的爱有所回报或能否成为他真正的妻子,他根本不敢有此奢望。他对艾拉的一段表白发人深省:

> 我不能求你爱我——我不敢这么设想!我什么也不需要——只是等待——明白你爱我——能靠近你——不让人伤害你——来弥补过去——永远再也不让你受苦——伺候你——像一条爱你的狗一样卧在你的脚边——像护士一样跪在你床边看看你睡觉——献出我的一生、鲜血和全部精力,以使您得到平静和欢乐——变成您的奴隶!——是呀,做您的奴仆——您的黑人奴仆,把您当做神仙来顶礼膜拜!(他跪倒在地上,心情激动地进行自我表白,说到最后时朝石头上碰自己头。)②

奥尼尔向读者展示了男主人公深度的自卑心理,这不是个人的自卑,这是少数族裔共同的心理表现。他以奴隶向主人承诺忠诚的方式对艾拉表白自己的爱情,这种求爱语言和行为表现了吉姆与艾拉的不平等地位,说明由于所受社会教育和生活环境的不同,种族之间的平等只是理想的乌托邦,种族间的爱情更是乌托邦的乌托邦。比基斯彼(C. W. E. Bigsby)的说法一针见血:"肤色的神话威力巨大,在优秀种族的白人面前他无可奈何,只能内化人家的价值观念并下意识地笑纳人家对他的缺陷的斥责。"③

---

① [美]尤金·奥尼尔:《奥尼尔文集》(第 2 卷),郭继德编,北京:人民文学出版社,2006年,第 530 页。
② 同上书,第 531 页。
③ C. W. E. Bigsby, *A Critical Introduction of Twentieth-Century American Drama. 1900—1940*, Vol. 1, Cambridge: Cambridge UP, 1982, p.58.

吉姆对艾拉的爱情使他的恋白癖能够得以满足,身份得以转换,暂时走出身份困境。然而,他没有意识到的是,自己只是戴上了白面具而已。吉姆努力让母亲和姐姐相信艾拉对自己是有爱的,否则她为什么忍受着种族羞辱的痛苦与自己生活在一起。艾拉忍受痛苦是绝对的,但并不能证明她深爱吉姆。埃德温·恩格尔认为"艾拉的痛苦显而易见,但是对吉姆的爱却不明显"①。艾拉与吉姆的结合出于无路可走,而不是出于爱情。当吉姆和艾拉从法国回到吉姆的家时,艾拉白人优越的本性暴露无遗。艾拉见到吉姆的姐姐海蒂时,她骨子里的白人至上感失控了,她不能容忍海蒂的黑人种族自豪感超越自己白人优秀的种族优势。她用挑衅和轻视的语言刺激海蒂:"你在哪儿读书? 我猜,是在一所黑人学校吧。"②她白人种族的优越感岂容她心中这个"野蛮种族"的女儿拥有文化。艾拉更不能忍受的是海蒂送给他们俩结婚的礼物——刚果面具。在艾拉的眼里,面具"丑陋不堪,傻乎乎的"③,代表着邪恶和丑陋。而实际上,这个面具给她带来威胁,让她心里恐惧,因为她的白人优秀特质受到了象征非洲传统文化的面具的挑战。弗吉尼亚·弗洛伊德指出:"面具等于黑人的权力,这种力量威胁着白人的优越感和白人的生活方式。"④如果艾拉喜欢面具,或承认面具之美,就等于接受了黑色文化,承认黑色文化与白色文化的平等融合。在剧尾,艾拉越来越憎恨黑色皮肤和黑色面具,最后她终于用一把锋利的匕首刺穿了象征非洲黑人文化的面具,让白人中心文化在吉姆的家里成为不可挑战的权威。

吉姆一直有一个梦想,吉姆希望全世界各民族都是平等的,没有种族差异,白人、黑人,以及其他各民族群体都是上帝的子民,生活在同一个星

---

① Edwin Engel A, *The Haunted Heroes of Eugene O'Neill*, Cambridge, Mass.: Harvard UP, 1953, p. 123.
② [美]尤金·奥尼尔:《奥尼尔文集》(第 2 卷),郭继德编,北京:人民文学出版社,2006 年,第 540 页。
③ 同上书,第 541 页。
④ Virginia Floyd, *The Plays of Eugene O'Neill: New Assessment*, New York: Ungar, 1985, p. 266.

球上,同样受到上帝的关爱。他说:

> 我们都一样——同样正直——有同一个苍天——同一个太阳——同一个上帝——乘船度过大洋——到世界的那一端——耶稣出生的地方——尊重人类灵魂的地方——跨过大海——海水也是蓝色的——①

这只是吉姆的梦想,其实他自己心里也非常明白没有这样的世外桃源。若是他的内心真正认同种族平等,他便不会从小就讨好地向白人靠拢。戏剧的最后一幕中,开始患上神经错乱的艾拉不停地咒骂"邋遢的黑鬼"②,而且准备偷偷杀死丈夫吉姆。艾拉这种反应完全是潜意识的发泄,是白人种族主义者最真实的自我心理表现,说明她是不能忍受黑人少数族裔的存在的,至少在她的生活圈子里不能出现,她要让吉姆永远成为她的"他者"。

吉姆的恋白癖驱动着他拼命学习,从而加入代表白人中产阶级地位的律师队伍。法农认为,殖民主义者不仅掠夺殖民地人民的资源,他们给受殖民者制造了难于愈合的精神伤疤,殖民地人民由此一代又一代人背上了野蛮、低等种族的符号。③ 为了能在主流社会获得身份认同,甩掉父辈遗传给他们的二等公民的身份和白人赋予他们身体上的贬义词,他们就会像吉姆一样努力拼搏跻身于白人社会,给自己戴上"白面具"遮挡住"黑皮肤",使"自己的个性完全白人化,成为一个戴着白面具的黑人"④。

吉姆的第二条道路也注定要失败,因为凝结在他身体里的自卑情结阻挡他前进的步伐。法农认为黑人的"人格是撕裂的,因为当黑人面临着

---

① [美]尤金·奥尼尔:《奥尼尔文集》(第 2 卷),郭继德编,北京:人民文学出版社,2006 年,第 533 页。

② 同上书,第 548 页。

③ Frantz Fanon, *Black Skin, White Masks*, Trans. by Charles Lam Markmann, New York: Grove, 1967, pp. 15—50.

④ 参见翟晶:《边缘世界:霍米巴巴后殖民理论研究》,北京:文化艺术出版社,2013 年,第 24 页。

白人的世界时,他的身体结构(肤色)就显示出了脆弱性"①,在白人面前顿时变得不堪一击。吉姆也怨恨自己无能:"我真想揍自己一顿,让这一带的人都看到。"②其实这不是吉姆的个人问题,是种族歧视下黑人共同面对的心理问题,他们恋白,同时又惧白,这是他们在白人社会的集体无意识的表现。吉姆身份的"不确定性"让他自卑、焦虑、彷徨,这样的黑人心理反应必然妨碍他考试的正常发挥,他虽然知道所有的答案,但每每开始作答大脑就一片空白:

> 我敢说,我懂的知识比我班里的任何一个同学都多。我学习比谁都努力,自然应当如此。我在拼命地用功。什么都刻在了我的脑子里——背得滚瓜烂熟,一字不差。然而,每当叫到我时——我站起来——所有白人的面孔都看着我——我觉察到了他们的目光——我听到自己的声音滑稽可笑,便战栗起来——突然我脑子里成了一盆浆糊——什么也记不得了——我听得出自己说话结结巴巴——拉倒吧——坐下……③

吉姆一直想考取律师资格证书,获得白人中心社会最有价值的符号。这种通行证对黑人吉姆而言永远是个美梦。除了他的自卑情结阻挠他外,他所处的社会体制和他内化了的种族伦理都会阻止他前进的步伐。白人混混米基对吉姆的侮辱之言就是白人社会对黑人的整体态度,也回答了吉姆为何只能望着律师资格证书而兴叹:

> 你的问题是自己太翘尾巴了,这就出了毛病!要守本分,明白嘛!你老爹干运输发了财,你想用金钱把你变成白人——毕业后去学法律,我的上帝呀!……很多人不都是跟乔和其他人一起在这个

---

① 参见翟晶:《边缘世界:霍米巴巴后殖民理论研究》,北京:文化艺术出版社,2013年,第24页。
② [美]尤金·奥尼尔:《奥尼尔文集》(第2卷),郭继德编,北京:人民文学出版社,2006年,第528页。
③ 同上书,第529页。

地区受教育吗?然而你想用金钱使自己获得白人的地位,是绝对办不到的,明白了吧!①

不仅是白人文化不允许吉姆进入白人文化中心,吉姆生活的黑人文化语境对吉姆的个人奋斗也拼命阻挡和无情打击。与他一块玩耍一起长大的黑人乔对吉姆努力学习就嗤之以鼻:

> 你上这么多学干什么用?你穿的像个人似的,去参加毕业典礼,还说要当律师,有个屁用?你弄虚作假,装腔作势,说话斯斯文文,待人彬彬有礼,这有什么用?让白人孩子听到你说这些,也无法否认你是一个黑鬼呀!是不是像米基说的那样,你的目的是想用你老爹的钱使自己变成一个白人呢?你是个什么玩意儿?②

黑人乔的话语里包含有三层意思:一是你是黑人就得承认劣种民族的现实,别妄图修改自己的身份;二是乔也对白色文化充满敬畏之感,他认为白人社会属于优秀的阶层,卑贱的黑人不应该痴心妄想;三是黑人生来就是下流的、野蛮的,不是白人建构的,黑人的身份是与生俱来的。所以吉姆想考取律师资格不光是白人社会难以接受,黑人社会也认为这是大逆不道,有违天意。

对吉姆想考取律师资格的最大阻碍来自他的妻子艾拉。在这件事情上艾拉的心理也非常矛盾,她既盼望吉姆能够考取律师,这样可以证明自己的丈夫是一个成功的"白人",她也可以为此骄傲,她说:"我要让你去参加考试!让你通过考试!让你成为律师!让你成为全国最出色的律师!……我要让全世界都知道你是白人当中最纯洁的人!我要让你向上爬——踏在他们身上,用脚踩在那些卑鄙小人的脸上!"③但她同时又很

---

① [美]尤金·奥尼尔:《奥尼尔文集》(第2卷),郭继德编,北京:人民文学出版社,2006年,第520页。
② 同上书,第523页。
③ 同上书,第542页。

不想让吉姆考取律师,因为吉姆一旦成功,艾拉代表的白人文化便会遭到挑战和受到威胁。所以当她得知吉姆考试失败的消息时的第一反应就是:"我早知道你不可能通过考试!啊,我高兴死了,吉姆!我是多么快活!你还是我原来的吉姆——我高兴死了!"①艾拉内心的矛盾让她最终变得精神分裂。

婚姻的不幸、考试的失败终于让吉姆认清了自己的身份,他第一次爆发出"黑人的笑声"②,这是他对自己的心酸经历和黑人不幸遭遇的嘲笑,是对无私伟大的上帝的嘲笑。过去他认为人人平等的神话被自己的两次失败击得粉碎,他顿时感到无所适从,多年期待和努力获得白人社会认同的梦想化为笑柄:

> 好心的上帝呀,幼稚的人,你怎么能有这种幻想?通过考试?我?乌鸦吉姆·哈里斯?黑鬼吉姆·哈里斯——成为一个合格的律师!嗐,哪怕是有一点这样的想法也会叫你笑死!这跟所有的天然法规、跟所有的人权和正义是背道而驰的。那样的话,就会是一种奇迹,会发生地震,出现大灾大难……太阳会像一只熟透了的无花果从空中落下来,魔鬼也会创造奇迹,上帝会被从审判席上拉下来。③

吉姆到最后终于认识到黑人在白人文化中心面前只能是"他者",黑人吉姆想通过个人努力抹掉镶在他身上的非裔黑人的历史文化痕迹,进入白色主流文化中,殊不知那是"违背"上帝旨意和自然规律的。白人文化中心建构起来的权力大厦固若金汤、坚不可摧,这里进出的人是按照权力和身份符号区分的,黑人吉姆梦想通过考取律师证书和与白人艾拉结合获得进入大厦的通行证,享受文明、高尚、优秀的身份地位和过上幸福、快乐、有尊严的生活。吉姆虽然与艾拉从法律上成婚,但是白人文化中心并未通过他的身份验证,最后他还是被拒之门外。吉姆的奋斗过程就是

---

① [美]尤金·奥尼尔:《奥尼尔文集》(第 2 卷),郭继德编,北京:人民文学出版社,2006 年,第 553 页。
② 同上。
③ 同上。

在向白色文化同化的过程,就是在寻找文化身份认同的过程,也是从一开始就注定走向失败的过程。吉姆"放弃了自我言说的权力,用白人的话语来说话"①,他只是暂时戴上了白面具而已,他的内心世界仍然是黑色的非裔黑人文化。约翰·奥尔认为:"吉姆的悲剧不是他没有找到幸福,而是寻找真实身份付出的代价。"②奥尔的话有几分道理,因为吉姆的主要目的不是在寻找爱情,只是通过爱情寻找身份认同而已,他付出的代价是巨大的和悲惨的。

奥尼尔在剧尾给我们呈现了一个精神失常的艾拉,这一幕可能会引起人们对此的不同理解和阐释。有的人也许会认为奥尼尔是为吉姆抱打不平,替黑人族裔群体出气,让观众获得心理平衡;还有的人可能认为具有象征意义,艾拉的精神失常到病危象征着白人文化的倒塌。笔者认为,这一幕恰好表达了奥尼尔的种族伦理意识:种族之间应该和谐相处、多元共存,白人中心文化对边缘文化的歧视,不仅仅使边缘群体沦为失语的人群,主流文化也会因此受到损害,艾拉的发疯应该足以引起主流白人文化的反思和警惕。

小　结

奥尼尔身为爱尔兰移民后裔和白人作家,他的双重身份使他对种族伦理问题比较关注。爱尔兰移民、非裔黑人、亚裔黄人以及其他一些群体在美国社会文化中属于少数族裔。少数族享有低级的社会地位和边缘化的利益,他们没有权力和管道表达自己的观点或维护自己的利益,他们沦为主流文化中心的"他者"。

奥尼尔的族裔身份促使他对种族问题的思考。在他的很多剧作中都

---

① 杜学霞:《〈上帝的儿女都有翅膀〉的后殖民主义思考》,《韶关学院学报》,2010 年第 4 期。

② John Orr, *Tragic Drama and Modern Society: Studies in the Social and Literary Theory of Drama from 1870 to the Present*, Totowa, NJ: Barns and Noble, 1981, p. 180.

表达了对少数族的关心,在他看来,爱尔兰移民、非裔黑人等族裔群体在美国白人文化中心都一样面临身份的缺失,在种族主义的话语圈,他们都深陷文化身份认同的困惑。《梦孩子》中的阿布、《琼斯皇》中的非裔黑人琼斯、《上帝的儿女都有翅膀》中的黑人吉姆等人物都生活在一种身份极度焦虑和恐慌之中。奥尼尔借以塑造这些黑人"他者",对少数族身份困境的原因和形态进行了揭示,批判了白人文化中心对少数族裔的歪曲性书写,以此来消解西方文化中心与边缘族裔的二元对立现象,改变种族文化对立的状态,建构多元和谐的种族生态环境。

奥尼尔在三个剧本中刻画的黑人阿布、琼斯和吉姆都是少数族裔的典型代表人物,他们的共同特点就是都在为寻找身份而努力拼搏。在后殖民语境下,黑人在白人文化中心被边缘化,他们缺乏文化身份认同,陷入自卑、迷惘、彷徨的身份困惑境地。黑人一直在努力抹去白人刻在他们身上的黑人身份标识,改变对他们身份的歪曲性书写,梦想建构种族的自我,阿布、琼斯和吉姆也不例外。但是三个剧本对于种族问题的探索又有各自的特点。

奥尼尔把黑孩子阿布塑造成一个社会受害者,他认为阿布是在白人文化中心长期的压迫下才发出潜意识的自卫还击,代表的是弱势和正义的一方,颠覆白人文学作品中对黑人行为的一贯定义和叙事行为。阿布在警察四处围追堵截时,依然能够冒死回来看望病入膏肓的桑德斯奶奶,突显了一个具有高度责任感和充满爱心的黑孩子,粉碎了定义在黑人身上野蛮、没有人性、没有责任感的不良符号,颠覆了白人中心多年来附加在黑人身上的表征,重写了黑人的形象。

《琼斯皇》在《梦孩子》的基础上,塑造了一个霸气十足、骄矜蛮狠的非裔美国黑人布鲁特斯·琼斯,打破了以往对黑人的一切模式化描写。琼斯在西印度岛上对当地土著黑人实行残酷的殖民统治,隔离了自己和土著黑人的潜在认同感,用白人的价值面具包装自身,求得与白人中心文化的同化,结果导致他与非裔黑人祖先文化的疏离。白人文化不可能接受他,黑人族裔也把他作为异类,琼斯成为白人文化的"他者"和黑人文化的

"他者","他者"的"他者"。奥尼尔借助琼斯的悲剧反思民族之间伦理关系的建设,告诉我们少数族裔要对自己种族的文化历史充满自信,任何疏离自己民族或种族文化的人和行为只能走向灭亡和失败。

《上帝的儿女都有翅膀》中的吉姆勤奋读书、刻苦钻研,他崇尚白人文化,渴望获得白人文化的认同,抹掉镶在他身上的非裔黑人的历史文化符号。犹如琼斯一样,吉姆在努力与白人文化同化的过程中,发生了与自我文化的断裂,成为自我文化的"他者"。吉姆戴上了白面具,但也陷入失语的尴尬处境,只能被艾拉等白人书写和定义。悲剧通过吉姆的奋斗历程和惨痛遭遇,让观众反思如何建立一个正常的符合伦理道德的种族关系。奥尼尔希望上帝的儿女都有翅膀,都能飞起来,都能享有上帝的恩赐。正如奥尼尔谈到《上帝的儿女都有翅膀》时所言:"我在任何作品中从来不提倡任何东西,只提倡对人类要实行人道。"[①]不管是白人,还是黄人,还是黑人,人与人之间的关系应该符合伦理道德,种族与种族之间的关系应该符合伦理道德。

本章运用后殖民主义视角对《梦孩子》《琼斯皇》和《上帝的儿女都有翅膀》三部剧进行细读,分析少数族裔面临的身份缺失问题,从黑人和白人的对立矛盾中管窥少数族与主流文化之间冲突问题。奥尼尔不是政治家,他并非在有意渲染种族的对立情绪,奥尼尔从伦理的角度探索如何建设良好的种族伦理关系。奥尼尔通过戏剧伦理叙事,对少数族的形象进行重新描写,颠覆以往对少数族的歪曲性定义,还原真实的少数族裔的发展历史和民族形象,消解"西方作为'自我'的认同"[②],解构种族之间的被话语建构起来的对立状态,从种族伦理角度去探索和研究如何营建一种和谐的、融洽的、多元的种族友好关系。

---

① Arthur and Barbara Gelb, *O'Neill*, New York: Harper and Row Publisher, 1973, p. 552.
② 翟晶:《边缘世界:霍米巴巴后殖民理论研究》,北京:文化艺术出版社,2013年,第25页。

第五章

奥尼尔的生态伦理：追求和谐的家园

生态伦理学是20世纪中期兴起的应用伦理学，这门学科属于伦理学的一个分支，以生态或环境道德为研究内容，从伦理学视角探讨人与自然的关系。关于生态伦理的论述最早可以追溯到19世纪的英国哲学家边沁和英国生物学家赫胥黎，边沁提出的"道德共同体"和赫胥黎对生物进化伦理的论述，实际上是道德问题的拓展，把道德从人类单一物种中心扩展到所有物种中心的整体道德思维。真正提出生态伦理学概念和学科的是法国哲学家施韦泽和美国生态学家利奥波德，前者在《敬畏生命》一书中提倡人类应该崇拜、敬畏、维护和完善生命的伦理价值取向①；后者强调应该把道德伦理扩展到自然界，关乎自然界的一切存在②。生态伦理学就是对传统伦理学的发展，它将研究范围由以前仅限于人类社会人与人关系的"道德法则"③进行拓展，运用到探索人与自然的关系中去。笔者认为生态伦理学包含着更具体的道德指向和辩证逻辑，人类只有宏观地处理好人与自然的关系，认识自然的神圣不可侵犯，才能反思和处理好人与人之间的道德关系，所以人类精神与自然生态的伦理关系对

---

① [法]阿尔贝特·施韦泽:《敬畏生命》,上海:上海社会科学院出版社,1996年。
② [美]奥尔多·利奥波德:《沙乡的沉思》,北京:经济出版社,1992年。
③ 刘永杰:《〈悲悼〉中"海岛"意象的生态伦理意蕴》,《郑州大学学报》,2014年第3期。

人与人之间的伦理关系具有直接指向的影响。人类与自然的伦理关系是一种道德取向,更是一种哲学理念。借用德国哲学家马丁·布伯的"我与你"的哲学思想可以帮助我们准确地理解人与自然的伦理关系:当我与你"相遇"时,我不再是利用你来满足我的需要的主体,我把你看做生命和神明。① 至此,笔者深信,生态伦理是一种思维哲学,直接影响到生活中人与人之间的道德关系。

第一节 奥尼尔的生态伦理意识的形成

人类进入20世纪以来面临各种挫折和危机,此时作为人学的文学便义不容辞地叙写处于危机四伏的人类命运,追索人类与自然环境的关系,重新定位人在自然界中的位置,用文学艺术的形式从思想上解决人类面临的危机。尤金·奥尼尔就是利用戏剧帮助读者和观众认识人类与自然的冲突和失衡的问题,特别是商业社会的物质追求所造成的人类精神生态危机和道德沦丧的问题,奥尼尔具有深刻的生态伦理意识,他的戏剧叙事是富有生态伦理性的叙事。

一、早年的航海经历 伦理意识的激发

奥尼尔的生态伦理意识源于他早年的航海生活。1931年6月在长岛度假时,他茶余饭后漫步于沙滩和林间,经常流连忘返,沉溺于那里的自然风景。看着远处的地平线和落日余晖,望着来来往往的船只,他对上帝赐予人类的美丽自然痴迷而陶醉,简直是不可自拔。在康涅狄格州的新伦敦,他坐在海边的岩石上,用简笔画勾勒出那些沿着泰晤士河顺流而上开往港口的帆船,就像《天边外》中的罗伯特·梅约一样数着过往的船只,梦想着天边外还有多少让人憧憬的东西。大学时期的奥尼尔已经开始对海洋小说产生浓厚的兴趣,特别对康拉德的《"水仙

---

① [德]马丁·布伯:《我与你》,陈维纲译,北京:三联书店,2002年,第9—11页。

号"的黑水手》爱不释手,他被康拉德笔下的浩瀚的海洋和伟大的人类弄得神魂颠倒,正如多丽丝·亚历山大所言:"尤金一下就被康拉德的描写倾倒了,康拉德用天空和海洋象征巨大而不可思议的神秘的自然环境,他笔下的人能够在这种神秘环境下创造出非凡的高贵。"①奥尼尔对海洋的迷恋是因为他能够挣脱令他窒息的现实世界,充分释放自我,在自然中"找到自己的归属"②。奥尼尔对大海的理解和热爱程度可以从《进入黑夜的漫长旅程》中埃德蒙向父亲詹姆斯·蒂龙的叙述中清楚看出:

> 记得有一次,我乘着一只"北欧人"号方头帆船开往布宜诺斯艾利斯去。天空一轮明月,迎面吹来贸易风……我躺在船头斜桅上,面对着船尾,脚底下拖着的海水起着白沫的浪花,头顶上每根桅杆扬着帆,在月光里飘扬着一片片的白色。眼前的美景和船身歌声般有节奏的摆动使我完全陶醉了,一时忘记了我——的的确确好像丧失了生命。我好想突破了人生的牢笼,获得了自身的自由! 我和海洋溶为一体,化为白帆,变成飞溅的浪花,又变成美景和节奏,变成月光,船,和星光隐约的天空! 我感到没有过去,也没有将来,只觉得在大自然的怀抱中平安,协调,欣喜若狂,超越了自己渺小的生命,或者说人类的生命,达到了永生的境界!③

奥尼尔留下的诗歌、散文里几乎没有离开过对海洋的赞美,他在《自由》里把海洋描写为精神的栖息之所:"渴望狂暴的大海,让灵魂自由翱翔……而我渴念再次看到往日湾流蔚蓝的色彩……浪花翻飞彩虹戏,狂

---

① Doris Alexander, *The Tempering of Eugene O'Neill*, New York: Harcourt, Brace and World, 1962, p. 139.

② Arthur and Barbara Gelb, *O'Neill*, New York: Harper and Row Publisher, 1973, p. 144.

③ [美]尤金·奥尼尔:《奥尼尔文集》(第5卷),郭继德编,北京:人民文学出版社,2006年,第436—437页。

吻波涛美味里……最终自由地在大海上,头发在信风中飘拂。"①在《大海的呼唤》里把海洋描写为永远的家乡:"热带的夜晚星光闪闪,躺在舱盖上真快活,天空晴朗星星近在咫尺,船的尾流成了一条光流。那只旧帆船在南海的波涛上缓缓航行,轮机发出昏昏欲睡的声音,世界是多么神秘。"②早年的航海生活孕育了他对大海的理解,海洋是生命的湾流,人只有与海洋和自然融为一体,才能找回自我精神的归属。

奥尼尔对海洋的笃爱在选择居所中有明显的体现。他一生都在寻找宜居的海边房屋,而且又不停地搬迁,他希望住在一个恬静闲适、融于自然的环境中。普洛文斯顿郊外的房子给他提供一种归属感,这里使他有种融于自然怀抱的切身体验,每天与沙滩、阳光、海洋和微风和谐相伴,充分感受自然的魅力,领会自然中隐含的意义。奥尼尔喜欢海边散步和游泳,那里除了小沙丘和海浪声,没有喧器和嘈杂,显得遥远和静谧,似乎自己也是海水的一部分。尖顶山庄(Peak Hill)的房子使奥尼尔终生难忘,他忘不了"海洋和海风的雄壮和浩瀚"③。博林(Norman Birlin)这样描述房子对他的影响:

> 奥尼尔在新伦敦的房子靠近河流,毗邻海滨,在普洛文斯顿剧院成立后,他每年夏天住在这儿,这里给他留下了美好的记忆。后来他购买或建筑房屋时都选在海边——1918年在科德角,他每天在此做3次长距离的游泳;1925年在百慕大;1931年在佐治亚州的海岛;1946年在位于大西洋的马萨诸塞州的马布尔黑德。④

从某种意义上说,奥尼尔塑造了海洋,同时他也是海洋塑造的,在海洋的怀抱里他找到了自我归宿,也深刻理解了海洋的神秘力量,这些构成

---

① [美]尤金·奥尼尔:《奥尼尔文集》(第5卷),郭继德编,北京:人民文学出版社,2006年,第19页。
② 同上书,第70页。
③ Arthur and Barbara Gelb,*O'Neill*,New York:Harper and Row Publisher,1973,p.393.
④ Norman Birlin,*Eugene O'Neill*,New York:St. Martin's,1982,p.30.

了他的戏剧素材和他的人生哲学。神秘的自然力量给奥尼尔提供了创作的营养,也让他懂得如何表达人的本性和真实情感,尤为"重要的是让他学会思考世界和自我"①的关系。奥尼尔早期的戏剧,例如《雾》《渴》《东航卡迪夫》等都是以大自然,特别是海洋为背景的。

奥尼尔喜欢大海,酷爱自然生态中的一草一木。1918年纽约《呼声》报音乐评论人奥林·唐斯采访奥尼尔的一席谈话也许更能说明奥尼尔的自然情结:

> 你是否听到过大海唱歌的声音?……那个无法无天的海魔王,唱起歌来可真美妙动听,但又凶暴无比。他们知道,讨好他也没用。他们如今是接着他的歌声的节拍,按着浪涛的节拍拉缆绳。啊,不过,我真希望你能听到那种歌,尝一尝在海上颠簸的滋味,我希望你能倾听前甲板上透过风声和波涛声传来的手风琴演奏声。②

唐斯发现奥尼尔每逢谈到大海时眼睛里放着异彩,他用"发了狂"③形容奥尼尔对大海话题的兴致。奥尼尔不仅对大海心驰神往,他对自然间的山水草木、花鸟昆虫充满爱怜。他谈到在洪都拉斯旅行时才知道世界上竟有那么多种美丽的昆虫,它们颜色多样、行走各异,有的"蠕动、爬行",有的是"飞翔的生物——其中有些是有剧毒的"④。只要人类不伤害它们,它们是不会伤害人类的,它们都是人类的朋友。奥尼尔告诉唐斯,不时地会有"一只美洲虎站在山坡上,发出阵阵咆哮声,好听得犹如催眠曲"⑤。美丽的大自然对奥尼尔的创作和人生都有很大的启示,人类要热爱自然,与自然友好和谐地相处,同时要敬畏自然,因为我们生活的这个

---

① Stephen Black, *Eugene O'Neill*: *Beyond Mourning and Tragedy*, New Haven and London: Yale University Press, 1999, p.106.
② 参见刘德环:《尤金·奥尼尔传》,长春:时代文艺出版社,2013年,第97页。
③ 同上。
④ 同上书,第98页。
⑤ 同上。

"世界是多么神秘"①,它蕴含着巨大无比的力量。奥尼尔对自然的领悟和认识在他第一次做水手时就萌芽和生长了,布莱克认为,奥尼尔在"南部航海时就已经从心底意识到大自然的神秘,特别是海洋的神秘力量"②。

奥尼尔的海洋经历为他的生态伦理意识的形成和发展奠定了基础。奥尼尔的航海经历给他提供了与自然亲吻的机会,使他意识到大好河山的壮观和美丽,他也亲身感受到大自然所含有的伟大而神奇的力量,这些激起他对自然永远的爱怜和敬畏,同时,他也对人与自然的和谐关系有了自己的认识,他用戏剧告诫人们人与自然是不可利用的关系。自然并非"他者",而是主体,人和自然是"我与你"的关系。

二、伦理土壤的滋养 生态伦理意识的具化

奥尼尔的生态伦理意识源于西方传统的泽溉。西方戏剧家易卜生和斯特林堡是奥尼尔最为推崇的两位大师,对他的戏剧创作艺术和生态伦理意识的形成有直接影响。挪威戏剧家易卜生对人与自然或者人与环境的关系非常关注,他对人和世界的认识和理解都着眼于人与自然的内在关系,从中观察和掌握人之本性和社会形态。易卜生的戏剧《人民之敌》(*An Enemy of the People*)揭示了医学博士斯托卡曼因为发现水污染结果导致自己与周围环境的冲突,易卜生通过水污染来表现生态环境与人的关系,以及生态环境污染导致的一系列人与人之间的冲突,具有高度的生态伦理情怀。奥尼尔剧作中的生态伦理思想可以追溯到易卜生,他的《安娜·克里斯蒂》中的"安娜·克里斯蒂就像《海上夫人》中的艾梨达,她向往一个像大海一样的自由世界"③。广阔的大海象征着现代人向往栖

---

① 这是来自由张子清翻译的尤金·奥尼尔的《大海的呼唤》的一句诗。参见郭继德编:《奥尼尔文集》(第 6 卷),北京:人民文学出版社,2006 年,第 70 页。

② Stephen Black, *Eugene O'Neill: Beyond Mourning and Tragedy*, New Haven and London: Yale University Press, 1999, p. 106.

③ Edwin Engel, "Ideas in the Plays of Eugene O'Neill", *Ideas in the Drama*. Ed. John Gassner, New York: Columbia University Press, 1964, p. 23.

身的和谐宁静的自然环境,因为人在现代工业社会中无法找到自己归宿。

对于斯特林堡,奥尼尔更是视作自己的导师和前辈。① 奥尼尔从斯特林堡那里吸取了创作的灵感,他的《早餐之前》《悲悼》《无穷的岁月》中含有斯特林堡的《父亲》《联系》《死神之舞》的影子。在他的《毛猿》和《琼斯皇》中,他借助斯特林堡《通向大马士革之路》的创作手法,把时间、空间、梦幻和现实糅合在一起。奥尼尔认为斯特林堡是"现代派中最现代的作家"②,他最善于用戏剧来解释人与人、人与社会和人与自然的关系。在奥尼尔看来,斯特林堡把"自然主义逻辑发展到了顶点"③,他完全超越了同时代的作家,他是"超自然主义"的代表④。在人与自然,包括人与世界的关系上,斯特林堡持完全悲观的态度。在《朱丽小姐》中,朱丽小姐把金钱中心的物质世界想象为浪漫主义者笔下的美丽、公正、人与人和睦、人与自然和谐的社会,她的斗争必然以失败告终。朱丽的自杀身亡是人与社会环境的冲突导致的,社会环境剥夺了朱丽的身份认同,让她无所适从而选择自杀。在《一台梦的戏剧》中,斯特林堡描写神女来到凡界前在云中俯视看到:"翠绿的森林,蓝色的水,白雪皑皑的高山和金色的田野"⑤,神女被人间美景陶醉,然而现实的社会环境则是充满了尔虞我诈、遍地丑恶的人间地狱。

奥尼尔酷爱希腊悲剧,阅览了埃斯库罗斯和索福克勒斯等悲剧大师的作品,这为他生态伦理意识的生成奠定了基础。他认为:"埃斯库罗斯剧本的特点是情感与表达上的崇高和宏伟,而不像索福克勒斯和欧里庇得斯的作品那么悲哀。"⑥他说埃斯库罗斯向我们"显示了一种无形的力

---

① Oscar Cargill, *O'Neill and His Plays*, New York: New York University Press, 1970, pp. 108–109.
② Ibid., p. 108.
③ Ibid.
④ Ibid., p. 109.
⑤ 参见[瑞典]斯特林堡:《斯特林堡全集》(第四卷),李子义译,北京:人民文学出版社,2015年。
⑥ Virginia Floyd, *Eugene O'Neill at Work—Released Ideas for Plays*, New York: Frederic Ungar Co., 1981, p. 213.

量",读者和观众从人物的背后感到"一种超自然的力量在施行着预定的惩罚"①。希腊悲剧张扬人性,歌颂人与自然的和谐,这种伦理价值开阔了奥尼尔的创作视野。所以奥尼尔觉得"对他影响最大的是他了解不同时代的戏剧,特别是希腊悲剧"②。奥尼尔在他的《榆树下的欲望》和《悲悼》三部曲中融入了希腊神话元素。奥尼尔用戏剧诠释了他逐渐生成的生态伦理意识,即人与命运的抗争就是人与自然关系的最典型的显现。在奥尼尔笔下,人是由命运决定的,命运其实就是自然或者某种神秘的力量,它会"驱赶你沿着这条路一直走下去"③。

这里必须提一下尼采哲学对奥尼尔生态伦理意识形成的影响。尼采厌恶西方资本主义社会的物质文明,他像其他浪漫主义作家一样极力推崇自然。奥尼尔对尼采的著作爱不释手、推崇备至,他认为尼采的思想具有"悲剧中的超验因素"④。尼采的《扎拉图斯特拉如是说》⑤是奥尼尔最喜欢的书,书中描写了扎拉图斯特拉在深山隐居修炼,有大段美丽怡人的自然景观的场面,例如,大海、幸福岛、彩牛城等,还有满头银丝的扎拉图斯特拉在山中制造蜂蜜祭品,表现了尼采对自然的憧憬。奥尼尔认为"没有哪一本书比得上这本书对我的影响"⑥。奥尼尔深受尼采的人与自然关系哲学思想的影响,特别是超人哲学的影响。尼采认为人就是大海,就是闪电,就是大地,人有自然一样的气势和能量,充分肯定了人与自然的神秘联系。奥尼尔的《拉撒路笑了》便是宣扬"超人"哲学的典范,剧本竭

---

① Virginia Floyd, *Eugene O'Neill at Work—Released Ideas for Plays*, New York: Frederic Ungar Co., 1981, p. 213.

② Arthur Nethercot, "The Psychoanalyzing of Eugene O'Neill", *Modern Drama*, 3 (December 1960).

③ Arthur and Barbara Gelb, *O'Neill*, New York: Harper and Row Publisher, 1973, p. 352.

④ Frederic I. Carpenter, "Eugene O'Neill, the Orient and American Transcendentalism", in Myron Simon and T. H. Parsons, eds., *Transcendentalism and Its Legacy*, Ann Arbor: University of Michigan Press, 1996, p. 33.

⑤ [德]尼采:《扎拉图斯特拉如是说》,黄明嘉译,上海:华东师范大学出版社,2009年,第30—31页。

⑥ Arthur and Barbara Gelb, *O'Neill*, New York: Harper and Row Publisher, 1973, p. 121.

力颂扬了拉撒路这位具有勇敢、坚定、乐观、慷慨、仗义、视死如归等一切非凡品质的超人。

三、道家思想的影响 二元生态伦理的解构

东方的道家文化对奥尼尔生态伦理意识的形成也有很大的影响。他一生从来没有失去对东方文化的浓厚兴趣。为了亲眼目睹东方之都所蕴含的情调,1928年他与妻子卡洛塔来到上海进行短暂的旅行。他还用自己获得的诺贝尔文学奖金建造了一幢取名"大道别墅"(Tao House)的中国式的楼宇。早在少年时代,奥尼尔就对遥远的东方怀有强烈的好奇,他常常一个人待在山坡上的高处或海滩边上,凝视东方那无边的天际,憧憬着那块陌生而神秘的土地。① 在阅读爱默生的散文和一部叫做《路之光》的杂书时,他间接地接触了东方哲学的智慧。② 在奥尼尔的"大道别墅"里,藏有两种不同版本的《道德经》和《庄子》的英译合译本,它们都是著名汉学家詹姆斯·莱格的译作。中国道家哲学包含的旷达隐逸、陶情遣兴的闲情逸致的价值理念对奥尼尔产生了深远的影响。

西方社会中人与自然的冲突驱使奥尼尔去探寻一种能够使人与自然和谐的哲学思想,在道家的思想精髓中他找到了这种良方妙药。道家追求无为而治,宁静淡泊,回归人之自然本性。奥尼尔对东方文化的憧憬,主要是为了寻找一种寄托,试图在一个遥远的国度寻找一个与自己理想吻合的社会,一个"乌托邦"。他想借用中国道家"出世"的思想解决西方社会的矛盾,特别是医治西方由于商业化洪流带来的物质主义泛滥的病根。奥尼尔认为东方道家哲学的本质就是人与自然的和谐,人、自然、社会都是相互并存、相互统一的。所以奥尼尔从东方哲学中获得的最基本的东西就是人与自然和谐的生态伦理。

奥尼尔的很多作品都受到东方道家哲学思想的关照。他的早期戏剧

---

① 参见汪义群:《奥尼尔研究》,上海:上海外语教育出版社,2006年;参见刘德环:《尤金·奥尼尔传》,长春:时代文艺出版社,2013年。

② 刘德环:《尤金·奥尼尔传》,长春:时代文艺出版社,2013年。

《泉》《奇异的插曲》《马可百万》《天边外》都有道家思想的印记,奥尼尔在不断地尝试超越和解构西方人与自然的二元对立的思维。但是最终以失败告终,因为奥尼尔受"自我、自然和上帝对立的西方二元对立传统的影响,他的自我意识有时被束缚着"①,他或多或少还有一元逻各斯中心主义的影子。《马可百万》中的可汗和马可·波罗就代表中西冲突的二元对立,西方价值观代表的马可认同于西方的伦理道德,东方的可汗超越了这种价值观。不管奥尼尔如何奚落西方价值体系下的贪婪、无情,但是他并没有完全脱离了二元对立的形而上学思维构架,戏剧最终还是一种悲剧的视野。西方二元对立的思维认为人和自然是主体和客体的关系,人是宇宙中的主体,他不但不依赖于自然,而且在整个自然体系之外,否认人与自然之间的相互关系,结果把人对自然的敬畏忽视了。人和自然由马丁·布伯的"我与你"②的相遇变成了"我与它"的关系,相互为敌,相互利用。奥尼尔剧作里的大部分人物都有一种与外界冲突的倾向,正如罗宾逊所言:

> 每个人物都拥有一个自我(与"他者"形成必然的冲突);每个人都与自然进行长期的斗争。首先是在一些戏剧里构思人物性格的各种冲突,大多笔墨用在塑造安娜、克瑞斯、胡安和马可的心理问题上。其次戏剧构成的对立是克瑞斯对魔鬼大海的不信任;胡安与衰老过程徒劳抗争;马可想巧取自认为财源滚滚的自然。③

奥尼尔在戏剧中对人与自然的冲突进行了细致的刻画。《泉》中的胡安受到了士兵和幻想者双重身份的困惑和折磨,胡安在"青年时期想象了一个伟大而仁善的西班牙帝国;作为政府官员,他又与西班牙人战斗不

---

① James A. Robinson, *Eugene O'Neill and Oriental Thought*, *A Divided Vision*, Illinois: Southern Illinois University Press, 1982, p. 4.
② [德]马丁·布伯:《我与你》,陈维纲译,北京:三联书店,1986年,第1—15页。
③ 同上书,第118页。

止,因为他们的行为阻止了他的梦想"①。胡安被自然拒之门外,但仍然梦想最终回归自然。胡安的悲剧是由人与自然的二元对立形成的,所以剧中的物质主义和理想主义的冲突事实上就是人与自然的冲突。道家思想重心就是实现对立面的统一,《泉》中的胡安寻找重返年轻的"青春泉"的过程就是道家思想的价值所在,也是道家思想的实践过程。剧中的"天气和意象反映了道家对待阴阳相生相克的"②伦理思维。

奥尼尔的生态伦理思想是受东方道家传统思想和智慧的影响而逐渐形成的。奥尼尔对生态伦理的认识富有预见性,在他生活的那个时代,人与自然的冲突并不尖锐,但他已经预见了潜在的生态伦理危机。他的生态伦理意识具有超前性,超越了他生活的那个时代,对我们生活的当下具有更大的意义。本章选择《天边外》《泉》《马可百万》三个剧本进行分析解读,以期从奥尼尔戏剧中蕴含的生态伦理描写解析剧作家奥尼尔的生态伦理意识。为了研究的可信度,笔者带着这些问题对奥尼尔的剧本进行宏观概括和微观佐证:奥尼尔是否有生态忧患意识? 他是如何通过戏剧批判人与自然关系失衡的? 剧本基本上以悲剧结尾,这从生态伦理角度看预示着什么?

第二节 《天边外》:罗伯特的死亡与回归

《天边外》(*Beyond the Horizon*,1918)是奥尼尔的成名作,他因此获得诺贝尔文学奖。主人公罗伯特·梅约是个充满幻想、具有诗人气质的青年。他从小就梦想离开闭塞、单调的田庄出海远航。而他的哥哥安德鲁是个老实巴交的、本分的庄稼汉,满足于春播秋收、晨起暮归的农家生活。船长舅舅准备带罗伯特远航,看看外边的世界。临走前罗伯特与哥哥的心上人露丝正好相见,谈话之中相互倾诉了爱慕之情。安德鲁知道

---

① James A. Robinson, *Eugene O'Neill and Oriental Thought*, *A Divided Vision*, Illinois: Southern Illinois University Press, 1982, p.10.

② Ibid., p.106.

后倍感伤心,感到无法在家里继续待下去,于是决心代替弟弟出海,离开这块伤心之地。由于露丝的突然表白,兄弟两人彻底调换了位置。许多年后,安德鲁发财致富,成为腰缠万贯的富商,而罗伯特耽于幻想,又不谙农事,田庄几近荒芜。安德鲁春风得意,飞黄腾达,早已忘记青年时代和露丝的那段短暂的恋情。而罗伯特被家庭的重担压得喘不过气来,后来又染上了肺结核,他的心情无比沮丧,与露丝曾经的浪漫爱情演变成一场场家庭战斗。奥尼尔说他创作《天边外》的想法"来源于一段真实的生活经历"①,他对一艘从布宜诺斯艾利斯开往纽约的货船上的水手的经历进行了戏剧化的描写和哲理性的思考,进而表达了一个更为"严峻的题材,写一个人的悲剧:他眺望天边外,一心一意想动身去那里探求、寻找"②,他要追寻自己一生都在追求的梦想,他"渴望狂暴的大海,让灵魂自由翱翔"③。剧中罗伯特被物质中心主义社会束缚着,被家庭生活捆绑着,被世俗羁绊着,他被周围人嘲讽,被家庭指责,沦为社会的"他者",家庭的"他者"。他感到自己无所依归,所以他向往天边外的世界和宽阔的海洋,因为那里才是自己的归宿。正如奥尼尔在他的诗中所写的那样:

> 我厌倦陆地和陆地上的人,
> 渴望再次去漫游;
> 在绵延的海浪上栖息,
> 红鳕安家在上头。
> 遥远的地平线上有一颗星
> 隐隐听到远处的呼喊,
> 我不能逗留,我得相应,
> ……

---

① Barrat H. Clark, *O'Neill: The Man and His Play*, New York: Dover Publications, INC., 1947, p. 66.
② Arthur and Barbara Gelb, *O'Neill*, New York: Harper and Row Publisher, 1973, p. 336.
③ 源于张子清翻译的尤金·奥尼尔1912年发表的短诗《自由》中的几句。参见郭继德编:《奥尼尔文集》(第6卷),张子清译,北京:人民文学出版社,2006年,第19页。

> 又回到了大海。
> 岸上灯火渐暗海鸥叫渐起!
> 又回到了大海。①

罗伯特·梅约是个二十几岁的年轻小伙子,他饱满的前额和大而黑的眼睛中包含着一股浓浓的诗人的气质。他热爱读诗,富于幻想,渴望天边外的大海,他总感到远方天边外的世界在呼唤他,他听到"好像那里有什么东西正在叫我"②。罗伯特常常一个人越过田野,去眺望那边的小山;他的脑海里不时浮现出海的画面,他想顺着弯弯曲曲的道路一直走下去,去寻找神秘的大海。罗伯特从小就开始做梦,在梦中他体验了快乐和幸福,在梦里实现了精神的满足。他告诉露丝:

> 坐在窗户跟前做梦,就是当时我的生活中惟一的快乐时刻。那时,我喜欢孤独。各种形色的落日我都记在心里,太阳全都落在哪儿——(他指着)天边外面。所以我逐渐相信世界上一切奇迹都发生在小山外面。那里是上演美妙奇迹的漂亮仙女的家乡。我那时相信有仙女的。(微笑)也许我现在还相信。不管怎样,在当年,她们可是千真万确的。有时我确实能听见她们叫我出去跟她们玩,在黄昏时候,叫我到大路上跟她们跳舞、捉迷藏,去寻找太阳藏身的地方。她们跟我唱小曲儿,歌唱那山背后她们家乡一切神奇事情的小曲儿。她们还答应带我去看,只要我能去! 可是那时候我不能去。有时我哭起来,我妈还以为我因为病痛才哭哩。(他突然大笑)我想,那就是我现在要走的原因。因为我现在还能听见她们在叫唤。但是天边还是和往常一样遥远,一样吸引人。③

---

① 源于张子清翻译的尤金·奥尼尔 1912 年发表的短诗《大海的呼唤》中的几句。参见郭继德编:《奥尼尔文集》(第 6 卷),张子清译,北京:人民文学出版社,2006 年,第 70 页。
② [美]尤金·奥尼尔:《奥尼尔文集》(第 1 卷),郭继德编,北京:人民文学出版社,2006 年,第 335 页。
③ 同上书,第 341 页。

其实,罗伯特向往天边外的世界不是去淘金,也不是去旅游,也不像他哥哥安德鲁所想的去"变成一个新人"①,去"恢复健康的身体",或者"觉得农场太小",去漫游"整个大世界"②。剧中没有人能真正理解罗伯特对天边外的热切期盼,连他的哥哥安德鲁也只能猜测。事实上,罗伯特自己也不完全清楚他的追求,他的脑海里只是模糊的幻觉。他说:"就是对我自己也不容易解释清楚。"③他告诉安德鲁:

罗伯特:安德鲁,生活实际方面的事,我一分钟都没想过。

安德鲁:啊,应该想。

罗伯特:不,不该想。(指着天边,做梦似的)假如我告诉你,叫我去的就是美,遥远而陌生的美,我在书本里读过的引人入胜的东方神秘和魅力,就是要到广大空间自由飞翔,欢欢喜喜地漫游下去,追求那隐藏在天边以外的秘密呢?假使我告诉你那就是我出门的原因呢?

安德鲁:我得说你是个傻瓜。④

罗伯特的梦想看似无形无影,听起来像是一些记忆的碎片,但是,如果我们把他的梦中的零碎的片段拼凑在一起,便可以发现他的梦想是由美、遥远、东方、神秘和自由组成的,这些元素都包含在东方道家思想的精髓里,概括起来就是回归自然。道学之美是人生之大美,是人生美德至高境界。道学热爱生命,崇尚自然。道学之美还体现在其朦胧和神秘之中,让人从无形之中感知到一种宁静、闲适之快乐,人与天和之境界。罗伯特想在天边外寻找的神秘的东西就是东方道学思想蕴含的美。道家哲学强调的是"出世",人在生生不息的自然环境中,在宁静淡泊的自然心境中,寻找自己的归宿。作为现实生活"他者"的罗伯特处于痛苦、困惑的身份

---

① [美]尤金·奥尼尔:《奥尼尔文集》(第1卷),郭继德编,北京:人民文学出版社,2006年,第335页。
② 同上书,第336页。
③ 同上书,第340页。
④ 同上书,第336—337页。

危机之下,深受道家思想影响的奥尼尔便为罗伯特描绘了一条出世之路。罗伯特梦想中的那个遥远的、陌生的、美丽的天边外就是奥尼尔一生寻找的归宿。

就在罗伯特准备随着迪克舅舅乘船出海时,哥哥的女朋友露丝在能看到天边外和大海的小山丘上吐露了自己对罗伯特的爱情,欣喜若狂的罗伯特一时误以为露丝的爱情就是一直呼唤他的"天边以外的秘密"①。然而,当露丝拉着他的手下山回家吃饭时,罗伯特停下脚步,恋恋不舍地向夕阳的"霞光看上最后一眼"②。罗伯特的两次告别式的回眸就已经告诉我们,爱情虽然非常甜美,但那不是他日思夜想的神秘而美丽的东西。晚上在向舅舅迪克和父母通报他和露丝的爱情时,他说:"要不是在目前的情况下,说什么我也不会放过这个机会。(他不知不觉地叹口气)不过你瞧,我已经找到了——一个更大的梦。"③罗伯特的一声"叹气"传达了他的真实心理,爱情不是他的梦想,爱只能暂时抚慰他孤独的心灵,但不能成为他终究的归宿。

婚后的生活变得越来越艰难,罗伯特不会种田,也不喜欢农庄的生活,然而他得面对现实,担起养家糊口的重担。罗伯特羡慕安德鲁自由自在的航海生活,他认为安德鲁去了自己曾经"梦想过的所有那些神奇、遥远的地方",而自己只能把梦藏在心里,正如他沮丧地回答:"我早就不做梦了。"④一句话透出了罗伯特对残酷现实生活的无奈、失望和遗憾。农庄破败不堪,家庭债务累累,再加上父母的离世和孩子的夭折,罗伯特肩膀已经难以承受现实的重担,他要被击垮了。我们只要看一眼他家的陈设便可知道主人的潦倒不堪的景象:窗帘又破又脏,书桌上积满尘土,壁纸都是霉迹,地毯开了窟窿,桌布污痕斑斑,铁炉子上一层黄锈。我们再

---

① [美]尤金·奥尼尔:《奥尼尔文集》(第1卷),郭继德编,北京:人民文学出版社,2006年,第343页。
② 同上书,第344页。
③ 同上书,第352—353页。
④ 同上书,第381页。

也看不到父亲经营兴旺的农庄了,田野荒芜,家屋破败,一切都面目全非。

罗伯特说自己早就不做梦了,其实不然,他还在继续做梦,只是他把梦藏在心底,不能让妻子和周围人感觉到,以免这些不理解他的人对他冷嘲热讽。其实他们也感觉不到,因为他们在乎的只有物质生活,他们根本不懂追求美好的精神世界。罗伯特的潜意识里装满了美丽的大自然,他知道在其有生之年恐怕难了夙愿,只能在死亡的世界里求得解放,尽情地与自然拥抱。一直渴望到天边外的罗伯特,在生命的弥留之际挣扎着爬到小山上,遥望天边外,露出久违的快乐和满足的心情。他临终前的一段充满惆怅和梦的独白,催人泪下、发人深省:

> (他声音里突然回响着幸福希望的调子)你不要为我难过了。你没有看见,我最后得到幸福了——自由了——自由了!——从农庄里解放出来——自由地去漫游——永远漫游下去!(他用臂肘撑起身子,脸上容光焕发,指着天边)瞧!小山外面不是很美吗?我能听见从前的声音呼唤我去——(兴高采烈地)这一次我要走了。那不是终点,而是自由的开始——我的航行的起点!我得到了旅行的权利——解放的权利——到天边外去!①

罗伯特究其一生在寻找天边外的大海,他像奥尼尔剧本中的众多人物一样,他们在现实生活中无所适从,处于孤独和疏离的状态,最后他们试图返回自然,在自然中求得一席之地和身份认同。罗伯特在生命即将结束的时候,感到无比幸福,他感觉到自己终于与天边外和大海拥抱了,他此时与大海融为一体,与美丽的自然合二为一。这是罗伯特梦寐以求的神秘的地方,他通过死亡与天边外的神秘之美相遇,告别了现实生活中的喧嚣和躁动,死亡的降临使他与自然能够更亲近地触摸和交流,他此时倍感宁静、和谐和幸福。道家讲究生死轮回,生命无限,永远不会消亡,在死亡中获得新生,在归根中获得复命。《天边外》表现了人类在努力地寻

---

① [美]尤金·奥尼尔:《奥尼尔文集》(第1卷),郭继德编,北京:人民文学出版社,2006年,第416页。

找一条出路,通过死亡与自然合一,达到幸福和谐的归宿。博加德在评论奥尼尔剧本时写道:"那些地平线远处的幸福岛屿与自然相濡以沫,这里远离罪恶,这里就是生命之源。"①罗伯特最后幸福的微笑,正是他新生的复苏,自由的起点。

奥尼尔通过本剧所表达的是,在现实与理想冲突的困惑中,只有回归自然人才有可能感到脚踏实地,获得实实在在的归属感。罗伯特对天边外和海洋等怀有无限的憧憬,达到不能自拔的程度,但是经营农庄的重担以及周围亲人和邻居的物质中心主义死死压在他身上,他的希望和憧憬变成了一种无望的希望,他的寻觅和探索含有深刻的悲剧含义。奥尼尔的《天边外》隐含着积极的生态伦理意识,冷酷的现实和命运束缚着罗伯特,他没有自由,没有回归自然的机会,这样的错位使他的生活定格在与命运的斗争中。罗伯特与自己向往的美一直存在距离,正因为人与自然的距离才使罗伯特强烈渴望找到一条出路。

剧作家奥尼尔认为只有人与自然达到平等和谐的关系,即,人与自然如果是"我与你"的双主体关系②,而不是我与它的主客体关系时,人才可以有完美的人生。天边外就是罗伯特梦想光顾可以享有和谐生活的地方。每到山顶,罗伯特便像换了个人似的,他感到自己顿时身临仙境,因为在这里他才感到自己的存在和价值。剧本从另一个角度告诉我们,如果人的选择违背了自然规律,那么人再也达不到心理上的和谐与平静,这是自然对人的惩罚。罗伯特由于错觉而放弃了追求的梦想,他从此便陷入心理失衡,并耗其一生在宇宙自然中寻找身份的归属。福尔克认为,在奥尼尔的一生中,他不停地"与上帝抗争,但是现在与自己抗争,与自己的过去和自己的归属抗争"③。剧本结尾意味深长,罗伯特在他有生命的

---

① Travis Bogard, *Contour in Time: The Plays of Eugene O'Neill*, Oxford: Oxford University Press,1972. p.352.
② 参见[德]马丁·布伯:《我与你》,陈维纲译,北京:三联书店,2002年。
③ Doris V. Falk, *Eugene O'Neill and the Tragic Tension: An Interpretive Study of the Plays*, New Brunswick: Rutgers University Press,1958,p.34.

时候与自然不和谐,经受了痛苦、彷徨和孤独精神折磨。然而令他快乐的是,死亡可以把他与自然牢牢地融合在一起。奥尼尔最后安排罗伯特欢乐地、积极地面对死亡,幸福地接受死亡,死亡使罗伯特与他一生向往的自然握手拥抱。奥尼尔借着剧本诠释了他的人与自然和谐的生态伦理意识。

第三节 《泉》:胡安的死亡与超越

《泉》(The Fountain,1921)剧取材于15世纪西班牙冒险家胡安·庞塞·德·莱昂的经历,胡安向往东方世界,他随哥伦布出航找寻东方的财富,寻找使人重返年轻的东方"青春泉"。剧本并非按照历史事实进行叙述,很多情节都是作者为了实现剧本的目的虚构的。奥尼尔说:"用了假托的时间和地点,便会使观众立刻下意识地感觉到,它主要表现的是隐藏在人物的生活背后的力——命运。"①奥尼尔的剧本不是历史剧,他的初衷不在于反映一段真实的历史事件,而是要借助历史痕迹,让人们脱离先入为主的思考模式,重新认识自我和环境。1921年,奥尼尔在给麦高文(Kenneth Macgowan)的信中写道:

> 我要把他写成我的而不是他人的西班牙贵族,甚至不能是他自己的历史面目。我需要他是哥伦布、考台兹、拉斯·卡萨斯、德·索托等人的巧妙的混合物——简单地说,是那个时期的典型的西班牙探险家。因此,我担心事实资料太多,反而会阻碍我们的视野,而把它写成一部关于品行完美,但毫无精神境界的人物的历史剧。事实是事实,但真理是超越事实的。②

---

① Barrat H. Clark, *European Theories of the Drama*, New York: Crown Publishers, 1947, p. 486.

② Jackson R. Bryer, *The Theatre We Worked For—The Letters of Eugene O'Neill to Kenneth Macgowan*, New Harven: Yale University Press, 1982, p. 23.

约瑟夫·克鲁奇在谈到奥尼尔的一个剧本时也认为,对于奥尼尔来说,选择什么地点作为故事的背景并不重要,"因为每一个戏剧故事总得要给它一个地点。具体细节是否精确无关宏旨的"①。而且,唯其事件的发生超越时间和地点的限制,才更能表现出作者想要表现的普遍的哲理性。奥尼尔的剧本不在于再现历史本身,不是社会状况的素描,也不是劳资冲突、阶级压迫、经济恐慌、种族歧视的过程,而是它的结果,即它给人的精神带来的创伤,在人心理上引起的反映。所以奥尼尔的剧本不是问题剧,而是心理剧、哲理剧。《泉》就是透过西方物质文明华丽的外衣让人们看清其精神文明的欠缺和拜金主义的盛行。

剧本开始就是一场激烈的物质中心与精神至上的冲突,主人公胡安是个三十来岁的西班牙贵族,他作为一个士兵,骁勇善战,战功显赫,同时又富于贵族气质和冒险的精神。为了实现成为一个伟大的西班牙战神的理想,他拒绝了玛丽亚的爱,他甚至认为爱情是一种虚假辞藻:

玛丽亚:我多么愚蠢啊——(声音中带着呜咽,似乎承认这些对她是不得已的)——会爱上你,胡安!

胡安:那个词——我们以前从来也没说过。你一直是——我的朋友。你为什么非要用这个所有诗人用滥了的词来破坏咱们之间珍贵的友谊呢?爱情,爱情,我们总在讲爱情。我们假装爱情本身就是我们为之生存的目的。②

胡安不屑于玛丽亚所言的爱情,他嘲弄玛丽亚:"爱情、爱情,就知道老是说爱情!难道对你来说就没有别的动机存在吗?"③对于胡安而言,

---

① Joseph Wood Krutch, *Introduction to Nine Plays by Eugene O'Neill*, New York: Random House, 1932, p.5.
② [美]尤金·奥尼尔:《奥尼尔文集》(第2卷),郭继德编,北京:人民文学出版社,2006年,第335页。
③ 同上书,第336页。

男人活着就是为了荣誉而战,只有战争才能带来梦想的荣誉,"和平意味着停滞不前——勇士的懈怠,歌声的停息,还有玫瑰的凋谢"①。胡安认定男人不应该在儿女情长上浪费自己的青春,男人应该干一番大事业,奔赴疆场、保家卫国、胸怀世界才是他的理想,沉迷于所谓的男欢女爱、卿卿我我之中是浪费时间和生命:

  胡安:你所说的爱——它们只不过是情绪的变化——是一两个夜里的梦想——是贪欲的冒险——虚荣的表示,也许——可我从来没有爱过。西班牙才是我把心交付的女人,西班牙和个人的抱负,都属于西班牙。②

  胡安虽然是个情操比较高尚的西班牙贵族,不像贵族武士奥维多、卡斯蒂略、维森特那样缺乏教养和残忍无道,也不如圣方济修会的修道士迭戈·梅嫩德斯那么阴险狡诈、掠夺成性,但是他没有脱离贵族对物质和荣誉的追求的本性。当贵族武士卡斯蒂略希望"战争早一点来临"③、梅嫩德斯渴望"有全世界可掠夺"④时,胡安非常激动,他的第一反应就想到了与"马可·波罗见过的黄金之城"⑤开战,这样他就可以成为超越哥伦布的探险家,享有至高无上的荣誉。

  年轻的胡安心高气盛、斗志昂扬,他对爱情、诗歌和其他精神愉悦的东西嗤之以鼻。他对朋友路易斯的诗歌"爱情是鲜花\盛开永不败\生命是清泉\喷涌永不衰……"的评价是:"太动人了——不过这只是个谎言——让魔鬼去抓住你的花儿吧!"⑥胡安的回答非常物质化,他把一切与荣誉和财富联系起来,只要与荣誉和财富无关的东西都是不值一提的

---

① [美]尤金·奥尼尔:《奥尼尔文集》(第 2 卷),郭继德编,北京:人民文学出版社,2006年,第 335 页。
② 同上书,第 337 页。
③ 同上书,第 341 页。
④ 同上。
⑤ 同上。
⑥ 同上书,第 340—341 页。

垃圾。他嘲讽路易斯:"青春!难道青春是财富吗?"①

其实胡安的内心世界是矛盾的。玛丽亚看出了胡安的两面性:"你是个钢铁战士——也是个梦想家。如果那两个自我发生冲突的话,愿上帝保佑你!"②胡安被前者牢牢控制着,并没有觉察到自己潜意识本我对爱和美的追求,因为他的自我极力压抑着本我,他的"心里装着西班牙",这是他的远大"抱负"③,其他的一切被压抑在心底,显得"微不足道"。路易斯对胡安的行为实在不能理解:"胡安,你干吗老是对美嗤之以鼻呢——虽然你心里知道你在撒谎?"④

随着时间的推移和剧情的发展,胡安的潜意识战胜了意识,一个热爱自然、崇尚美德的真实的自我逐渐显露出来。他沉浸在曾经视如敝屣的青春和美之中,他要远航寻找路易斯所歌颂的东方"青春泉"。胡安在思想上与那些贵族产生了激烈的冲突,他鄙视那些贵族大爷,因为他们被金钱和财富迷失了眼睛,对人生的价值和世间的美视而不见。他对利欲熏心的贵族进行猛烈的抨击。他当面指责气势威严的舵主哥伦布,批判他的舰队是装满侵略者的舰队,他是掠夺者的领袖:

> 渴望掠夺东西的冒险家却被一两个杀人犯所控制;西班牙的贵族们贪婪地梦想财富,希望那是他们与生俱来的权利;修道士们渴望把对王权有用的臣民都变成教会的奴隶!而领袖是你,唐克里斯托弗——你会用抢劫来复兴圣战!⑤

胡安认为哥伦布之流统统"都是土地的抢劫者"⑥,他们打着探索世界之奥秘的旗号,实则是掠夺财产,杀戮百姓,满足自己贪婪的欲望。奥

---

① [美]尤金·奥尼尔:《奥尼尔文集》(第2卷),郭继德编,北京:人民文学出版社,2006年,第345页。
② 同上书,第337页。
③ 同上书,第345页。
④ 同上。
⑤ 同上书,第352页。
⑥ 同上。

尼尔认为:"人只有放弃物质财富的占有,接受物质欲望的破灭,回归精神信仰,才能得到救赎。在追逐物质财富时,人否定了理想的美德。"①奥尼尔早期的戏剧中对物质主义进行了深刻的批判,他指出人贪得无厌的、非人性的物质追求必将招致人类与自然的对立和导致人类的毁灭。奥尼尔对人类的生存和人与自然的不协调表现出急切的担忧:

> 我们拥有一切,但是注定要遭到报应。我们跟世界上其他国家一样沿着同一条自私、贪婪的道路前进。我们谈论美国梦,也想向世界展示美国梦,但是何为美国梦?难道更多的是物质占有的梦想吗?从这个意义上讲,我有时认为美国是全世界目前看到的最大的败笔。我们以史上所闻的最高价格出卖了我们的灵魂……如果人将得到整个世界,但却失去了自己的灵魂,这对他又有什么好处?②

奥尼尔认为美国商业文化伦理体现了人与人之间以及人的内心世界的根本冲突。奥尼尔对美国商业社会导致的物质主义和人性堕落的深刻认识,对物质和精神追求间的冲突的揭示,对金钱为中心的商业伦理给艺术和审美产生的负面影响的批判,对人与自然二元对立思维的解构,这些都证明了他的生态伦理意识的形成和对人类生存环境关切的高度责任感。

奥尼尔的生态意识离不开他对美国商业社会现实的反思。20世纪二三十年代,随着工业的高度发展和物质财富的极度充裕,美国社会渗入了一股极浓的商业消费观念。随着商业消费文化的渗透,人们把一切东西都贴上了商业的标签,用消费价值来衡量其存在,其结果必然导致物质贪婪追求和精神价值实现的对立和人与自然的疏离,人也成为商品被消费,从而缺少自我的认同,逐渐被游离,失去了精神家园和最

---

① Frederick I. Carpenter, *Eugene O'Neill*, New York: Twayne Publishers, 1957, p. 71.
② Brenda Murphy, "O'Neill's America: the stranger interlude between the wars", in Michael Manheim, ed., *The Cambridge Companion to Eugene O'Neill*, Cambridge: Cambridge University Press, 1998, pp. 135—136.

后的归宿。

奥尼尔对战争的批判是其生态伦理意识的最具体的表现。奥尼尔在剧本《拉撒路笑了》中描写残酷的战争以及战争给人类精神造成的创伤和生存环境带来的危机,因为在他看来战争就是贵族们发动的野蛮侵略,他们践踏人性,灭绝生灵,破坏生态。在剧本《泉》中战争也是为了掠夺东方国家的财富、攫取他们的珍宝、占领他们的土地。法尔克认为战争"受权力和金子的驱动"①,其本质是人对生态自然的掠夺和侵占。奥尼尔强烈地批判了战争的野蛮性和战争的破坏性,他不无嘲讽地说:"原子弹是伟大的发明,因为它可以毁灭人类。"②奥尼尔的剧本向我们充分展示了人类、自然、战争和生态的关系:人不是自然生态的主宰者,而是自然的一部分,人类对自然的掠夺就是在向人类自我发起战争,就是在毁灭自己。奥尼尔对人类生态危机的担忧显示了他伟大的自然情怀,也促使他通过悲剧的形式从人与自然的关系中找出人类的困境。在《泉》中,奥尼尔借路易斯之口表达了他对和谐的人与自然关系的向往:

> 在东方某个遥远的国度里——在中国,在日本,谁知道呢——有一个地方,大自然界是跟人类分开的,被赋予宁静。那是一片神圣的树林,在人踏入之前一切事物都处在古老的和谐之中。那里到处充满了美,而且是历历在目的。每一种声音都是音乐,每一种食物都是风景。树上结着金色的果子。在丛林中央,有一口喷泉——它美丽得超出人的想象,在喷泉的彩虹中映射出人生的方方面面。少女们在这口喷泉的水里嬉戏、歌唱。看护着它,为的是永久跟它在一起,享受种种欢乐。③

为了形象地表达他的人与自然和谐的生态价值观,奥尼尔在剧中创

---

① Doris V. Falk, *Eugene O'Neill and the Tragic Tension: An Interpretive Study of the Plays*, New Brunswick: Rutgers University Press, 1958, p. 80.
② Frederick I. Carpenter, *Eugene O'Neill*, New York: Twayne Publishers, 1957, p. 62.
③ [美]尤金·奥尼尔:《奥尼尔文集》(第 2 卷),郭继德编,北京:人民文学出版社,2006 年,第 343 页。

造了这个发生在中国的故事,借此歌颂人与自然的和谐关系。《泉》中的奥尼尔渴望人类少一些物质的腐蚀,多一些宁静和美德,少一些金钱贪欲,多一些精神追求,商业发达丰富了物质生活,但是人类将失去自我。剧中年轻的胡安把追求荣誉视为生活的全部,但是看到西班牙贵族的尔虞我诈、贪得无厌,战争的烧杀抢掠、残忍无道,他想置身其外,寻找一个人与人和谐、人与自然合一的东方世界。在剧尾,胡安弥留之际产生了幻觉,他感叹自己变成了歌曲,找到了自我的归宿:

> 他化解成上千种能带来幸福的美好心情——日落的彩霞,明日黎明的彩霞,伟大的贸易风的灵气——草地上的阳光,一只昆虫的鸣唱,叶子的沙沙声,一只蚂蚁的抱负。①

而且,胡安感叹他已经理解了永恒的青春,他找到了日思夜想的"青春泉"。胡安在生命的最后找到他的身份归宿,他感到自己与晚霞和黎明共生死,与土地和生物齐歌唱,呼吸着大自然的灵气,与自然惺惺相惜,正如庄子化蝶回归自然之境界。胡安在美的簇拥中死了,胡安的死并非悲剧,这只是生命的开始和再生,是永恒自然的循环往复的一个环节。胡安回归自然,获得了超越和再生。其实,这也是剧作家奥尼尔对生态认识的超越。

道家哲学强调世间万物是永恒的,它们存在于循环往复的运动之中。《泉》通过不断重复出现的"青春泉"的意象,证明了事物发展的循环性。泉的意象一直萦绕在胡安的脑海里和视野中:"生命是田野\永远在生长\美丽是清泉\永远在流淌。"②生命和清泉一样都是自然的一部分,一直处于运动和变化之中,但是自然是永恒的存在。受伤了的胡安看到了:"喷泉是永恒的,时间是没有尽头的! ……永恒之泉,你是一切归一,而一又在一切之中——永恒的变化才是真正的美。"③"青春泉"象征永恒,胡安

---

① [美]尤金·奥尼尔:《奥尼尔文集》(第 2 卷),郭继德编,北京:人民文学出版社,2006 年,第 407 页。
② 同上书,第 399 页。
③ 同上书,第 400—401 页。

梦想追回失去的青春，探索永葆青春的秘诀。而且，剧尾的一幕让我们感到惊讶，也使我们享受了团圆之美：胡安的爱情故事由他的侄儿小胡安续写，胡安和玛利亚的爱情未果，但是小胡安和玛利亚的女儿贝亚特里斯相爱，使爱情永恒和圆满。这里体现了奥尼尔剧本中的道家元素，循环运动和永久的重复一直在进行之中，只有如此，才能保持一个永久的人与自然的和谐。

在奥尼尔的笔下，"泉"不仅被赋予了恢复青春的神秘特点，而且被描写为自然之上帝，具有自然的神秘和宇宙无限的力量。我们从胡安遭遇印第安人袭击身负重伤和昏迷之时产生的幻觉可以感受到自然的超巨大威力：

> 泉水映出了道道半圆形彩虹，似乎把地面与天空连成一片，形成闪着微光的帷幕……贝亚特里斯的身影像是从泉水中出现，冉冉升起。她狂喜地翩翩起舞——是泉水精灵的化身。①

胡安把贝亚特里斯看成是自然的化身，她的力量可以激起万物之灵气。贝亚特里斯在剧中被描写为自然的代言人，因为她能带来希望、美丽、和平和爱情。胡安的侄儿是胡安生命延续的象征，胡安侄儿与贝亚特里斯的结合是人与自然的结合，是美丽与希望的携手，也是物质与金钱主义的末日。

剧中的英雄胡安一直忍受两种对抗力量的折磨，所以他处于两种身份的焦虑之中：作为一个热血青年战士，他"梦想有一个伟大、辉煌、仁慈的西班牙帝国；作为官员，他又必须战斗，所以他的梦想被击碎"②。胡安深陷身份的困惑，他实际上已经被自然排挤在外，但他的潜意识中的梦想最终把他拉回到自然。剧中的物质主义和理想主义的二元冲突说到底也是人与自然的对立。胡安的生和死反映了人与自然的二元对立到人与自

---

① [美]尤金·奥尼尔：《奥尼尔文集》（第2卷），郭继德编，北京：人民文学出版社，2006年，第398页。
② James A. Robinson, *Eugene O'Neill and Oriental Thought*, *A Divided Vision*, Illinois: Southern Illinois University Press, 1982, p.101.

然的和谐统一。美国奥尼尔研究专家弗洛伊德认为:"从个人角度看,外在追求财富和内在追求自我实现的二元对立必然导致个体性格的分裂。"①胡安的青年时期在爱情、理想和事业方面都表现出一种矛盾和焦虑,甚至性格分裂,直到回光返照时,胡安的性格分裂症愈合了,回到了梦寐以求的"青春泉",与自然一体了。

奥尼尔借用东方道学的天人合一的思想解构西方二元对立的形而上学的思维传统,"用神秘的东方思想通过强调灵魂与宇宙在道德范畴之外的统一弥合了主体与客体的分裂"②。在《东方思想》中,罗宾逊精准地论述了奥尼尔在《泉》中是如何消解西方人与自然对立的:

> 从道学的视角看,(胡安)的幻觉就是对二元对立的消解。比如,随着诗人和牧师手拉手围成一圈,象征着和谐与统一,东西方文化冲突顿时消失了。当胡安感觉到一切都与"永生同一节奏"时,老年和青春的二元对立被解构了。生命和死亡就在同一周期上。③

《泉》中胡安笃爱自然,他说:"我相信大自然。大自然是上帝的一部分。他能创造奇迹。"他甚至着了魔似的大声宣告:"让我永远受诅咒吧,只要大自然今生再次赐给我青春!"④胡安梦想到东方世界寻找"青春泉"的过程本身就是在急切地探索人与自然的和谐过程。奥尼尔描写了胡安这个性格分裂之人的精神旅途,他在接触自然,拥抱自然,最后与神秘自然融合为一体。剧中奥尼尔暗示寻找爱情也是人与自然的融合,爱情就是人在和谐的宇宙中延续生命。胡安的侄子小胡安与贝亚特里斯的爱情就是一种融合和永恒,即人与自然的融合和生命的永恒。

---

① Virginia Floyd, *The Plays of Eugene O'Neill: New Assessment*, New York: Ungar, 1985, p. XIX.

② James A. Robinson, *Eugene O'Neill and Oriental Thought*, *A Divided Vision*, Illinois: Southern Illinois University Press, 1982, p. 4.

③ Ibid., p. 107.

④ [美]尤金·奥尼尔:《奥尼尔文集》(第2卷),郭继德编,北京:人民文学出版社,2006年,第380—381页。

以上论述总结成一句话就是,胡安在迷恋荣誉中迷失了自我,然后在死亡之神来临时找回了自我,胡安的一生发展的轨迹就是摆脱了物质世界的诱惑,回归到对自然美的崇拜,超越了自我。这也反映了奥尼尔的生态伦理意识,即,人只有与自然融合,才能丢弃物质世界的累赘,净化内心世界,崇尚精神自我,共同携手构建美好的、和谐的、绿色的生态家园。

第四节 《马可百万》:阔阔真的死亡与复活

《马可百万》(Marco Millions,1927)是奥尼尔继《泉》之后又一部描写东方的力作。该剧本以中国的元朝为背景,以意大利航海旅行家马可·波罗的故事为依据,以马可·波罗的绰号马可百万为线索,以马可和忽必烈可汗的孙女阔阔真的感情为主线,将东方宁静的精神至上主义和西方破坏性的物质至上主义进行了鲜明的对比。剧本男主人公马可·波罗是受教皇批准和派遣的贸易使者,他15岁那年就告别了家乡和深爱的杜纳塔,带着成为百万富翁的梦想,随父亲和叔父从威尼斯远渡重洋来到中国。而且教皇太奥巴尔多指派马可作为代替西方百人"智者"团队,用基督教不朽的灵魂拯救世界最强大的可汗。马可精明能干,受到可汗的重用,担任地方重要官职。马可在中国南方横征暴敛,为朝廷赢得了税收收入,也为自己积累了大量财富。可汗的孙女阔阔真单纯可爱,天真活泼,情窦初开的她暗暗爱上了马可,她多次向他暗示,但是只爱权力和黄金的马可,根本没有察觉阔阔真的一往情深,阔阔真的爱情从一开始就已经注定是悲剧。

在剧本的第一幕,我们看到小马可生活在一个崇尚金钱的商人贵族的家里,他的父亲和叔父都曾在中国做生意,与可汗忽必烈交往密切。在奥尼尔的笔下,马可的父亲尼科洛是位身材瘦小的中年男子,他那"干瘪的脸上透出精明的样子"①。马可的叔父玛窦和他父亲一般年纪,高大肥胖,他那"圆圆的脸上一团和气,一双小眼睛狡相毕露"②。马可从小就对商人间的尔虞我诈耳濡目染、被他们唯利是图的本性所熏陶,染上了浓厚的商人气质。刚刚15岁的马可与自己喜欢的女孩杜纳塔言谈之中就显现出商人的物质崇拜。他对金钱、财产和社会地位非常敏感和关注,他告诉杜纳塔,他的叔父和父亲与忽必烈可汗有很深的交往,他要借助这层关系努力工作,"留心等待时机,替他办事,可以赚上几百万哩"③。一个小男孩的话语之中渗透的全是物质性的东西,少了点天真幼稚和幻想,喜欢用金钱衡量一切事物的价值,甚至爱情的分量。马可深爱着杜纳塔,他用饱满的情感赋诗一首赞美了杜纳塔的美丽:

> 你的可爱如灿烂阳光下的金子,
> 肌肤仿佛是皓月清辉中的白银,
> 点漆般的双眸是我拥有的黑珍珠,
> 你如醉如痴,只缘我吻了你红玉的双唇。
> 我赢得你表示谢意的盈盈一笑,
> 因为我许你日后将成为富贾巨绅。
> 如果我远在海外追求金银财宝时,
> 你对我始终如一,一片深情。
> 待我们到了盛年时,我财源茂盛,
> 在我名下将有百万巨赀,远近闻名,
> 盛大的婚筵上将不吝挥金如土,
> 从此生男育女,光宗耀祖,感谢圣灵!④

在马可的认知概念里和掌握的词汇里,似乎离不开金钱,他用黄金、

---

① [美]尤金·奥尼尔:《奥尼尔文集》(第2卷),郭继德编,北京:人民文学出版社,2006年,第15页。
② 同上。
③ 同上书,第14页。
④ 同上书,第18页。

白银、黑珍珠和红玉等昂贵的珠宝玉器赞扬了杜纳塔秀美端庄的外表,用金属首饰衡量了他对杜纳塔的爱情至深。他要用万贯财富赢得杜纳塔的信任,用豪华奢侈的婚礼迎娶杜纳塔入门。他认为两情相悦必须建立在男人事业的成就和丰厚的财富之上。男人成功的标志就是拥有百万巨赀,只有这样才能光宗耀祖、获取女人的芳心。在马可的爱情诗里,我们听到的是金属钱币的响声、看到的是金银耀眼的闪光,触到的是珠宝玉器的冰冷,而他只有 15 岁。马可对感情都用金银的价值度量,可以看出商业家庭和商业社会给他幼小的心灵产生了极大影响,这使他过早地形成了对物质的迷恋。当泰奥巴尔多念完他写的诗后,带着嘲讽的口吻对马可说:"你的爱情的天国里也未免金属味略重了一些。"①但是,有一点可以肯定,马可的身上还是有一点诗人的情感和气质,他的诗里透着对美和浪漫的追求。马可在离开前的一个夜晚与杜纳塔约会,两人在朦胧的灯光下相互表白、诉说衷肠,享受着威尼斯美丽的夜色。奥尼尔研究专家弗洛伊德一语击中要害,认为马可虽然在全剧中被作为"讽刺的对象",但是他"基本上还是一个悲剧人物,年轻的时候表现出诗人的气质,本能地追求人类灵魂深处的美"②,充满对精神世界的追求,但是商业环境夺走了童真和浪漫。

随着马可年岁的增长和阅历的加深,特别是父亲和叔父对他的言传身教,他学会讨价还价、谎言欺骗、玩弄妓女等各种行为,他身体里的那点诗性逐渐被物质世界的实惠和利益吞噬了,他开始变得像个商人,像个政客,对金钱和地位的渴望和占有欲成为他生活的全部。见到可汗忽必烈时,他表现得非常实际,直接告诉忽必烈自己的物质需求:"我是说我有我的抱负。我必须获得成功。(脱口而出)大人能给我多少俸金呢?"③叔父

---

① [美]尤金·奥尼尔:《奥尼尔文集》(第 2 卷),郭继德编,北京:人民文学出版社,2006 年,第 18 页。
② Virginia Floyd, *The Plays of Eugene O'Neill*: *New Assessment*, New York:Ungar, 1985,p. 300.
③ [美]尤金·奥尼尔:《奥尼尔文集》(第 3 卷),郭继德编,北京:人民文学出版社,2006 年,第 39 页。

玛窦劝他担当二等钦差,这样马可可以到各地巡视,插手地方事务,从中获得很多好处,而且可以知道朝廷和地方的商业内情,以便第一时间透露给父亲和叔父,从而赢得商机以牟取暴利。马可并没有拒绝叔父不道德的要求,他对叔父的回答比其叔父更加实际:"(忽然对玛窦狡猾地眨眨眼睛)我给你们暗通消息,我能从波罗兄弟商行得到什么呢?"①马可的价值观促使他的一切行为都是以物质为中心的,他衡量人与人之间的关系就是金钱的关系,他原来仅存的那点精神世界的诗性和浪漫荡然无存,成为一个赤裸裸的物质中心主义者。

马可在扬州执行公务期间,对当地百姓横征暴敛,扬州百姓过着敢怒不敢言的生活。忽必烈可汗开始讨厌贪欲膨胀的马可·波罗,他指责马可是个"缺乏人性和灵魂的家伙……就是一个精明透顶的贪得无厌之徒"②。即便是马可获准辞官返乡,回国前他仍惦记着最后捞一把。他向可汗等演示了自己发明的战争利器,告诉可汗利用这样先进的武器装备可以征服世界。因为这样的武器势不可挡,"对财产的破坏和生命的杀伤可就巨大了!没有谁能抵抗陛下了!"③马可打算把他的发明兜售给可汗,他用商人的三寸不烂之舌劝说可汗购买他的发明,而且向可汗开价一百万两黄金作为发明费。马可不惜一切手段,不放弃一切机会攫取物质财富,对人类生命和自然环境造成的破坏置之不顾。

忽必烈可汗的孙女阔阔真公主此时已是年方二十、娇俏玲珑的姑娘,她"脸庞苍白娇嫩,几乎吹弹可破"④。忽必烈视孙女为掌上明珠,把她比喻为一只在"黑河边歌唱的金丝鸟"。⑤ 阔阔真公主即将远嫁波斯国王阿鲁浑,这时忽必烈可汗发现阔阔真暗恋上了马可·波罗,阔阔真把他看成"从奇异的西方来的、陌生而神秘的梦中骑士,一个不可思议的、具有一种

---

① [美]尤金·奥尼尔:《奥尼尔文集》(第3卷),郭继德编,北京:人民文学出版社,2006年,第40页。
② 同上书,第46页。
③ 同上书,第56页。
④ 同上书,第43页。
⑤ 同上书,第44页。

惹人喜爱之处的男子"①。当马可进殿拜见可汗时,阔阔真面露笑容,心情激动,全神贯注地"凝视着他,带着无限赞赏的神情,希望能得到他的一盼"②。阔阔真公主为了能够得到马可·波罗的爱情,她抓住了最后一线希望。她向可汗提出让马可同他的父亲和叔父护送她前往波斯的船队,这样她就有机会在途中打动马可的心。

然而,阔阔真公主只能以失望告终。在前往霍尔木兹港的两年海上生活中,阔阔真无数次含蓄地向马可吐露自己的爱意,有时甚至放下公主的面子直白地向马可表白爱情,可只关心是否赚够一百万金币的马可根本不能理会公主的表白。面对精神上麻木不仁的马可,公主发出了最后的爱情通牒,希望能够电醒马可的被物质腐蚀的心灵:

> 那里一定有他希望你发现的东西。我自己也感到那里有一种东西,一种我不能理解的东西,一种必须你来替我解释的东西!要记住,这是最后的机会!在我的生命中没有我所不愿意给的东西——没有我所不愿意做的事情——即使现在也为时未晚!看我的眼睛,像看并非公主而是一个普通女子的眼睛一样!要看到深处!如果你看不到那里有什么东西,我一定会死!(她歇斯底里地住了口,带着恳求的神色。)③

这一次马可略有些感到阔阔真公主炽热的爱情了,他似乎有点动心,就要去吻公主的时候,被叔父的一声"第一百万个金币"的声音唤醒,又重新回到了充满了物质中心主义的现实世界之中。阔阔真再也克制不住自己的心情,咒骂马可:"我恳求一头牛来观察我的灵魂!"④奥尼尔借阔阔真之言严厉地批判了西方的物质中心主义,他认为金钱把人变成一头没有灵魂的畜生。温泽尔指出,马可·波罗就是西方消费文化的典型,他代

---

① [美]尤金·奥尼尔:《奥尼尔文集》(第3卷),郭继德编,北京:人民文学出版社,2006年,第47页。
② 同上书,第50页。
③ 同上书,第76页。
④ 同上书,第77页。

表了"西方文明的腐朽",因为消费价值观导致西方文化"只注重追求物质利润,忽视事物内在的真善美",《马可百万》是对"西方理想主义整体体系的控诉"①。西方工业化背景下的人走向自己的对立面,失去了精神支柱,人性开始异化,完全以物质占有的多少来衡量自我的价值和存在感。正如绝望的阔阔真指责马可·波罗:

> 甚至在爱情上你也没有灵魂,你的爱情无异是猪的交配,而我——!(脸上起了一阵痛苦的痉挛——然后满含憎恨和轻蔑说)猪一般的基督教徒!你将回到那头母猪那里去,向它夸口说,有一位公主而且是王妃——?②

阔阔真并非妒忌马可与杜纳塔的婚姻,也并非诅咒他们的"爱情",只是不能理解马可为了"两家合作生意"而建立在物质基础上的爱情。马可已经没有精神追求,早先的那一点点诗情画意被一百万的金币淹没得干干净净。剧中的马可是物质崇拜的代表,他的精神世界已经死了,是一个没有灵魂的行尸走肉;阔阔真公主向往精神世界的快乐生活,她憧憬自然,她本身就是自然的象征。剧本展现了西方世界的二元对立,物质至上与精神追求的对立,人与自然的冲突。阔阔真公主是东方道家思想的产物,崇尚自然,追求人与自然的和谐存在,表现了道家的生态伦理之美。奥尼尔的剧本揭示了现代西方社会的生态危机源于意识形态和价值取向,即人对自然享有绝对的控制权。结果是人与自然冲突加深,人类变得越来越孤独,人与人也越来越疏离。剧中的马可就把自然视为获取利润的源泉和实现其发财致富目的的工具。他为了利益在扬州大肆搜刮,破坏扬州的自然生态和传统文化;为了赚取钱财,他竟然向忽必烈兜售杀人武器,不在乎用血腥的战争屠杀人类;为了快速装船,他不在乎六个累死

---

① Sophus. K. Winther, *O'Neill: A Critical Study*, New York: Russell and Russell, 1934, p. 206.
② [美]尤金·奥尼尔:《奥尼尔文集》(第 3 卷),郭继德编,北京:人民文学出版社,2006年,第 78 页。

的奴隶。马可对自然的掠夺使他失去了人性,没有了灵魂,变得越来越贪婪和残忍。

《马可百万》描写了人的物质欲望与其精神满足的冲突。西方的商业文化理念阻止了人与自然的融合和对自然之美的崇尚。马可的眼里就只有利润,他的一切行为都是对利润最大化的追求。马可对物质利益和社会地位的追求贯其一生,连他与杜纳塔的婚姻也不例外,因为杜纳塔家能给他带来持续的经济利益和巨大的财富。在这样的商业文化充斥的环境里阔阔真公主的悲剧是必然的,因为没有灵魂归宿的马可把物质利益看作自我上帝,而阔阔真公主把物质财富视为粪土,她憧憬的是精神之美和自我超越。马可对物质的崇拜导致他心中自然的衰落和死亡。阔阔真公主的死亡表明了人类物质的疯狂占有必然会导致精神的溃灭和人的孤独和异化。墨菲的解释也许会让我们豁然开朗:

> 从某个不同的角度看,马可百万代表着文化的对立面,奥尼尔借《马可百万》对处于物质贪欲和灵魂超越冲突的美国商人赋予了时代性的讽刺。奥尼尔剧本中的马可·波罗从问世之日起,就被很多人拿来与辛克莱·路易斯的巴比特进行比较研究,认为马可"缺少人的灵魂,只有占有的本能"。《马可百万》中奥尼尔展示了由马可代表的物质主义的西方和富有思想的东方之间的分裂,前者对于自己眼前的美视而不见,而后者珍视物质之上的智慧和美。①

墨菲的阐释入木三分,指出了奥尼尔对美国商业文化的深刻批判,暗示剧中包含有明显的生态伦理意识,同时,也呼吁用中国道家思想这一味良药去拯救即将幻灭的西方生态伦理。阔阔真的死亡似乎表明精神至上与物质中心主义对抗失败了,最终发展为悲剧。弗吉尼亚·弗洛伊德认为本剧的目的是在说明"人类的悲剧是因为物质的追求蒙住了人们的眼

---

① Brenda Murphy, "O'Neill's America: the strange interlude between the wars" in Michael Manheim, ed., *The Cambridge Companion to Eugene O'Neill*, Cambridge: Cambridge University Press, 1998, p.139.

睛,致使人们生活在一个看不见美和爱的世界,拼命地在黑暗中抢夺财物"①。正因为如此,奥尼尔安排了阔阔真公主的死,她的死却是"为爱而爱,为美而死"②,是与自然的融合。道家认为"生命是不朽的,生的胚胎与死的归宿,是互相协调的"③,最终要与自然融为一体。

奥尼尔个人并不认为阔阔真的死使《马可百万》变为悲剧,他在给剧院提交剧本时写道:"尽管是个历史剧,实际上它是美国人写的讽刺我们的生活和理想的讽刺喜剧,我相信剧中的爱情故事和东方悲剧具有真正诗意的美。"④这样我们就可以很好地理解为什么奥尼尔安排了阔阔真公主复活一幕,他满怀希望地用道家的天人合一、生死轮回的思想消解西方人与自然之间二元对立的商业伦理价值,他希望最终人与自然的和谐伦理会战胜物质中心主义造成的人与自然的对立态势。也许我们用奥尼尔对本剧做自我评价时的一句话结束本节会更有说服力:

> 一部有关灵魂转生的剧本设想:把最古老的中国文明与现代文明作对比——同样的危机要人们在物质方面(即世俗的)的成功与向更高的精神层次迈进两者之间抉择。⑤

小　结

人与自然是"我与你"的关系,人类只有与自然和谐相处,才能反思和处理好人与人之间的道德关系,所以人类精神与自然生态的伦理关系对

---

① Virginia Floyd, *The Plays of Eugene O'Neill: New Assessment*, New York: Ungar, 1985, p. 300.
② [美]尤金·奥尼尔:《奥尼尔文集》(第3卷),郭继德编,北京:人民文学出版社,2006年,第100页。
③ 同上书,第98页。
④ Arthur and Barbara Gelb, *O'Neill*, New York: Harper and Row Publisher, 1973, pp. 572—573.
⑤ Virginia Floyd, *Eugene O'Neill at Work—Released Ideas for Plays*, New York: Frederic Ungar Co., 1981, p. 58. 参见[美]尤金·奥尼尔:《奥尼尔文集》(第6卷),郭继德编,北京:人民文学出版社,2006年,第334页。

人与人之间的伦理关系具有直接指向的影响。随着社会发展，人类社会生态环境正在恶化，人的生存面临危机。奥尼尔意识到人类的生态危机，他用戏剧和舞台表现人类与自然的冲突与失衡，特别是商业社会下极度扭曲的物质追求所造成的道德沦丧和人类精神生态危机。

奥尼尔生态伦理意识的形成受多种因素的影响。航海经历给奥尼尔提供了与自然充分接触的机会，使他深刻领会了人类与自然和谐的关系，并且用戏剧歌颂人与自然之间不可利用和占有的伦理法则。剧作家易卜生和斯特林堡的生态观对奥尼尔的生态伦理意识的形成有着直接的影响。易卜生和斯特林堡都关注人与环境的关系，他们认为只有着眼于人与自然的内在关系，才能观察和掌握人之本性和社会形态。希腊悲剧张扬人性，歌颂人与自然的和谐，让观众从人物的背后感受到一种超自然的力量的存在，为奥尼尔生态伦理意识的生成奠定了思想基础。尼采厌恶西方资本主义社会的物质文明，极力推崇自然，充分肯定了人与自然的神秘联系，他的人与自然关系哲学思想直接影响了奥尼尔的伦理取向。道家思想为奥尼尔生态伦理意识的形成奠定了思想的基础。道家哲学强调天人合一，追求人与自然和自我内心世界对立统一、和谐共存的关系。奥尼尔崇尚人与自然和谐的思想，并设法从道家的思想精髓中找到医治西方由于商业化洪流带来的物质主义泛滥、人类生态遭殃的良方妙药。

奥尼尔用戏剧很好地诠释了他的生态伦理价值取向。《天边外》中的罗伯特对天边外和海洋等怀有无限的憧憬，但是料理农庄和养家糊口的现实落在他的身上，他的希望和憧憬成了梦想。冷酷的现实和命运阻挡了罗伯特实现梦想的步伐，他的内心世界不平衡，他不能与自然融合协调，这样的错位使他的生活定位在无望的希望之中。罗伯特在生命的最后时刻爬到山上，凝视他梦想多年但遗憾没有去闯荡的天边外，感谢死亡使他获得自由，可以把他与自然牢牢地融合在一起，死亡使他找到了生命的归属。

《泉》中年轻的胡安把追求荣誉视为生活的全部，但是看到西班牙贵族的尔虞我诈、贪得无厌，战争的烧杀抢掠、残忍无道，他想置身其外，寻找一个人与人和谐、人与自然合一的东方世界。胡安弥留之际产生了幻觉,他感叹看到永恒的青春,找到了日思夜想的"青春泉"。胡安像罗伯特一样,在最后的幻想中从自然里找到他的身份归宿。胡安的死并非悲剧,这只是生命的开始和再生,更是一种超越,是永恒自然的循环往复的一个环节。这也是剧作家奥尼尔对生态伦理意识的超越。

《马可百万》描写了人的物质欲望与其精神满足的冲突。马可对物质利益和社会地位的追求与阔阔真公主崇尚的精神之美和自我超越格格不入。马可对物质的崇拜导致他心中自然的衰落和死亡,阔阔真公主的死亡表明人类对物质的疯狂占有必然会导致精神的孤独、异化乃至溃灭。阔阔真公主的复活寄托着奥尼尔的生态伦理观。

本章仅选了三部戏剧诠释了奥尼尔的生态伦理意识,其实奥尼尔几乎每部作品都是对西方生态伦理危机的反思和批判。罗伯特、胡安、阔阔真公主虽然都以死亡结束,他们的死固然是悲剧,是物质主义泛滥对精神追求的扼杀;他们的死也是喜剧,是回归自然、天人合一的实践。罗伯特的死象征着精神世界的回归,胡安的死象征了精神世界的超越,阔阔真公主的死表明精神世界的复活。奥尼尔对生态伦理的认识富有预见性和超前性,他看到了人类即将面临的潜在的生态伦理危机,但是他并不失望,他抱有美好的生态伦理理想。

第六章

奥尼尔戏剧的伦理叙事

前五章我们通过戏剧文本分析阐释了奥尼尔的伦理观,具体表现为他具有强烈责任感的家庭伦理意识、尊重女性的性别伦理意识、享有平等话语权力的种族伦理意识和人与自然和谐统一的生态伦理意识等。奥尼尔的伦理观通过戏剧文本进行了文学性的诠释,所以奥尼尔的戏剧叙事不是单纯地讲故事,而是怀着清晰的目的叙事,向观众揭示某种道德伦理观念,改变人们的习惯性思维,触动人类灵魂深处的道德底线,以期实现理想道德意识的伦理诉求。

第一节 叙事伦理与伦理叙事

人类与动物的区别就是人生活在伦理秩序之中,因此作为人学的文学,就必然会或隐或现地呈现某种伦理秩序,哪怕是刻意追求零度叙事的小说也难以逃脱这一宿命。此外,叙事者的伦理意识也会影响他的叙事,这是叙事者竭尽全力也无法摆脱的。伦理和叙事的渊源可以最早追溯到亚里士多德,他把修辞学作为伦理学的分支进行研究,说明修辞写作是伦理性的行为活动,可以看出叙事不是真空的语言行为,叙事是不可能脱离伦理的叙事,叙事是伦理性的叙事。

首先,我们需要区分两个概念,即何为伦理叙事?何为叙事伦理?刘小枫是我国最早向汉学界引介叙事伦理学的学者。他认为伦理学有两种倾向:一种是"理性伦理学"①,这种伦理学是探究生命感觉的个体法则和人的生活应遵循的基本道德观念,从而制造出一些法则秩序,让个人去适应它;另一种伦理学就是"叙事伦理学"②,叙事伦理学不研究人类的道德标准和法则,而是借助对个人经历的叙事达到某种道德意识的伦理诉求。③ 刘小枫对叙事伦理学的定义明显指的是,叙事者把讲故事的策略和抽象的伦理结合起来,使伦理学和文学艺术在新的界面上获得沟通。西方著名伦理学家麦金太尔(Alasdaire Macintyre)在其伦理思考中也常常求助于文学叙事。例如,他在探讨古典伦理德性的重建时,就着重考察了英国18世纪女作家简·奥斯丁在其小说叙事中所呈现出的"道德倾向"④。

龚刚先生在刘小枫研究的基础上,试图把叙事伦理学研究的重心转过来,也就是以叙事学的研究为着眼点,并以叙事伦理学为依托,建构起"伦理—叙事批评"乃至"伦理叙事学"⑤的框架。龚刚先生认为,伦理叙事学主要研究叙事者如何将道德目的和叙事手段结合起来,伦理叙事学"不是伦理之维和叙事之维的简单叠加,而是聚焦于伦理与叙事的互动关系"⑥。刘小枫并没有区分伦理叙事与叙事伦理,龚刚在刘小枫的基础上前进了一大步,他设法建构一套伦理叙事研究模式。其实,刘小枫的叙事伦理与龚刚的伦理叙事基本上具有同样的内涵。伍茂国在其《从叙事走向伦理》中也指出叙事伦理"无论作为概念还是作为批评方法缺少学理分

---

① 刘小枫:《沉重的肉身》,上海:上海人民出版社,1999年,第3页。
② 同上书,第4页。
③ 同上书,第3—5页。
④ [美]麦金太尔:《德性之后》,龚群等译,北京:中国社会科学出版社,1995年,第301—307页。
⑤ 龚刚:《现代性伦理叙事研究》,杭州:浙江大学出版社,2013年,第3—4页。
⑥ 同上书,第4页。

析,这就导致概念混淆,边界泛化,从而也使得研究难深入"①。伍茂国认为"讲故事的策略毕竟不同于叙事技巧的探讨"②,但是,他认为叙事伦理研究开阔了叙事学研究的视野,同时文学中的叙事伦理开拓了伦理学领域的叙事伦理。③ 伍茂国对叙事伦理的界定与刘小枫的定义没有太大区别,而且又多出来了文艺领域和伦理领域中"叙事伦理"的差异,将问题更加复杂化。张文红2006年发表的著作《伦理叙事与叙事伦理》从主题学和诗学角度探索了伦理叙事和叙事伦理在90年代小说中的折射。她对伦理叙事和叙事伦理的界定比较清楚,把伦理叙事和叙事伦理视为文学批评的两个视角或维度,前者偏重伦理主题的维度,后者则是从诗学的维度进入。④ 就"叙事伦理"而言,主要指叙事技巧和方式,也就是小说、诗歌等作品如何呈现其伦理主题的美学诉求。可见,叙事伦理属于叙事学或文体学或诗学范畴,即关于叙事的伦理。对于"伦理叙事"这一维度而言,主要指向小说的伦理主题视角。文学作为人学,它必然要反映人类的行为道德,揭示人类社会道德问题和矛盾。简而言之,"伦理叙事"是"关于伦理的叙事",主要分析文艺作品主题学的内在深层伦理核心。

奥尼尔以独特的视角观察社会,关注美国20世纪初面临的家庭、性别、种族和生态伦理危机,关心人类精神世界的痛苦,探求能够愈合西方世界人的心灵创伤的良药,他的戏剧包含着深刻的社会意义和伦理价值。奥尼尔的叙事是伦理性的叙事,他的戏剧的叙事不同于同时代的作家,超越了传统的叙事习惯和思维模式,他的叙事是解构性的伦理叙事、狂欢化的伦理叙事、身份伦理叙事和悲剧性的伦理叙事。

---

① 伍茂国:《从叙事走向伦理:叙事伦理理论与实践》,北京:新华出版社,2013年,第22页。
② 同上书,第24页。
③ 同上。
④ 张文红:《伦理叙事与叙事伦理:90年代小说的文本实践——20世纪中国文学学术文库》,北京:社会科学文献出版社,第3—21页。

第二节　解构伦理叙事

奥尼尔戏剧创作的高峰在 20 世纪 40 年代之前，虽然解构主义文学批评此时还没有萌芽，奥尼尔有生之年也没有机会接触到解构主义哲学，他不可能受到解构主义哲学的浸润，但是奥尼尔独特的思维习惯、独到的视角、个性的表达方式与美国 20 世纪上半叶其他作家截然有异。当作为迷惘的一代的作家们还在抨击时代的时候，他却另辟蹊径，开始探索那个迷茫时代给人类精神世界带来的苦痛，用解构的伦理叙事方式消解在原文化体系中积淀而成的无意识的价值判断和民族性格。所谓解构性伦理叙事，就是"打破程序化的社会秩序、伦理规范、道德传统、婚姻取向等"的叙事模式。① 具体而言，就是要"在创作上颠覆传统的意识秩序、创作习惯、思维定式、接受模式等"②，奥尼尔戏剧的解构伦理叙事主要体现在其特别的剧作表达上，他脱离了美国传统的伦理叙事，他的笔墨更多地书写了人类精神，赋予更多的人文关怀和对人类灵魂的抚慰。奥尼尔关心的是个体的困境，表现的是日常生活中的体验，告别前辈作家在家庭、婚姻描写中惯用的神话式的宏大叙事，回归本真和细节的小叙事。

奥尼尔痛恨西方物质至上的伦理价值对人性的泯灭，他努力从一个充满神话色彩的东方世界中找到摧毁西方文化中心主义的法宝。剧本《泉》中，主人公西班牙冒险家胡安随哥伦布一起出航探寻东方世界的财富，然而随着剧情的推移，他追求的东方财富成了使人重返年轻、永葆青春的东方"青春泉"。胡安梦寐以求的东方财富和个人英雄主义被一个理想的乌托邦"青春泉"取代，"青春泉"才使他感到找到一直奋斗寻找的归宿，他的叙事带有明显的解构伦理意识。奥尼尔的戏剧叙事批判了西方社会的伦理道德，摧毁了西方世界物质至上的价值观念，消解了西方二元

---

① 王占斌：《尤金·奥尼尔戏剧中蕴含的解构意识》，《北京第二外国语学院学报》，2015 年第 8 期。

② 同上。

身份叙写社会边缘的"他者",真实地反映社会底层人的痛苦生活。① 奥尼尔是主流作家的"他者",族裔的"他者",奥尼尔叙写的对象也是"他者",他要为主流文化的"他者"呐喊、声援,以"他者"的视野观察"他者",以"他者"的情怀书写"他者",他的叙事是他者的叙事,包含有崇高的伦理关怀和道德价值。

奥尼尔在其早期、中期和后期剧作中无数次地透视了非裔黑人、爱尔兰移民后裔的边缘化"他者"身份。阿布不管是自卫反击,还是失手杀人,结果都是一样的,他要被白人文化中心为黑人特制的绞刑架绞死;吉姆即使考试正常发挥,也别指望成为一名白人社会认可的律师;梅洛迪就是穿上礼服、骑上骏马、背诵拜伦的诗歌,主流文化中心对他依然不屑一顾,最后还是被哈福德的家仆打得遍体鳞伤。阿布、吉姆还有梅洛迪都是种族的"他者",他们不会被允许在主流文化中心领域"有恃无恐""肆意妄为",破坏白人文化中心已经编制完美的知识和权力程序。

奥尼尔的文化身份叙事的另外一个焦点落在男女两性上。奥尼尔剧中的女性角色留给读者一个整体的印象就是,女性只能默默地被言说,成为男权中心的"他者",以及男权中心书写和定义的对象。例如:乔茜(《月照不幸人》)、凯勃特的前妻(《榆树下的欲望》)、安娜(《安娜•克里斯蒂》)、爱丽丝(《奴役》)、露丝(《网》)等,都直接或间接地、自愿地和非自愿地被"塑造"或"改造"。乔茜承担起家务和农庄的全部农活,耽误了自己的青春,错过了结婚的年龄,而父亲霍根却悠闲自在、四处游荡;凯勃特的两个妻子被繁重的农活活活累死;安娜无人关心和照顾,先是被强奸,后又沦落风尘;爱丽丝为丈夫和家庭奉献一生,然而却被丈夫咒骂成卑鄙和龌龊的女人,差点被赶出家门;露丝被斯蒂夫迫害沦为妓女,但仍然躲不开斯蒂夫的百般凌辱。我们从前面章节分析过的剧本《送冰的人来了》中的配角玛吉等三个妓女的命运反观一下女性的"他者"身份。玛吉靠出卖肉体为

---

① Arthur and Barbara Gelb, *O'Neill*. New York: Harper and Row Publisher, 1973, pp. 271–272.

生,被酒店的侍者罗基和其他寄居酒店的男人们骂成"臭婊子""不要脸的",这样的责骂无形中显示了男性的正人君子的地位,而事实是,罗基就是个拉皮条的,他靠玛吉等女人卖淫赚的钱享受生活。男权中心社会"把女人的形象固定化为男性的性对象和客体"①,女性是以"第二性"或"他者"的身份存在的。男人衡量女人最大价值在于她能否任劳任怨来成就男人的事业,是否可以成为男人所期待的温顺贤惠、性感放荡的施欲对象。

奥尼尔剧中的女性是失语的群体,她们的存在和行为完全由男性任意叙写,这可能也是饱受女性主义批评家诟病的原因。例如,《送冰的人来了》中的重要女性角色完全不在场,她们变成了男性酒徒狂欢和逗乐时的谈资,男性根据自己的想象和喜好建构女性。酒店老板霍普的妻子贝西在世时总是督促懒惰的霍普做事,不愿做事的他烦透了妻子的管教,妻子的离世使他获得了懒惰的借口,他蜷缩酒店,不思进取,却假借思念"贤惠温顺"的妻子而不可自拔,他此时对离世妻子高度称赞,完全是一种软弱的男性树立自我形象和寻找借口的方式,他对妻子的"虚假定义"就连寄居酒店的酒徒也觉得可笑。霍普不管如何书写贝西,贝西只是由过去现实的"他者"变成了今天白日梦中的"他者",而霍普也沉醉于对不在场妻子的肆意书写来建构自己的男性优势。

奥尼尔的戏剧叙事往往遭到批评,他被女权主义批评家奥斯丁等人指责为用男权的话语描写女性,有强烈的"厌女"情绪。追根溯源,我们发现奥斯丁等批评家冤枉了奥尼尔,奥尼尔只是没有像其他主流作家一样用宏大叙事的策略歌颂男女平等,他的身份叙事策略真实反映被"他者"化的女性命运。奥尼尔以一个男性独特的视角观察并以他者的叙事策略重新叙写被男性作家不断歪曲书写的女性"他者",还原真实的女性地位,所以他的叙事中并非包含奥斯丁等人所说的"厌女"情绪,相反,他的叙事充满了对女性"他者"的高度关怀和对和谐两性伦理的憧憬。

---

① Margaret Marshment, "The Picture Is Political: Representation of Women in Contemporary Popular Culture", in Victoria, R. and Diane, R., eds., *Introducing Women Studies: Feminist Theories and Practice*, London: Macmillan Press Ltd., 1997, p.132.

如果说种族"他者"和女性"他者"是奥尼尔身份叙事的焦点的话,那么底层人的"他者"化问题也是奥尼尔关怀的对象。奥尼尔笔下的人物除了《拉撒路笑了》中的拉撒路以外,几乎都是处在社会底层的小人物,有水手、妓女、醉汉、伙夫、农民、酒吧招待等。人物具有普遍的特点:渺小、可怜、前途渺茫、地位低贱。《送冰的人来了》对这类底层人物进行了集中的描绘。低级的霍普酒店寄居着退休的警察、记者、无政府主义者、哈佛法学院的毕业生、退役军人等,他们"既不能适应现实生活,又不会反抗,都是生活的失败者"①。《毛猿》极为细致地刻画了处在社会底层的小人物杨克的身份危机和寻找身份的过程。杨克在这样一个由权力话语编制的复杂网络社会,被隔离、规训、异化和剥夺,成为上层阶级的"他者"。处于身份危机的杨克在极度茫然时,选择与比人类更低一层的动物猩猩为伴,他一步步由人退化到猿的过程映射的是底层人的归宿。在工业化的社会里,底层人逃脱不了悲剧的命运,他们注定是哑言的,即使他们能够开口说话,又有谁愿意倾听呢?就像杨克来到工会表达自己要加入工会的决心时,却被当作叛徒扔到大街上;在第五大道商业街去寻衅滋事、抒发不平,但进出商场的绅士和小姐根本无视他的存在。他不但失语,连肉体存在感都没了。

奥尼尔是叙事的"他者",他的叙事是作为他者的叙事,他通过戏剧描写了处于社会边缘群体的处境,以及他们无法获得文化身份认同的痛苦和焦虑。奥尼尔设法在意识形态领域找到抚平人们灵魂伤疤的良药,对边缘群体的生活和命运投以极大的关怀,他的叙事充满了对社会道德的谴责和社会良心的追问,赋予"他者"极大的伦理关怀,所以他的叙事是边缘他者的伦理叙事。

第五节 悲剧伦理叙事

第一章的第二节分析了奥尼尔的悲剧美学观和悲剧伦理思想,本节

---

① 汪义群:《奥尼尔研究》,上海:上海外语教育出版社,2006年,第197页。

主要探讨奥尼尔戏剧的悲剧伦理叙事,从而说明他的悲剧伦理叙事与悲剧美学思想是相互影响和相互作用的。奥尼尔的创作艺术思想深受古希腊悲剧的影响,特别是埃斯库罗斯的悲剧思想促进了他的悲剧美学和悲剧伦理的萌芽。他认为只有埃斯库罗斯才称得上是西方悲剧之父,因为"埃斯库罗斯剧本的特点是情感与表达上的崇高和宏伟"①,他的悲剧不似索福克勒斯和欧里庇得斯的作品那般让人悲哀和悲痛。奥尼尔极力推崇埃斯库罗斯的剧本《普罗米修斯》,他认为悲剧主人公的命运不是简单的哀伤,它起到的效果远远在怜悯和同情之上,让人感到其背后隐藏着一种无形的伟大的神秘力量,主人公永远也难逃那种超自然力量的注定的惩罚。

奥尼尔酷爱古典悲剧艺术蕴含的崇高的情感、伟大的理想和叙事的艺术,他的戏剧创作是他对古希腊悲剧艺术的继承和发展。奥尼尔对希腊传统戏剧最根本的突破在于戏剧刻画的对象由神回到人,他"将戏剧作为探索人类思想的武器,作为剖析人的内心世界的解剖刀"②。在他的早期剧作中,他关注人的生活和人在生活中的位置,人无法使生活适应自己的需要,所以苦苦地在生活中找寻自己的定位,这就构成了他早期的悲剧主题和悲剧叙事。自他的成名作《天边外》问世,他开始关注和探索无法实现的希望和幸福生活,关心人与上帝的关系。他后期戏剧的主题落在探索导致悲剧发生的神秘而强大的力量上,因而死亡成为悲剧主题的重要元素,人在死亡中看到了希望,因而给生活的悲剧赋予意义。

奥尼尔希望"观众离开剧场时会兴奋地觉得自己就是舞台上的某个人,在与外界对立势力作斗争,没有战胜它,而是被击败,但是生活却因此而有价值"③。这就是奥尼尔独特的、富有悲剧意义和色彩的伦理叙事。

---

① Virginia Floyd, *Eugene O'Neill at Work—Released Ideas for Plays*, New York: Frederic Ungar Co., 1981, p. 213.
② 汪义群:《奥尼尔研究》,上海:上海外语教育出版社,2006年,第233页。
③ Arthur and Barbara Gelb, *O'Neill*. New York: Harper and Row Publisher, 1973, pp. 336—337.

身份叙写社会边缘的"他者",真实地反映社会底层人的痛苦生活。① 奥尼尔是主流作家的"他者",族裔的"他者",奥尼尔叙写的对象也是"他者",他要为主流文化的"他者"呐喊、声援,以"他者"的视野观察"他者",以"他者"的情怀书写"他者",他的叙事是他者的叙事,包含有崇高的伦理关怀和道德价值。

奥尼尔在其早期、中期和后期剧作中无数次地透视了非裔黑人、爱尔兰移民后裔的边缘化"他者"身份。阿布不管是自卫反击,还是失手杀人,结果都是一样的,他要被白人文化中心为黑人特制的绞刑架绞死;吉姆即使考试正常发挥,也别指望成为一名白人社会认可的律师;梅洛迪就是穿上礼服、骑上骏马、背诵拜伦的诗歌,主流文化中心对他依然不屑一顾,最后还是被哈福德的家仆打得遍体鳞伤。阿布、吉姆还有梅洛迪都是种族的"他者",他们不会被允许在主流文化中心领域"有恃无恐""肆意妄为",破坏白人文化中心已经编制完美的知识和权力程序。

奥尼尔的文化身份叙事的另外一个焦点落在男女两性上。奥尼尔剧中的女性角色留给读者一个整体的印象就是,女性只能默默地被言说,成为男权中心的"他者",以及男权中心书写和定义的对象。例如:乔茜(《月照不幸人》)、凯勃特的前妻(《榆树下的欲望》)、安娜(《安娜·克里斯蒂》)、爱丽丝(《奴役》)、露丝(《网》)等,都直接或间接地、自愿地和非自愿地被"塑造"或"改造"。乔茜承担起家务和农庄的全部农活,耽误了自己的青春,错过了结婚的年龄,而父亲霍根却悠闲自在、四处游荡;凯勃特的两个妻子被繁重的农活活活累死;安娜无人关心和照顾,先是被强奸,后又沦落风尘;爱丽丝为丈夫和家庭奉献一生,然而却被丈夫咒骂成卑鄙和龌龊的女人,差点被赶出家门;露丝被斯蒂夫迫害沦为妓女,但仍然躲不开斯蒂夫的百般凌辱。我们从前面章节分析过的剧本《送冰的人来了》中的配角玛吉等三个妓女的命运反观一下女性的"他者"身份。玛吉靠出卖肉体为

---

① Arthur and Barbara Gelb, *O'Neill*. New York: Harper and Row Publisher, 1973, pp. 271-272.

生,被酒店的侍者罗基和其他寄居酒店的男人们骂成"臭婊子""不要脸的",这样的责骂无形中显示了男性的正人君子的地位,而事实是,罗基就是个拉皮条的,他靠玛吉等女人卖淫赚的钱享受生活。男权中心社会"把女人的形象固定化为男性的性对象和客体"①,女性是以"第二性"或"他者"的身份存在的。男人衡量女人最大价值在于她能否任劳任怨来成就男人的事业,是否可以成为男人所期待的温顺贤惠、性感放荡的施欲对象。

奥尼尔剧中的女性是失语的群体,她们的存在和行为完全由男性任意叙写,这可能也是饱受女性主义批评家诟病的原因。例如,《送冰的人来了》中的重要女性角色完全不在场,她们变成了男性酒徒狂欢和逗乐时的谈资,男性根据自己的想象和喜好建构女性。酒店老板霍普的妻子贝西在世时总是督促懒惰的霍普做事,不愿做事的他烦透了妻子的管教,妻子的离世使他获得了懒惰的借口,他蜷缩酒店,不思进取,却假借思念"贤惠温顺"的妻子而不可自拔,他此时对离世妻子高度称赞,完全是一种软弱的男性树立自我形象和寻找借口的方式,他对妻子的"虚假定义"就连寄居酒店的酒徒也觉得可笑。霍普不管如何书写贝西,贝西只是由过去现实的"他者"变成了今天白日梦中的"他者",而霍普也沉醉于对不在场妻子的肆意书写来建构自己的男性优势。

奥尼尔的戏剧叙事往往遭到批评,他被女权主义批评家奥斯丁等人指责为用男权的话语描写女性,有强烈的"厌女"情绪。追根溯源,我们发现奥斯丁等批评家冤枉了奥尼尔,奥尼尔只是没有像其他主流作家一样用宏大叙事的策略歌颂男女平等,他的身份叙事策略真实反映被"他者"化的女性命运。奥尼尔以一个男性独特的视角观察并以他者的叙事策略重新叙写被男性作家不断歪曲书写的女性"他者",还原真实的女性地位,所以他的叙事中并非包含奥斯丁等人所说的"厌女"情绪,相反,他的叙事充满了对女性"他者"的高度关怀和对和谐两性伦理的憧憬。

---

① Margaret Marshment, "The Picture Is Political: Representation of Women in Contemporary Popular Culture", in Victoria, R. and Diane, R., eds., *Introducing Women Studies: Feminist Theories and Practice*, London: Macmillan Press Ltd., 1997, p. 132.

如果说种族"他者"和女性"他者"是奥尼尔身份叙事的焦点的话,那么底层人的"他者"化问题也是奥尼尔关怀的对象。奥尼尔笔下的人物除了《拉撒路笑了》中的拉撒路以外,几乎都是处在社会底层的小人物,有水手、妓女、醉汉、伙夫、农民、酒吧招待等。人物具有普遍的特点:渺小、可怜、前途渺茫、地位低贱。《送冰的人来了》对这类底层人物进行了集中的描绘。低级的霍普酒店寄居着退休的警察、记者、无政府主义者、哈佛法学院的毕业生、退役军人等,他们"既不能适应现实生活,又不会反抗,都是生活的失败者"①。《毛猿》极为细致地刻画了处在社会底层的小人物杨克的身份危机和寻找身份的过程。杨克在这样一个由权力话语编制的复杂网络社会,被隔离、规训、异化和剥夺,成为上层阶级的"他者"。处于身份危机的杨克在极度茫然时,选择与比人类更低一层的动物猩猩为伴,他一步步由人退化到猿的过程映射的是底层人的归宿。在工业化的社会里,底层人逃脱不了悲剧的命运,他们注定是哑言的,即使他们能够开口说话,又有谁愿意倾听呢?就像杨克来到工会表达自己要加入工会的决心时,却被当作叛徒扔到大街上;在第五大道商业街去寻衅滋事、抒发不平,但进出商场的绅士和小姐根本无视他的存在。他不但失语,连肉体存在感都没了。

奥尼尔是叙事的"他者",他的叙事是作为他者的叙事,他通过戏剧描写了处于社会边缘群体的处境,以及他们无法获得文化身份认同的痛苦和焦虑。奥尼尔设法在意识形态领域找到抚平人们灵魂伤疤的良药,对边缘群体的生活和命运投以极大的关怀,他的叙事充满了对社会道德的谴责和社会良心的追问,赋予"他者"极大的伦理关怀,所以他的叙事是边缘他者的伦理叙事。

第五节 悲剧伦理叙事

第一章的第二节分析了奥尼尔的悲剧美学观和悲剧伦理思想,本节

---

① 汪义群:《奥尼尔研究》,上海:上海外语教育出版社,2006年,第197页。

主要探讨奥尼尔戏剧的悲剧伦理叙事,从而说明他的悲剧伦理叙事与悲剧美学思想是相互影响和相互作用的。奥尼尔的创作艺术思想深受古希腊悲剧的影响,特别是埃斯库罗斯的悲剧思想促进了他的悲剧美学和悲剧伦理的萌芽。他认为只有埃斯库罗斯才称得上是西方悲剧之父,因为"埃斯库罗斯剧本的特点是情感与表达上的崇高和宏伟"①,他的悲剧不似索福克勒斯和欧里庇得斯的作品那般让人悲哀和悲痛。奥尼尔极力推崇埃斯库罗斯的剧本《普罗米修斯》,他认为悲剧主人公的命运不是简单的哀伤,它起到的效果远远在怜悯和同情之上,让人感到其背后隐藏着一种无形的伟大的神秘力量,主人公永远也难逃那种超自然力量的注定的惩罚。

奥尼尔酷爱古典悲剧艺术蕴含的崇高的情感、伟大的理想和叙事的艺术,他的戏剧创作是他对古希腊悲剧艺术的继承和发展。奥尼尔对希腊传统戏剧最根本的突破在于戏剧刻画的对象由神回到人,他"将戏剧作为探索人类思想的武器,作为剖析人的内心世界的解剖刀"②。在他的早期剧作中,他关注人的生活和人在生活中的位置,人无法使生活适应自己的需要,所以苦苦地在生活中找寻自己的定位,这就构成了他早期的悲剧主题和悲剧叙事。自他的成名作《天边外》问世,他开始关注和探索无法实现的希望和幸福生活,关心人与上帝的关系。他后期戏剧的主题落在探索导致悲剧发生的神秘而强大的力量上,因而死亡成为悲剧主题的重要元素,人在死亡中看到了希望,因而给生活的悲剧赋予意义。

奥尼尔希望"观众离开剧场时会兴奋地觉得自己就是舞台上的某个人,在与外界对立势力作斗争,没有战胜它,而是被击败,但是生活却因此而有价值"③。这就是奥尼尔独特的、富有悲剧意义和色彩的伦理叙事。

---

① Virginia Floyd, *Eugene O'Neill at Work—Released Ideas for Plays*, New York: Frederic Ungar Co., 1981, p. 213.
② 汪义群:《奥尼尔研究》,上海:上海外语教育出版社,2006年,第233页。
③ Arthur and Barbara Gelb, *O'Neill*. New York: Harper and Row Publisher, 1973, pp. 336—337.

身份叙写社会边缘的"他者",真实地反映社会底层人的痛苦生活。① 奥尼尔是主流作家的"他者",族裔的"他者",奥尼尔叙写的对象也是"他者",他要为主流文化的"他者"呐喊、声援,以"他者"的视野观察"他者",以"他者"的情怀书写"他者",他的叙事是他者的叙事,包含有崇高的伦理关怀和道德价值。

奥尼尔在其早期、中期和后期剧作中无数次地透视了非裔黑人、爱尔兰移民后裔的边缘化"他者"身份。阿布不管是自卫反击,还是失手杀人,结果都是一样的,他要被白人文化中心为黑人特制的绞刑架绞死;吉姆即使考试正常发挥,也别指望成为一名白人社会认可的律师;梅洛迪就是穿上礼服、骑上骏马、背诵拜伦的诗歌,主流文化中心对他依然不屑一顾,最后还是被哈福德的家仆打得遍体鳞伤。阿布、吉姆还有梅洛迪都是种族的"他者",他们不会被允许在主流文化中心领域"有恃无恐""肆意妄为",破坏白人文化中心已经编制完美的知识和权力程序。

奥尼尔的文化身份叙事的另外一个焦点落在男女两性上。奥尼尔剧中的女性角色留给读者一个整体的印象就是,女性只能默默地被言说,成为男权中心的"他者",以及男权中心书写和定义的对象。例如:乔茜(《月照不幸人》)、凯勃特的前妻(《榆树下的欲望》)、安娜(《安娜·克里斯蒂》)、爱丽丝(《奴役》)、露丝(《网》)等,都直接或间接地、自愿地和非自愿地被"塑造"或"改造"。乔茜承担起家务和农庄的全部农活,耽误了自己的青春,错过了结婚的年龄,而父亲霍根却悠闲自在、四处游荡;凯勃特的两个妻子被繁重的农活活活累死;安娜无人关心和照顾,先是被强奸,后又沦落风尘;爱丽丝为丈夫和家庭奉献一生,然而却被丈夫咒骂成卑鄙和龌龊的女人,差点被赶出家门;露丝被斯蒂夫迫害沦为妓女,但仍然躲不开斯蒂夫的百般凌辱。我们从前面章节分析过的剧本《送冰的人来了》中的配角玛吉等三个妓女的命运反观一下女性的"他者"身份。玛吉靠出卖肉体为

---

① Arthur and Barbara Gelb, *O'Neill*. New York: Harper and Row Publisher, 1973, pp.271-272.

生，被酒店的侍者罗基和其他寄居酒店的男人们骂成"臭婊子""不要脸的"，这样的责骂无形中显示了男性的正人君子的地位，而事实是，罗基就是个拉皮条的，他靠玛吉等女人卖淫赚的钱享受生活。男权中心社会"把女人的形象固定化为男性的性对象和客体"①，女性是以"第二性"或"他者"的身份存在的。男人衡量女人最大价值在于她能否任劳任怨来成就男人的事业，是否可以成为男人所期待的温顺贤惠、性感放荡的施欲对象。

奥尼尔剧中的女性是失语的群体，她们的存在和行为完全由男性任意叙写，这可能也是饱受女性主义批评家诟病的原因。例如，《送冰的人来了》中的重要女性角色完全不在场，她们变成了男性酒徒狂欢和逗乐时的谈资，男性根据自己的想象和喜好建构女性。酒店老板霍普的妻子贝西在世时总是督促懒惰的霍普做事，不愿做事的他烦透了妻子的管教，妻子的离世使他获得了懒惰的借口，他蜷缩酒店，不思进取，却假借思念"贤惠温顺"的妻子而不可自拔，他此时对离世妻子高度称赞，完全是一种软弱的男性树立自我形象和寻找借口的方式，他对妻子的"虚假定义"就连寄居酒店的酒徒也觉得可笑。霍普不管如何书写贝西，贝西只是由过去现实的"他者"变成了今天白日梦中的"他者"，而霍普也沉醉于对不在场妻子的肆意书写来建构自己的男性优势。

奥尼尔的戏剧叙事往往遭到批评，他被女权主义批评家奥斯丁等人指责为用男权的话语描写女性，有强烈的"厌女"情绪。追根溯源，我们发现奥斯丁等批评家冤枉了奥尼尔，奥尼尔只是没有像其他主流作家一样用宏大叙事的策略歌颂男女平等，他的身份叙事策略真实反映被"他者"化的女性命运。奥尼尔以一个男性独特的视角观察并以他者的叙事策略重新叙写被男性作家不断歪曲书写的女性"他者"，还原真实的女性地位，所以他的叙事中并非包含奥斯丁等人所说的"厌女"情绪，相反，他的叙事充满了对女性"他者"的高度关怀和对和谐两性伦理的憧憬。

---

① Margaret Marshment, "The Picture Is Political: Representation of Women in Contemporary Popular Culture", in Victoria, R. and Diane, R., eds., *Introducing Women Studies: Feminist Theories and Practice*, London: Macmillan Press Ltd., 1997, p.132.

如果说种族"他者"和女性"他者"是奥尼尔身份叙事的焦点的话,那么底层人的"他者"化问题也是奥尼尔关怀的对象。奥尼尔笔下的人物除了《拉撒路笑了》中的拉撒路以外,几乎都是处在社会底层的小人物,有水手、妓女、醉汉、伙夫、农民、酒吧招待等。人物具有普遍的特点:渺小、可怜、前途渺茫、地位低贱。《送冰的人来了》对这类底层人物进行了集中的描绘。低级的霍普酒店寄居着退休的警察、记者、无政府主义者、哈佛法学院的毕业生、退役军人等,他们"既不能适应现实生活,又不会反抗,都是生活的失败者"①。《毛猿》极为细致地刻画了处在社会底层的小人物杨克的身份危机和寻找身份的过程。杨克在这样一个由权力话语编制的复杂网络社会,被隔离、规训、异化和剥夺,成为上层阶级的"他者"。处于身份危机的杨克在极度茫然时,选择与比人类更低一层的动物猩猩为伴,他一步步由人退化到猿的过程映射的是底层人的归宿。在工业化的社会里,底层人逃脱不了悲剧的命运,他们注定是哑言的,即使他们能够开口说话,又有谁愿意倾听呢?就像杨克来到工会表达自己要加入工会的决心时,却被当作叛徒扔到大街上;在第五大道商业街去寻衅滋事、抒发不平,但进出商场的绅士和小姐根本无视他的存在。他不但失语,连肉体存在感都没了。

奥尼尔是叙事的"他者",他的叙事是作为他者的叙事,他通过戏剧描写了处于社会边缘群体的处境,以及他们无法获得文化身份认同的痛苦和焦虑。奥尼尔设法在意识形态领域找到抚平人们灵魂伤疤的良药,对边缘群体的生活和命运投以极大的关怀,他的叙事充满了对社会道德的谴责和社会良心的追问,赋予"他者"极大的伦理关怀,所以他的叙事是边缘他者的伦理叙事。

第五节 悲剧伦理叙事

第一章的第二节分析了奥尼尔的悲剧美学观和悲剧伦理思想,本节

---

① 汪义群:《奥尼尔研究》,上海:上海外语教育出版社,2006年,第197页。

主要探讨奥尼尔戏剧的悲剧伦理叙事,从而说明他的悲剧伦理叙事与悲剧美学思想是相互影响和相互作用的。奥尼尔的创作艺术思想深受古希腊悲剧的影响,特别是埃斯库罗斯的悲剧思想促进了他的悲剧美学和悲剧伦理的萌芽。他认为只有埃斯库罗斯才称得上是西方悲剧之父,因为"埃斯库罗斯剧本的特点是情感与表达上的崇高和宏伟"①,他的悲剧不似索福克勒斯和欧里庇得斯的作品那般让人悲哀和悲痛。奥尼尔极力推崇埃斯库罗斯的剧本《普罗米修斯》,他认为悲剧主人公的命运不是简单的哀伤,它起到的效果远远在怜悯和同情之上,让人感到其背后隐藏着一种无形的伟大的神秘力量,主人公永远也难逃那种超自然力量的注定的惩罚。

奥尼尔酷爱古典悲剧艺术蕴含的崇高的情感、伟大的理想和叙事的艺术,他的戏剧创作是他对古希腊悲剧艺术的继承和发展。奥尼尔对希腊传统戏剧最根本的突破在于戏剧刻画的对象由神回到人,他"将戏剧作为探索人类思想的武器,作为剖析人的内心世界的解剖刀"②。在他的早期剧作中,他关注人的生活和人在生活中的位置,人无法使生活适应自己的需要,所以苦苦地在生活中找寻自己的定位,这就构成了他早期的悲剧主题和悲剧叙事。自他的成名作《天边外》问世,他开始关注和探索无法实现的希望和幸福生活,关心人与上帝的关系。他后期戏剧的主题落在探索导致悲剧发生的神秘而强大的力量上,因而死亡成为悲剧主题的重要元素,人在死亡中看到了希望,因而给生活的悲剧赋予意义。

奥尼尔希望"观众离开剧场时会兴奋地觉得自己就是舞台上的某个人,在与外界对立势力作斗争,没有战胜它,而是被击败,但是生活却因此而有价值"③。这就是奥尼尔独特的、富有悲剧意义和色彩的伦理叙事。

---

① Virginia Floyd, *Eugene O'Neill at Work—Released Ideas for Plays*, New York: Frederic Ungar Co., 1981, p. 213.
② 汪义群:《奥尼尔研究》,上海:上海外语教育出版社,2006年,第233页。
③ Arthur and Barbara Gelb, *O'Neill*. New York: Harper and Row Publisher, 1973, pp. 336—337.

奥尼尔深感生活在20年代的美国人"缺少希腊时代的宗教精神"①,而这个时代却很需要这种精神来关怀,他便尝试在悲剧中附着更多的宗教关照,这样戏剧叙事"就可以回归于戏剧的原始意义"②。在剧本《天边外》的叙事中,奥尼尔使每个人物都在生活中与生命抗争,他们"设法适应生活,但是他们不可能成功"③,只能生活在无望的希望之中。奥尼尔认为达到成功就意味着完蛋,"成功就在失败之中"④才有价值,人生有梦想,而又实现不了,这样的生活才有意义,可以看出奥尼尔在其叙事中包含有深刻的悲剧伦理。

奥尼尔在《天边外》之后,开始叙写人的精神世界和悲剧对个体造成的影响,剧本《安娜·克里斯蒂》《琼斯皇》和《毛猿》都属于这一类叙事的典范。就拿《毛猿》来说,奥尼尔从剧情安排到人物命运都吸纳了希腊悲剧的叙事艺术,杨克的身上就显现了亚里士多德所定义的悲剧英雄人物的特征,杨克具有"宽大的胸怀,凶恶的行为,受人尊重,但也让人恐怖"⑤的特点,他在寻找自己价值和身份时遇到了灾难,他破坏了传统约定俗成的伦理道德,他的行为激起了观众的同情心和恐惧心理。杨克在寻找自己的归属,他在找寻身份的过程是痛苦的和没有希望的。剧本《毛猿》切合了古典悲剧的叙事艺术,体现了"人与自己命运抗争"的主题。⑥奥尼尔认为杨克的人生旅途也是我们所有人的人生轨迹,要么找到自己位置,要么毁灭,杨克毁灭了,杨克的死亡被赋予英雄的终结,具有崇高的悲剧精神。奥尼尔对杨克的叙事是古希腊式的悲剧伦理叙事,揭示的是人与自我物质上帝的冲突,指向的是对人类精神的关怀。

---

① Arthur and Barbara Gelb, *O'Neill*. New York: Harper and Row Publisher, 1973, pp. 336—337.

② Ibid.

③ Ibid.

④ Ibid., p. 337.

⑤ Eugene O'Neill, *The Hairy Ape*, *Play of Eugene O'Neill*, vol. 3, New York: Random House, 1955, p. 180.

⑥ Ibid., p. 208.

奥尼尔后期的戏剧描写了人在生活中的软弱和无望,剧本《诗人的气质》《送冰的人来了》和《进入黑夜的漫长旅程》中的梅洛迪、威利、玛丽等都活在过去的故事里,他们软弱无力,对生活怀有无望的希望,他们在无望的希望中挣扎、奋斗,然后再面对注定的失败,但有一股神秘的力量驱使他们在为不可能的幸福生活永不停息地战斗。这样的人物是悲剧性的人物,但他们的精神令人振奋。因为在与一切敌对势力进行斗争时,他们已经取得了胜利,生活就有了崇高的精神内涵。奥尼尔的叙事从这个意义上看,具有崇高的悲剧精神和伦理道德。

奥尼尔的悲剧伦理叙事最突出的特点,就是他给自己的悲剧作品赋予古希腊人所赋予的意义,即永远在望着成功而不达的道路上奋斗着、拼搏着。奥尼尔的49部戏剧都是悲剧,奥尼尔始终如一地关照着"现代美国社会的方方面面,关照现代人性的各个层次,展示出现代人的悲剧精神"[1]。奥尼尔的海洋主题悲剧揭示了海上小人物的悲惨命运。例如,《东航卡迪夫》中的杨克日夜梦想回到阔别多年的家乡,然而外界不可预知的事故突然夺去了他的生命,他对田园生活的向往永远也是个梦。他的生活哲理剧表现了一种神秘力量对人生命的主宰,人的努力注定要失败,但是人不会停止战斗,人生才显得高尚,才有价值。《天边外》中的罗伯特憧憬的"天边外"是个美丽、遥远的地方,那里有自由和美的东西,但永远可望而不可即。奥尼尔表现的家庭都是悲剧的家庭,人们都深陷痛苦绝望之中而不可自拔。《进入黑暗的漫长旅程》中的四口人都无法摆脱环境和生活强加在他们身上的苦闷和惆怅,只能在酒精和毒品中寻找片刻的安宁。

奥尼尔的悲剧伦理叙事,也可以说是奥尼尔的人生悲剧哲学,体现了他对人性的探索和对灵魂世界的挖掘,以及他对人的精神危机的忧患和对治愈灵魂丑恶良药的不懈追求。他认为:"只有悲剧才是真实,才有意

---

[1] 陈立华:《易卜生与奥尼尔的家庭悲剧》,2006年,转引自郭继德编:《尤金·居中奥尼尔戏剧研究论文集》,上海:上海外语教育出版社,2006年,第54页。

义,才算是美。"①,悲剧能够给人伦理教育和伦理思考,悲剧具有亚里士多德所说的"净化心灵"的作用和力量。奥尼尔对悲剧有一种莫名的"狂喜感",因为悲剧能够"回到戏剧的根本意义,能跟古希腊的戏剧一样蕴含某种宗教精神、某种现代戏剧所完全缺少的狂喜情绪"②。

悲剧伦理叙事就是奥尼尔的创作思想,他认为人能够从悲剧中感受到人自身存在和发展的价值,他说:"生活中有悲剧,生活才有价值。"③他用悲剧的伦理叙事策略和悲剧的叙事伦理技巧展示隐藏在生活背后和人的心灵深处的伦理道德。在其悲剧艺术和悲剧思想的导引下,奥尼尔塑造了一系列社会底层的小人物。他们都是一些被生活遗弃的、令人同情的、没有前途和没有地位的人,但是他们还在不断地为不可能实现的理想而奋斗,他们的生活充满了悲剧色彩。奥尼尔在创作中完全实践了自己的目标:他"奋力在肮脏下贱、下流龌龊的生活中搜寻理想化的高尚品质"④,富有深刻的悲剧伦理美学意义。

奥尼尔不是悲观主义者,但他是悲剧作者,他对生活充满了期待,追求有意义的生活。他认为生活之所以美是因为生活有悲剧,"悲剧是人生的意义,生活的希望"⑤。奥尼尔的悲剧叙事就是要表现人生的意义,突显人在无望的奋斗中得到希望是一种莫大的精神安慰,这样的人"比任何人更接近彩虹"⑥,例如,罗伯特在浪漫的想象和美丽的憧憬中获得了精神的慰藉,处于死亡前恍惚弥留的胡安看到美丽的东方"青春泉"帮他找到了一生追求的梦想。奥尼尔认为悲剧最大的特点就是传递最崇高的理

---

① Oscar Cargill, *O'Neill and His Plays*, New York: New York University Press, 1970.

② Arthur and Barbara Gelb, *O'Neill*, New York: Harper and Row Publisher, 1973, pp. 336—337.

③ Ibid., p. 337.

④ Louis Sheaffer, *O'Neill, Son and Playwright*, Boston: Little, Brown, and Comany, 1968, p. 105.

⑤ Oscar Cargill, *O'Neill and His Plays*, New York: New York University Press, 1970, p. 56.

⑥ Ibid.

想,使人"精神振奋,去深刻地理解生活"①,脱离日常琐碎繁杂的生活,追求丰富多彩和高尚的生活。可以看出,奥尼尔的戏剧叙事一直在其悲剧思想的导引下进行,悲剧思想决定了他的戏剧主题、情节安排、人物塑造和表达技巧,所以他的叙事充满了崇高的伦理思想和悲剧审美价值,伦理叙事之维和叙事伦理之维在他的剧作中融合了。

奥尼尔的悲剧是伦理与叙事的有机结合,而且两者相辅相成,相得益彰。奥尼尔为了达到其悲剧美学的叙事伦理之维,他在叙事技巧上大胆突破,表现主义、心理分析、自然主义和浪漫主义等叙事手段在他的悲剧中应用自如,同时,为了舞台悲剧美学效果和思想表达他还创新地运用面具和舞台分割等技巧,这些叙事技巧的广泛采用,都是为了达到其伦理叙事的目的,也就是实现伦理叙事之维。例如,在谈到表现主义作品时,他就尖锐地批评了一些作家的表现主义作品"否定塑造人物的价值",只注意表现人物的特征,忽视"表达主题思想"②。他还就面具的问题发表了自己的看法,认为面具不是在舞台上标新立异,而是用"最节约的戏剧手段表达深藏在人们心里的冲突"③。我们从他对表现主义和面具的看法中,可以推断奥尼尔的创作理念,就是戏剧的艺术美学伦理服务于戏剧要传达的道德思想,即叙事伦理之维服务于伦理叙事之维。

综观文学作品,不管是小说、诗歌还是戏剧,它们都是真、善、美的结合体,其实在至高无上的基督上帝那里,真、善、美本来就是绝对的理性的统一。"伦理"与"美"都是人类社会发展和个人进步的产物,都具有一定的实践意义和目的指向,同时又有精神意义上的超脱性。奥尼尔毕生在探索人在现代社会中的迷惘、焦虑和异化的现象,寻找痛苦生活和悲惨经历给人们心灵带来的创伤,召回无所着落、飘荡不定的灵魂,体现了奥尼尔对"真"的追寻。奥尼尔对人间的"善"充满向往,他憧憬"满载礼物笑

---

① Oscar Cargill, *O'Neill and His Plays*, New York: New York University Press, 1970, pp. 486—487.
② Ibid., pp. 110—112.
③ Ibid., pp. 116—118.

着"走来的夏日和"皎洁的月光映照下"①的美丽海滩,他期待天边外的"彩霞"和东方的"青春泉"。康德的审美的无功利性在奥尼尔的生命中显得苍白无力,因为"美"和"善"在奥尼尔身上达到了完美的统一。伦理的善与伦理的美有一个共同的期待:社会和谐宁静,精神愉悦高尚。

小　结

伦理叙事和叙事伦理是两个不同的概念,伦理叙事主要是讲故事的策略,而叙事伦理则是写作的技巧,它们构成文学批评的二维视角,前者偏重伦理主题的维度,后者则是从诗学的维度进入。作为人学的文学,它必然要反映人类的行为道德,揭示人类社会道德问题和矛盾,以艺术的形式倡导高尚的道德品质。

奥尼尔的戏剧包含着深刻社会意义和伦理价值。奥尼尔以独特的视角观察社会,关注美国20世纪初面临的家庭、性别、种族和生态伦理危机,关心人类精神世界的痛苦,探求能够愈合西方世界人的心灵创伤的良药。奥尼尔的叙事是伦理性的叙事,他的戏剧的叙事类型不同于传统的叙事模式,形成了自我叙事最有效的策略,即:解构伦理叙事、狂欢伦理叙事、身份伦理叙事和悲剧伦理叙事。

奥尼尔认为社会矛盾源于人们的思维和意识的对立,所以挖掘人的内心深处,探索人的灵魂世界,消解二元对立及重写人的意识是解决社会矛盾、减除人类精神痛苦的良药。奥尼尔的戏剧颠覆了传统二元对立的思维习惯,崇尚多元共存,建构人与人和谐、人与自然一体的幸福环境。

奥尼尔把舞台视为狂欢的广场,他戏谑虚伪的道德,暴露灵魂的堕落,嘲弄西方文化中心霸权的伦理价值,通过舞台表演给传统的伦理道德"加冕",给被腐蚀了的卑鄙灵魂和道德虚伪"脱冕"。奥尼尔的创作反映

---

① 源自张子清翻译的尤金·奥尼尔的诗歌。参见郭继德编:《奥尼尔文集》(第6卷),北京:人民文学出版社,2006年。

了他对生活的痛苦感受和深刻思索,通过狂欢式的叙事伦理,以艺术的形式揭示了灵魂的阴暗和人性的沉沦,呼唤人们回归自然的、和谐的原始生态。奥尼尔正是通过戏剧的狂欢化叙事,表现对底层人的关爱,表达了对公平伦理道德的诉求,蕴含着巨大的狂欢精神。

奥尼尔剧本中的角色基本上都是社会的底层人,他们被西方主流文化边缘化。从《毛猿》中的杨克到《琼斯皇》中的琼斯,从《奇异的插曲》中的尼娜到《进入黑夜的漫长旅行》中的玛丽,他们都是边缘化的"他者",成为主流文化任意言说的对象,他们是一群精神流浪和身份焦虑的"他者"。他们一直苦苦探寻自己的身份,饱受重塑其主体身份的艰难以及在获得认同过程中所受的精神折磨。奥尼尔对底层人的叙写怀有深刻的同情和关怀,他的叙事是他者视角的伦理叙事。

奥尼尔戏剧叙事是伦理性的悲剧叙事,对奥尼尔而言悲剧不仅是艺术表现形式,而且是一种伦理思想和道德哲学,他用悲剧的形式表达崇高的悲剧思想,给予人类精神世界的关怀。他描写了人在生活中被一股无形的、神秘的力量驾驭着,人在为不可能得到的幸福生活永不停息地战斗,然而不断奋斗和注定失败赋予生活于意义,是另一种意义上的胜利,这样的生活有了崇高的精神内涵。

奥尼尔的戏剧叙事是伦理性的叙事,他的伦理叙事策略都是为表达他追求毕生向往的伦理理想服务的。通过解构传统形而上学思维、戏谑陈腐的思想和为边缘"他者"的呐喊,奥尼尔追求理想的伦理价值,即,家庭的幸福、人与神的协调、人与自然的和谐、人的灵魂的依托和崇高的悲剧精神。奥尼尔以乐观、理想和浪漫的想象力构想人生,以悲观和批评的态度面对现实生活和人的精神世界,以崇高的悲剧精神思考人生,他的戏剧赋予人性现实的关注和终极的关怀。

结　语

　　剧作家尤金·奥尼尔研究迄今已近百年，成为国内外文学批评界的一门"显学"，研究大家辈出，相关学术论文及著作可谓汗牛充栋。从20世纪二三十年代传统形式的作家作品解读，到21世纪后现代文学批评解读，奥尼尔的现代严肃戏剧为剧作批评家们提供了生动的资源，从而证明奥尼尔的戏剧独具特色、博大精深，他的创作思想超越时空、跨越时代，成为美国戏剧文学界的一朵奇葩。

　　我国的奥尼尔研究已经走过了轰轰烈烈的岁月，既取得了很多成果，也留下了有待探索的空间。奥尼尔研究的发展之路就是现当代我国外国文学批评发展的缩影，因此继续做好奥尼尔研究不仅对美国戏剧本身具有重要意义，而且对我国今后的外国文学研究也同样具有借鉴价值，其重要性是由我国当下的文学批评现状决定的。当下的文学批评理论缺乏应有的伦理关怀，道德的相对主义和文化阐释的多元主义，使文学批评失去了赖以存在的伦理基础，出现了为批评而批评的现象和理论批评至上的现象。为了重新找回文学的价值意义，批评家开始转向对文学作品的伦理学批评。

　　文学的功能除了能够悦人和审美之外，还可以寓教于乐，即，传播高品德，颂扬真善美。文学作品来源于生活，且高于生活，它是人类社会生活的浓缩再现，借助于文本广阔无垠的虚拟世界,读者可以观察形形色色的社会伦理现象,感同身受各式各样的道德矛盾和冲突。文学从来就是一种特别的、独一无二的"道德思考形式"①聂珍钊甚至认为:"文学艺术对伦理道德观念的形象表达要远远早于哲学家和伦理学家对伦理和道德观念的抽象归纳。"②亚里士多德的《诗学》也不过是在讨论人的情感陶冶和行为善恶而已,所以自古希腊以来,文学的伦理价值取向成为其存在的基础,文学成为伦理道德的载体,以实现道德教诲为目的,传达道德思想为准绳。

戏剧是最能全面反映人内心世界的复杂变化,利用舞台的直观效果展现人与人之间的善恶情仇、利益冲突等道德矛盾和痛苦。王忠祥认为:"戏剧诗人以理性为准则,确立优良道德规范;以普遍和谐为理想,力求人性从异化到复归。"③剧作家执着追求的是道德伦理乌托邦,戏剧舞台人物的行为道德、生活态度和价值取向也在一定程度上反映了剧作家的伦理道德观,奥尼尔戏剧就是他道德态度和道德立场的反映和具化。奥尼尔大胆地用严肃的、探索人生的、具有深刻思想内容和反映道德价值的作品与从欧洲移植过来的插科打诨的闹剧相持,他让观众看到了他们自己的内心世界,将人隐秘的灵魂赤裸裸地呈现出来,使人们在解剖自我的同时,开始对精神世界和道德价值进行思考。奥尼尔不像狄更斯、康拉德、福克纳等小说家那样,不断重复伦理道德之类的词语,奥尼尔很少提及,因为他并不关注社会的变革和动荡的过程,而关心的是动荡和变革之后留给人们精神世界的创伤,从而回过头来反思产生动荡的社会伦理道德问题。如果说巴尔扎克的作品以其揭露人的灵魂的丑恶唤醒了法国、狄

---

① S. L. Goldberg, *Agents and Lives: Moral Thinking in Literature*, Cambridge, England: Cambridge University Press, 1993, p. 63.
② 聂珍钊、杜娟、唐红梅等:《英国文学的伦理学批评》,武汉:华中师范大学出版社,2007年,第9页。
③ 王忠祥:《建构崇高的道德伦理乌托邦——莎士比亚戏剧的审美意义》,《外国文学研究》,2006年第2期。

更斯的小说通过彰显道德之威力改变了英国①,那么奥尼尔的戏剧则剖解了美国人的灵魂,暴露了人类的良心,荡涤了人的心灵。

奥尼尔认为"戏剧是生活"②,是对生活的真实反映,戏剧就是对生活中人物心灵道德的诠释。所以,奥尼尔的道德观并非抽象而不可捉摸,而是一种怀有道德理想的道德实践。他的道德理想乌托邦并非道德虚无,对理想的追求是他一生的精神支柱。奥尼尔虽然愤世嫉俗,但他更爱生活,始终眷恋着"年轻时代的那些美妙的日子"③,他像《天边外》中的罗伯特一样,有着执着的梦想。奥尼尔对幸福生活怀有强烈的憧憬,罗伯特就是作者对灵魂深处的道德价值产生清醒的认识和理性思考的产物,浓缩成完整的形象并附有深刻的价值观念和伦理思想。

奥尼尔的道德观是通过他的艺术创作表现出来的。D. H. 劳伦斯果断地认为文学的基本功能是"载道",并非"审美"④,奥尼尔的戏剧以讲述个人经历中生命感知的故事,来表现具体的道德意识,其中的道德目的是明确的,就是要建立一种合乎人之天性的伦理,所以,对于人性或人之灵魂道德的拷问是奥尼尔伦理思想的核心,其出路就是回归生命,回归自然。具体在作品中,主要是通过批判人与人之间关系的异化,揭露工业化机器文明对自然人性的侵蚀,批驳商业伦理对人与自然关系的剥离,以及揭示由此造成的边缘人群失语和身份流浪的伦理危机。具体而言有如下几个方面:

其一,对利己主义道德的思考与批判。利己主义强调个人本位,把个人利益的得失作为善恶与否的唯一标准,把个人的幸福建立在他人的不幸之上,这种利己的行为会毁灭温馨的恋人关系、和谐的亲人关系。《进

---

① [法]安德烈·莫洛亚:《狄更斯评传》,朱延煌译,济南:山东人民出版社,1984年,第2—3页。

② Oscar Cargill, *O' Neill and His Plays*, New York: New York University Press, 1970, p.107.

③ 《毛猿》中派迪对美好生活的向往。见[美]尤金·奥尼尔:《奥尼尔文集》(第2卷),郭继德编,北京:人民文学出版社,2006年,第418页。

④ [英]D. H. 劳伦斯:《劳伦斯文艺随笔》,黑马译,桂林:漓江出版社,1994年,第288页。

入黑夜的漫长旅程》中的詹姆斯·蒂龙是个极端自私的丈夫和父亲,随便请一个江湖庸医给妻子接生,准备把身患肺痨的儿子埃德蒙送进一家廉价的疗养院,他把钱财看得比妻子和儿子的身体还重要。詹姆斯对自己妻儿的吝啬、自私和漠不关心与西方家庭伦理中最重要的婚姻伦理和父子伦理背道而驰。《榆树下的欲望》中的老凯勃特为了满足自己清教徒式的积累财富的欲望,对儿子冷酷无情,视为干活的奴隶。家庭亲情关系变成了赤裸裸的利害关系,这种极端的利己主义思想破坏了温馨的人伦关系。詹姆斯、凯勃特人性扭曲,灵魂变异,丧失爱情、亲情、人伦。他们也为自己极端狭隘利己的行为付出了代价,最终使自己尝到了苦果。奥尼尔倡导理想的伦理道德,人与人之间,家庭成员之间应该相互理解,建立在责任和义务之上,如黑格尔所言,家庭是由爱情建构起来的,爱情包含着"责任和义务",没有毫无"基础的、空洞的"爱情和亲情,没有空中楼阁的家庭伦理关系。①

其二,对工业文明的批判。科学的进步改善着人们的物质生活,但也带来了破坏。现代工业文明带来的残酷的现代战争破坏了自然的和谐和宁静,人与人为敌、人与自然对立,人沦为现代机器和战争的奴隶,劳动的美和劳动创造的美以及劳动过程产生的原始人情味,在现代机械化生产面前消失殆尽。《毛猿》中的杨克在见到米尔德丽小姐之前把自己视为轮船发动机,其实他不仅在比喻意义上是,而且他已经从精神到肉体变为彻彻底底的机器,他没有了思想,失去了人性,沦为了生产工具。《大神布朗》中的艺术家迪昂由于不堪忍受现代社会压抑而分裂成另一个自我,就如卡夫卡笔下的人变虫子的异化一样,他丧失了自我,找不到归宿。《发电机》中的年轻人在现代科学技术面前显得焦虑、迷惑和混乱,缺乏认同感而无所适从。奥尼尔希望回到海上生活,体验人与人自然的、纯洁的、兄弟般的关系,可以"以船为家,与水手做朋友,周围是茫茫的大海",而且

---

① [德]黑格尔:《法哲学原理》,范扬、张企泰译,北京:商务印书馆,1982年,第175页。

"没有社会的虚伪"。① 机器工业化造就了发达,也吸食了人的灵魂。奥尼尔希望在重建社会秩序和价值标准的过程中,关注人类生存价值的重要性。

其三,批判唯利是图的商业伦理对人性和自然生态的侵蚀。二三十年代的美国社会渗入了一股极浓的商业消费观念,一切东西都被贴上了商业的标签,人也成为商品被消费,用消费价值来衡量一切事物的存在,人被商业价值书写,人在商业利益面前变得失语,没有自我认同感,逐渐被游离和吞噬。在剧本《泉》中,为了掠夺东方财富、攫取珍宝,胡安舰队向东方发动了侵略。在《马可百万》中,马可的眼里只有利润,他的一切行为都是对利润最大化的追求,包括他与杜纳塔的婚姻也不例外。在《鲸油》中肯尼船长为了能够装满鲸油,不顾身体即将崩溃的妻子。不管是胡安、阔阔真公主,还是肯尼太太,他们都是金钱至上的商业伦理的牺牲品。奥尼尔认为只有回归自然,追求人与自然、人与宗教伦理的协调,才能达到真正的和谐。胡安弥留之际因看到了"青春泉"得以回归自然,阔阔真公主"为美而死"也是回归自然,自然就是至高无上的上帝。奥尼尔期望用东方道学"天人合一"的思想解构充斥美国消费社会的商业伦理,建构和谐的生态伦理关系。

其四,对边缘人群的关怀。奥尼尔剧中的边缘群体主要包括女性、底层人、少数族裔等,他们被边缘化从本质上讲都是伦理价值的产物,绝非简单的政治运动能够解决的。政治手段可以让黑人参加竞选,却难以让他们融入白人主流社会;政治手段可以让人类走进大自然,却难以让人类与自然和谐共存;政治手段可以让女人走出家庭,却难以让她们真正摆脱男权社会的阴霾。奥尼尔剧中的女性像爱丽丝、肯尼太太、伊夫琳都是温柔贤惠、恪守妇道的妻子。然而她们过着很不幸福的生活,爱丽丝在家里逆来顺受、委曲求全;肯尼太太被丈夫逼得精神失常;伊夫琳的一再宽容忍让只落得被丈夫枪杀。奥尼尔揭露了男权社会女性的痛苦遭遇,呼唤

---

① Arthur and Barbara Gelb, *O'Neill*, New York: Harper and Row Publisher, 1973, p.147.

社会尊重女性,期望构建平等的性别伦理关系。

奥尼尔的伦理观通过戏剧文本进行诠释,奥尼尔的戏剧叙事包含有清晰的目的叙事,向观众揭示某种道德伦理观念,以达到预期的道德意识的伦理诉求。小说作者或戏剧作家,他们以艺术的表达形式,或赞颂高尚的道德品质,或批驳低级趣味的道德行为和思想理念,要把作家在现实生活中形成的伦理价值用虚拟的艺术形式进行描写和表述。奥尼尔关注美国社会在20世纪初面临的社会矛盾,关心人类精神领域面临的苦痛,特别是家庭、性别、种族和生态伦理出现的异化和病态,尝试探求能够愈合人心灵创伤的良药。奥尼尔的叙事是伦理性的叙事,其戏剧的叙事类型打破了传统的叙事模式,形成了自我叙事策略,即:解构性伦理叙事、狂欢化伦理叙事、身份伦理叙事和悲剧伦理叙事。奥尼尔的伦理叙事与他所追求和向往的伦理理想是一致的。通过解构传统形而上学思维、戏谑陈腐的清教思想和为边缘"他者"的呐喊,奥尼尔追求理想的伦理价值,即,家庭的幸福、人与神的协调、人与自然的和谐、人的灵魂的依托和崇高的悲剧精神。

奥尼尔的解构主义叙事颠覆了传统二元对立的思维习惯和叙事策略。在描写种族问题和矛盾时,他没有用传统现实主义的叙事形式去揭示种族矛盾,激化种族对立,而是采取从思想上和心理上消解二元对立、建构平等的种族关系。奥尼尔戏剧的解构伦理叙事主要体现在其特别的剧作表达上,脱离了传统的宏大伦理叙事,他的笔墨更多地书写了人类支离破碎的心灵,赋予人类更多的人文关怀。奥尼尔关心的是个体的困境,表现的是日常生活中的体验,探索人类灵魂深处的道德,回归于本真和细节。

奥尼尔的叙事是狂欢化伦理叙事。奥尼尔通过剧本讽刺和批驳传统伦理道德,解构人类社会存在的各种对立的社会现象,嘲弄西方文化中心霸权的伦理价值,通过舞台表演给高尚的伦理道德"加冕",给上层人类腐蚀了的卑鄙灵魂和道德虚伪"脱冕"。奥尼尔剧本反拨传统,用狂欢化的伦理叙事策略消解主流文化,以艺术的形式戏谑社会阴暗面,在笑声中让传统文化的形而上学大厦轰然倒塌。

奥尼尔剧本充满边缘化的人群,从杨克到琼斯,从尼娜到玛丽,他们被别人定义和书写,他们是一群行走在边缘的"他者"。奥尼尔的戏剧就是一群边缘化的"他者"构成的故事,他们徘徊在文明的边缘,一直苦于探寻自己的身份。奥尼尔对边缘人群投以极大的关怀和同情,他的叙事策略是反主流的伦理叙事,对种族、性别、阶级、信仰等边缘人群进行悲剧性的书写,描写他们的奋斗、挣扎、失望和无奈。

奥尼尔的戏剧都以悲剧收场,因为他的戏剧就是生活,来源于他个人的生活经历。童年的痛苦遭遇,家庭阴郁惨淡的气氛在奥尼尔身上打下了无法磨灭的烙印。后来为了生活,奥尼尔从事过各种职业,体验过世态的炎凉,饱尝过人间的不平,对底层人的命运有着深切的感受。因此他的作品表现的是人的愿望和人无法改变自我、无法实现理想的冲突,具有深刻的悲剧意义。《东航卡迪夫》中杨克在临死时回顾自己毫无目的的一生,内心充满感伤,连连叹息"太迟了"。《加勒比斯之月》中的史密梯感叹到:"我们不过是一群迷路的羔羊"。在奥尼尔戏剧中,我们感受到的是一种永远排解不了的苦恼、一种找不到归属的痛苦、一种追求的饥渴、一种对美好世界的徒然向往。

悲剧伦理构成了奥尼尔自始至终的伦理美学。伦理与美本身就交融于一体,在上帝那里,真、善、美本来就是绝对的理性的统一。"伦理"与"美"都有一个共同的期待:社会和谐而宁静,精神愉悦而高尚,这是奥尼尔毕生的伦理期待。奥尼尔酷爱古希腊悲剧,深受古希腊悲剧观的影响,他认为:"只有悲剧才是真实,才有意义,才算是美。"[1]悲剧最大的特点就是传递最崇高的理想,使人"精神振奋,去深刻地理解生活"[2],脱离日常琐碎繁杂的东西,追求丰富多彩和高尚的人生。奥尼尔所理解的悲剧有古希腊人所赋予的意义,是一种没有希望的希望,是一种未能实现理想的成功的成功。正如他言:"生活中有悲剧,生活才有价值。"[3]正是在其悲

---

[1] Oscar Cargill, *O'Neill and His Plays*, New York: New York University Press, 1970.

[2] Arthur and Barbara Gelb, *O'Neill*, New York: Harper and Row Publisher, 1973, pp. 486-487.

[3] Ibid., p. 337.

剧美学的导引下,奥尼尔塑造了一系列社会底层的小人物。他们都是些被生活遗弃的渺小、可怜、没有前途、没有地位的人。但是他们还在不断地为不可能实现的理想而奋斗,这就注定了他们的宿命。盖斯纳评价奥尼尔"第一次将普通人带给美国戏剧"①。奥尼尔在创作中完全践行了自己的目标:试图"在肮脏下贱、下流龌龊的现实生活中搜寻理想化的高尚品质"②。他主张表现平凡的、有血有肉的人,反对将人物故意美化或丑化以取得效果,因为真正的"现实主义的作品所反映的是人的灵魂"。

奥尼尔是一个具有高度责任感的剧作家,他一生致力于追求戏剧的革新,他指出:"戏剧和绘画、音乐一样,也有一套建立得很好的规则。只有那些懂得规则的人,才能成功地打破它们。"③奥尼尔的创新不是建立在对以前的形式采取虚无主义态度的基础上,相反,他之所以在表现风格和形式上有所突破,主要是他深谙希腊戏剧传统但又不为传统所束缚。奥尼尔的戏剧激发起人们对灵魂深处道德本真的诉求,他从来"不在道德问题上装腔作势"④,这就是奥尼尔戏剧创作的伦理基点,他把生活中看到的人与人的冲突、人与自身的冲突以及人与命运的冲突都如实地用戏剧艺术再现出来。奥尼尔是用伦理道德的属性来观察、理解和对待人的,他能够"在平庸和粗俗的深处发掘诗情画意"⑤,同时,他也是以伦理视角对待写作的,就是"如实地反映生活,用生活来说明真理"⑥。奥尼尔的戏剧创作本身就是他伦理道德思想的最佳实践。

---

① John Gassner, *Master of the Drama*, New York: Dover, 1954, p. 649.
② Louis Sheaffer, *O'Neill, Son and Playwright*, Boston: Little, Brown, and Company, 1968, p. 105.
③ J. S. Wilson, "Interview with O'Neill", in J. H. Raleigh, ed., *Twentieth Century Interpretations of* The Iceman Cometh, Englewood Cliffs: Prentice-Hall, 1968, p. 24.
④ Arthur and Barbara Gelb, *O'Neill*, New York: Harper and Row Publisher, 1973, p. 337.
⑤ Louis Sheaffer, *O'Neill: Son and Artist*, Boston: Little, Brown, and Company, 1973, p. 159.
⑥ Oscar Cargill, *O'Neill and His Plays*, New York: New York University Press, 1970, pp. 110—112.

参考文献

一、英文参考文献

1. 奥尼尔作品

［1］O'Neill, Eugene. *Complete Plays（1913—1920）*. New York：The Library of America，1988.

［2］O'Neill, Eugene. *Complete Plays（1920—1931）*. New York：The Library of America，1988.

［3］O'Neill, Eugene. *Complete Plays（1932—1943）*. New York：The Library of America，1988.

［4］O'Neill, Eugene. *Poems*. Ed. Donald Gallup. New Haven：Ticknor and Fields，1980.

［5］O'Neill, Eugene. *Poems：1912—1944*. New Haven：Ticknor and Fields，1980.

［6］O'Neill, Eugene. *Seven Plays of the Sea*. New York：Vintage Books，1972.

［7］O'Neill, Eugene. *The Complete Works of Eugene O'Neill*. New York：Boni & Liveright，1924.

2. 研究著作

［1］Adams, James T. *The Epic of America*. New York：Little，Brown and Company，1933.

［2］Alexander, Doris. *The Tempering of Eugene O'Neil*. New York：Harcourt, Brace and World，1962.

[3] Alexander, Doris. *Eugene O'Neill's Creative Struggle*: *The Decisive Decade*, *1924—1933*. University Park: Penn State University Press, 1992.

[4] Austin, Gayle. *Feminist Theory for Dramatic Criticism*. Ann Arbor: University of Michigan Press, 1990.

[5] Bagchee, Shyamal. *Perspectives on O'Neill*: *New Essays*. Victoria, B. C. Canada: University of Victoria, 1988.

[6] Bhabha, Homi K. *The Location of Culture*. Routledge, 1994.

[7] Barker, Chris. *Cultural Studies*: *Theory and Practice*. London: Sage Publications Ltd., 2011.

[8] Bigsby, C. W. E. *A Critical Introduction of Twentieth-Century American Drama*. *Vol. 1 1900—1940*. Cambridge: Cambridge UP, 1982.

[9] Black, Stephen. *Eugene O'Neill*: *Beyond Mourning and Tragedy*. New Haven and London: Yale University Press, 1999.

[10] Birlin, Norman. *Eugene O'Neill*. New York: St. Martin's, 1982, p. 30.

[11] Bogard, Travis. *Contour in Time*: *The Plays of Eugene O'Neill*. Oxford University Press, 1972.

[12] Bogard, Travis and Jackon R. *Selected Letters of Eugene O'Neill*. New Haven: Yale University Press, 1988.

[13] Booth, Wayne. *The Rhetoric of Fiction*. Chicago: The University of Chicago Press, 1983.

[14] Bowen, Crosswell and Shane O'Neill. *The Curse of the Misbegotten*: *A Tale of the House of O'Neill*. New York: McGraw-Hill, 1959.

[15] Bryer, Jackson R. *The Theatre We Worked For—The Letters of Eugene O'Neill to Kenneth Macgowan*. New Harven: Yale University Press, 1982.

[16] Burr, Suzanne. "O'Neill's Ghostly Women". in June schlueter, ed., *Feminist Readings of Modern American Drama*. Rutherford: Fairleigh Dickinson University Press, 1989.

[17] Calverton, Victor Francis. *Liberation of American Literature*. New York: Charles Scribner's Sons, 1932.

[18] Cargill, Oscar N. Bryllion Fagin, William J. Fisher. *O'Neill and His Plays*: *Four Decades of Criticism*. New York: New York University Press, 1961.

[19] Cargill, Oscar. *O'Neill and His Plays*. New York: New York University Press, 1970.

[20] Carpenter, Frederick I. *Eugene O'Neill*. New York: Twayne Publishers, 1957.

[21] Carpenter, Frederic I. "Eugene O'Neill, the Orient and American Transcendentalism". Myron Simon and T. H. Parsons, ed. *Transcendentalism and Its Legacy*. Ann Arbor: University of Michigan Press, 1996.

[22] Certeau, Michel D. *Heterologies: Discourse on the Other (Theory and History of Literature)*, Trans. by Brian Massumi. Minneapolis: U of Minisota P, 1986.

[23] Clark, Barrat H. *O'Neill: The Man and His Plays*. New York: Dover Publications, INC., 1947.

[24] Clark, Barrat H. *European Theories of the Drama*. New York: Crown Publishers, 1947.

[25] Cohn, Ruby. *Dialogue in American Drama*. Bloomington: Indiana UP, 1971.

[26] Eaton, Richard M. Madeline Smith. *Eugene O'Neill: An Annotated International Bibliography, 1973—1999*. Jefferson: McFarland & Company, 2001.

[27] Edgar, Andrew. *Cultural Theory: The Key Concepts*. London and New York: Routledge, 2002.

[28] Engel A, Edwin. *The Haunted Heroes of Eugene O'Neill*. Cambridge, Mass.: Harvard UP, 1953.

[29] Engel, Edwin. "Ideas in the Plays of Eugene O'Neill". in John Gassner, ed. *Ideas in the Drama*. New York: Columbia University Press, 1964.

[30] Fanon, Frantz. *Black Skin, White Masks*. Trans. by Charles Lam Markmann. New York: Grove, 1967.

[31] Fanon, Frantz. *Toward the African Revolution*. Trans. by Haakon Chevalier. New York: Grove, 1968.

[32] Fanon, Frantz. *The Wretched of the Earth*. Trans. by Constance Farrington. New York: Grove, Manheim, Michael. *O'Neill's New Language of Kinship*. New York: Syracuse University Press, Sheaffer, Louis. *O'Neill, Son and Playwright*. Boston: Little, Brown, and Company, 1968.

[33] Falk, Doris V. *Eugene O'Neill and Tragic Tension*. New Brunswick, New Jersey: Rutgers University Press, Second Printing, 1959.

[34] Floyd, Virginia. *Eugene O'Neill at Work—Released Ideas for Plays*. New York: Frederic Ungar Co., 1981.

[35] Floyd, Virginia. *The Plays of Eugene O'Neill: New Assessment*. New York: Ungar, 1985.

[36] Ford, Boris. *The New Pelican Guide to English Literature*. London: Penguin Books, 1991.

[37] Gassner, John. *Master of the Drama*. New York: Dover, 1954.

[38] Goldberg, S. L. *Agents and Lives: Moral Thinking in Literature*. Cambridge: Cambridge University Press, 1993.

[39] Gelb, B., Arthur. *O'Neill*. New York: Harper and Row Publisher, 1973.

[40] Gelb, B., Arthur. *O'Neill: Life with Monte Cristo*. New York: Applause Theatre Books, 2000.

[41] Gilligan, Carol. *In a Different Voice*. Cambridge: Harvard University Press, 1982.

[42] Goldberg, S. L. *Agents and Lives: Moral Thinking in Literature*. Cambridge, England: Cambridge University Press, 1993. p. 63.

[43] Krutch, Joseph W. *Introduction to Nine Plays by Eugene O'Neill*. New York: Random House, 1932.

[44] Hall, Ann C. *A Kind of Alaska: Women in the Plays of O'Neill*. Carbondale: Southern Illinois University Press, 1993.

[45] Lawson, John Howard. *Theory and Technique of Playwriting and Screenwriting*. New York: G. P. Putnam's Sons', 1936.

[46] M., Bakhtin. M. *Selected Readings of Bakhtin*. London: A Hodder Arnold Publication, 1997.

[47] Manheim, Michael. *Eugene O'Neill's New Language of Kinship*. Syracuse: Syracuse University Press, 1982.

[48] Manheim, Michael. "The transcendence of Melodrama in *A Touch of the Poet* and *A Moon for the Misbegotten*". in John Strope, ed., *Critical Approaches to O'Neill*. New York: AMS Press, 1988.

[49] Manheim, Michael. *The Cambridge Companion to Eugene O'Neil*., Cambridge: Cambridge University Press, 1998.

[50] Marshment, Margaret. "The Picture Is Political: Representation of Women in

Contemporary Popular Culture". in Victoria, R. and Diane, R. eds., *Introducing Women Studies: Feminist Theories and Practice*. London: Macmillan Press Ltd., 1997.

[51] Martine, James. *Critical Essays on Eugene O'Neill*. New York: AMS Press, 1988.

[52] Memmi, Albert. *The Colonizer and Colonized*. New York: Orion, 1965.

[53] Miller, Jordan Y. *Eugene O'Neill and the American Critic*. Hamden: Archon Books, 1973.

[54] Mitchell, Juliet. *Psychoanalysis and Feminism: A Radical Reassessment of Freudian Psychoanalysis*. Trans. by Jacqueline Rose. London: The Macmillan Press Ltd., 1982.

[55] Murphy, Brenda. "O'Neill's America: the stranger interlude between the wars". in Michael Manheim, ed., *The Cambridge Companion to Eugene O'Neill*. Cambridge: Cambridge University Press, 1998.

[56] Newton, Judith L. Mary P. Ryan, and Judith R. Walkowitz. eds. *Sex and Class in Women's History*. London: Routledge, 1983.

[57] O'Neill, Eugene. *Complete Plays*. Vol. 1, Travis Bogard, ed. New York: Library of America, 1988.

[58] O'Neill, Eugene. *The Emperor Jones*, in the *Play of Eugene O'Neill*, vol. 3, New York: Random House, 1955.

[59] O'Neill, Eugene. *The Hairy Ape*, in the *Play of Eugene O'Neill*, vol. 3, New York: Random House, 1955.

[60] Orr, John. *Tragic Drama and Modern Society: Studies in the Social and Literary Theory of Drama from 1870 to the Present*. Totowa, N. J.: Barns and Noble, 1981.

[61] Pawley, Thomas D. "The Black World of Eugene O'Neill". in Haiping Liu and Lowell Richard, Sewall. "Eugene O'Neill and the Sense of Tragic". in Richard F Jr, ed. *Eugene O'Neill's Century: Centennial Views on America's Foremost Tragic Dramatist*. Moorton: Greenwood Press, 1991.

[62] Pfister, Joel. *Staging Depth: Eugene O'Neill and the Politics of Psychological Discourse*. Chapel Hill: The University of North Carolina Press, 1995.

[63] Quinn, A. H. *A History of the American Drama: From the Civil War to the*

Present Day. New York: Appleton, 1936.

[64] Raleigh, John H. *The Plays of Eugene O'Neill*. Carbondale: Southern Illinois University Press, 1965.

[65] Ranald, Margaret L. *An O'Neill Companion*. Westport: Greenwood Press, 1984.

[66] Robinson, James A. *Eugene O'Neill and Oriental Thought, A Divided Vision*. Illinois: Southern Illinois University Press, 1982.

[67] Sheaffer, Louis. *O'Neill: Son and Artist*. Boston: Little, Brown, and Company, 1973.

[68] Shipley, Joseph T. *Guide to Great Plays*, Washinton: Public Affairs Press, 1956.

[69] Skinner, Richard. D. *Eugene O'Neill: A Poet's Quest*. New York: Longmans Green, 1935.

[70] Strope, J. H. *Critical Approaches to O'Neill*, New York: AMS Press, 1988.

[71] Swortzell, eds. *Eugene O'Neill in China*. New York: Greenwood, 1992.

[72] Tornqvist, Egil. *A Drama of Soul: O'Neill's Studies in Supernaturalistic Technique*. New Harven: Yale University Press, 1969.

[73] Weales, Gerald. "Eugene O'Neill: *The Iceman Cometh*". in Hening Cohen, ed., *Landmarks of American Writing*. New York: Basic Books, 1969.

[74] Williams, Bernard. *Ethics and the Limits of Philosophy*. Cambridge: Harvard University Press, 1985.

[75] Wilson, J. S. "Interview with O'Neill". in J. H. Raleigh, ed., *Twentieth Century Interpretations of* The Iceman Cometh. Englewood Cliffs: Prentice-Hall, 1968.

[76] Winther, Sophus. K. *O'Neill: A Critical Study*. New York: Russell and Russell, 1934.

3. 学术论文

[1] Antush, John V. "Eugene O'Neill: Modern and Post Modern". *The Eugene O'Neill's Review*, 13, (spring)1989.

[2] Atkinson, J. Brooks. "Laurel for Strange Interlude". *New York Times*, 13 may 1928.

[3] Atkinson, Ti-Grace. "Rebellion". *The Sunday Times Magazine*, September, 1969.

[4] Barlow, Judith E. "O'Neill's Women". *The O'Neill's Newsletter*, 6, [summer/fall], 1992. special section.

[5] Cahill, Gloria. "Mothers and Whores: The Process of Integration in the Plays of Eugene O'Neill". *Eugene O'Neill's Review*, 16, [Spring] 1992.

[6] Carpenter, Frederick I. "Book Reviews". *Wisconsin Studies in Contemporary Literature*, Vol. 3, No. 3 (Autumn, 1962).

[7] Carpenter, Frederic. I. "Review of Contour in Time: The Plays of Eugene O'Neill by Travis Bogard". *American Literature*, Vol. 45, No. 1 (Mar., 1973).

[8] Cole, Lester. "Two Views on O'Neill". *Masses and Mainstream*, Vol. 7, No. 6 (Jun, 1954).

[9] Granger, B. Ingham. "Review". *Books Abroad*, Vol. 36, No. 4 (Autumn, 1962).

[10] Griffin, Ernest G. Ed., *Eugene O'Neill: A Collection of Criticism*. New York: McGraw-Hill, 1976.

[11] Heuvel, Michael Vanden. "Review: Performing Gender". *Contemporary Literature*, Vol. 35, No. 4(Winter 1994).

[12] Lawson, John Howard. "The Tragedy of Eugene O'Neill". *Masses and Mainstream*, Vol. 7, No. 3 (Mar., 1954).

[13] Larsen, Willian. "In Memoriam: Eugene O'Neill, 1888—1953". *American Journal of Economics and Sociology*, Vol. 13, No. 2 (Jan., 1954).

[14] Mandl, Better. "Gender as Design in Stranger Interlude". *Eugene O'Neill's Review*, 19, [Spring/fall] 1995.

[15] Meacham, J. "Keeping the Dream Alive". *Time*, July 2, 2013.

[16] Messent, Peter. "Review of Forging a Language: A Study of the Plays of Eugene O'Neill". *The Review of English Studies*, New Series, Vol. 33, No. 130 (May, 1982).

[17] Nethercot, Arthur. "The Psychoanalyzing of Eugene O'Neill". *Modern Drama*, 3(December 1960).

[18] Poole, Gabriele "Blasted Niggers: The Emperor Jones and the Modernism's Encounter with Africa." *The Eugene O'Neill Review*, 1994,17. 1−2 (Spring-Fall).

[19] Rudin, Seymour. "Playwright to Critic: Sean O'Casey's letters to George Jean

Nathan". *The Massachusetts Review*," Vol. 5, No. 2 (Winter, 1964).

[20] Saiz, Peter. "The Colonial Story in Emperor Jones". *The Eugene O'Neill Review*, 17, 1—2 (Spring-Fall 1993).

[21] Tuck, Susan. "White Dreams, Black Nightmares: All God's Chillun Got Wings and Light in August." *The Eugene O'Neill Newsletter*, 12. 1 (Spring 1988).

[22] W. J. "In Memoriam: Eugene O'Neill, 1888—1953". *American Journal of Economics and Sociology*, Vol. 13, No. 2 (Jan., 1954).

[23] Wolff, Tamsen. "Eugenic O'Neill and the Secrets of Strange Interlude". *Theatre Journal*, Vol. 55, No. 2 (May, 2003).

[24] Wrong, Dennis H. "The Oversocialized Conception of Man in Modern Sociology". *American Sociological Review*, 1961, 26.

[25] Usekes, Cigdem. " Racial Encounters in the American Theatre: Whiteness and Eugene O'Neill, Blackness and August Wilson". Dissertation, University of North Dakota, 1999.

[26] Valgemäe, Mardi. "Review of A Drama of Soul: O'Neill's Studies in Supernaturalistic Technique". *Books Abroad*, Vol. 44, No. 4 (Autumn, 1970).

二、中文参考文献

1. 戏剧原典

[1] [美]尤金·奥尼尔:《外国当代剧作选(1)》,龙文佩编,北京:中国戏剧出版社, 1988年。

[2] [美]尤金·奥尼尔:《奥尼尔文集1》,郭继德编,郭继德、蒋虹丁等译,北京:人民文学出版社,2006年。

[3] [美]尤金·奥尼尔:《奥尼尔文集2》,郭继德编,欧阳基、荒芜等译,北京:人民文学出版社,2006年。

[4] [美]尤金·奥尼尔:《奥尼尔文集3》,郭继德编,毕玹、郭继德等译,北京:人民文学出版社,2006年。

[5] [美]尤金·奥尼尔:《奥尼尔文集4》,郭继德编,荒芜、汪义群等译,北京:人民文学出版社,2006年。

[6] [美]尤金·奥尼尔:《奥尼尔文集5》,郭继德编,郭继德、龙文佩等译,北京:人民

文学出版社,2006年。

[7] [美]尤金·奥尼尔:《奥尼尔文集 6》,郭继德编,张子清、刘海平等译,北京:人民文学出版社,2006年。

2. 研究著作

[1] [法]安德烈莫洛亚:《狄更斯评传》,朱延煌译,济南:山东人民出版社,1984年。

[2] [法]阿尔贝特·施韦泽:《敬畏生命》,上海:上海社会科学出版社,1996年。

[3] [美]爱德华·萨义德:《东方学》,王宇根译,北京:三联书店,2013年。

[4] [美]奥尔多·利奥波德:《沙乡的沉思》,北京:经济出版社,1992年。

[5] [苏]巴赫金:《陀思妥耶夫斯基诗学问题》,白春仁等译,北京:三联书店,1992年。

[6] [苏]巴赫金:《巴赫金全集》(第五卷),白春仁等译,石家庄:河北教育出版社,1998年。

[7] [美]伯高·帕特里奇:《狂欢史》,刘心勇等译,上海:上海人民出版社,1992年。

[8] 程正民:《巴赫金的文化诗学》,北京:北京师范大学出版社,2001年页。

[9] 戴兆国:《明理与敬义:康德道德哲学研究》,北京:中国社会科学出版社,2012年。

[10] [美]丹尼·贝尔:《资本主义的文化矛盾》,赵一凡等译,北京:三联书店,1989年。

[11] 杜任之:《现代西方著名哲学家述评》:北京:三联书店,1990年。

[12] 弗朗兹·法农:《黑皮肤,白面具》,万冰译,南京:译林出版社,2005年。

[13] [英]弗吉尼亚·伍尔夫:《一间自己的屋子》,王还译,北京:三联书店,1962年。

[14] [美]弗吉尼亚·弗洛伊德:《尤金·奥尼尔的剧本:一种新的评价》,陈良廷、鹿金译,上海:上海译文出版社,1993年。

[15] 龚刚:《现代性伦理叙事研究》,杭州:浙江大学出版社,2013年。

[16] 郭继德:《尤金·奥尼尔戏剧研究论文集》,上海:上海外语教育出版社,2004年。

[17] 郭勤:《依存与超越:尤金·奥尼尔隐秘世界后的广袤天空》,上海:上海译文出版社,2010年。

[18] [德]黑格尔:《美学》,北京:商务印书馆,1981年。

[19] [德]黑格尔:《法哲学原理》,范扬、张企泰译,北京:商务印书馆,1982年。

[20] [古罗马]贺拉斯:《诗艺》,杨周翰译,北京:人民文学出版社,1962年。

[21] 黄建中:《比较伦理学》,济南:山东人民出版社,1998年。

[22] [美]佳亚特里·斯皮瓦克:《从解构到全球化批判:斯皮瓦克读本》,陈永国等编,北京:北京大学出版社,2007年。

[23][美]康马杰:《美国精神》,北京:光明日报出版社,1988年。

[24][英]劳伦斯:《劳伦斯文艺随笔》,黑马译,桂林:漓江出版社,1994年。

[25]廖可兑:《尤金·奥尼尔戏剧研究论文集》,上海:外语教学与研究出版社,1997年。

[26]廖可兑:《尤金·奥尼尔剧作研究》,北京:中国美术学院出版社,1999年。

[27]刘德环:《尤金·奥尼尔传》,长春:吉林出版集团、时代文艺出版社,2013年。

[28]刘海平、徐锡祥:《奥尼尔论戏剧》,北京:大众文学出版社,1999年。

[29]刘海平、朱栋霖:《中美文化在戏剧中的交流》,南京:南京大学出版社,1988年。

[30]刘茂生:《王尔德创作的伦理思想研究》,武汉:华中师范大学出版社,2008年。

[31]刘小枫:《沉重的肉身》,上海:上海人民出版社,1999年。

[32]刘永杰:《性别理论视阈下的尤金·奥尼尔剧作研究》,北京:中国社会科学出版社,2014年。

[33]龙文佩:《尤金·奥尼尔评论集》,上海:上海译文出版社,1988年。

[34][法]卢梭:《论人类不平等的起源和基础》,北京:商务印书馆,1962年。

[35][法]卢梭:《爱弥儿》,李平沤译,北京:商务印书馆,1996年。

[36]罗国杰:《伦理学》,北京:人民出版社,2014年。

[37][英]马丁·艾思林:《戏剧剖析》,北京:中国戏剧出版社,1981年。

[38][德]马丁·布伯:《我与你》,陈维纲译,北京:三联书店,2002年。

[39][美]迈克尔·曼海姆:《剑桥文学指南:尤金·奥尼尔》,上海:上海外语教育出版社,2000年。

[40][美]麦金太尔:《德性之后》,龚群等译,北京:中国社会科学出版社,1995年。

[41][法]米歇尔·福柯:《规训与惩罚》,刘北成等译,北京:三联书店,2010年。

[42][德]尼采:《扎拉图斯特拉如是说》,黄明嘉译,华东师范大学出版社,2009年。

[43]聂珍钊、杜娟、唐红梅等:《英国文学的伦理学批评》,武汉:华中师范大学出版社,2007年。

[44][德]倍倍尔:《我的一生》序言,北京:三联书店,1965年。

[45]钱满素:《爱默生和中国——对个人主义的反思》,北京:三联书店,1996年。

[46][英]莎士比亚:《莎士比亚全集》,朱生豪译,北京:人民文学出版社,1995年。

[47][荷]斯宾诺莎:《伦理学》,北京:商务印书馆,1958年。

[48][瑞典]斯特林堡:《斯特林堡全集》(第四卷),李子义译,北京:人民文学出版社,2015年。

[49] [美]斯托夫人:《汤姆叔叔的小屋》,李自修译,北京:中央编译出版社,2010年。
[50] 宋希仁:《西方伦理思想史》,北京:中国人民大学出版社,2010年。
[51] [美]托马斯·索维尔:《美国种族简史》,沈宗美译,中信出版社,2015年。
[52] 王泽应编著:《伦理学》,北京:北京师范大学出版社,2012年。
[53] 汪义群:《奥尼尔研究》,上海:上海外语教育出版社,2006年。
[54] [美]威廉·福克纳:《福克纳随笔》,詹姆斯·梅里韦瑟编,李文俊译,上海:上海译文出版社,2008年。
[55] 卫岭:《奥尼尔的创伤记忆与悲剧创作》,北京:中国人民大学出版社,2008年。
[56] 伍茂国:《从叙事走向伦理:叙事伦理理论与实践》,北京:新华出版社,2013年。
[57] [奥]西格蒙德·弗洛伊德:《梦的解析》,丹宁译,北京:国际文化出版公司,2002年。
[58] [法]西蒙娜·德·波伏瓦:《第二性》,郑克鲁译,上海:上海译文出版社,2011年。
[59] 谢群:《语言与分裂的自我:尤金·奥尼尔剧作解读》,北京:北京大学出版社,2005年。
[60] [英]休谟:《人性论》,北京:商务印书馆,1983年。
[61] [古希腊]亚里士多德、[古罗马]贺拉斯:《诗学诗艺》,罗念生译,北京:人民文学出版社,1984年。
[62] [古希腊]亚里士多德:《诗学》,陈中梅译注,北京:商务印书馆,2003年。
[63] [古希腊]亚里士多德:《尼各马科伦理学》,苗力田译,北京:中国人民大学出版社,2014年。
[64] [美]尤金·奥尼尔:《奥尼尔文集》(第2卷),郭继德编,北京:人民文学出版社,2006年。
[65] [美]詹姆斯·罗宾森:《尤金·奥尼尔和东方思想》,郑柏铭译,沈阳:辽宁教育出版社,1997年。
[66] 张梦麟:《〈奇异的插曲〉序》,王实味译:《奇异的插曲》,北京:中华书局,1936年。
[67] 张文红:《伦理叙事与叙事伦理:90年代小说的文本实践——20世纪中国文学学术文库》,北京:社会科学文献出版社,2006年。
[68] 赵祥麟、王承绪:《杜威教育论著选》,上海:华东师大出版社,1981年。
[69] 赵修义:《现代西方哲学纲要》,上海:华东师大出版社,1986年。
[70] 赵澧、徐京安:《唯美主义》,北京:中国人民大学出版社,1988年。

[71] 翟晶:《边缘世界:霍米巴巴后殖民理论研究》,北京:文化艺术出版社,2013年。
[72] 朱光潜:《西方美学简史》(下卷),北京:人民文学出版社,1987年。

3. 学术论文

[1] 艾辛:《奥尼尔研究综述》,《剧本》,1987年第5期。
[2] 蔡隽:《依存与超越——论尤金·奥尼尔悲剧意识的形成》,《山东文学》,2010年第4期。
[3] 蔡隽:《大卫·马梅特戏剧伦理思想研究》,博士学位论文,苏州大学外国语学院,2013年。
[4] 曹萍:《尤金奥尼尔的〈送冰的人来了〉:一部充满狂欢精神和多重复调的戏剧》,《安徽大学学报》,2008年第4期。
[5] 陈立华:《从〈榆树下的欲望〉看奥尼尔对人性的剖析》,《外国文学研究》,2000年第2期。
[6] 春冰:《欧尼尔与〈奇异的插曲〉》,《戏剧》,1929年第1卷,第5期。
[7] 杜学霞:《〈上帝的儿女都有翅膀〉的后殖民主义思考》,《韶关学院学报》,2010年第4期。
[8] 杜予景:《一个不在场的他者叙事——〈丽姬娅〉的现代阐释》,《北京第二外国语学院学报》,2011年第4期。
[9] 段世萍、唐晏:《奥尼尔剧作〈琼斯皇〉的表现主义解读》,《华南师范大学学报》,2006年第4期。
[10] 郭继德:《对西方现代人生的多角度探索——论奥尼尔的悲剧创作》,《文史哲》,1990年第4期。
[11] 郭勤:《尤金·奥尼尔与自身心理学——解读奥尼尔剧作中的自恋现象》,《当代外国文学》,2011年第3期。
[12] 黄显中:《伦理话语中的古希腊城邦——亚里士多德城邦理念的伦理解读》,《北方论丛》,2006年第3期。
[13] 黄学勤:《戏剧家奥尼路的艺术》,《社会科学》,1937年第10、13期。
[14] 黄颖:《论尤金·奥尼尔塑造女性形象的表现主义手法》,《南京师范大学文学院学报》,2005年第4期。
[15] 姜艳:《简论奥剧〈大神布朗〉中的面具表现主义手法》,《黑龙江社会科学》,2004年第6期。
[16] 康建兵:《尤金·奥尼尔戏剧中的爱尔兰情结》,《中南大学学报》(社会科学版),

2011年第5期。

[17] 孔润年:"论审美中的到的内涵",《陕西师范大学学报》,2001年第1期。

[18] 李兵:《奥尼尔与弗洛伊德》,《西南民族学院学报》,1996年第6期。

[19] 李霞:《〈琼斯皇〉——荣格集体无意识学说的典型图解》,《名作欣赏》,2007年第16期。

[20] 廖敏:《奥尼尔剧作中的"他者"》,《戏剧文学》,2012年第12期。

[21] 刘琛:《论奥尼尔戏剧中男权中心主义下的女性观》,《吉林大学社会科学学报》,2004年第5期。

[22] 刘明厚:《简论奥尼尔的表现主义戏剧》,《外国文学评论》,1997年第3期。

[23] 柳无忌:《二十世纪的灵魂——评欧尼尔新作〈无穷的岁月〉》,《文艺》,1936年第3期。

[24] 刘永杰:《〈悲悼〉主人公莱维妮亚的女性主义审视》,《四川戏剧》,2006年第4期。

[25] 刘永杰:《〈进入黑夜的漫长旅程〉的女性主义解读》,《四川戏剧》,2008年第6期。

[26] 刘永杰:《〈悲悼〉中"海岛"意象的生态伦理意蕴》,《郑州大学学报》,2014年第3期。

[27] 刘永杰:《女性・欲望・主体——〈奇异的插曲〉的女性欲望叙事》,《戏剧艺术》2014年第5期。

[28] 刘慧:《生态伦理视阈下杨克的悲剧》,《外国文学研究》,2010年第3期。

[29] 刘砚冰:《论尤金・奥尼尔的现代心理悲剧》,《河南师范大学学报》,1992年第3期。

[30] [美]路易斯・西弗尔:《美国最优秀的剧作家尤金・奥尼尔》,《外国戏剧》,1981年第2期。

[31] 马永辉、赵国龙:《伦理缺失 道德审判——文学伦理学批评视角下的〈榆树下的欲望〉》,《齐鲁学刊》,2007年第5期。

[32] 毛豪明:《"伦理"与"道德"辩证》,《安庆师范学院学报》,2008年第4期。

[33] 梅兰:《狂欢化的世界观、体裁、时空体和语言》,《外国文学研究》,2002年第4期。

[34] 苗佳:《论戏剧〈进入黑夜的漫长旅程〉的心理创伤》,《上海戏剧》,2015年第1期。

[35] 任增强:《"女性"即"母性":奥尼尔"母性情结"的价值取向》,《译林》,2012年第5期。

[36] 沈建青:《疯癫中的挣扎和抵抗:谈〈长日入夜行〉里的玛丽》,《外国文学研究》,2003年第5期。

[37] 时晓英:《极端状况下的女性——奥尼尔女主角的生存状态》,《四川外语学院学报》,2004年第4期。

[38] 孙振偎:《尤金·奥尼尔悲剧美学观及其审美价值研究》,《文艺理论与批评》,2013年第2期。

[39] 孙宜学:《奥尼尔剧作悲剧主题的文化透视》,《戏剧》,1993年第3期。

[40] 陶久胜,刘立辉:《奥尼尔戏剧的身份主题》,《南昌大学学报》,2012年第2期。

[41] 王铁铸:《悲剧:奥尼尔的三位一体》,《辽宁大学学报》,1993年第3期。

[42] 王占斌:《边缘世界的狂欢:巴赫金狂欢理论视角下的奥尼尔戏剧解析》,《四川戏剧》,2015年第5期。

[43] 王占斌:《尤金·奥尼尔戏剧中蕴含的解构意识》,《北京第二外国语学院学报》,2015年第8期。

[44] 王占斌:《女性的悲剧之源——〈性别理论视阈下尤金·奥尼尔剧作研究〉评介》,《天津外国语大学学报》,2016年第2期。

[45] 王忠祥:《建构崇高的道德伦理乌托邦——莎士比亚戏剧的审美意义》,《外国文学研究》,2006年第2期。

[46] 武跃速:《论奥尼尔悲剧的终极追寻》,《外国文学研究》,2003年第一期。

[47] 卫岭:《还原一个真实的奥尼尔——奥尼尔不是男权主义的作家》,《学术评论》,2011年第3期。

[48] 夏雪:《尼娜:男性世界中的囚鸟——对〈奇异的插曲〉的女性主义解读》,《社会科学论坛》,2015年第2期。

[49] 夏忠宪:《巴赫金狂欢化诗学理论》,《北京师范大学学报》,1994年第5期。

[50] 肖利民:《从边缘视角看奥尼尔与莎士比亚戏剧的深层关联》,《四川戏剧》,2013年第2期。

[51] 萧乾:《奥尼尔及其〈白朗大神〉》,《大公报》,1935年9月2日版。

[52] 许诗焱:《面向剧场:奥尼尔20世纪20年代戏剧表现手段研究》,《外国文学研究》,2002年第3期。

[53] 杨永丽:《"恶女人"的提示——论〈奥瑞斯提亚〉与〈悲悼〉》,《外国文学评论》,

1990 年第 1 期。

[54] 杨彦恒:《论尤金·奥尼尔剧作的悲剧美学思想》,《中山大学学报》,1997 年第 6 期。

[55] 余上沅:《奥尼尔的三部曲》,《新月》,1932 年第四卷,第 4 期。

[56] 袁昌英:《庄士皇帝与赵阎王》,《独立评论》,1932 年,第 27 号。

[57] 张春蕾:《尤金·奥尼尔 90 年中国形成回眸》,《南京晓庄学院学报》,2013 年第 1 期。

[58] 张剑:《西方文论关键词:他者》,《外国文学》,2011 年第 1 期。

[59] 张军:《论奥尼尔的悲剧创作意识与美学思想》,《学术交流》,2004 年第 8 期。

[60] 张生珍,金莉:《当代美国戏剧中的家庭伦理关系探析》,《外国文学》,2011 年第 5 期。

[61] 张生珍、金莉:《当代美国戏剧中的家庭伦理关系探析》,《外国文学》,2011 年第 5 期。

[62] 张岩:《试论尤金·奥尼尔悲剧的美学意蕴》,《山东师范大学学报》,2003 年第 5 期。

[63] 张媛:《从〈榆树下的欲望〉探讨尤金·奥尼尔对女性的关怀》,《江苏科技大学学报》,2014 年第 3 期。

[64] 赵卫东:《从女性主义视角解读罗敷形象》,《文学教育》,2008 年第 1 期。

[65] 周维培:《表现主义与象征主义的杰作:尤金·奥尼尔的〈琼斯皇〉与〈毛猿〉》,《剧作家》,1998 年第 1 期。

[66] 周维培:《弗洛伊德理论戏剧化的成功尝试:尤金·奥尼尔的〈奇异的插曲〉》,《剧作家》,1998 年第 2 期。

[67] 朱伊革:《尤金·奥尼尔的表现主义手法》,《天津外国语学院学报》,2003 年第 2 期。

[68] 朱贻庭,黄伟合:《道德本体论与道德工具论》,《文史哲》,1989 年第 6 期。

[69] 左金梅:《尤金·奥尼尔的表现主义艺术》,《中国海洋大学学报》,2004 年第 4 期。

后 记

  公元2016年将成为我人生最难忘的一年,几年的博士学习生涯就要告一段落,读博阶段走过的校园、草坪、图书馆、资料室历历在目,而今流连忘返。读书的日子比较单调和孤独,但是对于我这个知天命的中年人而言,能再次走进教室,我倍感幸运,我的每一天都是快乐而充实的。我幸运的是能够与学界名流对话,与专家导师交流,享受良师益友指点。对此,我心存无限感激而难于言表。我借论文付梓之机会,向曾经指导和帮助过我的老师、同学、同事与亲友致以我最诚挚的感谢。

  首先要感谢我的导师天津师范大学文学院曾思艺教授的悉心指导。恩师为人胸怀坦荡、刚正不阿;做事信守承诺、不计得失;治学严谨认真、一丝不苟。他既是一位著作等身的学者,又是著名的俄文译者,同时又是优秀的抒情诗人,集创作、翻译和学术研究于一身。他经常被学界开玩笑称为"丘教授"或"陀先生",是因为他是国内研究俄罗斯诗人丘特切夫的专家和陀思妥耶夫斯基著作的译者。曾老师儒雅的学者风范、独善其身的君子行为和学术创新精神一直令我敬佩,也潜移默化地融入我的学习、工作和学术研究之中。本书在立论、思路和研究方法上都得益于曾老师的文学观点和审美思想,特别是他为博士生专门开设的"俄苏文学专题研究"和"巴赫金文学理论"课程以其独到的见解、睿智的分析、博学的观点将我引进文学理论的殿堂。三年来,老师对我言传身教,耳提面命,让我受益匪浅。在我撰写论文的过程中经常与老师讨论、分析,老师从来不厌其烦,而且每逢探讨文中的学术问题他都会异常兴奋,忘记他平时最珍惜的时间;对我论文的谬误曾老师更是逐一评点,帮我去芜存菁。没有恩师的指导和修正,论文远非现在完整的样子。

我要在此感谢天津师范大学文学院的王晓平先生、孟昭毅先生、曾艳兵教授和黎跃进教授。王晓平先生是我国日本文学文化研究领域德高望重的专家,他一心钻研学问,在日本文学研究领域享有世界声誉,但他从来都是高调做研究,低调做人。能够在当今浮躁的社会潜心于日本古典文学的研究实属稀罕,但是王先生做到了,而且以此为乐。孟先生是我国外国文学研究领域的著名专家,他曾师从北京大学季羡林先生,长期从事比较文学研究,在东方文学研究中形成自己独到的见解。孟先生学识渊博,为人豁达,他的很多观点新颖独到,当你在研究和阅读中山穷水尽时,他的指点会让你突然间柳暗花明、豁然开朗。曾艳兵教授在我读书的最后一年调动到中国人民大学文学院,他温文尔雅、平易近人、思维敏捷,是我国目前研究卡夫卡最著名的学者。他的"西方后现代派文学研究"课激发了我对后现代文学和后现代哲学思潮的研究兴趣。他对我的论文中存在的问题总是切中肯綮,指点迷津,让我受益匪浅。黎跃进教授为人谦和洒脱、幽默风趣,他精彩的授课和精辟的见解给予学生源源不断的启发和点拨,从他身上可以学到一个真正学者的人格魅力和致知境界。

我特别要感谢天津师范大学文学院院长赵利民教授。他生长于山东,饱受儒家文化的影响,与人和善,待人真诚,严谨而不失幽默,儒雅而不失洒脱,博学而不失谦逊,此生与赵教授相遇乃三生有幸。我与赵教授都是1965年生人,他为博导,我为博士生,我们没有交流的障碍,再加上赵教授硕士就读于陕西师范大学文学院,而我本科在陕西师范大学外国语学院学习,也许我们前世注定有缘。赵教授的"当代西方文论"课高屋建瓴,深入浅出,经常是宾朋满座,济济一堂。西方文学批评流派纷呈,思潮纷争,然而在赵教授的课上却能经纬相济,上勾下连,座上学生似洞若观火,了然于胸。

我还要感谢我的同事和博士同学。我的同事张允教授、高存副教授、李毅峰副教授、王玮讲师等，在我写论文期间，主动帮我查找和复印资料，例如，我研究需要的汉语6卷本《奥尼尔文集》就是张允教授从北京外国语大学图书馆亲自复印带回的。张允教授教会了我使用NoteExpress整理资料，高存副教授对我论文的注释、排版等方面做了多次指导和帮助，李毅峰副教授把自己在北外读博时查阅北外数字图书馆的账号和密码供我使用，王玮讲师参与了我奥尼尔项目的研究，而且就奥尼尔译介问题提出了自己的看法。我的博士同学蒋芬副教授乐于助人，学习刻苦，思想活跃，善于挑刺儿，每次与她斗嘴都对我有很大的激励，刺激我努力学习，不能拖导师后腿。我的其他同事和同学也以不同的方式贡献了他们的聪明才智，我感谢他们为我的研究做出的努力。

　　我还要感谢我的研究生王晓婷、段金秀、张燕飞、郝纯、吴凡、金晶、王静、郑慧淼、王胜男和夏露露，他们受我的影响对奥尼尔戏剧产生了兴趣，而且形成系列性的研究，参与的学生越来越多，逐渐形成了奥尼尔研究团队，他们经常与我进行讨论和沟通。共同的研究和讨论激起了思想的浪花，对我的论文思想观点的丰满有很大的帮助。

　　我无比感谢我的工作单位天津商业大学，这里为我提供宽松的学术研究环境以及和谐的工作氛围，使我在履行外国语学院院长和教授职责的同时有时间完成这项艰巨的研究任务。

　　最后，我要感谢我贤惠的妻子和可爱的女儿。在我学习期间，爱人虽然腰椎做过手术，不能负担过重，但是她还是承担了很多繁重的家务，解除了我研究的后顾之忧，使我在不影响正常教学和管理工作的情况下，短短三年内就能完成学业，写出博士论文。同时，爱人理科出身，逻辑思维缜密，是我诸多论文的第一读者，经常指出我论文中的语句瑕疵和逻辑问题。女儿为天津大学学生，读书颇多，文学素养比较高，富有批判意识，就奥尼尔戏剧问题常与我讨论，间接地帮助我完善了我的论文。同时，女儿还为我的论文进行整体排版和后续的其他工作，为我节省了很多时间。

　　寥寥数语，愿能把我的感激之情传递给所有帮助过我、关心过我的人。